KB243917

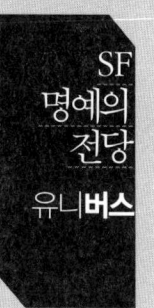

SF
명예의
전당

유니버스

THE
SCIENCE
FICTION
HALL
OF
FAME
VOLUME 2 A

3

THE SCIENCE FICTION HALL OF FAME, Volume II A
Copyright ⓒ 1973 by The Science Fiction Writers of America

No part of this book may be used or reproduced in any manner
whatever without written permission except in the case of brief quotations
embodied in critical articles or reviews.

Korean Translation Copyright ⓒ 2011 by Woongjin Think Big Co., Ltd.
Korean edition is published by arrangement with
The Science Fiction & Fantasy Writers of Americas(SFWA Inc.),
c/o Spectrum Literary Agency through BC Agency, Seoul.

이 책의 한국어판 저작권은 BC 에이전시를 통해
원저작권자와의 독점 계약한 (주)웅진씽크빅에 있습니다.
저작권법에 의해 한국 내에서 보호를 받는 저작물이므로 무단전재와 복제를 금합니다.

3 SF
명예의
전당

The Science Fiction Hall of Fame

유니버스

미국 SF 작가협회

벤 보바 엮음
폴 앤더슨 외 지음′ 최세진 외 옮김

THE
SCIENCE
FICTION
HALL
OF
FAME

VOLUME 2 A

오멜라스

이 책은 『SF 명예의 전당』의 두 번째 시리즈이다. 앞서 출간되어 많은 찬사를 받았던 『SF 명예의 전당』 1, 2권은 단편 모음이었고, 이번에 나오는 책은 그보다 더 긴 분량의 중편들을 엄선해 묶은 것이다.

이 책에 실린 작품들은 미국SF작가협회SFWA 소속 작가들이 직접 선택했다. 미국SF작가협회는 400여 명의 전업 작가들로 구성된 조직이므로, 이 『SF 명예의 전당』은 직접 창작을 하는 SF 작가들 스스로가 고른 집단적 선택이 반영된 결정판 걸작선집이다.

미국SF작가협회는 1965년에 처음 창립된 뒤 이듬해인 1966년부터 매년 최고의 성취를 이룬 이야기들에 상을 수여해왔다. 이 상의 명칭은 네뷸러 상Nebula award이며 수상작은 미국SF작가협회 소속 작가들의 투표를 바탕으로 결정한다. 『SF 명예의 전당』 선집의 목적은 1966년 이전에 발표되어 네뷸러 상을 받을 기회가 없었던 작품들에게도 그에 상응하는 영예를 수여하는 것이다.

매년 배출되는 네뷸러 상 수상작들과 마찬가지로, 이 책에 수록된 작품들도 미국SF작가협회 소속 작가들의 투표 결과를 바탕으로 선정

된 것이다. 앞선 두 권은 단편 분량의 작품들만을 대상으로 삼았고, 이번 3권째부터는 그보다 긴 중편 및 경장편들 중에서 골랐다.

투표는 먼저 추천작들을 받는 것에서 시작하였다. 거의 1년에 걸쳐서 미국SF작가협회 소속 작가들은 명예의 전당에 들어갈 만한 수작들을 골라 제안했다. 편집자로서 이 모든 멋진 이야기들 중에서 어떤 작품이든 탈락시켜야만 한다는 것은 가슴 아픈 일이었다. 추천된 거의 모든 작품들 하나하나마다 내가 처음 읽었던 예전의 그 강렬한 기억을 되새기게 해주었다. 그리고 그 작가들 역시! H. G. 웰스, 존 W. 캠벨 주니어, 로버트 하인라인, 시릴 콘블루스…… 이들 중에 누구를 뺄 수 있단 말인가?

최종적으로 76편의 작품들이 추천되어 투표에 들어갔다. 미국SF작가협회 소속 작가들에게는 각각 이 76편 중에서 열 편을 고르도록 했다. 76편에는 한 작가가 여러 작품을 올린 경우도 많았지만, 우리는 이 명예의 전당 선집에 한 작가가 여러 번 수록되는 것을 원하지 않았다. 그래서 투표를 할 때에는 한 작가 당 한 작품만을 고르도록 했다.

많은 투표자들이 절망과 좌절의 비명에 휩싸인 답장을 보내왔다. "어떻게 이중에서 열 편만 고를 수 있어요?"라는 것이 대표적인 호소였으며, 작가협회 소속 작가들 대다수는 추천된 작품 모두를 선집에 넣길 원했다.

투표 결과 최종적으로 걸러진 열 편은 다음과 같다.

1. 「Who Goes There?」, 존 W. 캠벨 주니어
2. 「A Canticle for Leibowitz」, 월터 M. 밀러 주니어
3. 「With Folded Hands」, 잭 윌리엄슨
4. 「The Time Machine」, H. G. 웰스

5. 「Baby Is Three」, 테오도어 스터전

6. 「Vintage Season」, 헨리 커트너, C. L. 무어

7. 「The Marching Morons」, C. M. 콘블루스

8. 「Universe」, 로버트 하인라인

9. 「By His Bootstraps」, 로버트 하인라인

10. 「Nerves」, 레스터 델 레이

투표에서 한 작가가 여러 작품으로 득표를 하는 바람에 같은 작가의 작품끼리 경쟁을 하는 아쉬운 상황도 있었으므로, 집계 과정에서는 이를 보완할 기준도 동시에 적용해서 최종적으로 가장 인기 있는 작가 열 명을 아래와 같이 추려냈다.

로버트 하인라인

테오도어 스터전

존 W. 캠벨 주니어

월터 M. 밀러 주니어

레스터 델 레이

C. M. 콘블루스

잭 윌리엄슨

H. G. 웰스

폴 앤더슨

헨리 커트너, C. L. 무어

명예의 전당 선집에 수록될 열 편을 고르는 과정은 공정하고도 간

단했는데, 가장 인기 있는 작가 열 명이 사실상 가장 인기 있는 작품 열 편을 대표했기 때문이다. 나는 득표순으로 정렬한 작품 및 작가 리스트를 각각 준비한 다음, 각 작가마다 최고 득표를 한 작품을 순서대로 골라냈다. 이 작업을 마무리하기는 쉽지 않았다. 살짝 한 작품만 더 집어넣었으면 하는 유혹을 끊을 수 없었던 것이다. 나는 '이 작품은 빼버리기에는 너무 아까워'라고 혼잣말을 하곤 했다. 마침내 나는 총 스물두 편의 이야기들을 추려냈는데, 분량으로는 40만 단어 이상이어서 도저히 책 한 권으로 묶을 수 없었다.

나는 이 문제를 더블데이 출판사의 노련한 편집자 래리 애시미드에게 넘겼다. 의무를 떠넘기는 것은 부끄러웠지만, 나는 스물두 편에서 다시 작품들을 골라낼 만큼 강심장이 못 되었다. 다행스럽게도 그 점은 래리도 마찬가지였다. 작품 리스트를 한 번 보더니, 그는 모든 작품을 다 수록할 수 있도록 여러 권으로 나누어서 출간하자고 제안했다.

불행하게도 밀러의 「A Canticle for Leibowitz」와 브래드버리의 「The Fireman」[1] 두 작품은 선집에서 빠지게 되었다. 이 두 작품은 독립된 단행본으로 이미 출간되어 있다.

이렇게 해서 1895년에 출간되었던 H. G. 웰스의 「타임 머신」부터 코드웨이너 스미스의 「The Ballard of Lost C'mell」(1962년)까지 아우른 『SF 명예의 전당』 두 번째 시리즈를 내놓는다. 이들은 SF가 제공할 수 있는 최고를 대표하며, SF 분야나 혹은 문학의 다른 분야에서 활약하는 최고의 작가들이 집필한 것이다.

◎ 1__ 현재는 「화씨 451」이란 제목으로 알려져 있다.

마지막으로 감사의 마음을 적는다. 앤소니 R. 루이스는 각 작품들의 출판 및 잡지 수록 기록을 일일이 추적하고, 작품 분량을 꼼꼼히 계산하고, 최초로 발표된 원본을 입수하는 등의 모든 번거로운 일들을 해주었다. 그의 도움이 없었다면 이 책은 기대에 훨씬 못 미치는 결과가 되었을 것이다.

벤 보바

The
Science Fiction
Hall of Fame

Volume 2 A

★★★
차
례

11

‡ 본문의 각주는 모두 옮긴이가 단 것입니다.

조 라 고 불 러 다 오

Poul Anderson **Call me Joe**

폴 앤더슨 지음
:: 최세진 옮김

바람이 동녘의 어둠 속에서 함성을 지르며 몰려나와 암모니아 먼지를 휘몰아쳤다. 잠시 동안 에드워드 앵글시는 앞이 보이지 않았다.

앵글시는 부서진 흙더미 사이로 몸을 구부려 네 발로 기어가며 자그마한 제련기를 더듬더듬 찾았다. 바람이 바순처럼 둔한 소리를 내며 머리통을 흔들었다. 뭔가가 그의 등을 휙 가로지르고 지나가자 피가 흘러내렸고, 나무는 뿌리째 들려서 100여 킬로미터를 튕겨져 날아갔다. 번개가 번쩍하더니 까마득히 높은 곳에서 밤의 어둠과 함께 구름이 끓어올랐다.

이에 대답이라도 하듯, 천둥이 얼음산을 때리자 붉은 불꽃 한 덩이가 튀어 오르고, 산허리가 우르르 무너져 내려 계곡에 내동댕이쳐졌다.

땅이 전율했다.

'나트륨이 폭발했군.'

요란한 소리를 들으며 앵글시가 생각했다. 불꽃과 번개는 도구를 찾는 데 충분한 조명이 되어주었다. 그는 근육질의 손으로 도구를 집어 들고 꼬리로는 물통을 거머쥐고 대피호로 이어진 굴로 들어가는 길을 팠다.

대피호의 벽과 지붕은, 태양으로부터 멀리 떨어져 얼어붙고 제곱센티미터 당 수톤의 압력으로 짓눌린 얼음으로 만들어졌다. 단칸짜리 방은 작은 환기구멍으로 공기를 순환시키고, 나무기름 등불이 수소로 타오르며 흐릿한 불빛을 비추고 있었다.

앵글시는 청회색의 몸을 바닥에 대자로 누이고 가쁜 숨을 헐떡였다. 폭풍을 욕해봐야 아무 소용이 없었다. 이런 암모니아 폭풍은 해질 무렵에 자주 불어오는데 잠잠해질 때까지 기다리는 수밖에 없었다. 아무튼 그도 지쳤다.

다섯 시간 정도 지나면 아침이 올 것이다. 이날 저녁 처음으로 얼음을 제련해서 도끼를 만들어볼 생각이었지만, 낮에 하는 게 더 나을 것 같다.

그는 선반에서 다리가 열 개 달린 고깃덩어리를 꺼내서 생고기를 뜯어 먹다가 잠시 멈추고 주전자에 있는 액체 메탄을 벌컥벌컥 들이켰다. 적절한 도구를 갖게 되면 상황이 나아질 것이다. 지금까지는 모든 것을 이와 발톱, 우연히 얻은 고드름과 짜증스러울 정도로 약하고 이미 부서져 내리고 있는 우주선의 파편들로 고통스럽게 파내고 자르며 만들어나갔다. 그에게 몇 년의 시간을 더 준다면, 인간답게 살아갈 수 있게 될 것이다.

그는 한숨을 몰아쉬고, 몸을 쭉 뻗고 누워 잠들었다.

18만 킬로미터 남짓 떨어진 곳에서 에드워드 앵글시가 헬멧을 벗었다.

앵글시는 주위를 둘러보며 눈을 깜빡였다. 목성의 지표면에서 돌아오면 언제나 깨끗하고, 조용하고, 잘 정돈된 통제실이 약간은 비현실적으로 다가왔다.

근육통이 느껴졌다. 하지만 그의 근육이 아플 리 없었다. 지구 중력의 3배, 절대온도 140도의 목성에서 시속 수백 킬로미터의 강풍과 싸우는 존재는 실제로 그가 아니다. 그는 거의 중력이 없는 목성의 제5위성 Jupiter V[2]에서 내내 산소를 마시고 있었다. 아네로이드 기압계[3]를 부수어 뜨리고 압전기를 미치게 만들어버릴 정도로 높은 압력의 수소와 헬륨으로 폐를 채우며 목성에서 살아가는 이는 조다.

그래도 그는 흠씬 두들겨 맞은 것처럼 몸이 아파왔다. 아마도 정신적인 긴장 때문일 것이다. 아무튼 앵글시는 조가 되어 상당히 오랜 시간을 보냈고, 조로서 열심히 일했다.

앵글시는 헬멧을 벗고 나서야 자기 자신이 누구인지 어렴풋이 떠올릴 수 있었다. 심령투사기는 아직 조의 뇌에는 연결되어 있었지만, 앵글시 쪽은 끊어졌다. 머리 한구석이 잠든 느낌이었다. 희미한 어둠 속에서

◎ **2**__목성의 위성 중 마지막 발견된 위성으로서 이름은 '아말테아Amalthea' 이며, 흔히 Jupiter V로 불린다. 아말테아는 공전의 주기와 자전의 주기가 같은 순행위성으로, 위성의 한쪽 면이 항상 목성을 향하고 있기 때문에 이 소설 속에서 목성을 관찰하기 위한 곳으로 선택되었다.

3__ aneroid barometer : 공기를 사용하지 않고, 금속의 탄성을 이용해 기압을 측정하는 장치.

흐릿한 형체와 색이 어른거리는 느낌이 들었다. 꿈일까? 앵글시가 조의 두뇌를 사용하지 않는 동안 조가 잠시 꿈을 꾸는 건지 모른다.

심령투사기 계기판에는 붉은 불빛이 깜빡이고, 벨은 전자적인 공포감으로 징징대고 있었다. 앵글시가 욕을 내뱉었다. 그는 가느다란 손가락으로 휠체어 조종기를 가볍게 매만져 몸을 돌려서 계기판이 줄줄이 늘어진 곳을 휙 질러갔다. 그럴 줄 알았다. K관이 또 요동치고 있었다! 회로가 끊어졌다. 그는 한 손으로 보호용 덮개를 비틀어 떼어내고, 다른 손으로는 서랍 안을 뒤적였다.

앵글시는 조와 연결이 약해져가는 것을 마음 깊이 느낄 수 있었다. 조와의 연결이 완전히 끊어지고 나면 다시 연결할 수 있을지 자신이 없었다. 하지만 조는 수백만 달러가 투자된, 최신 기술의 산물이다.

앵글시는 K관을 소켓에서 잡아 빼서 바닥에 던져버렸다. 유리가 터졌다. 그러자 화가 조금 가라앉았다. 그는 교체할 K관을 찾아 소켓에 끼우고 다시 전원을 올렸다. 기계가 달아오르자 뇌수의 뒷골목을 흐르던 조의 모습이 다시 강화되어 선명해졌다.

조의 모습이 서서히 뚜렷해지자, 앵글시는 전동 휠체어를 타고 복도로 나갔다. 부서진 K관은 누구라도 치우겠지. 내가 알 게 뭐야. 모두 다 지긋지긋하다.

잔 코넬리우스는 달의 편안한 휴양지보다 멀리 떠나본 적이 한 번도 없었다. 그는 심령학회에 속아 넘어가 13개월간 추방이라도 당한 기분이었다. 자기가 심령투사기와 그 까다로운 내부구조를 다른 누구 못지않게 많이 알고 있다는 사실은 전혀 위로가 되지 않았다. 왜 다른 사람을 보내지 않은 거지? 이 일에 누가 관심이나 있나?

연방과학당국에서는 확실히 관심을 가졌다. 이건 마치 세상을 버리고 떠나서 덥수룩하게 수염을 기르고 있는 은둔자들에게 세금을 납부하라고 백지수표를 주는 것처럼 터무니없는 일이다.

그래서 코넬리우스는 기나긴 쌍곡선을 그리며 목성으로 날아오는 내내 투덜거렸다. 그리고 목성의 작은 위성에 다가가기 위해 우주선이 가속을 변화시킬 때는 너무 불쾌해서 더 불평할 힘도 없었다. 그러다 착륙 직전에 목성을 한 번 보려고 온실에 올라갔다가, 이윽고 한 마디도 할 수 없게 되어버렸다. 처음에는 다들 그렇게 말을 하지 못한다.

코넬리우스가 목성을 뚫어지게 쳐다보는 동안 아른 비켄은 차분하게 기다렸다.

'나도 아직 목성을 볼 때마다 목이 졸리는 느낌이야. 가끔씩은 쳐다보는 게 무서워.'

비켄이 기억을 떠올렸다.

마침내 코넬리우스가 고개를 돌렸다. 덩치가 큰 그의 모습은 몸 둘레가 커다란 목성을 닮았다.

"저는 몰랐습니다. 짐작도 하지 못했어요…… 사진으로 보기는 했어도……."

그가 속삭였다.

비켄이 끄덕였다.

"그럼요, 코넬리우스 박사님. 사진으로는 저 모습을 도저히 담을 수 없지요."

그들이 서 있는 곳에서는 거무스름하게 부서져 내린 위성의 암석이 착륙장 너머의 인근에 어지럽게 널려 있고, 그 뒤로 깎아지른 듯한 가파른 절벽을 이루고 있는 모습을 볼 수 있었다. 이 위성은 간신히 승강장

하나를 겨우 수용할 만한 크기로 보였고, 그 위를 차가운 별자리들이 흘러가며 감싸고 있었다. 하늘의 5분의 1을 가리고 있는 목성은 색띠를 두른 부드러운 호박琥珀색이었으며, 표면에는 행성 크기만 한 위성들의 그림자와 지구 너비의 회오리바람들이 점점이 찍혀 있었다. 지구에서라면 본능적으로 그 거대한 행성이 자기 머리 위로 떨어질 것이라고 생각했겠지만, 여기서는 위로 쭉 빨려 올라갈 것 같아서 난간을 너무 세게 부여잡는 바람에 아직까지도 손바닥이 얼얼했다.

"여기에서…… 혼자 지내시나요?"

코넬리우스가 힘없이 물었다.

"아, 아닙니다. 여기에는 저 같은 과학자들이 50명 정도 살고 있는데, 다들 친절한 사람들이죠. 여기도 그렇게 나쁘지는 않습니다. 박사님께서는 네 번의 연장 근무, 즉 우주선이 네 번 왕복할 동안 일하겠다고 서명하셨던데, 믿으실지 모르겠지만 저도 이번이 세 번째 연장 근무기간입니다."

비켄이 말했다.

코넬리우스는 신참으로서 더 질문하고 싶은 것을 꾹 참았다. 그는 이 위성에 사는 사람들을 이해할 수 없었다. 이들은 대부분 깔끔하게 다듬기는 했지만 수염을 덥수룩하게 기르고 있었다. 그들이 낮은 중력에서 움직이는 모습은 마치 꿈속을 거니는 것 같았다. 그리고 이들은 다시 우주선이 돌아올 때까지 1년 1개월 동안 입을 꾹 다물기로 작정한 것처럼 보였다. 수도사 같은 그들의 모습이 생각까지 바꿔버린 걸까? 그게 아니라면 푸른 지구에서와 같은 안락함을 느끼지 못하다 보니 수도사들처럼 청빈과 정결, 순명의 맹세라도 하게 된 걸까? 13개월이라니! 코넬리우스는 진저리를 쳤다. 그 13개월은 춥고 지루한 기다림이 될 것이며,

그동안 축적될 월급과 보너스도 태양으로부터 8억 킬로미터나 떨어져 나온 이곳에서 보낸 시간에 대한 충분한 보상이 되지는 않을 것이다.

"연구하기에는 아주 좋은 곳입니다."

비켄이 계속 말했다.

"모든 설비에, 엄선된 동료들, 또 정신 사납게 하는 것들도 없구요. 물론……."

비켄이 엄지손가락으로 목성 쪽을 가리키고는 몸을 돌려 방에서 나 갔다.

코넬리우스는 겁에 질려 어기적거리는 걸음걸이로 그 뒤를 따라 갔다.

"정말 흥미롭네요."

그는 숨을 헐떡거리며 말을 이었다.

"정말 매혹적이군요. 비켄 박사님. 그래도 저를 여기서 좀 끌고 나 가주세요. 그래서 1년 남짓 후에 돌아올 다음 우주선을 기다릴 수 있게 해주시면 고맙겠습니다. 할 일은 몇 주면 끝나겠죠."

"정말 그렇게 간단한 일이라고 생각하십니까?"

비켄이 점잖게 물었다. 그가 고개를 휙 돌리자, 코넬리우스는 그의 눈빛에서 뭔가 미심쩍은 느낌을 받았다.

"여기 와서 아직 뭐가 문제인지 보지는 못했지만, 아무리 복잡한 문 제라도 올바른 방법으로 접근하기만 한다면, 최소한 문제를 더 꼬이게 만들지는 않을 겁니다."

그들은 우주선의 기밀氣密실을 지나 연구소 입구로 이어진 관로로 걸어갔다. 시설은 대부분 지하에 있었다. 방, 연구실, 그리고 복도조차 도 아주 화려했다. 와우, 휴게실에 있는 벽난로에는 진짜 불이 피어오르고 있었다! 저게 얼마나 비싼 불일지는 상상하기도 힘들었다. 코넬리우스는 커다란 행성의 모습이 주는 거대하고 오싹한 공허함과 자신에게 주어진 1년간의 형벌 같은 생활을 생각해보고는, 이런 화려함이 필시 여기에서 일하는 사람들에게 생물학적으로 필요하리라고 판단했다.

비켄이 가구가 산뜻하게 배치되어 있는 방을 보여주었다. 코넬리우스가 사용할 방이었다.

"곧 박사님 짐들을 가져다드리겠습니다. 심령 도구들을 꺼내놓으세요. 지금은 모든 사람들이 우주선의 승무원들과 이야기를 나누고 있거나, 배달된 편지를 읽고 있을 겁니다."

코넬리우스는 멍하게 고개를 끄덕이고 의자에 앉았다. 낮은 중력에서 사용하는 가구들이 다들 그렇듯이 이 의자도 거미줄 같은 뼈대밖에 없었지만, 그의 덩치를 적당히 편안하게 받쳐주었다. 코넬리우스는 누군가 잠시 함께 있어준다면 뇌물이라도 바치고 싶은 심정으로 외투자락을 만지작거렸다.

"담배 피우십니까? 제가 암스테르담에서 가져온 게 있는데."

"고맙습니다."

비켄은 무관심하게 담배를 받아들고는 길고 가느다란 다리를 꼬고 앉아서 회색 연기를 내뿜었다.

"혹시…… 여기 책임자이신가요?"

"아닙니다. 여기는 책임자가 없습니다. 딱 한 명의 관리자가 있긴 한데, 요리사지요. 그런 종류의 일을 해야 할 사람이 필요하니까요. 여기는 철저하게 연구소일 뿐입니다."

"그럼, 어떤 분야에서 일하십니까?"

비켄이 인상을 찌푸리며 경고했다.

"코넬리우스 박사님, 다른 사람들한테는 그렇게 직접적으로 묻지 마십시오. 여기 있는 사람들은 신참하고는 개인적인 잡담을 최대한 미루는 편이거든요. 여기서는 누군가를 친구로 사귀는 일은 거의 없지요. 아뇨. 아뇨. 사과하실 필요는 없습니다. 괜찮습니다. 저는 초고압력 상태의 고체를 연구하는 물리학자입니다."

　그가 벽 쪽으로 고갯짓을 하며 말했다.

　"목성에서는 상당히 많이 관찰된답니다."

　"알겠습니다."

　코넬리우스는 한동안 조용히 담배만 피우다 잠시 후 다시 입을 열었다.

　"제가 심령 전문가이긴 하지만, 솔직히 말씀드리면, 왜 이곳에 있는 기계들에서 보고된 것 같은 문제가 발생하는지 전혀 모르겠습니다."

　"그 말씀은…… 음…… K관이 지구에서는 안정적으로 작동했다는 말씀이신가요?"

　"지구뿐만이 아닙니다. 달, 화성, 금성…… 다른 모든 곳에서도 안정적으로 작동했어요. 여기만 빼고 말이지요."

　코넬리우스가 어깨를 으쓱하고 말을 이었다.

　"물론 심령파는 항상 세심한 주의가 필요합니다. 가끔은 엉뚱한 결과가 나오곤 하지요. 아니, 이론적으로 가타부타하기보다는 사실을 먼저 확인해봐야 할 것 같습니다. 여기 심령사가 누군가요?"

　"앵글시 한 명밖에 없는데, 공식적인 심령사 교육을 받지는 않았습니다. 하지만 장애인이 되고 나서 심령사 일을 신청했어요. 그리고 자원해서 여기로 배치된 후에는 타고난 재능을 보여줬습니다. 목성의 제5위성으로 사람들을 데리고 오는 게 여간 힘들지 않기 때문에, 여기에서 일하는 사람들은 학위나 자격을 까다롭게 따지지는 않는 편입니다. 게다가 앵글시는 심령학 박사들 못지않게 조를 잘 조종하는 것 같더군요."

"아, 네. 모조 목성인 말이죠? 그 부분에 대해서도 주의해서 조사하겠습니다."

코넬리우스가 말했다. 자신도 모르게 점점 흥미가 커지고 있었다.

"어쩌면 조의 생화학적인 부분에서 문제가 발생했을지도 모르겠군요. 누가 알겠습니까? 비켄 박사님, 제가 살짝 비밀을 말씀드리자면, 심령학이 엄밀한 과학은 아닙니다."

"물리학도 엄밀한 과학은 아닙니다."

비켄이 씩 웃으며 말했다. 잠시 후, 그는 진지하게 덧붙였다.

"적어도 제 분야는 엄밀한 과학이라고 하기 힘듭니다. 그래도 저는 엄밀하게 처리하려고 노력하는 중입니다. 그게 제가 여기 있는 이유입니다. 우리 모두가 여기 있는 이유이기도 하고요."

에드워드 앵글시의 모습은 처음에 다소 충격적이었다. 그에게는 머리와 양팔, 그리고 사람들을 당황스럽게 응시하는 강렬하고 차가운 눈만이 남아 있었다. 그 외에 그에게 남은 것이라곤 거의 없었고, 그나마 휠체어에 둘러싸여 있었다.

"본래는 생물 물리학자였다고 합니다."

비켄이 코넬리우스에게 말했다.

"젊었을 때 지구에 있는 연구소에서 공기에 떠다니는 포자胞子를 연구하다가, 사고를 당해 몸이 망가져서 가슴 아래로는 전혀 움직일 수 없게 되었답니다. 퉁명스런 성격이니까 그 사람하고 일하려면 마음을 느긋하게 먹으셔야 할 겁니다."

코넬리우스는 심령투사기 통제실의 의자에 앉으며, 비켄이 사실을 좀 누그러뜨려서 말했다는 것을 알아챘다.

앵글시는 꼴사나운 모습으로 뭔가를 먹으면서 말하고, 휠체어에서 뻗어 나온 촉수들을 바닥에 질질 끌고 다녔다. 앵글시가 입을 열었다.

"일을 시작해야 돼. 이 멍청한 연구소는 공식 시간을 지구의 그리니치 표준시에 맞춰놨어. 목성이 아니고 말이야. 조가 일어날 때에 맞춰서 난 여기에 와서 조종할 준비를 해야 돼."

"교대할 사람은 없습니까?"

코넬리우스가 물었다.

"하!"

앵글시가 실험 계획서를 코넬리우스에게 찌르듯이 내밀더니 흔들어댔다. 이 연구소의 공식 언어인 영어가 앵글시의 모국어였기 때문에 그는 성질 나는 대로 지껄여댈 수 있었다.

"이거 보쇼. 혹시 심령치료 해본 적 있소? 말로 하는 거 말고, 실제로 심령파를 이용해서 교육적인 목적으로 통제하는 것 말이오."

"아뇨. 저는 해본 적이 없습니다. 그런 걸 하려면 당신처럼 타고난 재능이 필요하거든요."

코넬리우스가 미소를 지었다. 하지만 얼굴을 찡그리고 있던 앵글시는 아부가 섞인 그의 말을 철저히 무시했다.

"혹시 장애 아동의 신경체계에 대한 재교육 같은 걸 말씀하시는 겁니까?"

"그래. 그거 좋은 예구만. 말 그대로 아이의 머리를 통째로 접수해서 아이의 자아를 억압하려고 시도한 사람은 없었소?"

"어이구, 설마. 그런 일은 없었습니다."

"과학 실험으로도 해본 적이 없다고?"

앵글시가 경멸하는 눈초리로 피식 웃었다.

"심령사가 술에 진탕 취해서 아이의 머리에 자기 생각을 쑤셔 넣으려고 시도했던 일조차도 없었단 말이요? 여보쇼, 코넬리우스. 고자질 같은 거 하려고 물어보는 게 아니라니깐!"

"음…… 아시겠지만, 그런 건 제 전공이 아니라서요."

심령학자는 조심스레 눈을 돌리다가 평범하게 생긴 계측기를 발견하고는 가느다랗게 실눈을 뜨고 그 계측기를 쳐다봤다.

"음…… 예전에 그런 비슷한 이야기를 들어본 적이, 에…… 그렇습니다, 몇몇 질병에 강제로 시도해본 적이 있었다더군요……. 어, 환자의 망상을 제거하려고 강제로……."

"그런데 실패했지."

앵글시가 말했다. 그가 웃음을 터뜨렸다.

"그게 될 리 없어. 어린애한테조차도 안 되는데, 완전히 자기 정체성이 발달된 어른이야 말할 필요도 없지. 왜 안 되는 줄 알아? 정신과 의사들이 겨우 연구할 수 있을 수준으로 다른 사람의 생각을 '들어' 보려고 심령투사기를 설정하는 데까지도 10년이 훌쩍 넘게 걸렸어. 의사와 환자 간의 심령패턴의 정상적인 변화나 간섭현상을 제외하더라도 말이야. 투사기는 통제하려는 자와 받는 자 사이의 개인적인 차이를 자동으로 보정해야만 해. 하지만 아직 우리는 사람들 간의 격차를 메울 수 있을 정도로 투사기를 발달시키지는 못했어.

누군가 협조할 의사가 있을 경우에만 그의 생각을 서서히 이끌어갈 수 있을 뿐이지. 그 정도밖에 안 돼. 다른 사람의 두뇌를 함부로 통제하려고 시도했다간 그 사람이 가진 경험과 자아 때문에, 그런 시도를 하려는 사람의 정상적인 뇌가 손상될 거야. 다른 사람의 뇌가 본능적으로 저항하기 때문이지. 완전히 발달하고, 성숙되고, 인간으로서의 정체성을 갖춘 사람의 뇌는 밖에서 통제하기에는 너무 복잡해. 어른의 뇌에는 자기 완결성이 위협받게 될 때 동원할 자원과 무의식이 무궁무진하게 많아. 그게 무슨 말인지 알아! 우리는 우리 자신의 마음조차도 통제하지 못해! 그런데 다른 사람의 머리라니!"

앵글시가 갈라진 목소리로 쏟아내던 열변을 갑자기 뚝 그쳤다. 앵글시는 계기판 앞에서 골똘히 생각에 잠겨, 그를 돌보는 유모라 할 수 있을 휠체어의 조종기를 두드리며 가만히 앉아 있었다.

코넬리우스가 잠시 후 물었다.

"그래서요?"

코넬리우스는 말하지 말았어야 했다. 하지만 조용히 침묵을 지키는 게 너무 어려웠다. 태양으로부터 약 8억 킬로미터는 족히 떨어진 이곳은 너무 조용했다. 여기서는 5분만 입을 닫고 있어도 침묵이 마치 안개처럼 슬금슬금 기어들기 시작한다.

"그래서?"

앵글시가 피식 비웃었다.

"우리의 모조 목성인 조는 신체적으로 성인의 두뇌를 가졌단 말이요. 내가 조를 통제할 수 있는 유일한 이유는 그가 두뇌에 자신의 자아를 발날시킬 수 있는 기회를 전혀 주지 않았기 때문이야. 내가 바로 조라고. 조가 태어나 의식을 갖자마자 그 순간부터 나는 그 머릿속에 있었던 거야. 그가 느끼는 모든 감각은 심령파를 통해 나에게 보내지고, 내 운동신경 자극은 다시 그에게 보내지지. 그렇더라도 조는 정말 훌륭한 두뇌를 가졌어. 그의 뇌세포는, 당신이나 내 뇌와 마찬가지로 모든 경험을 다 기록하고 있지. 조의 시냅스는 내 '개성 패턴'의 지형을 그대로 흉내 내고 있다고.

누구라도 내게서 조를 빼앗으려고 시도해보면, 그 시도가 바로 내 머리 속에서 나를 몰아내려는 것과 똑같다는 것을 깨닫게 될 거야. 어림도 없지. 물론, 그는 아직은 덜 발달한 내 기억의 덩어리에 불과해. 이를테면 내가 조를 조정하면서 삼각함수 같은 걸 외우거나 하지는 않았거든. 그래도 조는 특유의 개성을 가지고 있을 가능성이 얼마든지 있어.

사실, 조가 잠에서 깨어날 때마다 내 평범한 심령 능력으로 그 변화를 감지해서 심령투사기 헬멧을 조정해 증폭시킬 때까지는 몇 분 정도의 지체현상이 일어나지. 그때마다 난 조금 고생하는 편이고. 조의 의식 흐름을 내 의식의 위상에 완전히 맞추려면 거의 매번…… 저항 같은 걸 느낀단 말이야. 꿈꾸는 일조차도 다른 경험이 되어버리니…….”

앵글시는 말을 마무리 짓지도 않고 입을 다물어버렸다.

“알겠습니다.”

코넬리우스가 낮게 중얼거렸다.

“네. 그 정도면 충분히 잘 이해하겠습니다. 사실은 당신이 외계인의 신진대사를 가진 그런 존재와 그렇게 완벽하게 교신하고 있다는 사실이 놀라울 따름입니다.”

“근데 그거 별로 오래 안 갈 거요.”

심령사가 빈정대듯이 말했다.

“당신이 K관이 타버리는 문제를 제대로 고치지 않는다면 말이지. 여긴 예비물품이 무한정으로 공급되는 게 아니란 말이오.”

“그 문제에 대해서는 몇 가지 가정을 하고 있습니다. 하지만 우리는 아직도 심령파의 전송 방식에 대해 모르는 게 많습니다. 심령파의 속도는 무한정인지, 아니면 엄청나게 빨라서 측정을 못하고 있는 것뿐인지, 심령파의 강도는 실제로 거리와 무관한지, 심령파가 전송될 때 주변에는 어떤 영향을 미치는지……. 맞다, 목성 핵에 있는 축퇴물질⁴을 통과하죠? 아아! 물이 중금속이고 수소가 금속인 행성이라니! 우리가 아는 게 도대체 뭘까요?"

"우리가 그걸 알아내기로 되어 있지. 이 모든 사업이 그걸 위한 거지. 지식. 다 헛소리야!"

앵글시가 툭 끼어들었다. 그는 바닥에 침이라도 뱉을 것 같았다.

"우리가 겨우 알아낸 조그마한 사실들조차 사람들에게는 제대로 전달되지 않는 것 같아. 조가 살고 있는 곳에서 수소는 아직 기체야. 고체 상태가 되려면 땅 밑으로 수 킬로미터를 파고 들어가야 돼. 그런데도 나보고 목성의 상태에 대한 과학적인 분석을 하라는 거야!"

코넬리우스는 앵글시가 진정하기를 기다리는 동안 K관의 진동 문제를 살펴봤다.

"지구에 있는 인간들은 하나도 이해 못 해. 여기 있는 인간들도 마찬가지야. 어떤 때는 이 사람들이 아예 이해하기를 거부하고 있는 건 아닐까 하는 생각이 든다니깐. 조는 맨손 말고는 아무것도 없이 저 아래에서 지내고 있소. 조와 나는 목성의 생물을 먹을 수 있을지도 모른다는 추측 말고는 아무런 지식도 없이 시작했어. 조는 음식을 마련하느라 사냥하는 데 거의 모든 시간을 다 허비하고 있다고. 조가 지난 몇 주 동안 이뤄낸 일들은 기적이야. 대피호를 만들고, 가까운 곳들을 조금씩 파악

◎　　4＿ : 물질의 밀도가 너무 높아서 원자가 파괴된 상태의 물질.

해나가고, 금속을 정제하기 시작했소. 그걸 당신들이 '물 정제기법' 이라고 부르든 말든 내 알 바 아니오. 나보고 뭘 얼마나 더 해달라는 거요? 술에 취해서 울어주기라도 할까?"

"네…… 알겠습니다. 저는…….."

코넬리우스가 중얼거렸다.

앵글시가 창백하고 마른 얼굴을 치켜들었다. 그의 눈이 뭔가에 씌인 것처럼 보였다.

"무슨……."

코넬리우스가 다시 말하기 시작했다.

"닥쳐!"

앵글시가 휠체어를 휙 돌리더니, 헬멧을 더듬거리며 찾은 후 머리 위로 콱 눌러 썼다.

"조가 일어났어. 여기서 나가!"

"그러면 조가 잠들어 있을 때만 저보고 일하라는 겁니까? 그러면 어떻게 제가……."

앵글시가 소리를 빽 지르더니 코넬리우스에게 렌치를 집어던졌다. 이 약한 중력에서도 렌치는 별로 세게 날아가지 않았다. 코넬리우스는 문으로 돌아갔다. 앵글시가 심령투사기에서 몸을 돌렸다. 그가 갑자기 소리쳤다.

"코넬리우스!"

"무슨 일입니까?"

심령학자는 너무 서둘러 뛰어가려다 미끄러져서 계기판을 들이박았다.

"K관이 또 말썽이야."

앵글시가 헬멧을 걷어 올리듯 휙 벗어버렸다. 틀림없이 불에 덴 것처럼 쓰라렸을 것이고, 머리 안에는 통제되지 않고 강화된 정신적 잡음이 커져가고 있었을 것이다. 그래도 그는 그저 이렇게만 말했다.

"저거 좀 바꿔줘. 그리고 혼자 있게 나가주쇼. 조는 스스로 깨어난 게 아냐. 뭔가 대피호로 기어들어오고 있다고. 목성에 있는 나한테 문제가 생겼단 말야!"

하루 종일 힘든 일을 했기 때문에 조는 깊이 잠들어 있었다. 손이 목에 다가오기 전까지는 잠에서 깨어나지 않았다.

그 순간 숨 막힐 듯한 공포가 몰려왔다. 앵글시는 다시 지구에 있는 연구소로 돌아간 것 같았다. 그는 수천 개의 얼어붙은 별빛이 후광을 비추는 지구를 바라보며 케이블 끝에 매달려서 무중력 상태를 떠다니고 있었다. 거대한 I자형 기둥이 본래의 위치에서 부러져 나왔다. 기둥은 그 차가운 수톤 무게의 관성으로 빙글빙글 돌면서 지구에서 반사된 빛을 번쩍거리며 그에게 서서히 다가오고 있었는데, 유일하게 나는 소리라곤 그가 케이블에서 빠져나가려고 질러대는 비명 소리뿐이었다. 기둥은 아주 천천히 다가오면서 그를 연구소의 벽으로 밀어붙였다. 찌부러진 우주복은 찢어진 곳을 자동적으로 봉합하려고 거품을 뿜어내고 있었는데, 그 거품에는 앵글시가 쏟아낸 피거품이 함께 섞여 있었다. 조가 포효했다.

조는 몸부림을 치며 목을 누르고 있던 손을 뿌리치고, 검은 모습의 그놈을 대피호에 넘어뜨렸다. 그놈이 벽에 큰 소리를 내며 부딪치자, 등불이 바닥에 떨어져 꺼져버렸다. 조는 어둠 속에 서서 숨을 거칠게 몰아쉬며, 날카로운 비명 소리를 내던 폭풍이 그가 잠들어 있는 동안 으르렁거리는 소리 정도로 낮아졌음을 희미하게 느낄 수 있었다.

그가 집어던졌던 놈은 고통스러운 신음 소리를 내며 벽을 따라 기어갔다. 조는 어둠 속에서 더듬거리며 방망이를 찾았다.

뭔가 다른 게 대피호를 헤집고 다니는 게 느껴졌다. 그놈들이 굴을 통해 들어오고 있었던 것이다! 조는 눈이 안 보여 그놈들을 찾으려고 더듬거렸다. 가슴이 두근두근 방망이질 치고, 외계인의 역한 냄새가 코를 찔렀다.

조의 더듬거리는 손이 가깝게 다가가자, 갑자기 한 놈이 모습을 드러냈다. 그놈은 덩치가 그의 절반 정도밖에 되지 않았지만, 무시무시한 갈고리 발톱이 달린 여섯 개의 다리와 세 손가락이 달려 있는 팔 한 쌍을 가지고 있었다. 그 애벌레처럼 생긴 놈이 조의 눈을 할퀴려고 손가락을 뻗었다. 조는 욕을 퍼부으며 그놈을 번쩍 들어서 바닥에 내동댕이쳤다. 뼈가 부서지는 소리와 놈이 지르는 비명 소리가 들려왔다.

"자, 덤벼!"

조는 거대한 벌레들 때문에 약이 오른 호랑이처럼, 등을 활처럼 구부리고 그놈들에게 침을 뱉었다. 놈들은 굴을 통해 대피호로 들어왔다. 한 녀석이 조의 어깨를 둘둘 감고 발톱을 박으며 구부정한 몸으로 착 달라붙었다. 조가 놈과 씨름하고 있는 사이 10여 마리가 쏟아져 들어왔다. 그놈들은 조의 다리를 당기고 등으로 기어오르려고 했다. 조는 손톱과 발톱, 꼬리를 휘두르며 그놈들 밑으로 몸을 굴려 들어가 아직도 달라붙어 있는 놈들을 들고 몸을 일으켰다.

놈들이 어둠 속에서 동요했다. 대피호 벽에 격렬하게 발길질을 해댔다. 대피호가 흔들거리더니 서까래가 우지끈 부러지면서 천장이 내려앉았다. 앵글시는 저물어가는 가니메데[5]가 비추는 희미한 빛을 받으며 부서진 얼음판들 사이의 움푹 파인 곳에 서 있었다.

빛에 드러난 그 괴물들은 몸이 검정색이었고, 인간보다는 작지만 유인원보다는 큰 뇌를 적당히 유지할 수 있을 정도로 큰 머리통을 가지고 있었다. 20여 마리가 대피호의 잔해 아래에서 버둥거리다가 살기를 띠고 날카로운 소리를 지르면서 그에게 떼 지어 달려들었다.

왜지?

꼭 비비원숭이 같군. 앵글시의 머리 한구석에서 그런 생각이 떠올랐다. 낯선 자를 본다, 낯선 자를 무서워한다, 낯선 자를 증오한다, 낯선 자를 죽인다. 조는 가슴을 부풀려서 쓰라린 목구멍으로 공기를 들이켰다. 그는 서까래를 통째로 잡아당겨 가운데를 분지른 다음 그 쇠처럼 단단한 나무를 휘둘러댔다.

가장 가깝게 있던 녀석의 머리를 세게 내리쳤다. 다음 놈은 허리를 부러뜨렸다. 세 번째 놈은 집어던져서 갈비뼈를 네 토막 냈다. 세 놈이 한꺼번에 나뒹굴었다. 조가 웃음을 터뜨렸다. 슬슬 재미가 오르기 시작했다.

"이야호! 야아앗!"

그가 얼어붙은 땅을 가로질러 무리가 모여 있는 곳으로 뛰어갔다. 놈들이 소리를 질러대며 흩어졌다. 조는 마지막 한 마리가 숲 속으로 사라질 때까지 쫓아갔다.

조는 가쁜 숨을 헐떡거리며 시체들을 바라봤다. 자신도 피를 흘리고, 상처를 입었으며, 춥고, 배고프고, 대피호까지 무너졌지만 그놈들을

⊚　**5**＿목성의 다섯 위성 중 가장 큰 위성.

격파했다. 갑자기 가슴을 치며 울부짖고 싶은 충동이 일었다. 잠시 망설였다. 왜 안 되지? 앵글시는 고개를 젖히고 방패 모양으로 희미한 빛을 던지고 있는 가니메데를 쳐다보며 승리감에 젖어 울부짖었다.

그리고 조는 일하러 갔다. 먼저 바람을 가려주는 우주선의 구석으로 가서 불을 피웠는데, 우주선은 이제 녹슨 쇳덩어리의 언덕처럼 보였다. 그 괴물들이 어둠 속에서, 붕괴된 땅 속에서 짖어댔다. 놈들은 아직 그를 포기하지 않았다. 다시 돌아올 것이다.

그는 죽은 놈의 허벅지를 하나 떼어내서 씹어 먹었다. 아주 맛이 좋았다. 아마도 요리를 하면 더 맛이 좋아질 것이다. 그놈들이 조의 눈에 띈 것은 큰 실수였다. 가니메데가 서쪽의 얼음산으로 미끄러져 내려가는 동안 아침식사를 끝마쳤다. 곧 아침이 될 것이다. 바람은 잠잠해졌고, 팬케이크 모습을 한 하늘의 밀집모자 — 앵글시는 그렇게 불렀다 — 가 머리 위로 흘러가고, 벌겋게 달아오른 구릿빛의 희미한 새벽 햇살이 한 자락 비치기 시작했다.

조는 대피호의 잔해를 뒤져서 얼음 제련기를 찾아냈다. 제련기는 흠집 하나 없었다. 가장 먼저 할 일은 얼음을 녹여 틀에 부어서 그가 그동안 애써 준비해왔던 도끼와 칼, 톱, 망치를 주조하는 것이었다. 목성에서 메탄은 마실 수 있는 액체이고, 물은 금속처럼 단단하고 밀도가 높은 고체다. 물로 만든 도구들은 꽤 쓸모가 있을 것이다. 다음에는 다른 재료와 합금을 시도해볼 예정이다.

그리고 뭐…… 대피호는 집어치우자. 한동안 밖에서 다시 자게 되더라도 괜찮을 게다. 놈들이 다시 공격해올 때를 대비해서 활을 만들고, 덫을 놓고, 그 검은 벌레들을 학살할 준비를 해야 한다. 여기에서 멀지 않은 곳에 협곡이 있었는데, 금속성 수소 지층이 얼어붙은 곳까지 길게 이어져 있었다. 적들이 공급해줄 몇 주 분량의 고기를 저장해놓을 만한 자연이 만든 냉장고였다. 엄청나게 넉넉한 고기들 덕분에 그는 충분히 여유 시간을 가질 수 있을 것이다.

조는 의기양양하게 웃음을 터뜨리고, 일출을 보러 드러누웠다.

이곳이 얼마나 아름다운 곳인지 새삼 깨달을 수 있었다. 동쪽의 겹겹이 쌓인 안개 사이로 너울너울 빛을 뿜어내는 어스름한 보라색과 장밋빛, 황금색으로 맥동하는 작고 아름다운 태양의 불꽃을 보라. 텅 빈 거대한 아치 모양의 하늘을 빛의 아우성으로 바꾸어가는 강렬한 햇살을 보라. 넓게 펼쳐진 땅과 낮게 바스락거리는 100만 제곱킬로미터의 숲, 물결이 반짝거리며 찰랑대는 호수, 깃털처럼 펄럭이는 액체 수소의 간헐천 위로 햇살이 쏟아놓는 따스함과 생명력을 보라. 그리고 서쪽 얼음산들이 시퍼런 강철처럼 번쩍이는 모습을 보라. 보라. 보라! 앵글시는 거친 아침 바람을 가슴 깊숙이 빨아들이고, 아이처럼 즐거워하며 소리쳤다.

"전 생물학자가 아닙니다."

비켄이 조심스럽게 말을 이었다.

"하지만 오히려 그렇기 때문에 전체적인 상황에 대해서는 더 잘 설명해드릴 수도 있을 것 같습니다. 그러고 나면 로페즈와 마츠모토가 자세한 답변을 해드릴 겁니다."

"잘됐군요."

코넬리우스가 고개를 끄덕이며 계속 말했다.

"제가 이 사업에 대해 전혀 모른다고 가정하고 설명해주시겠습니까? 저는 정말 거의 모릅니다."

"원하신다면야……."

비켄이 웃음을 지었다.

그들은 우주생물학 분야 연구실의 바깥 사무실에 서 있었다. 연구소는 지금 지구의 그리니치 표준시로 오후 5시 30분이기 때문에, 사무실에는 그들 외에 한 명의 교대근무자밖에 없었다. 목성에 있는 앵글시의 반쪽이 많은 양의 자료를 수집하기 전까지는 특별히 할 일도 없었다.

물리학자는 허리를 굽혀 책상에서 문진을 들어올렸다.

"어떤 연구원이 재미로 이걸 만들었지요. 하지만 정말 잘 만들어진 조의 모형입니다. 조가 일어서면 머리까지 키가 1.5미터 정도 될 겁니다."

코넬리우스는 플라스틱 모형을 손에 들고 이리저리 돌려봤다. 조는 물건을 쥘 수 있는 강한 꼬리와 고양잇과의 동물을 합성해놓은 것 같은 모습이었다. 조의 상체는 웅크리고 있는 형태였는데, 긴 팔과 발달된 근육이 있고, 머리카락이 없는 머리는 둥글었으며, 넓은 콧구멍과 깊이 파인 눈, 강한 턱을 가지고 있었지만, 얼굴은 인간의 모습 그대로였다. 몸통을 뒤덮고 있는 색은 푸른빛이 나는 회색이었다.

"남자네요. 그렇죠?"

그가 말했다.

"그렇죠. 아마 박사님은 이해하지 못하실지도 모르겠습니다. 조는 우리가 아는 한 가장 최신 모델이고, 모든 결함이 제거된 완벽한 모조 목성인입니다. 조는 우리가 50년 동안 추구했던 연구의 결과물이라고 할 수 있습니다."

비켄이 코넬리우스의 옆얼굴을 쳐다봤다.

"지금 맡으신 일이 얼마나 중요한 일인지 아시겠죠?"

"최선을 다하겠습니다. 그래도 제가 K관이 요동치는 문제를 해결하기 전에 K관이 바닥나거나 다른 이유로 조를 잃게 되면 어떻게 되죠? 예비 모조인이 있습니까?"

심령학자가 물었다.

"아, 그럼요."

비켄이 시큰둥하게 말을 이었다.

"하지만 비용이…… 우리가 예산을 무한정 사용할 수는 없거든요. 우린 이미 엄청나게 많은 돈을 쓰고 있습니다. 지구에서 멀리 떨어진 여기에서는 재채기 한 번 하는 데도 무척 많은 돈이 들지요. 그래서 우리의 여유 자금은 아주 적은 편입니다."

그는 호주머니에 손을 쑤셔 넣고 연구실들이 있는 안쪽 문을 향해 구부정하게 서서 고개를 숙이며 낮고 빠른 목소리로 이야기했다.

"아마 박사님은 목성이라는 행성이 얼마나 끔찍한지 잘 모르실 겁니다. 지구 중력의 세 배에 달하는 목성의 지표면 중력은 아무것도 아니에요. 중력 위치에너지는 지구의 열 배가 넘는다고요. 온도, 기압, 무엇보다 대기와 폭풍, 그리고 그 어둠을 생각해보십시오!

우주선은 무선 조종으로 목성 지표면으로 내려갔습니다. 우주선은 공기 압력을 맞추려고 구멍이 숭숭 뚫린 모양을 하고 있었지만, 지금까지 만들어진 우주선 중에서 가장 튼튼하고, 강한 형태로 만들어졌습니다. 100만 달러 가치에 달하는 이 정밀한 기계 덩어리를 보호하기 위해 인간이 생각할 수 있는 모든 기구들과 자동제어장치, 온갖 안전장치들이 실려 있었지요. 그런데 어떻게 됐는지 아십니까? 우주선 중 절반은 목성의 지표면 근처에도 못 갔습니다. 폭풍에 휘말려서 날아가버리거나, 떠다니던 아이스 세븐[6]—목성 대적반the Red Spot의 축소형이라고 할 수 있지요── 에 충돌하기도 하고, 사람을 미치게 만들려는지 지나가던 새떼가 들이받아서 구멍을 내버린 우주선도 있습니다. 그나마 착륙에 성공한 절반의 우주선도 이제는 돌아오지 못하지요. 귀환시키려는 시도 조차도 못 해봤습니다. 높은 기압에 찌그러지거나 부식이 되어서 망가 져버렸거든요. 목성 정도의 압력에서는 수소조차도 금속에 많은 문제를 일으키니까요.

저기에 모조 목성인 한 명을 데려다 놓는 데에 500만 달러를 지출 했습니다. 아마도 운이 좋을 경우에는 200~300만 달러 정도로 가능할 지도 모릅니다만."

비켄이 발로 문을 차서 열고는 코넬리우스를 안내했다. 문 뒤에는 낮은 천장에 차가운 불빛이 비치고, 환풍기에서 쉭쉭 소리가 들려오는 큰 방이 있었다. 코넬리우스는 핵공학 연구실을 떠올렸다. 그는 잠시 동 안 왜 핵공학 연구실이 떠오르는지 깨닫지 못했지만, 곧 복잡하게 얽힌 원격 조종장치와 원격 관찰장치, 위성 전체를 날려버릴 만한 충격도 막 아낼 수 있을 것 같은 벽을 보며 알아챘다.

"압력 때문에 이런 장치들이 필요합니다. 당연하죠."

방어막이 줄줄이 서 있는 곳을 가리키며 비켄이 말했다.

"그리고 낮은 온도, 또 수소도 좀 위험하죠. 우리는 여기에 목성 의…… 음…… 성층권 환경에 맞춰서 장치들을 설치했습니다. 여기가 바로 모든 사업이 시작되는 곳입니다."

◎ 6__Ice Seven(VII) : 노벨물리학상을 받은 퍼시 윌리엄스 브리즈먼 박사가 찾아낸 얼음의 구 조이다. 초고압, 저온 상태에서 만들어진 얼음으로 물보다도 밀도가 높고 단단하며, 섭씨 100도에서도 녹지 않는다.

"저도 들은 적이 있는 것 같군요. 예전에 목성의 대기에 있는 포자들을 채취해오지 않았나요?"

"제가 한 건 아닙니다."

비켄이 껄껄 웃으며 말했다.

"50년 전에 토티의 승무원들이 해냈죠. 목성에 생명이 있다는 것을 증명했습니다. 액체 메탄을 기본적인 용매로 사용하고, 질산 합성물을 만드는 기초물질로 고체 암모니아를 이용하는 생물이죠. 식물은 태양에너지를 이용해서 불포화 탄화 화합물을 만들고, 수소를 내뱉어요. 동물은 식물을 먹고 포화상태로 다시 돌려놓지요. 거기에도 산화 같은 현상이 있습니다. 그런 상호작용에는 복합 효소가 포함됩니다만, 제 전공이 아니라서……."

"목성의 생화학은 그 정도면 충분히 이해했습니다."

"아. 그래요. 토티의 시대에도 생명공학은 고도로 발달해 있었습니다. 지구에서는 이미 박테리아를 합성해내는 수준이었고, 대부분의 유전자 구조에 대한 지도가 만들어져 있었지요. 목성의 생물에 대한 도표를 만드는 것이 그렇게 오래 걸린 이유는 높은 기압 등과 같은 기술적인 어려움 때문이었지요."

"목성의 지표면을 관측하게 된 것은 언제부터인가요?"

"약 30년 전에 그레이가 해냈습니다. 우주선에 영상 송신장치를 실어서 내려보냈는데, 연속 사진들을 찍어서 전송할 때까지 우주선이 잘 버텨줬죠. 그 뒤로 기술이 개선됐어요. 이제 우리는 목성에도 그 이상한 생물들이 우글거린다는 사실을 잘 알고 있습니다. 생물은 아마 지구보다도 더 풍부할지도 모르겠습니다. 우리 팀은 대기 중에 있는 극소 유기체로부터 추정해서 후생厚生동물[7]에 대한 합성을 시도하기도 했어요."

비켄이 한숨을 쉬었다.

"제기랄, 목성에 지적 생물만 살았어도! 코넬리우스 박사님, 그 지적 생물이 우리에게 무슨 이야기를 해줄 수 있을지 상상해보십시오. 그 자료들, 또…… 한번 생각해보세요. 우리는 라부아지에[8] 이래로 근대 화학이 발전해온 그 과정을 다시 처음부터 해내야 했습니다. 지구의 그 낮은 압력에서 탄생한 화학으로 말이에요. 고압 환경에서의 화학과 물리학을 연구할 수 있는 좋은 기회가 되기는 했어요. 적어도 가능성만은 엄청 풍부했죠."

잠시 후 코넬리우스가 장난스럽게 중얼거렸다.

"목성인이 없다고 확신하시나요?"

"아, 어쩌면 수십억의 목성인이 있을 수도 있겠죠."

비켄이 어깨를 으쓱했다.

"도시들, 제국들, 박사님이 원하시는 거라면 뭐든 있을지도 모르지요. 지구의 100배나 되는 목성의 지표면 면적을 생각해보십시오. 우리는 그중에서 10분의 1도 못 봤을 거예요. 하지만, 목성인이 존재하더라도 무선 전파를 전혀 사용하지 않고 있다는 점은 확실합니다. 목성의 대기 상태를 고려하면, 그들 스스로 무전기를 발명하는 것은 쉽지 않겠지요. 진공관을 만들려면 얼마나 두껍게 만들어야 하고, 진공을 만들기 위해 얼마나 강한 펌프가 필요할지 상상해보세요. 그래서 우리는 자체적으로 목성인을 만드는 게 낫겠다고 결정했습니다."

코넬리우스는 비켄을 따라 연구실을 거쳐 다른 사무실로 갔다. 이

7__ 단세포로 되어 있는 원생原生동물을 제외한 모든 동물.

8__ 프랑스의 화학자. 근대 화학의 창시자로 불린다.

사무실은 다른 사무실보다는 덜 어지럽혀져 있었고, 더 완결된 모습을 갖추고 있었다. 실험자들의 어지러운 장비들은 기술자가 정밀하게 맞춰 놓은 상태였다.

비켄은 벽에 줄 지어 있는 계기판으로 가서 몸을 굽히고 살펴보았다.

"이 뒤에 여분의 모조 목성인이 있습니다."

그가 말했다.

"이번에는 여성입니다. 그녀는 200기압과 절대온도 194도의 환경에 맞춰져 있어요. 그녀는 지금 생명 유지를 위해서, 박사님은 아마…… 탯줄이라고 부를 것 같은데, 관이 배꼽으로 연결되어 있습니다. 그녀는 이 안에서…… 음, 태아의 형태로 성인으로 성장했어요. 우리는 목성의 육상 포유류를 따라서 이들을 만들었습니다. 그녀는 한 번도 의식을 가진 적이 없어요. 그녀가 '태어날 때' 까지는 의식을 갖지 못할 겁니다. 여기에는 남성 20명과 여성 60명이 대기하고 있어요. 그중 절반 정도가 목성의 지표면에 닿을 수 있을 것이라고 예상하고 있습니다. 필요하다면 더 만들 수도 있어요. 모조 목성인은 비용이 많이 들지 않아요. 운송 수단이 비싼 거죠. 하지만 조는 우리가 그 같은 종류가 살아남을 수 있는지 확신할 때까지 그곳에서 혼자 외롭게 지내야 될 겁니다."

"그렇다면 그 전에는 더 하등동물로도 실험을 해보셨습니까?"

코넬리우스가 말했다.

"당연하죠. 성장촉진 기술이 있었어도 인공적인 대기 포자에서 조까지 도달하는 데에는 20년이나 걸렸습니다. 우리는 모조 벌레부터 시작해서 고등동물들까지 모든 종을 심령파로 조종했어요. 꼭두각시용 모조인의 신경이 이 일을 위해 신중하게 설계되고, 심령사와 다른 패턴으로 뇌가 자라나도록 놔두지만 않는다면, 이종 간에 조종하는 것도 가능합니다.”

“그렇다면 조가 처음으로 문제를 일으킨 놈인가요?”

“네.”

“가설 하나는 지워도 되겠네요.”

코넬리우스는 작업대에 앉아서 살찐 다리를 흔들거리며 손으로 가느다랗고 희끗희끗한 머리를 빗어 넘겼다.

“저는 목성의 물리적 환경이 문제의 원인일지 모른다고 생각했었습니다. 이제는 조 자체가 문제인 것처럼 보이는군요.”

“우리도 그렇게 의심하고 있습니다.”

비켄이 말했다. 그는 담배에 불을 붙이고, 볼을 오므리며 연기를 빨아들였다. 눈빛이 우울해 보였다.

“어떻게 그런 일이 일어났는지 모르겠습니다. 생명공학자는 모조 합성인간을 설계할 때 어떠한 자연적인 진화보다도 낮게 만들려고 주의를 기울여서 설계했다고 했으니까요.”

“두뇌도 말인가요?”

“그럼요. 조의 두뇌는 심령파 조종을 위해서 인간의 뇌를 본떠 만들었어요. 여러 가지로 개선이 이루어져서 조의 두뇌는 상당히 안정되었습니다.”

“그렇다면 심리학적인 관점에서 이 문제를 살펴볼 수도 있겠군요. 심령학이 심령파 증폭기나 다른 값비싼 기구들에 둘러싸여 있어도, 본질적으로는 심리학의 한 분야입니다. 오늘날까지도 말이지요. 어쩌면 심리학이 심령학의 한 분야라고 주장할 수도 있겠지요. 정신에 상처가 남을 만한 충격적인 경험에 대해 한번 생각해보지요. 이건 어떻습니까? 성인으로 자라난 목성인이 태아 상태에서 저 아래로 내려가는 험한 여행을 한 건가요?"

코넬리우스가 말했다.

"우주선이 한 거죠. 모조 목성인 자체가 여행을 했다고 말할 수는 없어요. 조는 우리들이 태어나기 전에 양수에 둘러싸여 있는 것처럼 액체에 담겨서 옮겨졌습니다."

비켄이 말했다.

"그렇다고 해도…… 여기의 200기압은 목성 지표면의 그 상상하기도 힘든 압력과는 차이가 있지 않습니까. 그런 변화가 조에게 해를 입히지는 않았을까요?"

코넬리우스가 말했다.

비켄이 코넬리우스를 존중하는 눈빛으로 쳐다보며 대답했다.

"그럴 것 같지는 않습니다. 말씀드렸다시피 우주선들은 구멍으로 공기가 통하도록 설계되어 있었습니다. 바깥의 압력이 칸막이 막들을 차례로 통과하면서…… 음, 뭐랄까…… 그 자궁 같은 장치로 서서히 전달되도록 만들어져 있습니다. 그리고 아시다시피 강하는 수시간에 걸쳐서 진행됩니다."

"그렇군요. 그 다음에는 어떻게 되나요? 우주선이 착륙하고, 자궁 장치가 열리고, 탯줄의 연결이 풀리면 조가 태어난다고 말할 수 있겠군요. 하지만, 이미 조는 성인의 두뇌를 가진 상태입니다. 그런 상태에서 절반밖에 발달하지 않은 갓난아기 같은 정신 상태로는 갑작스런 자각으로 인한 충격을 막을 수 없습니다."

"우리도 그 문제를 생각했었습니다. 그래서 우주선이 이 위성에서 출발할 때부터 앵글시가 조의 두뇌에 심령파를 맞추고 있었습니다. 그렇기 때문에 자궁에서 나와 처음으로 바깥 세계와 자신을 자각하는 사람은 조가 아니었습니다. 조는 생물학적인 꼭두각시 이상도 이하도 아니에요. 조는 딱 앵글시가 힘들어하는 만큼만 정신적인 충격을 받게 되어 있습니다. 저기 아래에 있는 건 앵글시라구요!"

비켄이 말했다.

"혹시…… 아직은 그 꼭두각시를 종족으로 늘릴 계획은 없나요?"

코넬리우스가 물었다.

"아, 맙소사. 아닙니다. 지금으로서는 생각하기 힘들어요. 조가 잘 정착하는지 확인한 다음에나 심령사를 몇 명 더 고용해서 다른 모조 목성인을 조종하도록 할 겁니다. 나중에는 암컷들을 내려보내고, 조종하지 않는 수컷들도 내려보낼 겁니다. 그리고 꼭두각시들을 통해서 교육을 시킬 계획입니다. 새로운 세대는 자연스럽게 태어나도록 할 거예요. 그래서 최종 목표는 목성인의 작은 문명사회를 만드는 거지요. 거기에는 사냥꾼, 기술자, 농부, 주부와 노동자가 살게 되겠죠. 그들이 사제단 같은 소수의 핵심적인 구성원들을 지원하게 될 겁니다. 그리고 그 사제단은 조와 마찬가지로 심령파로 조종할 계획입니다. 이들이야말로 독자적으로 도구를 만들고, 글을 읽고, 실험을 해서 바로 우리가 원하는 사실들을 이야기해줄 존재들입니다."

코넬리우스가 고개를 끄덕였다. 대체로 그가 알고 있었던 목성 계획과 거의 차이가 없었다. 그의 임무가 얼마나 중요한지 실감이 났다.

그렇다면 무엇을 할 수 있을까?

손이 시퍼렇게 멍들어 있었다.

'이런 제길.'

앵글시는 신음 소리를 내며 생각했다. 벌써 100번째는 되겠다.

'나한테 이렇게 영향이 큰가? 저 아래에서 조가 싸울 때, 혹시 여기서 나는 쇳덩어리를 주먹으로 쳤던 건 아닐까?'

그가 흐릿한 눈으로 방을 가로질러 코넬리우스가 일하고 있는 의자를 쳐다봤다. 그는 그 뚱뚱하고 끊임없이 조잘조잘대며 담배 따위를 피워대는 지저분한 코넬리우스 같은 인간을 좋아하지 않는다. 지구의 지렁이 같은 인간들에게 예의를 차리는 일은 그만둔 지 오래됐다.

심령학자는 드라이버를 내려놓고 뻐근한 손가락을 풀고 있었다.

"으차! 저는 잠시 쉬어야겠습니다."

코넬리우스가 웃으며 말했다.

반쯤 조립된 심령투사기는 코넬리우스의 널찍하고 유들유들한 몸뚱이 뒤에서 초라해 보였다. 그는 의자 위에 두꺼비처럼 쪼그리고 앉아 있었다. 앵글시는 잠깐이라도 누구와 방을 나눠 쓴다는 자체가 너무 싫었다. 최근에 그는 식사를 방으로 가져오도록 요구해서 바로 옆에 있는 숙소의 문 밖에 내놨다. 그는 요즘 그보다 멀리 나가본 적이 거의 없었다.

'내가 왜 그래야 되지?'

"좀 빨리 하면 안 되나?"

앵글시가 투덜댔다. 코넬리우스가 얼굴을 붉혔다.

"느슨해진 부품이 아니라, 예비로 미리 조립해놓은 심령투사기만 있었다면……."

코넬리우스가 다시 일하기 시작했다. 어깨를 으쓱하더니 담배꽁초를 꺼내서 조심스럽게 불을 붙였다. 그는 보급품을 오랫동안 아껴 써야 하는 처지였다. 앵글시는 자신이 일부러 그 냄새 나는 연기를 입으로 뿜어낸다면 어떤 기분일지 궁금했다.

'난 당신이 싫어. 지구 벌레 코넬리우스 씨, 당신도 마찬가지로 내

"다른 심령사가 또 온 것도 아닌데, 투사기가 왜 더 필요해. 게다가 장비 검사 보고서를 보면 지금 쓰고 있는 이 기계도 완벽하게 잘 돌아간다고."

앵글시가 부루퉁한 목소리로 말했다.

"하지만, 투사기가 가끔씩 미쳐 날뛰어서 K관을 태워버리잖습니까. 문제는 그 원인이 뭐냐는 거지요. 새로운 투사기가 준비되는 대로 직접 시험해보실 수 있도록 하겠습니다. 하지만 솔직히 말씀드리자면, 저는 이 문제가 전자적인 문제라거나 예상하지 못했던 물리적인 영향 때문이라고는 생각하지 않습니다."

코넬리우스가 말했다.

"그러면 뭐가 문제요?"

앵글시는 토론이 점차 기술적인 문제에 집중되자 더 편안한 기분이 되었다.

"글쎄요. 자, 보십시오. K관의 역할이 정확히 뭐죠? K관은 심령투사기의 가장 핵심적인 부품입니다. K관은 당신의 심령파를 증폭시켜주고, 당신의 심령파를 이용해서 반송파를 변조해, 그 파장 전부를 조에게 쐬주는 역할을 하죠. 그것뿐 아니라 조의 공명파를 잡아내서 증폭시켜주는 역할도 합니다. 투사기 안에 있는 다른 부품들은 모두 K관의 부속기관이나 마찬가지입니다."

"한 수 가르쳐주쇼."

앵글시가 인상을 쓰며 비아냥거렸다.

"저는 단지 분명한 사실을 다시 말한 것뿐입니다. 우리는 당연한 사실을 못 보고 놓칠 때가 많으니까요. 지금 문제는 K관이 아닌 것 같습니다. 제 추측에는 바로 당신이 문제입니다."

코넬리우스가 말했다.

"뭐야?"

앵글시는 창백한 얼굴로 입을 쩍 벌리고 코넬리우스를 바라봤다. 그의 가느다란 체구를 따라 분노가 치밀어 오르고 있었다.

"개인적인 감정은 전혀 없습니다."

코넬리우스가 허둥지둥 말했다.

"잠재의식이란 게 얼마나 교활한 짐승인지는 잘 아시잖습니까. 잠시 가정을 한번 해보는 건 어떨까요? 당신의 잠재의식 깊숙한 곳에서는 목성에 가기 싫어한다고 가정해보죠. 제가 볼 때 목성의 환경은 정말 끔찍하거든요. 그게 아니라면 뭔가 프로이트가 말한 정신분석학적인 요소들이 끼어들었을 수도 있지요. 어쩌면 그냥 자연스럽고 단순하게 당신의 잠재의식이 조의 죽음이 자기와 무관하다는 사실을 이해하지 못하는 것일 수도 있습니다."

"으음…… 음……."

앵글시는 뭐라고 딱 꼬집어 말하기 힘든 표정으로 침묵했다. 그는 뼈만 남은 손으로 턱을 문질렀다.

"좀 더 명확하게 이야기해주겠소?"

"대략적으로 이야기하면, 당신의 의식은 심령파를 통해서 운동 신경을 움직이도록 조에게 신호를 보냅니다. 동시에, 이 모든 일들을 두려워하는 당신의 잠재의식은 혈관과 심장을 통제하고, 내장을 움직이고, 성적性的인 신호를 공포감에 실어서 뿜어내는 거죠. 이런 신호에 조가 반응을 하면, 그 긴장감이 다시 심령파를 통해 되돌아오는 겁니다. 조가 몸으로 느끼는 공포감은 다시 당신의 잠재의식을 더 두렵게 만들고, 그

증상이 증가하게 됩니다. 이해되시죠? 이것은 일반적인 신경쇠약과 거의 동일한 증상입니다. 다만 예외가 있다면, 여기에는 K관이라는 강력한 증폭장치가 그 과정에 포함되어 있다는 겁니다. K관의 진동은 1, 2초 사이에 폭발적으로 증가할 수 있어요. 당신은 K관이 타버리는 걸 감사해야 할 겁니다. 그렇지 않았더라면 당신의 뇌가 타버렸을 겁니다!"

앵글시는 잠시 조용히 있더니 웃음을 터뜨렸다. 쌀쌀맞고, 거친 웃음이었다. 그의 웃음소리에 코넬리우스는 움찔했다.

"그럴싸한 해석이오. 그런데 말이오. 유감스럽게도 근거가 없는 주장이오. 당신도 알다시피 난 목성으로 내려가는 걸 좋아해. 조라는 존재가 되는 걸 좋아한다고!"

앵글시는 잠시 멈추더니 비인간적이고 건조한 말투로 말을 이었다.

"내가 적어놓은 것들로 목성의 환경을 판단하지 마. 그 기록들은 풍속이니, 온도 변화니, 광물의 특성이니 하는 것처럼 별로 중요하지도 않고 바보 같은 것들이야. 난 적외선을 볼 수 있는 목성인의 눈으로 목성이 어떻게 보이는지 묘사할 수 없어."

"저도 다를 거라고 생각합니다."

불편한 침묵이 잠시 흐른 후 코넬리우스가 위험을 무릅쓰고 말했다.

"그렇기도 하고, 아니기도 해. 그건 말로 옮기기 힘들어. 내가 말로 옮길 수 없는 부분은 인간에게는 그런 개념이 없기 때문이야. 여하튼…… 난 도저히 그걸 묘사할 수 없어. 셰익스피어라도 못 할 거야. 이 말만 기억해. 우리가 춥게 느끼고, 우리에게 해롭다고 생각하거나, 우리를 우울하게 만드는 목성의 특징들은 모두 다 조에게는 적합한 환경이라는 사실 말이야."

앵글시의 말투가 마치 혼자 독백을 하듯 차츰 잦아들었다.

"보라색으로 작열하는 하늘과 거대한 섬광을 번쩍거리며 땅에 그림자를 드리우고 내리꽂히는 빗방울을 쏟아놓는 구름 아래를 걸어가는 걸 상상해봐. 반짝반짝 잘 닦인 금속 표면 같은 산의 경사를 걸어 올라갈 때 머리 위에서는 새빨간 불꽃이 터지고 아래에서는 천둥소리가 웃음처럼 들려오는 모습을 상상해봐. 차갑고 거칠게 흐르는 시냇물, 어두운 적갈색의 꽃들이 피어 있는 낮은 수목들, 절벽에서 떨어져 내리는 폭포—액체 메탄 폭포든 뭐든 당신 맘대로 부르쇼—그리고 강하게 불어오는 힘찬 바람이 갈기를 무지개처럼 활짝 펼치며 흔드는 모습을 상상해보라고! 어둠 속에서 숨을 쉬는 그 모든 숲과 여기저기에서 창백한 붉은 빛을 흔들어대며 눈길을 잡아 끄는 도깨비불을 상상해보란 말이야! 이 도깨비불은 빠르고 부끄럼 많은 어떤 동물이 뿜어내는 방사열이지. 그리고…… 그리고……."

앵글시의 쉰 목소리가 조용히 잠겼다. 자신의 꼭 쥔 주먹을 노려보던 눈을 꾹 감자 눈시울에서 눈물이 흘러내렸다.

"강해진 모습을 상상해보란 말야!"

갑자기 그가 헬멧을 낚아채서 머리 위로 쿡 눌러쓰더니 조종 손잡이를 돌렸다. 목성은 아직 밤이기 때문에 조가 잠들어 있을 시간이었다. 그런데 조가 깨어나서 네 개의 달을 쳐다보며 사방을 둘러싼 숲이 그를 두려워할 때까지 울부짖기라도 하는 걸까?

코넬리우스는 조용히 통제실을 빠져나갔다.

저녁놀 빛이 길게 드리우고 폭풍을 품은 거무스름한 구름이 연이어 피어오르는 가운데 그는 오늘 해낸 일들을 생각하며 언덕을 힘차게 오르고 있었다. 그의 등에는 손으로 짜서 만든 두 개의 바구니가 균형을 이루고 있었는데, 하나에는 가시나무에서 수확한 톡 쏘는 맛이 나는 검은 과일이 담겨 있었고, 나머지 하나에는 밧줄 대신 사용할 수 있는 굵은 덩굴이 실려 있었다. 어깨 위에 짊어진 도끼는 저물어가는 햇빛을 붙들어서 그의 등 뒤로 밝은 빛살을 던졌다.

힘든 노동은 아니었지만 피곤함이 몰려왔다. 그는 요리, 청소나 그 외에도 아직은 계속 해내야 할 자질구레한 집안일들을 좋아하지 않았다. 왜 저들은 좀 더 빨리 그를 도와줄 이를 내려보내지 못하는 걸까?

그는 원망스런 눈길로 하늘을 쳐다봤다. 다섯 번째 위성은 저 아래 바람의 바다 아래로 저물어서 지금은 태양과 네 개의 갈릴레오 위성들[9] 밖에는 보이지 않았다. 그는 지금 자신의 위치에서는 어디쯤을 봐야 제5위성을 찾을 수 있을지 몰랐다.

'잠깐, 여기서는 해가 지지만, 지금 내가 전망대로 가면 하현달처럼 빛나는 목성의 모습을 볼 수 있을 거야. 제기랄, 제5위성이 목성을 한 바퀴 도는 데는 지구 시간으로 반나절밖에 안 걸리잖아.'

조가 고개를 저었다. 하여튼 요즘에는 논리적으로 사고하는 게 가끔씩은 지랄 맞게 힘들다.

'나는, 진짜 나 말이야, 차가운 별들 사이에 떠 있는 목성의 제5위성에 올라타고 하늘나라에 떠 있어. 이걸 잊지 말아야 해. 눈을 떠라. 지금 눈을 뜬다면 그 죽은 통제실의 모습을 여기 살아 있는 언덕배기에 포개어 보게 될 것이다.'

◉　**9**＿1609년 갈릴레오가 스스로 만든 망원경으로 발견한 목성의 네 위성 이오, 유로파, 가니메데, 칼리스토를 가리키는 말이다. 이 소설 속에 연구소가 있는 다섯 번째 위성 아말테아는 1892년 미국의 천문학자 E. E. 버너드가 발견했다.

하지만 그는 그렇게 하지 않았다. 대신 그의 눈에 보인 것은 바람에 회색으로 부서져 날리며 언덕배기의 질긴 이끼들 위로 뿌려진 돌멩이들이었다. 그 돌멩이들은 지구의 것들과는 많이 다르게 생겼으며, 그의 발 아래에 있는 지구의 부식토 같은 흙과도 달랐다.

잠시 동안 앵글시는 규산염, 알루민산염, 그리고 그 외 돌멩이를 이루는 혼합물의 기원에 대해 곰곰이 생각했다. 이론적으로 이런 물질은 도달하기도 어려운, 원자를 부수어놓을 정도로 엄청난 압력이 짓누르는 목성의 핵에 갇혀 있어야 했다. 핵에서 여기 지표면 사이에는 수천 킬로미터에 달하는 동질이형同質異形의 얼음과 금속성의 수소 지층이 놓여 있을 것이다. 그렇게 합성된 물질은 여기 이곳처럼 높은 곳에는 없어야 한다. 하지만, 그런 물질들이 이 지표면에 있다.

어쩌면, 목성은 과학자들의 이론대로 형성된 뒤에 그 엄청난 중력의 빨대로 우주먼지, 유성, 가스와 증기를 빨아들여서 수킬로미터 두께의 껍데기를 만들었을지도 모른다. 그게 아니라면 이론이 전적으로 잘못되었을 수도 있다. 지구의 그 말랑말랑하고 창백한 지렁이들이 뭘 알겠으며, 뭘 알 수 있었겠는가?

앵글시는 조의 손가락을 입으로 가져가 휘파람을 불었다. 덤불 속에서 짖는 소리가 들려오고, 야행성 동물 두 마리가 그를 향해 뛰어왔다. 그는 씩 웃더니 두 마리의 머리를 쓰다듬었다. 그가 잡았던 검정 벌레의 새끼들에 대한 훈련은 바라던 것보다 빠르게 진행되었다. 이놈들이 앞으로 그를 지켜줄 것이며, 가축을 몰고, 하인이 될 것이다.

조는 산꼭대기에 집을 만들고 있었다. 주변 일대의 나무들을 베어내고 방책을 세웠다. 그리고 그 공터 안에 쉬거나 물건을 저장할 별채를 세우고, 메탄 우물을 만들었으며, 크고 편안한 오두막집을 짓기 시작했다.

하지만 혼자 하기에는 일이 너무 많았다. 지적인 능력이 약간 있는 애벌레들이 도와주고 있고, 고기를 저장할 냉장고가 있기는 했지만, 그는 아직도 대부분의 시간을 사냥으로 보내야 했다. 계속 사냥만 할 수는 없다. 앵글시는 내년쯤에는——목성의 1년은 지구의 시간으로 12년에 해당한다——농사를 시작해야겠다고 생각했다. 그는 염두에 둔 10여 가지의 기계를 돌릴 수 있도록 강에 물레바퀴, 아니 메탄 바퀴를 설치하고 싶었다. 얼음 합금으로 실험도 해보고 싶었다. 그리고…….

그런데 도움이 필요하다는 사실을 차치하고라도, 왜 그가 이 전체 행성에서 사고를 할 수 있는 유일한 생물로서 혼자 외로이 살아가야 할까? 그는 수컷의 본능을 가진 수컷의 몸을 가지고 있다. 긴 안목으로 보자면, 그가 계속 수도승처럼 살아가다 보면 결국 건강을 해치게 될 것이다. 지금 이 연구 사업 전체는 조의 건강에 달려 있지 않은가.

이건 온당치 않아!

'하지만 나는 혼자가 아냐. 위성에는 50여 명의 사람들이 함께 살고 있다고. 아무튼 나는 내가 원하는 때라면 언제든 그들과 이야기할 수 있어. 요즘에는 내가 가장 싫어하는 일이 돼버리고 말았지만 말이야. 차라리 조로 지내는 편이 더 나아. 그럼에도…… 나는, 장애인으로 살아가야 하는 나는 조라는 이 환상적인 생물학적 기계의 피곤함과 분노, 상처, 좌절을 느낄 수 있다. 다른 사람들은 이해할 수 없어. 암모니아의 광풍이 그의 피부를 벗겨낼 때 피를 흘리는 건 나란 말이다.'

조는 바닥에 누워 한숨을 쉬었다. 등을 구부리고 그의 뺨을 핥는 검은 짐승의 입에서 송곳니가 번득였다. 배에서는 허기 때문에 우르릉 소리가 났지만, 너무 지쳐서 음식을 만들 수 없었다. 이전에 이 개들에게 훈련을 시키긴 했었다.

모조 목성인은 이놈들보다 교육 효과가 훨씬 뛰어날 것이다.

피곤함에 절은 머리로도 거의 눈으로 보듯이 상상할 수 있었다. 저 아래, 산 아래의 계곡으로 우주선이 쉴 곳을 찾아 다가오면 불꽃이 피어오르고 천둥이 칠 것이다. 그리고 강철로 만들어진 알이 갈라져 열리면 벌써 부서져내리기 시작하는 강철 팔들이 ─ 보잘것없는 지렁이들이 하는 일이라는 게 그렇지!─ 알 속에 있는 생물을 들어 올려 땅에 내려놓을 것이다.

그녀는 처음으로 공기를 들이마시며 몸을 떨고 울부짖으며 얼이 빠진 멍한 눈으로 두리번거릴 것이다. 그러면 조가 다가가 그녀를 집으로 데리고 와서 먹이고, 돌봐주고, 걷는 방법을 가르칠 것이다. 가르치는 시간이 오래 걸리지는 않을 것이다. 이미 성인의 몸을 가진 그녀는 이런 것들을 빠르게 배워나가겠지. 몇 주 안에 그녀는 말을 하기 시작할 테고, 영혼을 가진 한 개인이 될 것이다.

'에드워드 앵글시, 네가 걸어 다닐 수 있었던 시절에는 네 발로 걸어 다니는 회색 괴물을 부인으로 맞을 거라고 상상이라도 해봤던가?'

그런 건 별로 중요한 문제가 아니다. 그와 같은 종류의 모조 목성인 남녀가 여기로 내려온다는 사실이 중요하다. 연구소의 하찮은 계획 때문에 그는 지구의 시간으로 2년이 넘게 기다려야 할 것이며, 연구소는 조와 같은 꼭두각시만 보낼 것이다. 경멸스러운 인간의 마음이 목성인이 당연히 소유해야 할 그 눈을 통해 목성을 볼 것이다. 그건 정말 말도 안 된다!

이렇게 피곤하지만 않았더라도…….

조가 일어나 앉았다. 현실감이 돌아오자 졸음이 서서히 빠져나갔다. 조는 사실 피곤하지 않다. 피곤한 사람은 앵글시다. 그의 반쪽인 지구인 앵글시는 몇 달 동안 내내 잠깐씩 선잠만 잤을 뿐이고, 그나마도 최근에는 코넬리우스 때문에 제대로 쉴 수 없었다. 지금 의욕도 없이 축 늘어져서 졸립다는 심령파를 조에게 내려보내고 있는 것은 지구인의 몸이다.

조의 몸으로 느끼는 긴장감이 하늘을 향해 날아왔다. 앵글시가 갑자기 몸을 들썩이더니 깨어났다.

그는 욕을 내뱉었다. 헬멧을 쓴 채 앉아 있는 동안 목성 지표면의 선명한 모습은 집중력이 흩어짐과 동시에 서서히 투명해지듯이 사라졌다. 그와 동시에 그를 둘러싼 연구실이라는 강철 감옥은 점점 더 뚜렷한 모습을 갖춰갔다. 연결이 끊어져가고 있었다. 그는 경험에 따라 다른 두뇌의 신경 흐름을 따라 재빨리 돌아가려 했다. 그는 자신이 자려고 마음먹은 것처럼 조도 잠들게 하려 했다. 하지만, 불면증 환자들과 마찬가지로, 실패했다. 지금 조의 몸은 너무 배가 고팠다. 조는 일어나서 오두막 집을 향해 마당을 지나 걸어갔다.

K관이 마구 요동치더니 터져버렸다.

우주선이 출발하기 전날 밤, 비켄과 코넬리우스는 늦게까지 깨어 있었다.

물론 그때를 밤이라고 부르긴 힘들다. 작은 위성은 12시간 만에 어두운 곳에서 나와 목성의 밝은 부분을 빠르게 돌아 다시 어두운 곳으로 돌아갔다. 그리고 그리니치에 유령이 날아다닐 시간에 이곳 위성에서는 있으나 마나 한 창백하고 조그마한 태양이 위성의 바위산에 희미한 햇볕을 비추고 있었다. 하지만 대부분의 연구원들은 이 시간에 잠자리에 들어 있었다.

비켄이 얼굴을 찌푸렸다.

"저는 내키지 않습니다. 너무 갑작스럽게 계획을 변경하는 거예요. 무리한 도박입니다."

"그 도박에 얼마나 걸었죠? 겨우 세 마리의 수놈과 10여 마리의 암놈 모조 목성인을 거는 것뿐이잖습니까."

코넬리우스가 대답했다.

"강하용 우주선 15대도 계산해야죠. 우리가 가진 우주선 전부입니다. 앵글시의 계획이 어긋나면, 다시 모조인들을 만들고 항공 측량을 재개하는 데 수개월, 아니 수년이 더 걸릴지도 몰라요."

"하지만, 제대로 되기만 하면, 강하용 우주선은 더 이상 필요없을 겁니다. 모조 목성인을 더 내려보낼 게 아니라면 말이에요. 이 높은 곳에서 한가하게 시간을 보내던 여러분들은 이제 목성의 지표면에서 보내오는 자료들을 계산하느라 바빠질 겁니다."

코넬리우스가 말했다.

"그렇겠죠. 하지만 그렇게 빨리 진행될 거라고는 생각지 않습니다. 우리는 더 많은 모조 목성인들을 조종할 수 있도록 이곳으로 심령사를 더 불러들일 계획입니다."

"심령사들은 더 이상 필요없습니다."

코넬리우스는 어떻게 설명해야 좋을지 생각하면서 담배에 불을 붙여 깊게 빨아들였다.

"하여튼 당분간은 필요 없을 겁니다. 조는 적절한 도움만 있다면 수천 년의 역사를 뛰어 넘을 수 있다는 걸 보여줬어요. 무전기 같은 것도 곧 사용하기 시작하겠죠. 그렇게만 된다면 심령사는 별로 필요 없을 겁니다. 하지만 적절한 지원을 받지 못하면 제자리걸음만 하게 되겠죠. 그리고 고도로 훈련받은 심령사가 목성 모조인을 수동으로 조종하느라 고생하는 것은 아무리 생각해도 바보짓 같습니다. 지금 필요한 건 다른 모조 목성인을 내려보내주는 것뿐입니다. 목성인들이 잘 정착하기만 하면, 당연히 그렇게 되겠지만, 더 많은 꼭두각시를 내려보낼 수 있을 겁니다."

"그렇다고 하더라도 아직 풀리지 않은 문제가 있습니다."

비켄이 계속 주장했다.

"앵글시가 과연 그 많은 모조 목성인들을 혼자서 한꺼번에 교육시킬 수 있을까요? 당분간 그 모조 목성인들은 마치 갓난아기들처럼 전혀 도움이 되지 않을 겁니다. 스스로 생각하고 움직이려면 최소한 수주일이 걸릴 텐데, 그 사이에 조가 그들 모두를 제대로 돌볼 수 있을까요?"

"조는 수개월간 소비할 음식과 연료를 저장해놨습니다. 조의 능력에 대한 거라면…… 글쎄요, 으음…… 앵글시의 판단을 믿어야 하지 않을까요? 제대로 된 내막을 아는 사람은 앵글시밖에 없잖습니까."

코넬리우스가 말했다.

"그리고 이 목성인들이 개성을 갖기 시작하면…… 조를 계속 따르려고 할까요? 모조인들은 서로의 복제판이 아니라는 사실을 잊지 마십시오. 불확정성 원리에 따라 각 모조인들은 독자적인 유전자로 이루어져 있습니다. 목성에 인간적인 사고를 하는 존재가 하나밖에 없다면, 이 외계인들 사이에서……."

비켄이 우려했다.

"인간적인 사고라뇨?"

거의 들리지 않는 목소리였다. 비켄이 미심쩍은 표정으로 입을 열자, 코넬리우스가 급하게 말을 이었다.

"아, 저는 앵글시가 그들을 계속 지배할 거라고 보장할 수 있습니다. 앵글시의 역량도 만만치 않잖습니까."

비켄이 놀란 표정으로 쳐다봤다.

"정말 그렇게 생각하십니까?"

심령학자가 고개를 끄덕였다.

"저는 지난 몇 주간 어느 누구보다도 열심히 그를 관찰해왔습니다. 직업적인 특성 때문에 사람을 볼 때 신체나 성격보다는 심리를 더 유심히 보게 되죠. 당신이 볼 때는 그냥 성질 더러운 장애인일 뿐이겠지만, 저에게는 육체적인 장애에 대해 굉장한 에너지와 초인적인 집중력으로 반응하는 그의 정신이 보입니다. 정말 무서울 정도였습니다. 육체적으로 정상적인 사람에게 그런 정신적 에너지를 준다면 해내지 못할 일이 없을 겁니다."

"심리에 대한 거라면 당신 말이 맞겠죠. 그건 별로 중요하지 않아요. 결정은 이미 내려졌고, 우주선은 내일 강하할 예정입니다. 일이 잘 되기만 바랄 뿐입니다."

비켄이 잠깐 멈칫하다가 중얼거렸다.

그리고 잠시 말을 멈췄다. 작은 방의 환풍기가 돌아가는 소리가 부자연스럽게 크게 들리고, 벽에 붙어 있는 여자 사진의 색이 지나치게 화려하게 느껴졌다.

"코넬리우스 박사님, 요즘 통 자기 얘기를 안 하셨던 것 같군요. 언제쯤이면 심령투사기가 완성되어서 테스트를 시작할 수 있을까요?"

코넬리우스가 주위를 둘러봤다. 그는 손을 뻗어 텅 빈 복도를 향해 열려 있는 문을 닫고는 가볍게 씩 웃으며 대답했다.

"이미 며칠 전에 모든 준비를 마쳤습니다. 하지만 아무한테도 이야기하지 마십시오."

"아니, 어떻게 된 일인가요?"

비켄이 펄쩍 뛰었다. 낮은 중력에서의 갑작스러운 움직임 때문에 그는 두 사람 사이에 있던 테이블의 중간까지 날아갔다. 그는 몸을 돌려 의자에 집어넣고는 대답을 기다렸다.

"그동안은 별 의미 없이 서투른 땜장이처럼 굴고 있었지요. 하지만 저는 앵글시가 완전히 조에게 몰입하고 있는 시점, 그가 가장 감정적으로 행동할 때를 기다리고 있었습니다. 내일 진행될 일이 저에게 필요한 바로 그 시점입니다."

"어째서죠?"

"자, 보십시오. 저는 기계에서 발생하는 이 문제가 물리학적인 게 아니고, 심리학적인 문제라고 확실하게 말씀드릴 수 있습니다. 제 생각에 앵글시는 뭔가 무의식적인 이유 때문에 목성에 가기 싫어하는 것 같습니다. 그런 형태의 충돌이 심령증폭기 회로를 망가뜨리고 있는 겁니다."

"흐음……."

비켄이 턱을 문질렀다.

"그럴 수도 있겠군요. 최근 앵글시는 사람이 점점 바뀌고 있어요. 처음 이곳에 왔을 때에도 성미가 급하긴 했지만, 최소한 포커 정도는 함께 하기도 했지요. 그런데 지금은 완전히 자기 울타리 안에 콱 틀어박혀서 얼굴 보는 것도 힘듭니다. 저는 그런 식으로는 전혀 생각해보지 못했습니다만…… 그렇군요. 하나님께 맹세코, 목성이 그에게 영향을 미치고 있는 게 분명합니다."

"흐음……."

코넬리우스는 고개를 끄덕였다. 앵글시가 목성인이 되는 것을 얼마나 좋아하는지 말하려 했던, 별로 중요하지 않은 일화는 굳이 언급하지 않았다.

비켄이 생각에 잠겨 이야기했다.

"그렇겠죠. 앵글시보다 앞서서 신령사를 했던 사람들은 특별히 영향 받을 게 없었어요. 앵글시도 처음에 하등한 모조 생물을 조정할 때에는 전혀 영향을 받지 않았어요. 그런데 조가 목성의 지표면으로 내려가자 그때부터 이렇게 달라졌습니다."

"네, 네. 그에 대해서는 충분히 연구해왔습니다. 하지만 그에 대해 전문적으로 이야기하려면……."

코넬리우스가 허둥지둥 말했다.

"아니, 잠깐만요."

비켄이 그를 쳐다보며 낮은 목소리로 급하게 말했다.

"처음으로 이 문제가 명확하게 보이기 시작했습니다. 전에도 분석을 안 해본 건 아니지만, 그냥 상황이 좋지 않을 뿐이라고 받아들였죠. 조에게는 뭔가 특이한 점이 있습니다. 조의 물리적인 구조나 환경과 관련된 문제일 가능성은 거의 없어요. 하등한 생물들에게서는 이런 문제가 일어나지 않았거든요. 혹시 잠재적으로 인간에 필적하는 지적 능력을 갖출 만한 꼭두각시로는 조가 처음 만들어졌을 가능성도 있습니까?"

"아직 그 문제는 비워놓고 추측해봐야 됩니다. 내일이면 그에 대해 이야기해드릴 수 있을 것 같습니다. 하지만 지금은 저도 전혀 모릅니다."

코넬리우스가 말했다.

비켄이 똑바로 앉았다. 그는 옅은 색 눈동자를 깜박거리지도 않은 채 코넬리우스를 응시했다.

"잠깐만요."

비켄이 말했다.

"네? 제발 빨리 말씀해주십시오. 자러 갈 시간이 지났군요."

코넬리우스가 몸을 반쯤 일으키며 말했다.

"박사님은 방금까지 이야기하신 것보다 더 많이 알고 계시지요. 그렇지 않습니까?"

비켄이 말했다.

"왜 그렇게 생각하십니까?"

"박사님은 거짓말에 타고난 재능을 가지고 계신 것 같지는 않군요. 그런데 박사님께서는 모조 목성인을 더 내려보내야 한다는 앵글시의 계획을 지지하는 의견을 상당히 강력하게 주장하셨습니다. 신참으로서는 정말 과도할 정도였죠."

"말씀드렸듯이, 저는 단지 앵글시가 다른 데에 집중하길……."

"정말 그렇게 간절히 원하셨던가요?"

비켄이 갑자기 말을 자르고 끼어들었다.

코넬리우스가 잠시 멈칫했다. 그리고는 한숨을 몰아쉬더니 의자에 기대고 앉았다.

"맞습니다. 박사님의 판단력을 믿도록 하지요. 저는 고참 연구원들이 어떻게 반응할지 전혀 확신할 수 없었습니다. 그래서 제가 추측했던 사실들에 대해 다른 사람들에게 이야기하지 않기로 마음먹었던 겁니다. 예측이 틀릴지도 모르니까요. 물론 확인된 사실들에 대해서는 이야기할 겁니다. 하지만, 단지 이론만으로 다른 사람의 신념을 공격하고 싶은 생각은 전혀 없습니다."

비켄이 얼굴을 찌푸렸다.

"그게 대체 무슨 말입니까?"

코넬리우스가 담배연기를 세게 빨아들였다. 담뱃불이 점점 커지다가 붉은 악마별의 모형처럼 다시 작아졌다.

"이 제5위성은 연구소 이상입니다."

그가 차분히 말했다.

"여기는 연구원들에게 있어서 삶 그 자체이지요. 그렇지 않습니까? 설령 여기에서 잠깐만 근무한 사람이라고 해도, 이곳의 일이 자신에게 중요하게 생각되지 않았으면 절대로 여기까지 오지 않았을 겁니다. 근무 기간 연장을 하는 사람들은 지구가 그 풍요로움으로도 제공해주지 못한 뭔가를 여기서 발견한 사람인 거죠. 그렇게 봐도 되겠지요?"

"그렇죠. 박사님이 그렇게 잘 이해하고 있으리라곤 생각하지 못했습니다. 하지만 그게 무슨 상관인가요?"

비켄이 대답했다. 거의 속삭임에 가까운 목소리였다.

"글쎄요. 제가 그것을 증명할 수 있을 때까지는 말씀드리고 싶지 않습니다. 지금까지 완전히 헛수고를 한 것으로 드러날 수도 있거든요. 어쩌면 비켄 박사님께서는 엄청난 돈과 삶을 낭비해왔고, 그 때문에 짐을 싸서 집으로 돌아가셔야 할지도 모릅니다."

비켄의 긴 얼굴은 굳은 채 꼼짝도 하지 않았다. 완전히 얼어버린 것 같았다. 하지만 그는 가까스로 조용히 말했다.

"왜 그렇습니까?"

"조를 떠올려보세요. 조의 두뇌는 완전히 성장한 인간의 두뇌와 거의 같은 수준의 높은 능력을 가지고 있습니다. 거기에 '출생'의 순간부터 지금까지 느껴온 모든 감각에 대한 자료를 기록하고 있어요. 자신의 두뇌에, 자신의 세포에 하나하나 기록하고 있다고요. 여기에는 앵글시가 심령파로 보낸 육체적인 명령에 대한 기억만 축적되는 게 아닙니다. 생각이라는 것도 감각의 자료라고 볼 수 있습니다. 게다가 생각은 기찻길처럼 여러 갈래로 뿔뿔이 흩어져 갈라지지 않고, 하나로 이어진 들판 같은 형태를 갖추게 됩니다. 앵글시가 조와 심령파로 연결되어 있을 때마다, 그리고 생각할 때마다 그 생각은 앵글시의 뇌뿐 아니라 조의 시냅스에도 그대로 전해집니다. 그리고 그 모든 생각은 연상 작용을 일으키니까, 이렇게 연상된 모든 기억은 조의 머리에 기록되겠죠. 예를 들어 말하자면, 조가 오두막을 세울 때 통나무가 쌓인 모습은 앵글시에게 기하학적인 도형 모습을 떠오르게 할 테고, 그게 이번에는 앵글시에게 피타고라스의 정리를 떠오르게 할……."

"무슨 이야기인지 알겠습니다. 시간만 충분하다면, 조의 두뇌는 앵글시의 머릿속에 있는 모든 생각을 전부 다 저장하게 되겠네요."

비켄이 조심스럽게 말했다.

"맞습니다. 그렇다면 경험에 대한 잠재 기억의 형태로 작용하는 신경 체계는 — 이번 경우에는 인간이 아닌 모조인의 신경체계죠— 자아라는 정의에 잘 맞지 않습니까?"

"그런 것 같네요. 이런! 그러니까 조가…… 더 우세해졌다는 말씀이신가요?"

비켄이 펄쩍 뛰었다.

"어느 정도는 그렇습니다. 인식하기 힘든데다 무의식적이고, 알아채지 못할 정도이지만 말입니다."

코넬리우스가 깊게 한숨을 쉬더니 말을 내뱉기 시작했다.

"모조 목성인은 생물로서 거의 완벽합니다. 당신네 생물 공학자들은 자연이 우리를 설계할 때 했던 실수로부터 배운 모든 경험을 그 안에 집어넣었습니다. 처음에 조는 단지 원거리 조종용 생물학적 기계에 불과했어요. 그 뒤에 앵글시와 조는 두 얼굴을 가진 하나의 인격이 된 겁니다. 그러자 아주 천천히 더 강하고 건강한 몸뚱이의, 생각의 진폭이 더 커지고…… 아시겠습니까? 조가 지배적인 쪽이 되고 있다고요. 모조 목성인을 더 내려보내기로 한 이번 경우처럼, 앵글시는 스스로 이 일을 원하는 논리적인 이유가 있다고 생각합니다. 하지만 실제로는 그가 말하는 '이유'라는 것들은 조가 가진 본능적인 욕구를 합리화한 것뿐입니다. 앵글시의 잠재의식은 희미한 반응을 통해서 이 상황을 이해하고 있다는 것을 확실히 보여주고 있습니다. 잠재의식은 자신의 인간적 자아가 조의 본능과 욕구의 강압적인 힘에 의해 점차 잠식당하고 있다는 것을 확실히 느끼고 있습니다. 잠재의식은 자신의 정체성을 지키려고 하다가 이제 막 자라나는 조의 잠재의식이 가진 우월한 힘에게 따귀를 한 대 맞은 겁니다. 제가 거칠게 이야기하긴 했지만…… K관이 요동치는 이유는 설명이 될 겁니다."

그는 변명조로 이야기를 마쳤다.

비켄이 노인처럼 천천히 고개를 끄덕였다.

"네. 알겠습니다. 저 아래의 이질적인 외계 환경…… 다른 두뇌 구조……. 이런! 앵글시가 조에게 먹혀버리다니! 꼭두각시의 조종사가 꼭두각시가 되다니!"

그는 불편해 보였다.

"제 추측일 뿐입니다."

코넬리우스가 말했다. 갑자기 엄청난 피곤함이 몰려왔다. 그가 좋아하는 비켄 박사에게 이런 이야기를 해야 한다는 게 그다지 기쁘지는 않았다.

"하지만, 우리는 진퇴양난에 빠진 것 같습니다. 그렇지 않나요? 우리의 추측이 옳다면, 심령사들은 점차 목성인으로 바뀌어갈 거예요. 몸뚱이를 두 개 가진 괴물 말입니다. 그리고 그 둘 중에서 인간의 몸은 사소하고 부차적인 존재가 되겠죠. 이 말은 심령사들은 누구도 모조 목성인을 조종하려 하지 않을 테고, 결국 여러분의 연구계획도 끝장날 것이라는 뜻입니다."

코넬리우스가 일어섰다.

"비켄 박사님, 죄송합니다. 제가 생각하고 있던 걸 말해달라고 하신건 박사님이셨습니다. 이제 박사님은 걱정 때문에 잠자리에 들지 못하시겠지만, 제가 완전히 틀릴 수도 있지요. 그러면 박사님께서는 아무것도 아닌 일을 가지고 걱정하시는 셈이 되는 겁니다."

"괜찮아요. 박사님의 추측이 맞을 겁니다. 잘 모르겠네요. 내일 해결책을 찾아보겠습니다. 안녕히 주무십시오."

비켄이 웅얼거렸다.

코넬리우스는 문 쪽으로 날아갔다.

우주선들은 오래전에 쿠와앙! 쿠와앙! 쿠와앙! 우레와 같은 소리를 내며 지금까지 머물러 있던 요람을 박차고 뛰쳐나갔다. 이제 함대는 2차 램제트[10]로 최대한 속도를 올리고, 맹렬한 기세로 몰아치는 목성의 대기를 뚫고 금속 날개에 실려 활공하고 있다.

코넬리우스는 통제실 문을 열자마자 점검판을 살펴보았다. 어딘가

10__ram-jet : 마하 3, 4 정도에 적합한 엔진으로서, 로켓이 앞으로 나아갈 때 다가오는 공기의 압력을 이용해서 압축된 공기에 연료를 분사하여 연소시켜 추진력을 얻는 제트 엔진.

에서 들리는 목소리가 전 연구소에 울려 퍼졌다.

"한 대가 추락!"

"두 대가 추락!"

하지만 앵글시는 헬멧을 쓰고 있기 때문에 소리를 듣지 못할 것이다. 코넬리우스가 계속 정보를 받을 수 있도록 친절한 기술자가 코넬리우스의 심령투사기 위에 15개의 붉은 전구와 15개의 푸른 전구가 늘어선 판을 임시로 설치해주었다. 물론 표면적으로 그 설치물들은 모두 앵글시를 위한 것이라고 이야기되었지만, 앵글시는 그 설치물을 보지 않을 것이라고 주장했었다.

네 개의 붉은 전구가 꺼졌으니 안전한 착륙을 의미하는 네 개의 푸른 전구에도 불이 들어오지 않을 것이다. 회오리바람, 번개, 떠다니는 얼음 유성, 강철만큼이나 밀도가 높고 단단한 살로 이루어진 가오리처럼 날아다니는 새떼들. 우주선 네 대를 찌그러뜨리고, 너덜해진 우주선들을 유독한 숲으로 집어던져버릴 수 있는 것들은 100가지도 넘을 것이다.

우주선 네 대라니, 제기랄! 우리와 비등한 높은 수준의 두뇌를 가진 살아 있는 생명체가 1년여의 시간 동안 무의식의 밤을 보낸 후, 이해하기도 힘든 찰나의 순간을 제외하고는 깨어나지도 못한 채, 얼음산에 내던져져서 피범벅으로 갈갈이 찢겨나가는 모습을 생각해보라. 이 소모적인 냉혹스러움 때문에 코넬리우스는 속에 응어리가 맺히는 것 같았다. 목성에 어떻게든 지적인 생명체가 있게 하려면 이것은 반드시 해야 할 일이었다. 그렇다면 빠르게, 최소한의 피해로 해치워야 한다고 생각했다. 그 결과로 다음 세대는 기계가 아니라 사랑으로 태어나게 되리라! 코넬리우스는 뒤에 있는 문을 닫고 다가올 숨 가쁜 순간을 기다렸다. 앵글시는 휠체어에 앉아 구릿빛이 나는 둥그스름한 헬멧을 쓰고 반대편 벽

쪽으로 얼굴을 향하고 있었다. 움직임도 없고, 의식도 전혀 없는 것처럼 보였다. 좋았어! 이렇게 가까이에서 관찰하는 것을 앵글시가 알게 된다면 골치 아픈 일이 일어날 것이다. 어쩌면 이 계획 자체를 망가뜨릴지도 모른다. 하지만 앵글시는 알아채지 못할 것이다. 그는 자기 일에 집중하느라 보지도 듣지도 못했다.

그렇더라도, 심령학자는 큰 덩치를 통제실의 건너편에 있는 새로운 심령투사기로 조심스럽게 움직였다. 훔쳐봐야 하는 자신의 역할이 코넬리우스는 썩 내키지 않았다. 만일 다른 방법이 있었더라면 절대로 이렇게 하지 않았을 것이다. 하지만 특별한 죄책감을 느끼는 것은 아니다. 그의 짐작이 옳다면 앵글시는 자신의 존재가 인간이 아닌 무언가로 얽혀 들어가고 있다는 사실을 전혀 모르고 있을 것이다. 그러니 그를 훔쳐보는 것은 그를 구하는 일이 될 것이다.

코넬리우스는 조용히 계측기를 켜고 새로운 투사기의 K관을 가열시키기 시작했다. 앵글시의 기계에 설치된 오실로스코프가 앵글시의 기본적인 생체 시계와 알파파의 움직임을 알려주었다. 먼저 거기에 자신을 맞추면 더 섬세한 부분들은 느낌으로 알아차릴 수 있게 된다. 그리고 그의 상태와 위상을 완전히 맞추게 되면 모르고 있던 부분까지 조사할 수 있게 된다. 그래서……

무엇이 잘못되었는지 밝힐 것이다. 심한 고통을 받고 있는 앵글시의 잠재의식을 읽고, 그의 관심을 끌면서도 겁에 질리게 만드는, 목성 위에 있는 그놈을 들여다볼 것이다.

"다섯 대 추락!"

하지만, 이제는 착륙할 시간이 거의 다 되었다. 아마도 다섯 대 이상은 추락하지 않을 것이다. 열 대는 무사히 도착할 것이다. 조의 동지 열 명?

코넬리우스는 한숨을 쉬었다. 자신을 무능력자로 만들어버린 인간 세계에 눈과 귀를 닫아버리고 앉아 있는 장애인을 쳐다보았다. 그러자 동정심과 분노가 느껴졌다. 이건 공평하지 않아. 이건 잘못된 기야.

조도 마찬가지다. 조는 영혼을 갉아먹는 악마 같은 존재가 아니다. 조는 아직까지도 자신이 조라는 사실조차 인식하지 못하고 있고, 앵글시가 자신의 부속물이 되어간다는 사실도 알지 못한다. 조는 자신을 창조해달라고 요청하지 않았다. 그리고 다른 반쪽인 인간을 조로부터 빼앗는 것은 곧 조를 파괴하는 결과를 낳을 것이다.

아무튼, 적절한 한계선을 넘으면 항상 응분의 형벌이 따르는 법이다.

코넬리우스는 소리 없이 혼자 욕설을 내뱉었다. 할 일이나 하자. 그는 자리에 앉아서 머리에 헬멧을 썼다. 반송파는 그가 알아듣기에는 낮은 신경다발의 흔들림과 희미한 진동, 거의 들리지 않는 소리를 보내왔다. 뭐라고 딱 꼬집어 말하기 힘들었다.

코넬리우스는 이런 문제들을 넘어서 앵글시의 알파파로 관심을 돌렸다. 알파파의 진동수가 약해서 헤테로다인 검파법[11]으로 신호를 강화시킬 필요가 있었다. 아직 수신이 되지 않았다. 그렇다면, 그는 당연히 정확한 파형을 잡아야 한다. 음악에서 음색이 기본적인 것과 마찬가지로 생각을 따라갈 때도 정확한 파형과 특색을 파악해야만 했다. 그는 최대한 주의를 기울이며 천천히 숫자판을 조정했다.

◎ 11__수신한 전파를 수신기에서 발신시킨 전파와 합성하는 방법.

그의 의식 위로 뭔가가 번쩍 하고 지나갔는데, 보라색을 띤 붉은 하늘에 구름이 날뛰고, 끝없이 펼쳐진 광대한 대지에 휘몰아치는 바람의 모습이었다. 그는 놓쳐버렸다. 다시 숫자판을 되돌리는 동안 그의 손가락이 덜덜 떨렸다.

조와 앵글시가 주고받는 심령파를 확장시켰다. 코넬리우스는 확장된 심령파의 영역 속으로 들어갔다. 조의 눈을 통해 보자, 그는 언덕 위에 서서 가장 먼저 목성으로 진입하는 우주선의 흔적을 찾으려 얼음산 위의 하늘을 뚫어지게 쳐다보고 있었다. 그리고 동시에 그는 잔 코넬리우스를 유지하면서, 흐릿한 눈으로 계기판을 보며 앵글시의 영혼에 깊이 박혀 있는 공포를 보여주는 상징이나 감정을 찾고 있었다.

아까의 그 공포가 다시 치솟아 올라 그의 얼굴을 강타했다.

심령 탐사는 수동적으로 듣기만 하는 일이 아니다. 라디오 수신기가 약하게나마 송신을 하는 것과 마찬가지로, 심령파 에너지를 제공하는 사람과 공명하는 신경 체계도 자체적으로 심령파를 발산한다. 물론 일반적으로는 이 효과가 별로 중요하지 않다. 그러나 어떤 방향이든 심령파의 자극이 극히 부정적인 피드백을 받으며 헤테로다인 세트와 증폭기를 통과해 전달되면 문제가 달라진다.

초기에는 심령파를 이용한 심리치료가 스스로의 가치를 깎아내리곤 했는데, 어떤 이의 생각이 증폭되어 다른 사람의 뇌로 들어가면 벡터의 법칙에 따라 그 사람의 신경 파동에 결합해버렸기 때문이다. 새로운 진동 주파수는 두 사람 모두에게 자신의 생각이 악몽처럼 마구 뛰어다니는 것처럼 느끼도록 만들었다. 심령 분석가는 스스로 통제할 수 있도록 훈련받았기 때문에 이 효과를 무시할 수 있었다. 하지만 일반 환자는 그런 훈련을 받지 못했기 때문에 격렬하게 반응했다.

그러나 시간이 지나면서 인간이 가진 기본적인 주파수의 특성이 측정되어 심령치료를 계속 진행할 수 있게 되었다. 최신 심령투사기는 들어오는 신호를 분석해서 그 특성을 '듣는 사람'의 패턴에 맞추어 바꿔 주었다. 전달된 뇌의 파형이 정말로 많이 다를 경우에는 수신하는 뇌의 패턴에 성공적으로 맞추기가 어려웠다. 이는 지수 곡선을 사인 곡선에 딱 들어맞게 변화시키기 어려운 것과 비슷한 문제라고 할 수 있다. 그런 신호는 심령투사기가 필터로 걸러냈다.

그렇게 보정되기 때문에, 마치 자신의 생각을 들여다보듯 다른 이의 생각을 편안하게 파악할 수 있었다. 환자가 심령파를 보내기만 하면, 숙련된 운영자는 환자가 알아차리지 못하게 그의 심령파에 맞출 수 있었다. 운영자는 환자의 생각이나 자신이 환자에게 불어넣은 생각을 탐지해낼 수도 있었다.

코넬리우스의 계획은 모든 심령학자들이 그러하듯 이 기술에 의지하고 있었다. 그는 앵글시와 조가 인식하지 못하는 사이에 그들의 생각을 수신하려고 했다. 그의 이론이 맞아서 심령사의 인격이 그 괴물의 것으로 뒤틀어졌다면, 앵글시의 생각은 너무 이질적이라서 필터를 통과하기 힘들 것이다. 코넬리우스는 앵글시의 심령파를 불규칙적으로 수신하거나 아예 수신하지 못하게 될 것이다. 코넬리우스의 이론이 틀려서 앵글시가 아직 앵글시 그대로라면, 그는 정상적인 인간의 의식 흐름만을 수신하게 될 것이며, 문제를 일으키는 다른 요소들을 찾게 될 것이다.

그의 뇌가 울부짖었다!

'나한테 무슨 일이 일어나고 있는 거지?'

간섭파 때문에 잠시 생각이 들쭉날쭉 혼란스러워지자 조는 돌연한 공포에 빠졌다. 그는 숨을 헐떡거렸다. 거기에는 목성의 바람이 몰아치고 있었고, 무시무시한 개들은 그의 속에 있는 이질감을 눈치 채고 낑낑거렸다.

바로 그때, 인식과 기억, 그리고 섬광 같은 분노가 순식간에 엄청나게 커지면서 공포가 자리 잡을 틈조차 남겨놓지 않았다. 조가 숨을 한껏 들이켜더니 고함을 빽 질러서 언덕은 메아리로 쩌렁쩌렁 울렸다.

"내 머리에서 나가!"

그는 코넬리우스가 무의식 방향으로 빙글빙글 돌며 추락하는 것을 느꼈다. 자신의 정신이 내뿜은 압도적인 힘이 훨씬 강했던 것이다. 그가 웃음을 터뜨렸다. 그것은 웃음이라기보다는 으르렁거림에 더 가까웠다. 그리고 압박감을 떨쳐버렸다.

그의 머리 위, 우레 같은 소리를 내는 구름 사이에서 선두로 내려오는 우주선의 불꽃이 희미하게 깜빡거렸다.

코넬리우스의 정신이 불빛을 찾아 헤맸다. 가까스로 암흑에서 빠져나와 의식의 수면 위로 올라온 그는 입을 벌려 공기를 들이마시고, 기계를 끄고 빠져나가려고 숫자판으로 손을 뻗었다.

"너무 서두르지 마."

조가 잔인한 목소리로 명령을 내리자, 코넬리우스는 옴짝달싹하지 못하고 온몸이 굳어버렸다.

"이게 다 뭔지 봐야겠어. 내가 볼 테니까 꼼짝 마!"

불타오르며 작열하는 의문 부호라고 불러도 좋을 충동이 급소를 찌르고 들어왔다. 심령학자의 전뇌부를 훑는 동안 그동안의 모든 기억들이 산산조각 나며 터져나갔다.

"좋아. 거기 있는 게 다야? 너는 내가 여기 내려와서 조로서 살아가는 걸 두려워한다고 생각하고, 왜 그런지 알고 싶다는 거지? 난 두렵지 않다고 말했잖아!"

"그 말을 믿었어야 했습니다."

코넬리우스가 낮은 소리로 속삭였다.

"그렇다면, 이제 여기서 나가."

조가 으르렁거리며 말을 이었다.

"그리고 다시는 통제실로 돌아오지 마. 알아들었어? K관이든 뭐든 간에, 다시는 널 보기 싫어. 내가 장애인이긴 하지만, 아직도 널 갈갈이 찢어버릴 힘은 있어. 이제 투사기를 끄고, 날 내버려둬. 곧 첫 번째 우주선이 착륙할 거야."

'당신이 장애인이라니, 조 앵글시 당신이?'

"뭐?"

마치 갑자기 신호나팔 소리라도 들리는 듯이, 언덕 위에 서 있는 큰 덩치의 회색 생물이 들짐승 같은 머리를 치켜들었다.

"무슨 뜻이야?"

'이해하지 못하겠습니까?'

약하고 느릿한 생각이 말을 했다.

'당신은 심령투사기가 어떻게 작동되는지 압니다. 제가 들키지 않고도 앵글시의 두뇌 속으로 들어가서 앵글시의 마음을 조사할 수 있다는 것도 당신은 알지요. 그리고 저는 인간 이외의 동물의 마음을 탐사할 수 없을 뿐만 아니라 동물은 제가 조사한다는 사실을 알아챌 수도 없습니다. 검색 필터가 그런 신호를 통과시키지 않을 테니까요. 그런데 당신은 제가 일을 시작하자마자 알아챘어요. 그건 인간 이외의 동물의 두뇌에 인간의 마음이 있을 때만 가능한 일입니다. 당신은 이제 더 이상 목

성의 제5위성에서 반 시체로 살아가는 사람이 아닙니다. 당신은 조예요. 조 앵글시.'

"와우, 이거 놀랐는걸. 네 말이 맞아."

조는 앵글시 쪽의 심령파를 끊어버리더니, 코넬리우스에게 난폭한 충격파를 보내서 마음속에서 걷어차버렸다. 그리고 우주선을 보기 위해 언덕을 빠르게 뛰어 내려갔다.

코넬리우스는 몇 분이 지난 후에야 깨어났다. 머리가 쪼개지는 것 같았다. 앞에 있는 메인 스위치를 더듬어 찾아 거칠게 꺼버리고, 헬멧을 머리에서 뜯어내듯 잡아채서 집어던지자, 바닥에 부딪혀 탱그렁 소리를 냈다. 코넬리우스는 좀 더 힘을 모은 후 앵글시에게 다가가 똑같이 조치했다. 앵글시는 스스로는 아무것도 할 수 없는 상태였다.

그들은 병실 밖에 앉아 기다렸다. 목성의 그 끔찍한 모습을 가려주는 수킬로미터의 바위 아래 위성의 중앙부에 가까운 그곳은 금속과 플라스틱으로 구성된 황량한 곳으로 불빛이 강하게 내리쬐고, 소독약 냄새가 코를 찔렀다.

그 작고 비좁은 방에는 비켄과 코넬리우스밖에 없었다. 연구소의 다른 지역에서는 사람들이 기계적으로 일을 계속하고 있었는데, 무슨 일이 일어났는지 알게 될 때까지는 일을 계속할 것이다. 문 너머에서는 연구소의 의료 담당자들이기도 한 생물공학자 세 명이 에드워드 앵글시의 몸뚱이를 붙잡고 죽음의 천사에 맞서 싸우고 있었다.

"우주선은 아홉 대가 내려갔습니다."

비켄이 활기 없는 목소리로 말했다.

"남성 2명, 여성 7명. 식민지를 만들기에는 충분한 인원이지요."

"다음 세대를 만들기에는 유전적으로 바람직한 상태가 되겠군요."

코넬리우스가 지적했다. 그는 속으로는 기쁘면서도 목소리를 계속 낮춰서 말했다. 이 모든 일에는 분명히 엄청난 가치가 있었다.

"저는 아직도 이해를 못 하겠습니다."

비켄이 말했다.

"아, 이제는 모든 것이 명확해졌습니다. 제가 사전에 눈치를 챘어야 했어요. 우리는 사실을 명확하게 보여주는 자료들을 다 가지고 있었는데도 그렇게 간단하고 분명한 사실에 대한 해석을 하지 못했던 겁니다. 아니, 우리는 프랑켄슈타인 박사의 괴물을 불러낼 수밖에 없었어요."

비켄이 초조한 듯 말을 꺼냈다.

"휴우…… 우리가 프랑켄슈타인 박사처럼 괴물을 만들어왔던 거군요. 그렇지 않습니까? 앵글시는 저기에서 죽어가고 있고 말입니다."

"그건 죽음을 어떻게 정의하느냐에 달렸습니다."

코넬리우스가 담배를 깊게 빨아들였다. 차분하게 가라앉혀줄 뭔가가 필요했다. 그는 일부러 냉정한 말투로 바꿔서 말했다.

"자, 보세요. 우리에게 주어진 자료들을 곰곰이 떠올려보십시오. 조는 인간만큼이나 능력이 좋은 두뇌를 가진 생물체지만 그 속이 텅 비었습니다. 즉, 철학자 존 로크가 이야기했던 '빈 서판書板' [12] 그 자체입니다. 앵글시가 심령파로 이 깨끗한 백지 위에 글을 쓰게 되는 거죠. 우리는 이 빈 서판에 인격이 형성될 정도로 충분히 씌인 후에야, 너무 늦게 깨

⊚   **12__** tabula rasa : 영국의 경험주의 철학자 존 로크(John Locke, 1632~1704)가 처음 제시한 것으로 모든 사람은 태어날 때 아무것도 씌이지 않은 빈 서판처럼 태어난다는 이론이다. 존 로크는 빈 서판 이론을 통해 만인이 평등하다고 주장했다.

닫기 시작한 거고요. 하지만 아직 의문은 남아 있습니다. 누구의 인격이 주도권을 잡게 된 걸까요? 제 짐작에는, 일반적으로 사람들은 아직 알지 못하는 것에게 두려움을 느끼게 되어 있기 때문에, 그렇게 낯선 곳에 떨어진 사람은 기형적으로 변할 수밖에 없을 겁니다. 그러니 그 상황은 앵글시에게 불리했을 테고, 늪에 빠져들듯 먹혀버린 겁니다."

문이 열렸다. 두 명이 벌떡 일어섰다.

외과 과장이 고개를 저었다.

"소용없어요. 깊은 충격으로 인한 전형적인 외상이에요. 운명하기 직전입니다. 우리에게 더 나은 시설이 있었다면, 어쩌면……."

"아뇨."

코넬리우스가 말했다.

"이미 더 살지 않기로 결심한 사람을 살릴 수는 없지요."

"압니다."

박사가 마스크를 벗었다.

"담배나 한 대 피워야겠습니다. 누구 가지고 계신 분 있나요?"

비켄에게 담배를 받는 그의 손이 약하게 떨렸다.

"하지만, 저 사람은 지금 뭔가를 결심할 수 있는 상태가 아니잖습니까."

외과의사의 목이 메었다.

"저 사람을 그거…… 그거에서 떼어내 구할 때부터 지금까지 의식을 잃은 상태였습니다."

"그 전에 결심했을 겁니다. 사실, 수술실에 있는 저 잔해나 마찬가지인 몸뚱이에는 더 이상 마음이라는 게 남아 있지 않습니다. 저는 압니다. 제가 거기에 갔었거든요."

코넬리우스는 그렇게 말하고 몸을 살짝 떨었다. 강력한 진정제 주사가 그를 악몽으로부터 지켜줬다. 나중에 기억 속에서 그 모습을 지워 버려야 할 것이다.

의사가 연기를 길게 빨아들였다가 잠시 숨을 멈춘 후 재채기하듯 한꺼번에 뱉어냈다.

"이제 이 사건으로 연구 사업은 끝장이 난 거네요. 다시는 심령사를 구할 수 없을 겁니다."

"절대로 그러지 말자고 할 겁니다. 제가 그놈의 악마 같은 기계를 박살내버릴 겁니다."

비켄이 쉰 목소리로 말했다.

"잠깐만요! 이해하지 못하시겠습니까? 이건 끝이 아닙니다. 이제 시작이라고요!"

코넬리우스가 외쳤다.

"저는 돌아가봐야 할 것 같군요."

의사는 담배를 비벼 끄고, 문으로 들어갔다. 그의 등 뒤에서 문이 닫히자 죽음 같은 고요가 찾아왔다.

"그게 무슨 말이죠?"

비켄이 기둥처럼 꼿꼿이 서서 말했다.

"이해가 안 되십니까?"

코넬리우스가 고함을 쳤다.

"조는 앵글시의 모든 버릇과 생각, 기억, 편견, 흥미를 다 가지고 있습니다. 아, 그렇죠. 몸도 다르고, 환경도 다르지요. 바로 그렇게 다르다는 게 약간의 변화를 낳기는 했을 거예요. 하지만 그 정도는 지구에서도 아무나 겪을 수 있는 정도의 변화에 불과합니다. 소모성 질병을 앓다가 갑자기 깔끔히 낫게 되면, 누구라도 조금 소란스러워지고, 거칠게 되지 않겠습니까? 이 일에서 비정상적인 것은 아무것도 없습니다. 건강하게 지내려는 소망이 비정상적인 건가요? 아시겠어요?"

비켄이 다시 자리에 앉았다. 그는 한동안 말없이 앉아 있었다.

그리고 아주 천천히, 조심스럽게 말을 꺼냈다.

"조가 앵글시라는 말씀이신가요?"

"아니면, 앵글시가 조인거죠. 어떻게 생각하시든 마음대로 하십시오. 그는 지금 스스로는 조라고 부르는 것 같습니다. 자유의 상징처럼 말입니다. 하지만 아직도 그 사람은 그 사람 자신입니다. 존재의 영속성이 없는 자아를 뭐라고 부르면 좋을까요?

그 사람 스스로는 이런 내용을 완벽하게 이해하고 있지는 않습니다. 그가 아는 것이라곤 — 저한테 이야기했습니다. 그리고 그 말을 믿어야겠죠 — 목성에서 강해졌고, 행복해졌다는 사실입니다. 그렇다면 K관은 왜 요동쳤던 걸까요? 히스테리성 증상입니다. 앵글시의 잠재의식은 목성에 머무는 것을 두려워하지 않았습니다. 오히려 두려워했던 것은 돌아오는 거였다고요!

그런 상황에서 오늘 제가 도청을 했지요. 지금은 그의 전체적인 자아가 완전히 조에게 맞추어져 있는 상태입니다. 그건 이제 생명력의 가장 중요한 원천이 앵글시의 아픈 몸이 아니라 조의 튼튼한 몸으로 바뀌었다는 겁니다. 이 말은 충동의 패턴이 달라졌다는 뜻입니다. 검색 필터를 통과할 정도로 이질적이지는 않지만, 간섭을 일으킬 정도로 충분히 이질적인 패턴이 된 거죠. 그래서 그는 제가 끼어들었다는 것을 알아챘습니다. 그리고 제가 그랬던 것처럼, 진실을 보고 말았습니다.

조가 저를 그의 마음속에서 밖으로 걷어찰 때 제가 느꼈던 마지막 감정이 어땠는지 아십니까? 그건 더 이상 분노가 아니었습니다. 그 감정은 거칠게 굴긴 했지만 기쁨으로 가득 차 있었습니다.

저는 앵글시의 자아가 얼마나 강한지 압니다! 어떻게 조처럼 덩치만 커다란 어린애 같은 두뇌가 그의 자아를 누를 수 있겠습니까? 저기 의사들은, 하! 이제 필요가 없어져서 버려진 몸뚱이를 구하려는 헛수고를 하고 있는 거란 말입니다!"

코넬리우스가 말을 멈췄다. 말하느라 그의 목이 몹시 따가웠다. 그는 복도를 왔다 갔다 하며 입에 물고 있는 담배의 연기를 흘리고 다녔지만, 더 이상 담배를 빨고 있지는 않았다.

몇 분 후, 비켄이 조심스럽게 말했다.

"좋아요. 박사님이 옳겠죠. 말씀하셨듯이 거기에 계셨으니. 그렇다면 이제 우리는 뭘 해야 하지요? 어떻게 앵글시와 접촉하죠? 과연 그가 우리와 접촉하는 일에 관심이 있기나 하겠습니까?"

"아, 그럼요. 당연하죠. 그 사람은 아직 그 사람 자신이라는 것을 잊지 마십시오. 이제 그는 장애인으로서의 욕구 불만이 전혀 남아 있지 않으니까, 아마 지금보다는 차분해질 겁니다. 그리고 새로운 친구들에 대한 흥미가 사라지고 나면, 그는 동등하게 이야기를 나눌 수 있는 누군가를 찾게 될 겁니다."

"그렇다면 다른 모조 목성인을 조종할 사람 말인가요?"

비켄이 빈정대듯이 물었다.

"전 비쩍 마른 이 몸뚱이를 아주 만족스럽게 생각하거든요. 그저 고마울 따름이네요!"

"지구에서 희망을 잃은 장애인이 앵글시 한 명뿐일까요?"

코넬리우스가 침착하게 물었다.

비켄이 입을 쩍 벌리고 그를 쳐다봤다.

"게다가 노인들은 어떻고요?"

심령학자가 말을 이었다. 이는 자신에게 되새기는 말이기도 했다.

"박사님, 언젠가 우리도 나이가 들기 시작하는 것을 느끼면, 이 사실을 알게 된 걸 아주 좋아하게 될 겁니다. 어쩌면 우리도 목성인의 몸 안에서 부록으로 주어진 삶의 시간들을 기뻐할지도 모릅니다."

그가 담배를 쳐다보며 고개를 끄덕였다.

"힘들고, 원기 왕성하고, 격렬한 삶. 위험하고, 떠들썩하고, 폭력적인 삶이 주어지겠죠. 하지만, 비인간적인 삶이란 게 어쩌면 엘리자베스 1세 시대 이래로 그렇게 쭉 살아왔던 건지도 모릅니다. 네. 맞아요. 목성인을 찾는 데는 거의 문제가 없을 겁니다."

그가 고개를 돌려 다시 문 밖으로 나오는 의사를 쳐다봤다.

"흠……."

비켄이 쉰 목소리로 말했다.

의사가 주저앉으며 말했다.

"끝났습니다."

그들은 어색한 표정으로 잠시 기다렸다.

"이상하군요."

의사는 말하며 가지고 있지도 않은 담배를 더듬거리며 찾았다. 비켄이 그에게 한 대 건넸다.

"정말 이상합니다. 예전에도 이런 경우를 본 적이 있긴 해요. 삶을 아주 간단하게 포기해버리는 사람들 말입니다. 하지만 미소를 지으며 떠나는 사람은 처음 봅니다. 그의 얼굴에서는 내내 미소가 사라지지 않았어요."

유니버스

Robert A. Heinlein **Universe**

로버트 A. 하인라인 지음
최세진 옮김

2119년 조든 재단의 후원을 받은 프록시마 켄타우리[13] 탐험대는 우리 은하계에서 가까운 항성에 가려는 첫 시도로 기록되어 있다. 탐험대의 비참한 운명에 대해서는 짐작만 할 수 있을 뿐……

—프랭클린 벅, 『현대 천체도 이야기』 중, (주)럭스 트랜스크립션 출판, 3.50 cr.

"뮤티다! 조심해!"

◎ **13__** Proxima Centauri : 켄타우루스 별자리에 있는 적색 왜성으로, 지구에서 태양을 제외하고 가장 가까운 항성이다. 지구에서 프록시마 켄타우리까지의 거리는 약 4.3광년이다.

휴 호일랜드는 큰 소리로 경고하고, 잽싸게 머리를 홱 숙였다. 달걀 크기의 철탄이 두개골을 박살낼 기세로 날아와 머리 바로 위의 격벽에 탱그렁 소리를 내며 부딪쳤다. 재빨리 몸을 숙이는 바람에 휴의 발이 바닥에서 떠올랐다. 갑판 바닥으로 몸이 서서히 내려앉기 전에 휴는 뒤에 있는 격벽을 발로 콱 차서 밀어냈다. 그는 복도를 따라 수평으로 다이빙하듯이 길고 빠르게 날아가며 칼집에서 칼을 꺼내 싸울 준비를 했다. 그는 공중에서 몸을 틀어 뮤티가 공격했던 복도의 모퉁이가 있는 반대편 격벽을 발로 디뎌 속도를 줄이고 재빨리 일어서서 떠올랐다.

다른 쪽으로 갈라진 복도는 비어 있었다. 동료 두 명이 바닥을 따라 어정쩡한 모습으로 미끄러지며 합류했다.

"갔어?"

앨런 머호니가 물었다.

"응. 뮤티가 해치 아래로 고개를 쑥 내미는 게 살짝 보이더라고. 내 짐작에는 암놈이야. 다리가 네 개 달린 것 같았어."

휴가 대답했다.

"다리가 두 개든 네 개든, 이제 잡기는 글렀어."

모트 타일러가 한 마디 덧붙였다.

"이 허프 같은 놈아. 누가 잡고 싶대? 난 싫어."

앨런이 따졌다.

"아니, 난 잡고 싶어. 조든님께 맹세코, 그놈이 5센티미터만 제대로 겨눴으면, 나는 변환기로 실려갈 준비를 하고 있었을 거야."

휴가 말했다.

"너희 둘은 조든님 이름을 함부로 들먹거리지 않고는 단 세 마디도 못 하냐? 선장님이 들으시면 어떡할래?"

모트는 그들을 비난하고 선장을 언급할 때 성호를 긋는 것처럼 정중하게 이마를 두드렸다.

"오, 조든님 제발."

휴가 투덜댔다.

"모트 타일러. 너무 딱딱하게 굴지 마. 넌 아직 과학자도 아니잖아. 나도 너만큼은 독실해. 그리고 가끔 감정을 드러내는 게 심각한 죄는 아니잖아. 과학자들도 그렇게 한다고. 나도 들은 적이 있어."

모트는 뭔가 잔소리를 하려고 입을 열었다가, 곧 적당히 괜찮은 척하기로 했다.

앨런이 휴의 팔을 툭 치며 졸랐다.

"휴, 이제 여기서 나가자. 이렇게 높이 올라온 적은 처음이잖아. 난 불안해. 발바닥이 묵직하게 느껴지는 아래로 내려갔으면 좋겠어."

휴는 칼 손잡이 위에 손을 올려놓고, 공격했던 놈이 사라진 해치를 아쉬운 눈빛으로 쳐다보다가 앨런을 돌아보며 동의했다.

"그러자, 인마. 내려가려면 한참 걸릴 거야."

휴가 몸을 돌려 주르르 미끄러지며 해치로 돌아갔다. 그 해치는 그들이 지금 있는 층에 올라올 때 이용했던 것이었다. 다른 둘도 그를 따랐다. 휴는 올라올 때 이용했던 사다리를 무시하고 해치 아래로 한걸음에 뛰어 5미터 아래의 갑판으로 서서히 떠내려갔다. 모트와 앨런도 휴의 바로 뒤에 따라붙었다. 처음 해치에서 몇 미터 엇갈려 나 있는 다음 해치를 통해 더 아래로 계속 내려갔다. 아래로, 아래로, 아래로. 그래도 아직 내려가야 할 갑판들이 조용하고, 음침하고, 비밀에 싸인 채로 수십 층이나 남아 있었다. 갑판을 하나 내려갈 때마다 조금씩 더 빨라지고, 조금씩 더 세게 착지했다. 끝내 앨런이 불평을 해댔다.

"휴, 이제부터 걸어서 내려가자. 아까 마지막에 뛸 때 발바닥이 아프더라."

"좋긴 한데 더 오래 걸릴 거야. 얼마나 더 가야 되지? 몇 층 남았는지 아는 사람 있어?"

"농업 지역까지 내려가려면 70층 정도 남았어."

모트가 대답했다.

"네가 어떻게 알아?"

앨런이 의심스러운 목소리로 따졌다.

"멍청아, 올라갈 때 셌으니까 알지. 그리고 갑판을 내려올 때마다 하나씩 뺐어."

"네가 셌을 리 없어. 그렇게 셀 수 있는 사람은 과학자들밖에 없다고. 읽고 쓰는 것 좀 배웠다고 세상만사 다 아는 척하지 마."

싸움이 커지기 전에 휴가 끼어들었다.

"앨런, 입 닥쳐. 모트도 셀 수 있을 거야. 얘가 그런 쪽으로는 좀 똑똑하잖아. 어쨌든 내 짐작에도 70층 정도 될 것 같아. 그 정도 무게가 느껴져."

"이놈은 계단보다 내 칼날이 몇 개나 되는지 더 세고 싶어 하는 것 같은데."

"그만해. 내가 그만하랬잖아. 마을 밖에서 싸우는 건 불법이야."

그들은 조용히 앞으로 나아가며 계속 이어지는 갑판의 중력이 차츰 더 세져서 걷는 속도로 움직여야 할 때까지 빠르게 계단을 달려 내려갔다. 이윽고 그들은 불빛이 아주 눈부시게 비치고, 갑판 사이의 간격이 위에 있던 층들보다 두 배는 높은 층으로 내려왔다. 이 층의 공기는 습하고 따뜻했고, 식물들이 눈앞에 펼쳐지며 시야를 가렸다.

휴가 말했다.

"자, 드디어 다 내려왔다. 이 농장은 어딘지 잘 모르겠는데. 우리가 올라갔던 데랑 다른 데로 내려왔나 봐."

"저기 농민이 있다."

모트가 말했다. 모트는 입술에 손가락을 대고 휘파람을 불더니 소리쳤다.

"이봐요! 승무원 친구! 여기가 어디쯤이요?"

농부는 천천히 고개를 들어 그들을 쳐다보더니, 귀찮다는 듯 통명스러운 목소리로 마을로 돌아갈 수 있는 중앙 복도를 가르쳐주었다.

2.5킬로미터 길이의 넓은 복도를 따라 있는 활기찬 인도는 오가는 사람들로 적당히 붐볐다. 여행하는 사람, 짐을 운반하는 사람, 가끔은 손수레도 지나다니고, 위세 좋은 과학자는 네 명의 덩치 큰 당번병이 짊어진 가마 안에서 흔들거렸고, 가마 앞에서는 선임 하사관이 앞장서서 일반 승무원들을 길 밖으로 밀어냈다. 그들은 2.5킬로미터를 걸어 마을 광장에 도착했는데, 널찍한 광장은 다른 층보다 세 배 정도 높았고, 열 배 정도는 더 넓었다. 일행들은 각자 길로 흩어졌다. 휴는 수습생 막사에 있는 숙소로 갔다. 그곳은 부모와 함께 살지 않는 독신자들을 위한 숙소였다. 휴는 샤워를 한 후 생계를 위해 일하고 있는 삼촌네 선실로 갔다. 그가 들어설 때 숙모가 힐끗 쳐다봤지만, 숙모도 다른 여자 어른들처럼 아무 말도 하지 않았다.

삼촌이 물었다.

"어이, 휴야. 또 탐험하고 다닌 게냐?"

"네. 식사 잘 하세요, 삼촌."

우직하지만 재치 있는 삼촌이 사람 좋은 표정으로 웃었다.

"어디에 가서 뭘 발견했냐?"

숙모는 조용히 숙소 바깥으로 나갔다가 저녁거리를 들고 와 휴 앞에 놓았다. 휴는 저녁을 먹기 시작했다. 그러나 숙모에게 고맙다는 인사를 해야 한다는 생각은 들지 않았다. 한입 우걱우걱 씹어 먹고 나서야 삼촌에게 대답했다.

"위에요. 친구들이랑 거의 무게가 없는 층까지 올라갔는데요. 뮤티가 제 머리통을 박살낼 뻔했어요."

삼촌은 낄낄거리며 웃었다.

"너 그러다 그 복도들에서 죽을 수도 있어, 이 녀석아. 그딴 짓 그만두고, 언제 내가 죽어 네 앞에서 사라질지도 모르는데 이 일이나 더 신경 써라."

휴가 고집 센 얼굴로 말했다.

"삼촌은 안 궁금하세요?"

"나? 나야 어렸을 때 충분히 들쑤시고 다녔지. 중앙 복도를 따라서 온갖 길로 싸돌아다니다 마을로 돌아오곤 했어. '어둠의 구역'을 통과할 때는 뮤티들에게 쫓기기도 했어. 내 흉터 봤지?"

휴는 마지못해 삼촌의 흉터를 힐끗 쳐다봤다. 휴는 그 흉터도 여러 번 봤고 이야기도 지겹도록 듣고 또 들었다. 쳇! 어쩌다 한 번 우주선을 돌아봤겠지. 휴는 모든 곳에 가보고, 모든 것을 보고, 사물의 이치를 깨닫고 싶었다. 그런데, 저 위층은…… 사람들이 저 위에 올라가도록 예정된 게 아니라면, 조든님은 왜 위층들을 창조하셨을까?

그러나 휴는 그 생각을 삼촌에게 털어놓지 않고 계속 저녁을 먹었다. 삼촌이 화제를 바꿨다.

"증언자님에게 가볼까 해. 존 블랙이 내가 자기한테 돼지 세 마리를 빚졌다고 떼를 쓰고 있거든. 같이 갈래?"

"아뇨, 별로요……. 잠깐만요, 갈게요."

"그럼 서둘러라."

그들은 수습생 막사 앞에 멈춰 섰고, 휴가 수습생에게 용건이 있어서 왔다고 말했다. 증언자는 그의 재능을 필요로 하는 사람들이 쉽게 찾아갈 수 있도록, 광장 건너편의 작고 냄새나는 선실에 살았다. 그들은 문 앞에 앉아서 손톱으로 이를 쑤시고 있는 증언자를 알아봤다. 증언자의 뒤편에는 여드름투성이 사춘기의 어린 제자가 근시인 눈으로 집중해서 쳐다보는 표정을 지으며 쪼그리고 앉아 있었다.

"식사 잘 하세요."

삼촌이 인사했다.

"에더드 호일랜드 군, 자네도 잘 먹게나. 일 때문에 온 건가, 아니면 이 노인네랑 말동무 해주러 온 건가?"

"둘 다예요."

삼촌은 능숙한 말솜씨로 답변하더니, 곧 자신이 찾아온 이유를 설명했다.

"그래? 뭐, 계약 내용은 대체로 명확하더구만.

존이 귀리를 스무 말 가져다 줬고,

자네는 새끼 돼지 두 마리로 갚아주기로 했어.

자네는 돼지를 키우려고 존의 암퇘지를 가져왔어.

그런데 돼지들이 자라자 존은 빚을 받으려고 해.

에더드, 돼지가 얼마나 큰가?"

증언자가 물었다.

"꽤 큽니다. 그런데도 존은 두 마리가 아니라 세 마리를 달래요."

삼촌이 답변했다.

"존한테 가서, '증언자님이 꺼지라고 말했다' 고 전해."

증언자는 가늘고 높은 목소리로 낄낄대며 웃었다.

둘은 잠시 잡담을 나눴고, 삼촌은 세세한 내용을 아주 좋아하는 노인의 취향에 맞춰주려고 최근 일어난 일들을 자세히 이야기해줬다. 휴는 삼촌과 증언자가 이야기를 나누는 동안 조신하게 침묵을 지켰다. 그러다 삼촌이 돌아가려 할 때 용기를 내서 말했다.

"삼촌, 저는 조금 더 있다가 갈게요."

"그래? 맘대로 해라. 증언자님. 식사 잘 하세요."

"자네도 잘 먹게, 에더드 호일랜드."

"증언자님, 제가 선물을 하나 가져왔어요."

목소리가 들리지 않을 정도로 삼촌이 멀어지자 휴가 말했다.

"어디 한번 보자."

휴는 막사의 사물함에서 들고 온 담배 한 상자를 내밀었다. 증언자는 고맙다는 말도 없이 상자를 받아서 제자에게 넘겨줬고, 제자는 담배 상자를 맡았다.

"안으로 들어가자."

증언자가 휴를 안내하며 제자에게 말했다.

"이봐, 이 수습생한테 의자 하나 가져다 줘라."

자리에 앉자 증언자가 덧붙였다.

"자, 얘야. 요즘 어떻게 지내는지 이야기해주겠니?"

휴가 증언자에게 최근에 탐험하면서 일어난 온갖 사건들을 꼼꼼하게 반복해서 이야기하자, 증언자는 자신이 봤던 모든 것들을 정확하게 기억할 능력이 없어졌다고 한탄했다.

"너같이 젊은 애들은 기억 용량이 끝도 없어. 이런 무지랭이조차 한계가 없다니깐."

그는 제자 쪽으로 휙 고개를 돌렸다.

"얘는 아무 재능도 없지만, 너보다 열 배는 나아. 얘가 하루에 천 문장도 못 외운다는 게 믿겨지니? 그래도 내가 죽고 나면 얘가 내 자리를 차지할 거야. 하, 내가 견습생일 때는 하룻밤에 천 문장은 간단히 읊을 수 있었는데 말이야. 줄줄 새는 그릇, 그게 바로 너야."

휴는 노인이 비난하는 것을 묵묵히 들으며 노인의 이야기가 끝날 때까지 서두르지 않고 천천히 기다렸다.

"얘야, 나한테 뭐 물어볼 게 있나 보구나."

"증언자님, 굳이 말씀드리자면……."

"괜찮아. 우물쭈물하지 말고 털어놔봐."

"혹시 무중력 층까지 올라가본 적 있으세요?"

"나? 당연히 안 가봤지. 나는 주어진 소명을 따르는 증언자야. 전임 증언자들로부터 배워서 외워야 할 구절들이 많았어. 애들처럼 놀 시간은 없었단다."

"저는 제가 거기서 어떤 것들을 발견하게 될지 증언자님께서 말씀해주실 수 있을 거라 생각했어요."

"그거라면 문제가 다르지. 나는 한 번도 올라가보지 않았지만, 올라 갔던 사람들한테서 네가 봤던 것들보다는 훨씬 많은 이야기들을 들었단 다. 나는 오랜 세월을 살았어. 난 네 아버지의 아버지도 알고, 네 할아버 지의 선조들도 알아. 뭐가 궁금하니?"

"저기요······."

휴는 뭐가 알고 싶은 걸까? 어떻게 물어봐야 가슴속의 고통을 덜어 낼 수 있을까? 그래도······.

"증언자님, 이 모든 것들이 무슨 의미인가요? 저 위에 있는 층들은 왜 존재하는 거죠?"

"뭐? 왜 그런 거냐고? 애야, 난 증언자란다. 과학자가 아냐."

"아······ 저는 증언자님이 아실 줄 알았어요. 죄송해요."

"그래도 난 알고 있단다. 네가 알고 싶은 것들은 창세기에 구절들로 쓰여 있어."

"창세기는 들었어요."

"다시 들어보거라. 네가 알고 싶은 것은 거기에 다 있어. 네가 알아 볼 수 있는 지혜만 있다면 말이다. 내가 외울 테니까 잘 들어봐. 아니다. 이번에는 내 제자한테 배운 걸 뽐낼 기회를 줘보자. 저기, 애야! 운율에 신경 쓰면서 창세기부터 외워보거라."

제자는 혀로 입술을 축이고 암기하기 시작했다.

"태초에 조든님이 계셨나니, 홀로 외롭다 생각하셨더라.

태초에 어둠과 혼돈과 죽음이 있었나니, 사람은 아직 그 이름을 갖지 못하였더라.

외로움에서 갈망이 나오고, 갈망에서 선견지명이 나오니,

꿈에서 계획이 나오고, 계획에서 결단이 나왔느니라.

조든님이 손을 드시매, 우주선이 태생하였도다!

1킬로미터에 1킬로미터를 보태어 안락한 숙소가 되고, 황금의 옥수수를 담을 저장고와 저장고가 되나니,

사다리와 복도가 되고, 문과 사물함이 되니, 아직 태어나지 않은 이들에게도 그 필요에 맞았더라.

조든님이 그가 하신 일을 보시매 기뻐하시며, 아직 오지 아니한 자손들에게 적당하다 하시니라.

조든님이 사람을 생각하시니, 사람이 나온 바, 당신의 계획을 살피시고 해답을 찾았더라.

야만적인 사람은 창조자를 부끄럽게 하나니, 통제받지 아니하는 사람은 조든님의 계획을 상하게 하니라.

그리하여 조든님이 율법을 만드시니, 사람들 하나하나에게 이를 지키라 명하시었다.

각각의 임무와 각각의 부서가 조든님의 목적에 맞았으니, 이는 사람의 이해를 넘었더라.

어떤 이는 말하고, 어떤 이는 들으니, 사람들의 계급에 질서가 생겼다.

조든님이 부서에서 일할 승무원과 당신의 계획을 이끌어갈 과학자를 창조하시니라.

조든님이 그들 위에 선장을 창조하시니, 그에게 모든 사람들을 판단하게 하시었더라.

그리하여 황금시대가 도래하였도다!

조든님은 완벽하시니, 조든님 아래 모든 이가 그 행실에서 완벽하지 못하니라.

시기와 탐욕과 영혼의 교만은 그 씨앗이 머무를 사람을 찾느니라.

이 죄악의 씨앗을 받아준 이가 있었나니, 저주받은 허프, 처음 죄를 지은 자이니라.

허프가 마귀의 계략으로 반란을 일으킨 바, 의심이 없던 곳에 그 씨앗을 심었더라.

순교자들의 피가 갑판 바닥을 물들이고 조든님의 선장이 여행에 들었더라.

어둠이 삼키······."

노인은 날카로운 목소리로 아이를 꾸짖었다.

"다시 해!"

"처음부터요?"

"아니! 네가 실수한 데부터."

제자는 잠시 머뭇거리다가 다시 진도를 나갔다.

"어둠이 미덕을 삼키고, 죄악이 우주선의 권세를 잡으니······."

제자는 어둠의 시절과 죄악과 반란의 오래되고 오래된 이야기를 엄청나게 길지만 세부적으로는 약간 부정확하게 한 구절 한 구절씩 단조로운 목소리로 외워나갔다. 어떻게 해서 마지막에 지혜가 다시 우주선의 권세를 잡고, 반란군 지도자들의 몸뚱이를 변환기에 먹이로 바쳤는지. 어떻게 해서 몇몇 반란군이 '여행'을 떠나지 않고 도망쳐 나가 뮤티를 낳았는지. 어떻게 기도와 희생 뒤에 새로운 선장이 선택되었는지.

휴는 안절부절못하며 몸을 틀고 발을 뒤척였다. 이 말은 신성한 문장이니까 그의 질문에 대한 답변이 틀림없이 그 안에 있겠지만, 휴에게는 그 말을 이해할 만한 지혜가 없었다. 왜? 이 모든 것들이 도대체 뭐란 말이야? 삶이라는 게, 먹고 잠이나 자다가 결국에는 긴 '여행'을 떠나는 것 말고는 아무 의미도 없는 걸까? 조든님은 일부러 그가 이해하지 못하게 만드신 걸까? 그렇다면 왜 가슴이 아픈 걸까? 배부르게 잘 먹어도 사라지지 않는 이 끈덕진 배고픔은 어디서 오는 걸까?

휴가 잠자리에서 일어나 아침을 먹고 있을 때 전령이 삼촌네 숙소의 현관으로 왔다.

"과학자께서 휴 호일랜드를 호출하셨습니다."

전령은 전할 말을 줄줄 읊었다.

휴는 자신을 부른 과학자가 그의 고향에 살며 우주선의 심신 복지부에서 일하는 넬슨 부관이라는 것을 알고 있었다. 휴는 마지막 숟가락을 급하게 삼키고 전령을 따라갔다.

"휴 호일랜드 수습생입니다!"

전령이 그가 도착했다고 알렸다. 과학자는 아침을 먹고 있다가 고개를 들며 말했다.

"아, 그래. 이리 와 앉아라 애야. 아침은 먹었니?"

휴는 그렇다고 말했지만, 상관 앞에 놓인 최고급의 과일들을 호기심 어린 눈으로 쳐다봤다. 넬슨이 휴의 눈길을 따라갔다.

"이 무화과 좀 먹어봐라. 새로 발견한 돌연변이 무화과야. 내가 멀리 나갔다가 가져온 거지. 좀 들어라. 네 나이 때는 아무리 먹어도 배가 고픈 법이야."

휴는 수줍어하며 넬슨의 말을 따랐다. 그 전에는 한 번도 과학자 앞에서 뭔가를 먹었던 적이 없었다. 넬슨은 의자에 기대며 셔츠에 손가락을 닦고 수염을 다듬더니 말하기 시작했다.

"얘야, 요즘 통 너를 못 본 것 같구나. 요즘 어떻게 지냈는지 이야기해주겠니."

휴가 채 대답을 하기도 전에 넬슨이 말을 이어갔다.

"아냐. 말하지 마. 내가 말하마. 너는 금지구역도 아랑곳없이 탐험하고, 올라가고 그랬지. 그렇지 않니?"

넬슨이 휴의 눈을 똑바로 바라봤다. 휴는 대답을 머뭇거렸다. 하지만 또다시 과학자가 먼저 말했다.

"괜찮다. 나도 알고, 너도 내가 안다는 걸 알잖니. 난 별로 화 나지 않았다. 난 그저 네가 앞으로 어떻게 살아가려고 하는지 무척 신경이 쓰이는구나. 무슨 계획이라도 있니?"

"글쎄요…… 아직 확실한 건 없습니다, 부관님."

"여자는 어때? 에드리스 백스터는? 그애랑 결혼할 거니?"

"글쎄요…… 음, 잘 모르겠어요. 결혼하고 싶은 것 같기도 하고…… 에드리스의 아버지는 확실히 원하는 것 같아요. 다만……."

"다만 뭐?"

"글쎄요…… 백스터의 아버지는 저를 농장의 견습생으로 받고 싶어 하세요. 제가 볼 때는 좋은 생각 같아요. 그분의 농장하고 삼촌 일을 같이 하면 꽤 재산을 모을 수 있을 거예요."

"그런데 확신이 안 선다?"

"글쎄요…… 모르겠어요."

"좋아. 넌 그런 일에 안 맞아. 나한테 다른 계획이 있어. 자, 말해봐라. 내가 왜 너에게 쓰기와 읽기를 가르쳐주었는지 궁금하지 않니? 당연하지! 너도 궁금할 거야. 하지만 넌 다른 사람들에게 네 생각을 털어놓지 않지. 좋은 일이야. 이제 내 밑으로 들어오거라. 난 네가 꼬마였을 때부터 지켜봤어. 너는 다른 사람들보다 상상력도 풍부하고, 호기심도 많고, 더 정력적이야. 그러니 넌 타고난 지도자감이야. 너는 심지어 갓난아이였을 때도 다른 사람들과 달랐어. 하나만 예를 들자면, 넌 머리가 너무 컸어. 그래서 예전에 네 출생 검사 때 너를 그대로 변환기에 집어넣자고 주장한 사람들이 있었지. 그런데 내가 그 사람들을 막았어. 나는 네가 어떻게 성장할지 보고 싶었어. 농사꾼의 삶은 너 같은 사람들에게는 맞지 않아. 너는 과학자가 될 운명이야."

노인은 말을 멈추고 휴의 얼굴을 살폈다. 휴는 혼란스러워서 말을 할 수 없었다. 넬슨이 계속 이야기했다.

"아, 그래. 정말 맞아. 너 같은 기질을 가진 사람들에게 해줄 수 있는 것은 둘 중 하나밖에 없어. 관리자로 만들거나 변환기로 보내거나."

"부관님 말씀은 제가 뭘 할지 선택할 수 없다는 건가요?"

"단도직입적으로 말하자면, 그래. 승무원들 중에서 가장 똑똑한 사람을 방치한다는 것은 이단을 키우는 거나 마찬가지야. 우리는 그렇게 하면 안 돼. 예전에 한 번 그랬다가 인류를 거의 멸종시킬 뻔했지. 너는 네 특출한 능력으로 스스로의 운명을 결정해버린 거야. 네가 사람들을 타락시키거나 골칫거리가 되지 않고 네 기력을 보존할 수 있도록, 이제 너는 올바로 생각하는 법을 배우고 비법을 전수받게 될 거야."

전령이 다시 나타나서 그가 갑판에 부려놨던 짐들을 잔뜩 내려놨다. 휴는 짐들을 힐끗 쳐다보고 버럭 소리를 질렀다.

"아니, 이건 제 물건들이잖아요!"

넬슨이 답했다.

"그래. 가져오라고 내가 보냈다. 넌 이제부터 여기서 자야 한다. 너는 나중에 나하고 다시 만나서 공부를 시작하자. 더 할 다른 일이 없다면 말이야."

"아니, 안 돼요. 부관님. 그러면 안 될 것 같아요. 제가 조금 혼란스

럽다는 점은 인정할게요. 제 짐작에…… 제 짐작에는…… 부관님께서
는 저보고 결혼하지 말라는 건가요?"

"아, 그거."

넬슨은 무관심하게 대답했다.

"네가 하고 싶으면 그녀랑 결혼해. 그녀 아버지는 별 소리 못 할 거
야. 하지만 경고하자면, 넌 점점 더 그녀한테 질리게 될 거야."

휴 호일랜드는 스승이 읽도록 허락해준 옛날 책들을 파고들었다.
그러자 하고 싶은 일들이 많이 사라졌는데, 위층에 올라가본 지도 오래
됐고, 넬슨 부관의 선실에서 밖으로 나가 돌아다닐 생각조차도 잘 들지
않았다. 휴는 때때로 비밀, 아직 불확실하고 심지어 질문조차 힘든 그
비밀의 자취를 쫓아보려 했지만, 오히려 점점 더 혼란스러워지기만 했
다. 과학자 수준의 지혜에 도달하는 것은 생각보다 확실히 어려웠다.

한번은 휴가 묘하게 비비 꼬인 고대 책 때문에 안달복달하다가, 책
속에 있는 이상한 수사법과 익숙하지 않은 용어를 풀어보려 시도하고
있을 때, 넬슨이 휴를 위해 마련해준 조그마한 숙소로 들어와 그의 어깨
위에 자비로운 손을 얹으며 물었다.

"애야, 잘 돼가니?"

"그럼요, 선생님. 그럭저럭 잘 하고 있습니다."

휴가 책을 옆으로 치우며 대답했다.

"사실대로 말씀드리자면, 어떤 부분은 잘 이해가 안 돼요. 아니, 전
혀 이해를 못 하겠어요."

"그럴 줄 알았다."

노인이 침착하게 말했다.

"타고난 지혜만으로는 빠져나가기 힘든 함정이 있다는 것을 네가 알 수 있게 하려고, 처음에는 그냥 너 혼자 싸워나가도록 내버려두었던 거란다. 여기에 있는 많은 것들은 가르침 없이는 이해하기 힘든 것들이야. 뭘 보고 있었니?"

넬슨은 책을 집어 들며 힐끗 쳐다봤다. 『현대 물리 기초』라고 쓰인 책이었다.

"그랬구나. 이 책은 신성한 책들 중에서도 가장 가치 있는 책이지만, 도움이 없으면 신출내기가 다루기는 아마 힘들 거야. 얘야, 네가 제일 먼저 이해해야 할 것은 완벽한 영혼을 가졌던 우리 조상들은 우리가 보는 것과는 다르게 세상을 봤다는 사실이란다. 조상들은 우리처럼 이성주의자가 아니라 정말 못 말릴 정도로 낭만적이었어. 조상들이 우리에게 전해준 사실들은 명확한 진실이지만 자주 우화적인 언어의 외피를 쓰고 있단다. 예를 들자면 말이야. 혹시 『만유인력의 법칙』은 읽어봤니?"

"네. 읽어봤어요."

"이해가 되더냐? 아니, 넌 이해 못 했을 거야."

"저어……."

휴가 변명하듯이 말했다.

"그건 말이 안 되는 것 같았어요. 선생님이 용서해주신다면, 저한테는 바보 같은 소리처럼 들렸습니다."

"내 말이 바로 그 말이야. 너는 만유인력의 법칙을 이 책의 다른 부분에 있는 전기장치 제어 법칙들처럼 말뜻 그대로 이해하고 있구나. '두 물체는 두 질량의 곱에 비례하고 거리의 제곱에 반비례하게 서로를 끌어당긴다.' 이 말은 간단한 물리법칙처럼 들리지. 그렇지 않니? 하지만 이건 전혀 그런 이야기가 아니야. 이것은 사랑의 감정을 제어하는 '친밀의 법칙'을 옛사람들이 시적으로 표현한 것이란다. 물체는 사람의 몸체를 의미하고, 질량은 사랑의 능력을 의미하는 거야. 젊은이들은 늙은이들보다 사랑할 수 있는 능력이 훨씬 크지. 그래서 그들을 함께 놔두면 사랑에 빠지고, 그들을 떼어놓으면 금방 극복해버리지. '눈에서 멀어지면, 마음에서도 멀어진다.' 이처럼 간단한 이야기야. 그런데 너는 거기에서 심오한 의미를 찾고 있었던 거야."

휴가 씩 웃었다.

"저는 이것을 그런 식으로 볼 생각은 못 했어요. 도움을 많이 받아야 할 것 같아요."

"또 어떤 게 너를 괴롭히니?"

"글쎄요. 네, 엄청 많아요. 지금 딱 떠오르지는 않지만요. 아, 하나 생각났는데 가르쳐주세요, 선생님. 뮤티를 사람으로 볼 수 있나요?"

"네가 쓸데없는 이야기를 들은 모양이구나. 거기에 대한 대답은 그렇다고 할 수도 있고, 아니라고 할 수도 있어. 뮤티들이 본래 사람들의 자손인 것은 사실이야. 하지만 이제는 '승무원'이 아니지. 더 이상 인류의 일원이라고 볼 수는 없어. 지금 그들은 조든님의 율법을 업신여기잖니. 이것은 광범위한 주제와 관련된 이야기야."

그는 자리를 잡고 앉으며 이야기를 계속 이어갔다.

"'뮤티mutie'가 본래 무슨 뜻이었는지에 대한 의문들도 남아 있단다. 뮤티들의 조상 중에는 반란이 일어났을 당시 죽지 않고 도망간 폭도mutineer들도 분명히 있었어. 하지만 뮤티들의 피 속에는 어둠의 시절에 태어난 돌연변이mutant의 피도 역시 흐르고 있어. 너도 알다시피 그 기간에는 갓난아기들에게 죄악의 증표가 있는지 하나하나 조사해서, 돌연변이가 일어났을 경우에는 변환기로 돌려보내는 현재 우리의 현명한 규칙을 실시하지 못했어. 그 괴상하고 끔찍한 것들이 어두운 복도에 우글거리며 인적 없는 층에 숨어 있단다."

휴는 그에 대해 잠시 생각하다가 질문했다.

"왜 여전히 우리 사람들 사이에서 돌연변이가 나타나는 건가요?"

"그건 간단해. 아직도 우리에게 죄악의 씨앗이 남아 있는 거야. 가끔씩 그게 사람의 모습으로 나타나는 거지. 그 괴물들을 박멸시켜서 우리는 혈통을 정화하고, 그럼으로써 조든님의 계획을 달성하는 일에 조금 더 다가가게 되는 거야. 아름다운 우리의 고향, 머나먼 켄타우루스로 가는 '여행'을 마치는 것 말이다."

휴의 이마에 다시 주름이 잡혔다.

"저는 그것도 이해가 안 돼요. 많은 고대의 책들은 우주선 그 자체가 손수레나 되는 것처럼 묘사하면서 '여행'을 마치 실제로 어딘가로 움직여 가는 행위처럼 써놨어요. 어떻게 그게 가능하죠?"

넬슨이 낄낄 웃었다.

"그게 실제로 어떻게 가능하겠니? 다른 모든 것들이 움직일 때 그 바탕이 되는 것이 움직인다는 게 어떻게 가능하겠니? 당연히 그 해답도 간단한 거야. 너는 우화적인 언어를 평상시에 사용하는 말로 또다시 오해했어. 물리적인 관점으로 보면 우주선은 단단히 고정되어 있어. 어떻게 우주 전체가 움직일 수 있겠니? 하지만 정신적인 관점에서 보면 움직이지. 정의로운 일을 할 때마다 우리는 조든님이 계획한 숭고한 목적지에 가깝게 다가가는 거란다."

휴가 고개를 끄덕였다.

"무슨 말인지 알 것 같아요."

"물론, 당신의 목적에 맞기만 했더라면 조든님께서는 세상을 우주선이 아니라 조금 다른 모양으로 만드실 수도 있었을 거야. 인류가 지금보다 미숙하고 더 낭만적이던 시절에, 성스러운 이들끼리 조든님이 창조하실 것 같은 기발한 세상을 생각해내는 경쟁을 했었어. 그중에 한 무리가 지금과는 거꾸로 된 세상에 관한 신화를 통째로 만들어냈는데, 바늘끝만 한 불빛들과 몸뚱이 없는 신화적인 괴물들 외에는 텅 빈 공간이 끝없이 펼쳐져 있는 세상이었지. 그들은 이것을 천국이나 하늘이라고 불렀단다. 우주선의 이 견고한 실체와는 전혀 다른 세계였어. 그들은 지치지도 않고 그 세계에 대해 끊임없이 사색하고, 자세한 부분을 꾸며보고, 또 상상한 세계가 어떻게 생겼는지 그림으로 그려보기도 했어. 내 짐작에 그들은 조든님의 영광을 더 높이기 위해 그렇게 했던 것 같아. 그러니 조든님께서 그들의 몽상을 받아들이지 않기로 판단하셨다고 누가 이야기해줄 수 있었겠니? 그러나 현대에 사는 우리는 한가하게 그런 몽상을 할 시간이 없단다."

휴는 천문학에 관심이 없었다. 아직 교육받지 못한 휴조차도 그 엉뚱하고 터무니없는 이야기들에 대해서는 알아보았고, 말뜻 그대로 받아들이지는 않았다.

휴는 다시 현실적인 문제로 이야기를 돌렸다.

"뮤티가 죄악의 씨앗이라면, 우리는 왜 그놈들을 없애버리려고 애쓰지 않는 거죠? 뮤티들을 없애버리면 조든님의 계획이 더 빨리 진행되지 않을까요?"

노인은 대답하기 전에 잠시 동안 곰곰이 생각했다.

"좋은 질문이야. 솔직하게 답을 해주마. 너는 과학자가 될 테니까 답을 알고 있어야 돼. 이렇게 한번 생각해보렴. 우주선이 먹여 살릴 수 있는 승무원의 숫자는 분명히 한계가 있어. 우리가 한계를 넘어서 늘어나면, 우리 모두가 잘 먹고 지내기는 힘든 때가 올 거야. 우리가 서로를 죽이며 잡아먹을 때까지 늘어나는 것보다는 일부의 사람들이 뮤티들과 싸우다가 죽는 게 더 낫지 않을까? 조든님의 섭리는 헤아릴 수 없는 거란다. 뮤티조차도 조든님의 계획에 포함되어 있는 거야."

그럴듯하게 들렸지만 휴는 확신이 들지 않았다.

그러나 휴가 하급 과학자로서 우주선의 관리실로 근무지를 옮겼을 때, 거기에서 다른 견해를 듣게 되었다. 관례에 따라 휴가 변환기의 운영을 담당하는 시기였다. 그 일은 별로 부담스럽지 않았다. 휴는 주로 짐꾼들이 마을들에서 가져오는 폐기물을 살펴보고, 그들이 기증한 내용을 기록하고, 재활용이 불가능한 금속이 첫 단계의 깔때기로 들어가도록 확인했다. 이 근무를 하다가 엔지니어 부팀장인 빌 에르츠를 만났는데, 그는 휴보다 나이가 얼마 많지 않았다.

그는 넬슨에게 배운 내용에 대해 빌과 이야기를 나눴는데, 빌의 의견을 듣고 충격을 받았다. 빌이 말했다.

"내 말을 새겨들어, 꼬맹아. 이건 현실적인 사람들을 위한 현실적인 직업이야. 공상 같은 헛소리는 다 잊어버려. 조든님의 계획? 그런 건 농부들을 입 닥치고 자기 분수나 지키게 하려고 만든 이야기야. 그런 이야기에 넘어가지 마. 계획 따위는 없어! 우리 자신을 돌보기 위한 우리의 계획이 있을 뿐이야. 우주선은 요리하고 물을 가져다 대기 위해서 빛과 열과 에너지를 필요로 해. 승무원들은 이것들 없이 살아갈 수 없어. 그러니 그게 우리를 승무원들의 우두머리로 만들어주는 거야. 뮤티들을 멍청하게 묵인해주고 있는 것에 대한 이야기라면, 곧 변화가 있을 거야. 너는 입 다물고 우리 말이나 잘 들어."

휴는 젊은 과학자들의 모임에 최고의 충성을 다짐해야 했다. 젊은 과학자들의 모임은 조직 안의 조직으로서 체계가 잘 짜여 있었고, 그들의 생각대로 우주선 구석구석에서 상황을 개선시키기 위해 노력하고 있는 현실적이고 냉철한 사람들로 이루어져 있었다. 그들의 방식대로 사물을 해석하지 않는 견습생은 오래 버티지 못하고 사라졌기 때문에, 조직은 잘 짜여 있을 수밖에 없었다. 그들의 기대 수준에 도달하지 못한 견습생은 곧 농민 계층으로 돌아가거나, 대개 불운한 사고로 고생하다가 변환기에서 끝장을 보게 되어 있었다.

그리고 휴는 그들이 옳다고 생각하기 시작했다.

그들은 현실주의자들이었다. 우주선은 우주선일 뿐이다. 그것은 설명이 필요 없는 사실이다. 조든님에 대한 것이라면, 누가 조든님을 뵙거나 이야기해본 사람이 있었던가? 조든님의 이 흐리멍덩한 계획은 다 뭐란 말인가? 삶의 목표는 살아남는 것이다. 사람은 태어나서, 주어진 삶을 살고, 그 후에 변환기로 간다. 그처럼 간단한 것이다. 거기에는 신비함도 없고, 숭고한 계획도 없고, 켄타우루스도 없다. 이 공상적인 이야기들은 사실을 직면할 용기도 없고, 이해할 수도 없었던 인류의 유년 시절의 흔적일 뿐이다.

휴는 더 이상 천문학이나 수수께끼 같은 물리학, 그리고 숭배하라고 배웠던 다른 많은 신화들로 골치를 썩이지 않았다. 휴는 아직도 창세기의 구절들이나 지구에 대한 옛 이야기들을 그럭저럭 즐겼다. 도대체 그 허프 같은 '지구'라는 게 뭐였든지 간에 말이다. 하지만 이제는 이런 이야기들을 진지하게 받아들이는 사람들은 어린애들과 얼간이들뿐이라는 것을 깨달았다.

게다가 휴는 해야 할 일이 있었다. 젊은 과학자들은 아직 겉으로는 노인들의 권위를 지켜줬지만, 그들만의 계획을 따로 세우고 있었다. 첫 번째 계획은 뮤티들을 체계적으로 제거하는 것이었다. 그 뒤의 계획은 아직 유동적이었지만, 위층을 포함해서 우주선 전체의 자원을 충분히 활용할 방법을 궁리하고 있었다. 나이가 많은 과학자들은 일상적인 업무들에 대체로 관심을 기울이지 않았기 때문에 젊은 과학자들은 공공연하게 노인들과 불화를 일으키지 않고도 자기들의 계획을 추진해나갈 수 있었다. 현직 선장의 경우는 너무 살이 쪄서 함장실에서 나와 돌아다니는 일은 거의 없었다. 젊은 과학자들 모임의 일원인 선장의 부관이 그의 업무를 감시하고 있었다.

휴가 엔지니어 팀장을 만났던 것은 착륙지들에 사람들을 배치하는 순수한 종교 행사 때 말고는 한 번도 없었다.

뮤티들을 제거하는 계획을 체계적으로 집행하기 위해서는 위층들에 대한 정찰이 필요했다. 휴는 그 정찰을 나갔다가 매복하고 있던 뮤티들에게 또다시 당했다.

이번에는 뮤티들이 지난번보다 더 정확하게 투석기를 쐈았다. 휴의 동료들은 뮤티들의 숫자에 압도되어, 죽어가는 휴를 남겨둔 채 후퇴했다.

조-짐 그레고리는 혼자서 체스를 두고 있었다. 본래 지금은 그들이 카드를 함께 할 시간이었지만, 오른쪽에 있는 머리인 조는 왼쪽에 있는 짐이 속임수를 쓰는 것으로 의심했다. 그들은 이에 대해 말다툼을 했지만, 곧 그만뒀다. 몸뚱이 하나에 머리가 두 개 달린 그들은 함께 지내면서, 같이 지내는 방법을 반드시 찾아야 한다는 것을 이미 배웠기 때문이었다.

카드보다는 체스가 나았다. 둘 다 양쪽의 체스판을 서로 볼 수 있기 때문에 논쟁은 불가능했다.

선실 문을 큰 소리로 두드리는 금속성의 노크 소리 때문에 체스가 중단됐다. 조-짐은 투척용 칼을 빼 들어 흔들며 재빨리 던질 준비를 했다. 짐이 고함쳤다.

"들어와!"

문이 열리자 노크를 했던 이는 방 쪽으로 등을 돌리고 들어왔다. 이게 조-짐이 있는 곳으로 안전하게 들어오는 유일한 방법이고, 모두가 다 그걸 알고 있었다.

방금 들어온 이는 땅딸막하고, 거칠고 억세게 생겼으며, 키는 1미터 20센티미터를 넘지 않았다. 축 처진 남자의 몸뚱이를 한쪽 어깨에 걸치고 손으로 꼭 붙잡고 있었다.

조-짐은 칼을 다시 칼집에 집어넣었다. 짐이 명령했다.

"보보, 그거 내려놔."

"그리고 문 닫아."

조가 덧붙였다.

"자, 이게 뭔지 좀 볼까?"

젊은 남자였는데, 상처는 눈에 띄지 않았지만, 겉으로 보기에는 죽은 것 같았다. 보보는 허벅지를 툭툭 쳤다.

"그놈 먹을 거야?"

보보가 희망 섞인 목소리로 말했다. 항상 열려진 입술 사이로 침이 흘렀다.

"그럴지도 모르지."

짐이 얼버무렸다.

"그 사람을 죽였니?"

보보가 작은 머리를 흔들었다.

"잘했어, 보보. 어디를 맞힌 거야?"

조가 칭찬하고 물었다.

"보보 그 사람 저기 맞혔다."

그 비정상적으로 머리가 작은 그놈은 두터운 엄지손가락으로 누워 있는 사람의 배꼽과 흉골 사이를 쿡 찔렀다.

"잘 쐈어. 우리가 칼을 던져도 그것보다 더 잘하기는 힘들었을 거야."

조가 칭찬했다.

"보보 잘 쐈다."

그 난쟁이가 벙글거리며 동의했다.

"보여줄까?"

그는 들떠서 투석기를 휙 잡아들었다.

"그만둬. 됐어, 보기 싫어. 우리는 저 사람이 말하는 걸 보고 싶어."

조가 퉁명스럽게 말했다.

"보보 고친다."

땅딸보는 동의하더니, 주어진 목표를 달성하겠다며 아무 생각 없이 잔인한 짓을 하기 시작했다.

조-짐은 그를 쳐내고 그 난쟁이의 방법보다는 훨씬 덜 자극적이지만 고통스러운 자기들만의 방법을 썼다. 젊은이는 경련을 일으키더니 눈을 떴다. 보보가 다시 말했다.

"그놈 먹을 거야?"

"아니."

조가 말했다.

"언제 마지막으로 먹었어?"

짐이 물었다.

보보는 머리를 흔들며 배를 문질렀는데, 이것은 오랫동안, 그것도 아주 오랫동안 못 먹었다는 몸짓이었다. 조ー짐은 사물함으로 가서 문을 열고 넓적다리 고기를 하나 꺼냈다. 조ー짐은 고기를 치켜들었다. 짐은 고기 냄새를 맡고, 조는 코를 찡그리게 만드는 역겨운 냄새 때문에 고개를 돌렸다. 조ー짐은 고기를 보보에게 던져줬다. 보보는 행복한 표정을 지으며 고기를 낚아챘다. 짐이 명령했다.

"이제 나가봐."

보보는 빠른 걸음으로 나가며 문을 닫았다. 조ー짐은 포로를 돌아보고 발로 쿡 찔렀다. 짐이 말했다.

"말해봐. 이 허프 같은 네놈은 누구냐?"

그 젊은이는 몸을 떨며 머리에 손을 얹고는 겨우 발을 딛고 일어서서 주위를 둘러보고 눈의 초점을 맞추려는 것 같더니, 이 층의 낮은 중력 때문에 어색하게 움직이며 자기 칼로 손을 뻗었다.

칼은 혁대에 없었다.

조ー짐은 자기 칼을 빼어들고 휘둘렀다.

"착하게 굴면 다치지 않을 거야. 네 이름이 뭐지?"

젊은이는 입술을 축이고 빠르게 방을 둘러봤다.

"말해!"

조가 말했다.

"왜 저놈한테 신경 쓰고 그래?"

짐이 물었다.

"내가 저놈은 고깃감으로 삼는 게 나을 거라고 했잖아. 보보한테 돌아오라고 하는 게 좋겠다."

"급할 건 없어. 놈하고 이야기하고 싶어. 이름이 뭐야?"

조가 대답했다.

포로는 다시 칼을 쳐다보더니 투덜거리며 말했다.

"휴 호일랜드."

"이름만 가지고는 잘 모르겠는데……. 네 직업이 뭔데? 어느 마을에서 왔어? 그리고 뮤티 지역에서 뭘 하고 있었던 거야?"

짐이 말했다.

그러나 이번에는 휴가 시무룩한 표정으로 대답을 하지 않았다. 심지어 칼로 갈빗대를 찔러도 그는 입술만 깨물고 있었다. 조가 말했다.

"제기랄! 그놈은 멍청한 농부일 뿐이야. 그만 끝내자."

"이놈을 죽여버리자고?"

"아니, 지금 말고. 저놈을 집어넣어."

조-짐은 옆에 있는 조그만 선실을 열더니 칼로 휴를 몰아넣었다. 그들은 문을 잠그고 나서 체스판으로 돌아갔다.

"짐, 네 차례야."

휴가 갇힌 선실은 깜깜했다. 그는 단단하고 튼튼하게 잠긴 문밖에 없는 평범하고 매끈한 강철 벽을 만지고 나서 곧 안심했다. 이윽고 그는 갑판에 드러누워 쓸데없는 생각 속으로 빠져들었다.

휴는 오랜 시간 동안 생각하다 잠들었다가 깨어나길 반복했다. 시간이 갈수록 점점 더 배가 고프고 몹시 목이 말랐다. 조-짐이 포로에게 다시 적당한 관심이 동해서 감옥의 문을 열었을 때 휴는 바로 눈에 띄지 않았다. 휴는 문이 열리고 기회가 왔을 때 무엇을 할지 수차례에 걸쳐 계획을 세웠지만, 막상 문이 열렸을 때는 기력을 너무 잃어 반혼수상태가 되어 있었다. 조-짐은 그를 질질 끌어냈다.

"말할 준비가 됐나?"

짐이 물었다. 휴가 입을 열었지만 말이 나오지 않았다.

"입이 너무 말라서 말 못하는 거 안 보여?"

조가 자기 쌍둥이한테 말했다. 그리고 휴를 쳐다봤다.

"물 좀 주면 이야기할래?"

휴는 잠시 망설이더니 고개를 힘차게 끄덕였다.

조-짐은 잠시 후에 물 한 컵을 들고 돌아왔다. 휴는 게걸스럽게 물을 마시다가 멈췄는데, 거의 졸도라도 할 것 같았다.

조-짐이 컵을 빼앗았다. 조가 말했다.

"이 정도면 충분해. 너에 대해서 말해봐."

휴는 드문드문 생각이 떠오르는 대로 자세하게 이야기했다.

휴는 특별히 저항하거나 커다란 마음의 동요 없이 사실상의 노예 상태를 받아들였다. 휴는 '노예'라는 단어를 몰랐지만, 그런 상태는 그가 아는 모든 상황에서 흔한 일이었다. 언제나 명령을 내리는 자가 있고 그 명령을 실행하는 자가 있었다. 그는 다른 상황, 다른 형태의 사회 조직을 상상할 수 없었다. 그것은 자연스러운 사실이었다.

그도 자연스럽게 탈출을 생각하긴 했지만 말이다.

휴는 할 수 있는 한 탈출에 골몰했다. 조-짐은 그의 생각을 눈치 채고 드러내서 그것을 얘기하기로 했다. 조가 그에게 말했다.

"젊은 친구, 어리석은 생각 하지 마. 우주선의 이 구역에서는 칼 없이 세 층도 못 내려갈 거야. 나한테서 칼을 훔치더라도 중력이 높은 층까지는 내려가지 못할 거야. 게다가 보보도 있잖아."

휴는 적당한 때까지 기다리다가 말했다.

"보보요?"

짐이 씩 웃더니 대답했다.

"우리가 없을 때 네가 선실 밖으로 고개를 내밀면 내키는 대로 너를 죽이라고 보보에게 말했어. 지금 그놈은 저 문 밖에서 자, 그리고 대부분 거기서 시간을 보내고 있지."

"이래야 공평해지는 거야."

조가 끼어들었다.

"그놈은 우리가 너를 살려두기로 했을 때 실망했었거든."

짐이 자기 형제 쪽으로 머리를 돌리며 제안했다.

"이봐. 재미 좀 보는 건 어때?"

짐은 휴를 돌아봤다.

"너 칼 던질 줄 알아?"

"그럼요."

휴가 대답했다.

"자, 한번 보자."

조-짐이 자기 칼을 그에게 건네줬다. 휴가 칼을 받아서 무게중심을 잡기 위해 손에 들고 가볍게 흔들었다.

"내 과녁을 맞혀봐."

조-짐은 그들이 가장 좋아하는 의자에서 제일 멀리 떨어져 있는 곳에 플라스틱 과녁을 설치했는데, 자기들이 기술을 연마하곤 했던 과녁이었다. 휴는 과녁을 힐끗 보더니 눈에 보이지 않을 정도로 빠르게 팔을 휘둘러 칼을 날렸다. 휴는 칼날 위에 엄지손가락을 얹고 다른 손가락을 모은 후 힘을 들이지 않고 언더핸드로 던졌다.

　　조-짐이 열심히 연습해서 너덜너덜해진 중앙 부분에 칼날이 꽂혀 바르르 떨렸다.

　　"잘했어. 꼬마야!"

　　조가 칭찬했다.

　　"짐, 무슨 생각해?"

　　"저놈한테 칼을 주고 어디까지 도망가는지 한번 볼까?"

　　"안 돼. 난 반대야."

　　"왜 안 돼?"

　　"보보가 이기면 노예를 잃게 되고, 휴가 이기면 우리는 보보와 휴 둘 다 잃게 될 거야. 괜한 낭비야."

　　"아, 글쎄. 네가 그렇게 주장한다면야."

　　"내 생각엔 그래. 휴, 칼 가져와."

　　휴는 명령대로 했다. 칼을 조-짐에게 겨눌 생각은 들지 않았다. 주인은 주인이었다. 노예가 주인을 공격한다는 건 윤리적으로 혐오스러울 뿐만 아니라, 그에게는 그런 생각 자체가 너무 과격해서 아예 머릿속에 떠오르지도 않았다.

　　휴는 자신의 과학자로서의 학식이 조-짐에게 감동을 주리라 기대했었다. 하지만 그렇게 되지 않았다. 조-짐은, 그중에서도 특히 짐은 논쟁을 굉장히 좋아했다. 그들은 휴가 가진 지식을 남김없이 흡수하고 나서는 그를 내다버리다시피 했다. 휴는 모욕감을 느꼈다. 어쨌든 그는 과학자가 아니던가. 글을 읽고 쓸 수도 있었는데 말이지.

　　"닥쳐!"

　　짐이 그에게 말했다.

"읽기는 쉬운 거야. 난 너희 아버지가 태어나기 전부터 읽을 줄 알았어. 네가 처음으로 나를 시중드는 과학자라고 생각하는 거냐? 과학자들이라…… 푸하! 완전히 무식한 패거리들이야!"

휴는 지적인 자부심을 다시 살려보려고, 우주선을 그 자체로 받아들이고 모든 종교적인 해석을 거부하는, 엄격하게 사실적이고 냉정하게 현실주의적인 젊은 과학자들의 이론을 설명했다. 휴는 조-짐이 이런 관점에 동의하리라고 자신했다. 젊은 과학자들의 관점은 딱 그들의 체질에 맞을 것 같았다.

조-짐은 그의 정면에서 웃음을 터뜨렸다.

"대단하구만."

조가 코웃음을 그치고 주장했다.

"너희 젊은 조무래기들은 전부 다 그렇게 멍청하냐? 허 참, 네놈들은 너희 늙은이들보다 더 개판이야."

휴가 감정이 상해서 항의했다.

"하지만 우리가 배웠던 종교적인 개념이 다 터무니없는 소리라고 말했었잖아요. 그게 바로 제 친구들이 생각하는 거라고요. 우리는 그 케케묵은 헛소리를 전부 다 쓰레기통에 처박으려는 거예요."

조가 말을 시작하려 하자 짐이 그의 말머리를 잘랐다.

"왜 이런 놈한테 신경을 써? 얘는 가망이 없다니까."

"아냐, 얘는 가능성이 있어. 난 즐기는 중이야. 얼마 동안인지 모르겠지만, 진실을 볼 기회가 전혀 없었던 사람하고 처음 이야기하고 있는 거잖아. 한번 해보자고. 난 이놈 목 위에 있는 게 머리인지, 아니면 폼으로 달아났는지 알고 싶어."

"좋아. 그래도 조용히 해야 돼. 난 낮잠 잘 거야."

짐은 찬성했다. 왼쪽에 있는 머리가 눈을 감더니 곧 코를 골았다. 조와 휴는 속삭이며 이야기를 계속 이어갔다.

조가 말했다.

"너희 젊은 애들의 문제가 뭐냐면, 뭔가를 곧바로 이해하지 못하면 그게 진실이 아니라고 생각한다는 거야. 너희 늙은이들의 문제는, 자기들이 이해를 못하면 다른 식으로 의미를 붙여서 해석하고 그걸 이해했다고 생각한다는 거야. 너희 중에서는 아무도 그 책들에 쓰여 있는 방식으로 그 명확한 말들을 믿으려고 하지도 않고, 또 그걸 바탕으로 이해하려고 하지도 않았어. 아! 아니지. 너희는 다들 그러기에는 너무들 기똥차게 영리하시지. 너희는 당장 안 보이면, 존재하지도 않는다고 하지. 거기에는 분명히 다른 의미가 있어."

"무슨 말이에요?"

휴가 의심스러운 눈초리로 물었다.

"자, 예를 들어 '여행 간다' 는 말이 무슨 뜻인 것 같아?"

"글쎄요. 제 생각에는 아무 뜻도 없는 것 같아요. 그건 그냥 농민들의 관심을 끌려고 만든 헛소리에요."

"그러면 그들은 어떤 의미로 이해하고 있는데?"

"음, 그건 뭔가를 한다는 뜻이 아니라, 죽으면 떠나는 곳이에요. '켄타우루스로 여행 간다' 처럼요."

"그러면 켄타우루스는 뭔데?"

"주인님께서 원하신다면, 그냥 전통적인 답변을 말씀드릴게요. 전 이런 거 정말로 안 믿어요. 켄타우루스는 모든 사람이 항상 잘 먹고 행복한 곳인데, 여행을 가면 도착하는 곳이에요."

조가 코웃음을 쳤다. 짐은 코골이 리듬이 깨지면서 한쪽 눈을 떴다가 다시 툴툴거리며 잠자리에 들었다.

"그게 바로 내 말이야."

조가 낮게 속삭이면서 말을 이어갔다.

"머리를 쓰란 말이야. '여행'이란 게 옛날 책에 쓰인 대로 우주선과 모든 승무원들이 실제로 어딘가로 움직이며 가는 의미라는 생각은 안 해봤니?"

휴는 그 말을 잠시 생각했다.

"정말로 진지하게 하시는 이야기는 아니죠? 물리학적으로 그건 불가능해요. 우주선은 아무데도 갈 수 없어요. 우주선은 모든 곳을 의미하잖아요. 우리는 우주선 안에서 여행할 수는 있어요. 그러나 그 '여행'이란 게 혹시 무슨 의미가 있다면, 그건 틀림없이 정신적인 의미일 거예요."

조가 조든님께 제발 좀 도와달라고 요청했다. 그가 말했다.

"자, 들어봐. 니 돌대가리에 확실히 집어넣어. 우주선보다 큰 공간을 상상해봐. 훨씬 더 큰 공간 말이야. 그리고 우주선이 그 안에서 움직이는 모습을 상상해봐. 이해되니?"

휴는 노력했다. 정말 열심히 노력했다. 그는 머리를 흔들었다.

"말이 안 돼요. 우주선보다 큰 것은 있을 수 없어요. 그럴 수 있는 공간이 있을 리 없잖아요."

"오, 이 허프 같은 놈아 제발! 들어봐. 우주선 바깥이 있다고. 알겠어? 아래쪽의 모든 방향으로 바닥을 지나서 쭉 뻗어나가는 거야. 바깥은 텅 비어 있어. 이해되니?"

"하지만 가장 낮은 층 밑에는 아무것도 없어요. 그래서 가장 낮은 층이라고 부르는 거잖아요."

"이것 봐. 만약에 네가 칼을 가지고 가장 낮은 층의 바닥에 구멍을 파기 시작하면 어디로 가게 될까?"

"하지만 그건 불가능해요. 엄청 단단하거든요."

"그래도 네가 칼로 파고 구멍을 뚫었다고 생각해보란 말이야. 그 구
멍은 어디로 뚫리지? 상상해봐."

휴는 눈을 감고 가장 낮은 층에 구멍을 뚫는 것을 그려보려고 노력
했다. 판다, 마치 바닥이 치즈같이 연하기라도 한 것처럼.

휴에게 희미한 가능성이 보이기 시작했다. 마음을 동요시키고, 영
혼을 흔들어놓는 가능성. 그는 떨어지고 있었다. 아래에 더 이상 낮은
층이 없는, 그가 판 구멍 속으로 떨어지고 있었다. 그가 눈을 번쩍 떴다.

"정말 끔찍해요! 전 그 이야기 안 믿을래요."

그는 냅다 소리를 질렀다.

조-짐이 일어섰다.

"내가 믿게 만들어주마. 내가 네 목을 분질러버릴지도 몰라."

조가 무섭게 말하고는 성큼성큼 걸어가서 문을 열고 외쳤다.

"보보! 보보!"

짐의 머리가 획 일어났다.

"뭐, 뭐, 뭔 일이야? 무슨 일이야?"

"우리는 휴를 무중력층으로 데리고 갈 거야."

"뭐하러?"

"그놈의 멍청한 대가리에 개념 좀 박아넣게."

"나중에 해."

"아니, 난 지금 할래."

"좋아, 좋아. 흔들어대지 마. 어쨌든 일어났잖아."

그 사람이라고 하든 그들이라고 하든, 조-짐 그레고리는 겉모습이

독특한 만큼이나 정신적인 능력에 있어서도 몸의 생김새처럼 독특했다. 어떤 상황에서도 그는 주도권을 잡았을 것이다. 뮤티들과 사는 그가 뮤티들을 어르고, 명령을 내리고, 그들의 시중을 받으며 사는 것은 당연한 일이었다. 그에게 권력을 잡을 의지만 있었다면, 뮤티들을 조직해서 승무원들과 싸워 완전히 제압할 수도 있었을 것이다.

그러나 그는 그런 식으로 밀고 나갈 생각이 없었다. 그의 타고난 기질은 지적인 방관자이자 관찰자였다. 그는 '어떻게'와 '왜'에 흥미가 있었지만, 혼자 지내는 안락함과 편안함에 만족했고, 움직이려는 의지가 없었다.

그가 만일 승무원 사이에서 평범한 쌍둥이로 태어났더라면, 그는 삶의 문제에 대한 가장 쉽고 만족스러운 답변을 찾아서 과학자들 사이로 흘러 들어갔을 것이다. 그리고 그는 과학자로서 가벼운 마음으로 대화와 통치를 즐길 수 있었을 것이다. 그러나 현실 속에서 그는 과학자들과의 동료의식이 없었기 때문에, 똘마니들을 시켜 훔쳐온 책들을 3세대가 지나는 동안 읽고 또 읽었다.

그의 두 반쪽들은 두 사람처럼 그들이 읽은 것들을 토론하고 논쟁했기 때문에, 거의 필연적으로 물리적인 세계와 역사에 대한 합리적이고 조리에 맞는 이론에 도달할 수밖에 없었다. 다만 하나만 빼면 말이다. 소설에 대한 개념은 그들에게 너무 낯설었다. 그들은 조든 탐험대에 제공되었던 소설들을 문서나 자료집을 읽을 때와 똑같은 방식으로 이해했다.

소설에 대한 이런 방식의 이해 때문에 조-짐 둘 사이에 중요한 의견 차이가 발생했다. 짐은 앨런 쿼터메인[14]을 영원히 살아남을 가장 위대한 사람으로 인정했으며, 조는 존 헨리[15]를 꼽았다.

조—짐은 시를 엄청나게 좋아했는데, 그들은 키플링[16]의 시를 한 줄 한 줄 외울 정도였고, '우주 항로의 맹인 음유시인' 라이슬링[17]을 키플링만큼이나 좋아했다.

보보가 등을 돌리고 들어왔다. 조—짐이 엄지손가락으로 휴를 가리켰다.

"자, 얘가 나갈 거야."

조가 말했다.

"지금?"

보보가 행복한 표정으로 씩 웃더니, 군침을 흘렸다.

"너하고 네 밥통!"

조가 주먹으로 보보의 머리통을 툭툭 치면서 대답했다.

"안 돼. 그놈 먹지 마. 너하고 그놈은 피를 나눈 형제야. 알았어?"

"안 먹어?"

"안 먹어. 너는 그놈을 위해 싸우고, 그놈은 너를 위해 싸운다."

"알았어."

◎　**14**__ Allen Quartermain : 헨리 라이더 해거드Henry Rider Haggard의 소설 「솔로몬왕의 보물 King Solomon's Mines」에 등장하는 주인공. 「솔로몬왕의 보물」은 '인디아나 존스' 같은 모험 영화의 원조에 해당하는 소설이다.

　　15__ John Henry : 19세기 미국에 살았던 철도 노동자. 그의 모습은 여러 노래와 소설, 영화에 중요한 캐릭터로 등장하며 미국의 전통적인 영웅상이 되었다.

　　16__ Joseph Rudyard Kipling : 1907년 노벨문학상을 수상한 영국의 시인.

　　17__ Rhysling : 로버트 H. 하인라인의 소설 「지구의 푸른 언덕The Green Hills of Earth」에 등장하는 맹인 음유시인.

그 돌대가리는 어쩔 수 없이 어깨를 으쓱했다.

"피 형제. 보보 안다."

"좋아. 우리는 지금 모든 사람들이 날아다니는 곳으로 올라간다. 너는 앞서 가면서 망을 봐."

그들은 한 줄로 올라갔다. 난쟁이는 앞으로 달려가며 그 지역의 상황을 파악하고, 휴는 그 뒤를 따랐다. 조-짐은 후방을 맡았는데, 조는 앞쪽을 보고, 짐은 머리를 어깨 위로 넘겨 뒤쪽을 지켜봤다.

더 높은 곳으로, 더 높은 곳으로 이어지는 갑판들을 올라갈수록 조금씩 그들의 무게가 빠져나가는 듯했다. 그들은 마침내 더 이상 올라갈 곳이 없는 층에 모습을 드러냈다. 그들 위에는 출구가 없었다. 그 층의 갑판은 우주선의 진짜 모습이 거대한 원기둥 모양이라는 것을 암시하듯이 완만하게 구부러져 있었지만, 똑같은 각도로 구부러진 머리 위의 금속 천장에 가려서 보이지 않았고, 정말로 갑판이 구부러져서 다시 제자리까지 연결되어 있는지 알 수 없었다.

거기에는 엄밀한 의미의 격벽이 없었다. 엄청나게 크고, 쓸데없이 억세 보이고, 두꺼운 인상을 주는 거대하고 땅딸막한 큰 기둥이 갑판과 천장 사이에 고르게 놓여 있었다.

중력은 느껴지지 않았다. 누군가 한 장소에 가만히 있는다면, 눈치채기 힘들 정도로 아주 조금 남아 있는 중력 때문에 몸이 '바닥' 쪽으로 천천히 떠서 내려가겠지만, '위'나 '아래'라는 단어는 이곳에서 거의 의미가 없었다. 휴는 무중력이 되면 자꾸 숨을 헐떡거리게 되어서 별로 좋아하지 않았지만, 보보는 무척 재미있어 하며 익숙해 보였다. 휴는 서투른 물고기처럼 형편에 맞는 대로 기둥, 바닥, 천장으로 오락가락 비행하며 공기를 헤치고 나아갔다.

조-짐은 줄줄이 설치된 기둥으로 형성된 복도를 따라 안쪽과 바깥쪽의 원통을 잇는 축들과 평행하게 경로를 설정했다. 복도에 난간들이 설치되어 있었는데, 그는 거미줄을 따라가는 거미처럼 난간을 따라갔다. 조-짐은 상당히 빠른 속도로 나아갔고, 휴는 허겁지겁 따라가려고 버둥거렸다. 얼마 지나지 않아 그도 공기저항밖에 없는 기다란 해안을 쉽고 힘들이지 않게 수영하듯이 나아가는 방법을 깨달았고, 가끔씩 발끝이나 손으로 바닥을 가볍게 쳤다. 하지만 휴는 너무 바빠서 얼마나 더 가야 되는지 물어볼 정신도 없었다. 아마 몇 킬로미터쯤 되는 것 같았지만, 알 수 없었다.

그들은 복도가 끝나는 곳에서 멈췄다. 좌우로 뻗어 있는 단단한 격벽이 그들을 막았다. 조-짐은 오른쪽으로 움직이며 조사하다가 찾고 있던 것을 발견했는데, 사람 크기의 닫힌 문이었다. 그 문은 희미하게 보이는 테두리의 갈라진 틈과 겉면에 필기체로 그려진 기하학적인 무늬로 겨우 알아볼 수 있었다. 조-짐은 이 문을 살펴보며 오른쪽 머리를 긁적였다. 두 머리는 서로 속삭이며 말했다. 조-짐이 이상한 몸짓으로 손을 치켜들었다.

"아냐, 아냐!"

짐이 말했다. 조-짐이 서로 막았다.

"이렇게 하면 어때?"

조가 대답했다. 둘이 다시 속삭이더니, 조가 끄덕거리고, 조-짐이 손을 들었다.

그는 문에 손가락을 대지 않고 10센티미터 정도 떨어져서 무늬를 따라 움직였다. 무늬의 선을 계속 따라가는 손가락의 움직임은 단순했지만 분명치 않았다.

손가락으로 무늬를 따라가는 것을 마치자, 그는 가까운 격벽을 손바닥으로 밀고 문에서 멀리 떠가더니 기다렸다.

잠시 후 거의 들리지 않을 정도로 부드럽게 공기를 빨아들이는 소리가 나고, 문이 움직이기 시작하더니, 바깥쪽으로 15센티미터 정도 열리다가 멈췄다. 조-짐은 당황한 것 같았다. 그는 조심스럽게 열려진 틈 사이로 손을 집어넣더니 문을 당겼다. 아무 일도 일어나지 않았다. 보보를 불렀다.

"문 열어."

보보는 이마를 머리 꼭대기까지 찡그리며 문의 상태를 대충 살펴봤다. 그 후 그는 양 발을 격벽에 대고, 한 손으로 문을 움켜잡으며 몸을 고정시켰다. 보보는 문의 한쪽 모서리를 양손으로 잡고 양 발을 단단하게 고정시키더니 몸을 숙였다가 쭉 폈다.

보보는 숨을 참고 가슴을 단단하게 유지하고 등을 구부리고 분투하며 땀을 뻘뻘 흘렸다. 목에서 큰 근육이 불끈 올라와서 그의 머리는 보기 흉한 피라미드 모양이 되었다. 휴는 그 난쟁이의 관절이 우지끈 하는 소리를 들을 수 있었다. 이 바보는 포기할 줄 모르기 때문에 계속 시도하다가 죽을 수도 있겠다는 생각이 들었다.

그런데 이음새에서 끼익 소리가 나면서 갑자기 문이 열렸다. 문이 회전할 때 보보가 손을 놓치는 바람에 갑자기 그가 딛고 있던 다리의 힘이 풀리면서 격벽을 묵직하게 밀어내버렸다. 보보는 복도에 고꾸라지며 뭐라도 잡으려고 버둥댔지만, 곧 쥐가 난 종아리를 문지르면서 어색한 모습으로 공기를 헤치며 돌아왔다.

조-짐이 앞장서서 안으로 들어갔고, 휴가 그 뒤를 바짝 따라갔다.

"여기는 뭐하는 데에요?"

휴가 노예로서의 직분을 잊어버리고 호기심에 차서 물었다.

"여긴 중앙통제실이야."

중앙통제실이라니! 우주선에서 가장 신성하고 금기시되던 장소인데, 정확한 장소는 신비에 싸여 잊혀 있었다. 젊은 과학자들은 이곳이 존재하지 않는다고 믿었다. 늙은 과학자들은 말뜻 그대로 근본주의적으로 받아들이거나 신화적인 믿음 정도로 생각하는 등 여러 부류가 있었다. 휴는 스스로 계몽된 사람이라고 생각했음에도 그 단어를 듣자 소스라치게 놀랐다. 중앙통제실이라니! 이럴 수가, 그곳은 바로 조든님의 영혼이 깃들어 있는 장소라고 들었다. 휴가 멈춰 섰다.

조─짐이 멈추고 조가 돌아봤다.

"가자. 무슨 일이야?"

"아니, 그게…… 어…….."

"말해!"

"그게 아니라…… 여기는 조든님이 나오시는, 조든님의…….."

"오, 조든님 제발!"

조가 낮게 분통을 터뜨렸다.

"내가 너희 어린 조무래기들은 조든님에 대해서 아무것도 모른다고 말하지 않았나?"

"네. 그렇지만…… 그래도 여기는…….."

"그만해. 따라오지 않으면 보보한테 너를 끌고 오라고 할 거야."

그가 돌아섰다. 휴는 마치 사형대에 오르는 사람처럼 마지못해 따라갔다. 그들은 두 사람이 난간을 붙잡고 지날 수 있는 너비의 복도를 줄지어 갔다. 복도는 넓은 원의 테두리 모양으로 90도 각도로 휘어지며 통제실로 정확하게 통했다. 휴는 두려움과 호기심에 가득 차서 조-짐의 넓은 어깨 너머로 쳐다봤다.

휴는 밝은 불이 비치고 지름이 거의 60미터쯤 되는 거대한 방을 뚫어지게 쳐다봤다. 그 방은 구형으로 생겼는데, 거대한 구의 안쪽 부분이었고 구의 표면은 단조로운 무광택의 은색이었다. 휴는 구의 중앙 부분에 약 5미터 정도를 가로지르며 설치된 기계들을 봤다. 이런 모습을 처음 본 그로서는 그게 뭔지 전혀 이해할 수 없었다. 그는 어떻게 묘사해야 할지 몰랐지만, 그 기계가 받침대도 없이 안정적으로 공중에 떠 있다는 것은 알 수 있었다.

복도 끝부터 구의 중앙부까지는 쇠로 만든 그물 모양의, 복도 너비만 한 관로로 연결되어 있었다. 그 관로가 복도에서 중앙부로 이어지는 유일한 관문이었다. 조-짐은 보보를 돌아보며 복도에 남아 있으라고 명령하고 그 관로로 들어갔다.

조-짐은 그물 모양의 막대들을 사다리처럼 이용해서 손으로 계속 당기면서 관로를 따라 갔다. 휴가 그 뒤를 따랐다. 그들은 구의 중앙부를 차지하고 있는 기계가 있는 곳에 도착했다. 가까이 와서 보니까 각각의 통제장치가 자세히 드러났지만, 휴는 아직도 전혀 이해할 수 없었다. 그는 그들을 둘러싸고 있는 구의 안쪽 면을 힐끗 쳐다봤다.

그건 실수였다. 구의 표면은 단조로운 은백색이기 때문에 아무것도 보이지 않았다. 그것은 마치 백 미터, 혹은 천 미터, 아니면 수킬로미터는 떨어져 있는 것처럼 보였다. 휴는 한 번도 갑판 두 개 사이보다 높은 곳을 경험해본 적이 없었고, 마을의 광장보다 넓게 열려진 공간에는 가본 적이 없었다. 그는 공황상태에 빠져들며 자신이 알고 있던 공포의 수준을 넘는 공포감을 느꼈다. 오랫동안 잊고 있었던, 과거 정글에서 살아가던 조상들의 유령이 그를 덮쳤고, 추락이라는 원시적이고 본능적인 공포가 그의 뱃속까지 얼어붙게 만들었다.

그는 통제장치와 조–짐을 꽉 붙잡았다.

조–짐은 손바닥으로 휴의 입언저리를 세게 한 대 때렸다. 짐이 성내며 말했다.

"도대체 왜 그래?"

휴가 겨우 말문을 열었다.

"모르겠어요. 잘 모르겠어요. 하지만 여기가 싫어요. 여기서 나가고 싶어요."

짐이 역겨운 표정을 지으며 한쪽 눈을 힐끗 들어 조를 쳐다보며 말했다.

"우리는 충분히 했어. 저렇게 배짱 없는 녀석은 네가 가르쳐줘도 아무것도 이해하지 못할 거야."

"오, 저놈은 곧 괜찮아질 거야."

조가 그 말을 무시하며 대답했다.

"휴야, 저기 저 의자에 앉아봐라."

그 사이, 휴는 눈을 깔고 그들이 통제센터에 들어올 때 이용했던 관로를 쳐다봤고—관로를 따라 복도 입구까지 눈을 움직였다. 구가 별안간 줄어들며 눈의 초점에 맞으면서 최악의 공황 상태는 넘겼다. 휴는 명령에 복종했다. 아직 덜덜 떨렸지만 명령을 따를 수는 있었다.

통제센터는 단단한 구조물로 구성되어 있었다. 운영자의 몸을 받치기 위한 의자들과 구조들로 짜여 있고, 기계와 계기판들이 합쳐져 있었으며, 대체로 운영자의 무릎 부분에 설치되어 있었는데, 운영자에게 기계와 계기판들은 잘 보였지만 다른 것을 볼 때 방해가 되지는 않았다.

의자들에는 팔걸이, 아니면 좌우 받침대라고 부를 만한 것이 높게 설치되어 있었는데, 이 팔걸이들에는 당직 항운 승무원들에 맞춰진 통제장비가 장착되어 있었지만, 휴는 아직 그런 사실을 모르고 있었다.

휴가 계기판 아래의 의자로 미끄러져 들어가 등을 기대자 의자가 기분 좋게 안정적으로 감싸주었다. 반쯤 드러누운 그에게 머리 받침대부터 발걸이까지 모두 딱 맞았다.

그런데 조-짐의 앞에 있는 계기판에 뭔가가 나타났다. 그것이 휴의 시선을 끌어 그는 고개를 돌렸다. 붉은 글자가 계기판의 윗부분에서 밝게 빛나고 있었다.

2등 항해사 착석

2등 항해사가 뭐지? 휴는 무슨 뜻인지 알지 못했다. 그때 그는 자기 계기판 꼭대기에 '2등 항해사'라는 표시가 붙어 있는 것을 알아채고 그건 바로 자기를, 아니 자기보다는 여기 앉았어야 될 사람을 가리키는 것이라고 결론지었다. 휴는 잠깐 동안, 진짜 2등 항해사가 나타나서 자신이 그 사람의 자리를 차지한 것을 눈치 챌 것 같다는 생각이 들었지만, 곧 마음에서 지워버렸다. 그럴 리 없었다.

아무튼 간에 도대체 2등 항해사라는 게 뭐야?

조-짐의 계기판에 있던 글자들이 서서히 사라지고, 왼쪽 구석에 빨간 점이 나타나더니 사라지지 않고 그대로 있었다. 조-짐이 오른손으로 뭔가를 조작하자 그의 계기판에 뭔가 표시되었다. '가속도 : 0', 그리고 '중앙 구동기관'. 마지막 두 단어가 여러 차례 깜빡거리고 나서 '보고사항 없음'으로 바뀌었다. 이 글자들이 서서히 사라지자 밝은 녹색 점이

오른쪽 구석에 나타났다.

조가 휴를 쳐다보며 말했다.

"준비해, 불이 꺼질 거야."

"설마 주인님이 불을 끄신다는 이야기는 아니죠?"

휴가 따졌다.

"아니. 네가 끌 거야. 왼손 옆을 봐. 작은 하얀 불빛 보이지?"

휴가 왼쪽을 쳐다보자 의자 팔걸이 위에는 작은 구슬들이 연이은 두 개의 정사각형 모양으로 배치되어 빛나고 있었다. 조가 설명했다.

"각각의 구슬은 구의 한 4분면의 조명을 가리키는 거야. 그것들을 손으로 덮으면 불이 꺼질 거야. 자, 해봐."

휴는 내키지 않았지만, 흥미가 끌려서 명령에 따랐다. 그는 손바닥을 작은 불빛들에 올려놓고 기다렸다. 은색의 구는 둔한 납빛으로 변하면서 서서히 사라져갔고, 계기판 위에 조용히 빛나고 있는 불빛들 외에는 완전히 어둠 속에 잠겼다. 휴는 불안하면서도 흥분되었다. 그는 손을 치웠다. 구는 아직 어두웠고 여덟 개의 작은 불빛들은 파란색으로 바뀌어져 있었다.

조가 말했다.

"이제 '별'을 보여주마!"

어둠 속에서 조-짐은 다른 무늬 모양의 불빛 여덟 개에 오른손을 슬며시 올렸다.

천지창조였다.

천지창조를 충실히 재현하며, 우주의 어두운 심해에서 빛나던 최초의 별들처럼 차분하고 고요히 빛을 내며 스텔라리움[18]의 벽에 반사된 별들이 그를 내려다보았다. 가상의 하늘을 가로지르며 보석처럼 빛나는 빛들이 엄청난 장관을 이루며 무작위로 흩뿌려져 있었는데, 셀 수 없이 많은 태양들이 그의 앞에, 아니 그의 앞, 그의 위, 그의 아래, 그의 뒤, 모든 방향에 펼쳐져 있었다. 그는 별세계의 한가운데에 혼자 매달려 있었다.

"오오오호!"

그가 숨을 들이켜자 무의식중에 소리가 흘러나왔다. 휴는 의자 팔걸이를 너무 꽉 쥐는 바람에 손톱이 부러졌지만 전혀 몰랐다. 그는 그 순간 두려운 것이 아니었다. 그의 존재 안에 있는 모든 공간이 하나의 감정으로 채워졌다. 황량하고 무미건조한 생활이 반복되는 우주선 안에서의 삶조차도 아름다움을 체험하고자 하는 그의 타고난 능력을 상하게 하지는 못했다. 난생처음으로 그는 진정한 아름다움의 참을 수 없는 황홀경을 맛보았다. 그 황홀경은 마치 첫 섹스의 강렬한 전율처럼 그에게 충격을 안겨주었고, 그를 아프게 했다.

휴가 충격과 연이은 열정적인 몰입에서 충분히 깨어나 짐의 냉소적인 웃음소리와 조가 불쾌하게 낄낄대는 소리를 알아들을 수 있게 되기에는 시간이 좀 필요했다.

"다 봤나?"

조가 물었다. 대답을 기다리지 않고, 조-짐은 자기 왼손 팔걸이에 똑같이 설치된 통제장치를 이용해 다시 불을 켰다.

휴가 한숨을 쉬었다. 가슴이 아파오고 심장이 두근거렸다. 그제야 그는 불이 꺼지고 난 후 내내 숨을 멈추고 있었다는 사실을 깨달았다.

◎　**18**__ stellarium : 가상으로 별자리를 보는 장치 혹은 프로그램.

짐이 물었다.

"어이, 영리한 꼬맹아. 이제 이해가 되냐?"

왜 그런지는 모르겠지만, 휴는 한숨이 나왔다. 불이 다시 들어오자 휴는 안도감과 아늑함을 느끼면서도 깊은 자아의 상실감에 사로잡혔다. 그는 별을 보자 다시는 행복해질 수 없으리라는 것을 무의식적으로 느꼈다. 열려진 하늘과 별이라는, 그가 잃어버렸던 유산에 대한 뒤죽박죽의 막연한 갈망과 그의 가슴속 무딘 통증은, 그가 아직은 너무 무지해서 머리 꼭대기로 그 사실을 인식하지 못한다고 할지라도, 앞으로 절대로 꺼지지 않을 것이다. 그가 조용히 물었다.

"저게 뭐였어요?"

"저게 바로 그거야. 저게 세상이야. 저게 우주라고. 저게 바로 내가 지금까지 너한테 이야기하려 했던 거야."

조가 대답했다. 휴는 이해하기 위해 그의 미숙한 머리를 악착같이 쥐어짰다. 그가 물었다.

"주인님이 이야기하시던 게 '바깥'에 있는 저건가요? 그 아름다운 작은 불빛들이요?"

"그렇지, 하지만 별들이 작지는 않아. 그 별들은 아주 멀리 떨어져 있지. 아마 수천 킬로미터는 될 거야."

"뭐라고요?"

"그럼, 그렇고말고."

조가 계속 말했다.

"바깥에는 빈 곳이 아주 많아. 공간 말이야. 별은 커. 글쎄, 어떤 별들은 우주선만큼이나 클 거야. 어쩌면 더 클지도 몰라."

휴는 그의 한계를 넘는 상상력을 이해하느라 처량한 표정을 짓고 있었다.

"우주선보다도 더 크다구요?"

그는 되뇌었다.

"하지만…… 하지만……."

짐이 성미를 못 참고 고개를 쳐들더니 조에게 말했다.

"내가 뭐라 그랬어. 너는 이 멍청이한테 우리 시간을 낭비하고 있는 거야. 얘는 그럴 능력이 안……."

"짐, 진정해."

조가 부드럽게 답했다.

"얘가 기기도 전에 달리는 걸 기대하지는 마. 우리도 오래 걸렸잖 아. 내가 기억하기로 너는 네가 본 것들을 믿는 데 조금 더 오래 걸렸던 것 같은데……."

"거짓말이야! 너야말로 이해하느라 오래 걸렸어."

짐이 불쾌한 투로 말했다.

"알았어. 알았어. 놔둬보자고. 여튼 우리도 오랜 시간이 걸려서야 제대로 이해할 수 있었잖아."

휴는 형제가 티격태격하는 것에 별로 신경쓰지 않았다. 그건 일상 적인 일이다. 그는 전혀 일상적이지 않은 사건에 온 신경을 집중하고 있 었다. 그가 물었다.

"조 님. 우리가 별을 바라보는 동안에 우주선은 어떻게 되는 거죠? 우주선을 관통해서 보는 건가요?"

"그렇지는 않아. 별을 직접 보는 건 전혀 아냐. 별의 그림 같은 걸 보는 거지. 그건 뭐 같은 거냐면…… 그래, 거울 같은 걸로 보여주는 거 야. 그것을 설명해놓은 책이 나한테 있어."

조가 그에게 말했다.

"하지만 너는 별을 직접 볼 수도 있어."

짐은 방금 화를 냈던 것을 잊어버리고 자진해서 나섰다.

"여기서 쭉 가면 선실이 하나 있는데……."

"아, 그래!"

조가 끼어들었다.

"잊어먹고 있었네. '선장의 베란다.' 온통 유리로 만들어진 방이야. 거기에 가면 직접 볼 수 있어."

"선장의 베란다요? 하지만……."

"지금 선장 말고. 지금 선장은 그 근처도 가본 적이 없어. 그건 그 선실 문 위에 있는 이름이야."

"베란다가 뭐예요?"

"나도 제발 베란다가 뭔지 알고 싶다. 그건 그냥 그 선실의 이름이 라고."

"거기에 데려다주실 거죠?"

조가 그렇게 하겠다고 하던 참이었는데, 짐이 말을 잘랐다.

"다음에 가. 난 돌아갈래. 배고파."

그들은 관로를 통해 돌아나와 보보를 깨우고 다시 내려가느라 긴 여행을 했다.

휴는 조─짐에게 다시 탐험에 데리고 가달라고 설득하느라 오랜 시 간이 걸렸지만, 그동안 시간을 아주 잘 보냈다. 조─짐은 휴를 그가 평생 봤던 책보다 더 많은 책무더기 사이에 풀어놓았다. 그 책들 중에 몇 권 은 그 전에 봤던 책들이었지만, 휴에게는 이제 그 책들조차도 새로운 의미로 읽혔다. 휴는 그 책들을 끊임없이 읽으면서 새로운 생각들에 푹 잠겼다가, 그 생각들에 치여 비틀거리기도 하고, 그 생각들과 싸우며, 그 의미를 이해하기 위해 애썼다. 그는 잠자는 시간도 아까워했으며, 입에서 쉰내가 나고 배가 아파 억지로 몸을 위해 챙겨먹어야 하는 상황이 될 때까지 먹는 것도 잊었다. 배고픔만 해결되면 그는 다시 돌아와 두통이 생기고 눈의 초점이 맞지 않을 때까지 책을 읽었다.

조-짐은 시중을 들라는 요구를 거의 하지 않았다. 휴는 쉬는 날 없이 항상 일을 해야 했지만, 조-짐은 그가 말이 들리는 거리에서 대기하고, 부를 때 바로 달려오기만 하면 책을 읽는 것에 대해 전혀 개의치 않았다. 대체로 그가 시중드는 것도 조-짐 중에 한쪽이 체스를 두기 싫어할 때 나머지 한쪽이랑 체스를 두어주는 정도였고, 그것조차도 완전한 시간 낭비는 아니었는데, 체스 상대가 조인 경우에는 이야기의 주제를 우주선으로 돌려서, 우주선의 역사, 기계와 장비, 우주선을 건설하고 우주선에 처음 승선했던 사람들과 그들의 역사 등에 대한 이야기를 나눴다. 또 지구에 관해서도 이야기했는데, 지구라는 그 황당한 곳은 사람들이 그 안에 살지 않고 바깥에 살았다는 이상한 곳이었다.

휴는 그 사람들이 왜 추락하지 않았는지 궁금했다.

그는 조와 이에 대한 이야기를 나눴고, 이윽고 만유인력의 개념을 조금 이해하게 되었다. 그는 만유인력의 개념이 도저히 사실 같지 않아서 감정적으로는 결코 이해되지 않았지만 이를 지적인 개념으로서 받아들였고, 한참 후에 탄도학과 우주항해술, 우주선의 조정 방법을 모호하고 어렴풋하게 처음 이해하게 되었을 때 만유인력의 개념을 활용했다. 그리고 얼마 지나지 않아 그는 우주선 안에서의 중력이 궁금해지기 시작했는데, 그 전에는 한 번도 고민하지 않았던 문제였다. 그에게 낮은 층일수록 중력이 커지는 것은 당연한 자연의 이치였고, 전혀 이상하게 여길 일이 아니었다. 그는 투석기[19]에 응용된 것 같은 원심력에는 익숙했다. 하지만 이 개념을 우주선 전체에도 적용해서 우주선이 마치 투석기처럼 돌고, 그럼으로써 중력이 발생한다고 생각하기에는 너무 많은 장애물을 넘어야 했다. 휴는 절대로 이 사실을 믿지 않았다.

조-짐은 중앙통제실에 한 번 더 그를 데리고 가서, 조-짐이 조금 알고 있는 우주항해 기구들을 읽는 방법과 조종기를 조작하는 방법을 보여주었다.

그동안 오랜 기간 잊혔던, 조든 재단이 고용했던 공학 설계자들은 '여행'이 예정했던 60년을 넘기더라도 우주선이 망가지지 않도록 설계하라는 지시를 받았었다. 설계자들은 그들이 생각했던 것보다 훨씬 더 훌륭하게 우주선을 건설했다. 우주선에 사람이 거주할 수 있도록 만들어주는 주 구동엔진과 보조 기계들은 거의 자동으로 운영되도록 계획했으며, 모든 기계를 다루는 데 필요한 제어 장치를 설계할 때는 움직이는 부품이 하나도 없도록 만들었다. 엔진과 보조 기구들은 전기 변환기들처럼 순전히 힘에 의해, 기계적인 동작으로 움직였다. 그들이 제공했던 제어장치와 기관들은 버튼을 누르거나 레버나 캠[20] 손잡이를 움직이는 식이 아니라, 불빛 위에 손을 올려놓는 것으로 정전기 상태의 균형과 전자 흐름의 방향, 회로가 끊기고 이어지는 것에 의해 작동하도록 만들었다.

◎　**19**__ 줄에 가죽을 달아 그 안에 돌이나 쇠공 같은 것을 넣고 돌려서 던지는 투석기를 말한다.
　20__ Cam : 회전운동을 바꾸는 장치.

이런 정도의 작동으로는 마찰은 아무런 의미가 없게 되며, 마모와 부식에 의한 피해는 일어나지 않는다. 만일 모든 승무원들이 반란군들에게 죽음을 당했다면, 우주선은 아직도 우주 속을 돌진하며 아직 환하게 불을 밝히고 있었을 테고, 지금까지도 우주선 안의 공기는 신선하고 촉촉했을 것이며, 엔진은 준비 상태로 대기 중이었을 것이다. 하지만 알다시피 현실은 그렇게 되지 않았다. 엘리베이터와 컨베이어 벨트는 고장 나고 폐기된 후, 마침내는 잊힌 기능이 되고 말았다. 하지만 우주선의 핵심 기관들은 무지한 인류라는 화물을 싣고 자동 운행을 계속해나갔다. 그게 아니라면 우주선은 자신의 중요한 실마리를 풀 수 있을 정도로 충분히 영리한 누군가를 기다리며 조용히 준비하고 있었던 것이다.

천재가 우주선의 건설에 투입되었다. 우주선은 지구에서 조립하기에는 너무 커서 달 너머의 궤도에서 한 조각, 한 조각 맞추어졌다. 우주선의 장치들이 바보라도 쓸 수 있어야 하고, 내구성을 가져야 한다는 결정에 의해 제출된 문제가 공식화되고, 해결될 동안 우주선은 15년간을 그 궤도에서 조용히 빙빙 돌았다. 진행 과정 중에 아분자submolar 효과라는 완전히 새로운 분야가 고안되었으며, 악전고투 끝에 목표를 달성했다.

그리하여, 휴가 궁금한 마음에 아직 배우지 못한 '가속, 추진'이라고 쓰인 첫줄의 불빛 위에 손을 올려놓자, 즉각 반응이 왔지만 우주선이 가속된 것은 아니었다. 주 조종사의 계기판 꼭대기에 붉은 불빛이 빠르게 깜빡이고, 신호판에 '주 엔진 : 승무원 없음'이라는 문자가 밝게 빛났다.

"이게 무슨 말이에요?"

휴가 조-짐에게 물었다.

"그건 우리도 몰라."

짐이 말했다.

"주 엔진실에서 우리도 똑같이 했던 적이 있었어. 거기서 우리가 너처럼 해봤더니, 계기판에 '통제실 : 승무원 없음'이라고 나오더라고."

조가 덧붙였다. 휴는 잠시 생각했다.

"혹시 동시에 모든 통제 부서에 사람들이 들어가 있을 때 제가 저걸 해보면 어떻게 될까요?"

그가 주장했다.

"뭐라고 말하기 힘드네. 한 번도 그렇게 시도해본 적이 없어서 말야."

조가 말했다.

휴는 아무 말도 하지 않았다. 그의 가슴속에 커져가던 모호한 결심이 이제는 구체적이고 뚜렷한 결단으로 바뀌었다. 그는 얼마간 그 생각 때문에 바빠졌는데, 그 생각을 이리저리 재보고 가다듬은 후, 이를 공개할 적절한 기회를 찾고 있었다.

휴는 조-짐 둘 다 기분이 좋을 때까지 기다렸다가 자기 생각을 꺼냈다. 조-짐이 선장의 베란다에 있을 때 휴는 이야기할 시기가 무르익었다고 결정했다. 배가 부른 조-짐은 조용히 선장의 안락의자에 앉아 쉬면서 고요한 별들을 두꺼운 유리로 만든 전망창을 통해 응시하고 있었다. 휴가 그의 곁으로 떠갔다. 우주선의 회전으로 인해 별들은 우아하게 원을 그리며 움직이고 있었다.

이윽고 휴가 말했다.

"조-짐……."

"어? 젊은이, 뭔 일인가?"

대답한 사람은 조였다.

"정말 대단해요. 그렇지 않아요?"

"무슨 소리야?"

"전부 다요. 저 별들."

휴는 팔을 휘두르며 전망창을 통해 보이는 광경을 가리켰다. 그리고 의자를 붙잡아 몸이 반대쪽으로 회전하는 것을 막았다.

"맞아. 그렇지. 너도 보고 있으면 기분이 좋아질 거야."

조가 이런 말을 하다니, 놀랄 만한 일이다.

휴는 이때가 적당하다고 판단했다. 그는 잠시 기다렸다가 말했다.

"왜 우리는 이 일을 마무리 짓지 않는 거죠?"

두 머리가 동시에 돌아봤는데, 조는 짐의 머리를 넘어 보려고 몸을 조금 뒤로 젖혔다.

"무슨 일?"

" '여행' 이요. 왜 우리는 주 구동엔진에 시동을 걸어서 여행을 계속 진행해나가지 않는 거죠? 저기 밖에 있는 어딘가……."

휴는 조-짐이 말을 중단시키기 전에 끝내려고 서둘러서 말했다.

"어딘가에는 지구와 같은 행성이 있거나, 그게 아니라면 최초의 승무원들이 생각했던 뭔가가 있겠죠. 그걸 찾아보자고요."

짐이 그를 쳐다보더니 웃음을 터뜨렸다. 조는 머리를 흔들고 말했다.

"이놈아. 네가 지금 무슨 말을 하고 있는지 알아? 너도 보보만큼이나 멍청한 놈이야. 안 돼."

그가 계속 말했다.

"다 끝난 이야기야."

"왜 이게 끝난 이야기죠?"

"자, 왜냐면 말이다. 너무 대규모 작업이야. 그걸 하려면, 우주선에 관련된 것들을 전부 다 이해하고, 우주선 조종 훈련을 받은 승무원이 있어야 돼."

"그렇게나 많이 필요할까요? 사람들이 통제해야 하는 곳은 전부 해봤자 방 열 개 정도밖에 안 보여주셨잖아요. 10여 명 정도의 승무원만 있으면 우주선을 운영할 수 있는 거 아닌가요? 승무원들이 주인님이 아시는 것들을 이해하기만 한다면."

그가 슬그머니 덧붙였다. 짐이 킥킥대며 웃었다.

"조, 너 얘한테 잡혔다. 얘 말이 맞아."

조가 짐의 말을 무시하고 이야기했다.

"넌 우리의 지식을 과대평가하고 있어. 어쩌면 우리가 우주선을 조종할 수 있을지도 모르지만, 우리는 아무 데도 못 갈 거야. 우리는 여기가 어디쯤인지도 몰라. 우주선은 얼마나 많은 세대를 거쳤는지도 모르는 세월 동안 표류하고 있어. 우리는 지금 어디로 가고 있는지, 얼마나 빠르게 가고 있는지도 몰라."

"하지만, 저기요."

휴가 항변했다.

"계기판이 있잖아요. 저한테 보여줬잖아요. 우리가 그 계기판을 어떻게 사용하는지 배울 수 있지 않을까요? 주인님이 정말 원하시기만 하신다면, 계기판을 이해하실 수 있지 않을까요?"

"오, 난 할 수 있을 것 같아."

짐이 동의했다.

"짐, 허풍 떨지 마."

조가 말했다.

"난 허풍 떠는 거 아냐. 일이 진행되기만 하면, 난 이해할 수 있을 거야."

짐이 투덜댔다.

"흥!"

아슬아슬한 상황이었다. 휴는 그들을 서로 다투게 만들었다. 그게 바로 휴가 원하는 것이었다. 게다가 다루기 쉽지 않은 쪽을 자기 편으로 만들었다. 자, 이제 지금까지 얻어낸 것에 쐐기를 박아야 한다.

휴가 서둘러서 말했다.

"짐 님, 저한테 같이 일할 사람들을 데려올 방법이 있어요. 주인님께서 그 사람들을 훈련시켜주실 수 있다면요."

"네, 계획이 뭔데?"

짐이 의심스런 눈초리로 물었다.

"음, 제가 젊은 과학자들 모임 이야기했던 거 기억나세요?"

"그 바보들!"

"네. 맞아요. 하지만 그 사람들은 아직 주인님이 아시는 것들을 모르고 있어요. 그 사람들은 나름대로 이성적인 사람이 되려고 노력하는 중이에요. 이제 제가 돌아가서 저에게 가르쳐주셨던 것들을 그 사람들에게 말해줄 수만 있다면, 같이 일할 사람들을 충분히 데리고 올 수 있을 거예요."

조가 말을 잘랐다.

"우리를 잘 봐. 뭐가 보이니?"

"어…… 그게, 주인님들이 보입니다. 조-짐."

"넌 뮤티를 보고 있는 거야."

조가 비꼬는 말투로 휴의 말을 바로잡았다.

"우리는 뮤티야. 알겠니? 너희 과학자들은 우리하고 함께 일하지 않을 거야."

휴가 따졌다.

"아니, 아니에요. 그건 사실이 아니에요. 제가 농민들 이야기를 하고 있는 게 아니잖아요. 농민들은 이해 못 할 거예요. 하지만 이 사람들은 과학자고, 가장 영리한 사람들이라고요. 그 사람들은 이해할 거예요. 주인님께 필요한 것은 그 사람들이 뮤티 구역을 지날 때 안전하게 인도하는 것뿐이에요. 이건 하실 수 있잖아요. 그렇죠?"

휴는 본능적으로 논쟁의 초점을 좀 더 유리한 쪽으로 옮기며 덧붙였다.

"그럼, 당연하지."

짐이 말했다.

"집어치워!"

조가 말했다.

"예. 뭐, 그러죠."

휴는 조가 그의 고집 때문에 짜증을 내고 있다는 것을 눈치 채고 동의했다.

"그래도 재미있을 것 같은데……."

휴는 그 형제들에게서 조금 멀리 물러났다.

휴는 조-짐이 낮은 목소리로 계속 토론하는 소리를 들을 수 있었다. 그는 모른 척했다. 한 몸으로 합쳐진 조-짐의 가장 큰 단점은 혼자 결정하지 못하고 회의를 해야 된다는 것인데, 그들의 모든 결정은 토론과 타협의 결과일 수밖에 없기 때문에 활동적인 사람이 되기에는 전혀 적합하지 않았다.

잠시 후, 조의 목소리가 높아지는 게 휴에게 들렸다.

"알았어. 알았다고. 네 맘대로 해!"

그리고 조는 휴를 불렀다.

"휴야! 이리 와봐!"

휴는 옆에 있던 격벽을 박차고 조-짐의 바로 곁까지 쏜살같이 날아가 선장 의자의 테두리를 붙잡으며 날아가던 걸 멈췄다. 조가 바로 말했다.

"우리는 너를 중력이 높은 지역으로 내려보내서 네 생각을 퍼뜨릴 기회를 주기로 했어. 어쨌든 넌 바보야."

그가 씁쓸하게 덧붙였다.

보보는 뮤티가 자주 출몰하는 위험한 층들을 지나는 동안 내내 휴를 호위해주고, 중력이 높은 층의 바로 위 사람이 살지 않는 지역에서 그와 헤어졌다. 휴가 헤어지며 말했다.

"보보, 고마워."

"잘 먹어."

그 난쟁이는 씩 웃으면서 꾸벅 인사하고 빠르게 물러나, 그들이 내려왔던 사다리로 기어 올라갔다.

휴도 몸을 돌려 내려가기 시작했고, 예전에 그랬듯이 자기 칼을 만지작거렸다. 다시 칼을 옆에 찼더니 기분이 좋았다. 하지만 이 칼은 예전에 그가 차던 칼이 아니었다. 그 칼은 휴가 잡혔을 때 보보가 전리품으로 가지고 있었는데, 계속 돌려주지 않더니, 도망가는 덩치 큰 놈을 찌른 채로 무심코 놓쳐버렸다. 하지만 조-짐이 대신 그에게 준 칼은 균형이 잘 잡혀 있었고 꽤 만족스러웠다.

보보는 휴의 요구와 조-짐의 명령대로 과학자들이 이용하는 예비 변환기가 있는 바로 위의 지역까지 안내해서 데려다주었다. 그는 엔지니어 부팀장이자 젊은 과학자 집단의 지도자인 빌 에르츠를 찾고 싶었는데, 빌을 찾기 전에 너무 많은 질문들에 답해야 하는 상황이 오지는 않았으면 좋겠다고 생각했다.

휴는 남은 층들을 빠르게 내려가다가, 그가 예전에 봤던 중앙 복도에 도착했음을 알게 됐다. 좋았어! 왼쪽으로 돌아 200여 미터를 걸어가자, 변환기가 배치된 구역의 입구에 도착했다. 그 앞에는 보초가 어슬렁거리며 돌아다니고 있었다. 휴는 보초를 밀쳐내고 지나가려 했지만 저지당했다.

"당신, 지금 어디에 가고 있는 줄 알아?"

"난 빌 에르츠를 찾고 있소."

"엔지니어 팀장 말이오? 그런데, 그 사람은 여기 없소."

"팀장이라니? 늙은 팀장한테 무슨 일이 있었소?"

휴는 이렇게 물어본 것을 바로 후회했지만, 이미 말이 나간 후였다.

"어? 늙은 팀장? 그야, 그 사람은 진작 '여행' 떠났지."

보초가 의심스러운 눈초리로 그를 쳐다봤다.

"당신 뭐 잘못된 거 아뇨?"

"아무것도 아니오. 잠깐 실수한 거요."

휴가 부인했다.

"거 참, 웃기는 실수구려. 여튼, 빌 팀장은 그 사람 사무실에 가면 아마 만날 수 있을 게요."

"고맙소. 잘 먹으쇼."

"잘 먹으쇼."

휴는 잠시 기다린 후 빌을 만날 수 있었다. 빌은 그의 책상에서 눈을 들어 휴가 들어오는 것을 쳐다봤다.

"어라. 네가 안 죽고 살아서 돌아왔구나. 놀랐어. 우린, 너도 알다시 피, 네가 '여행'을 떠난 줄 알고 명단에서 지워버렸어."

"응. 그럴 거라 생각했어."

"하여튼, 내게 조금 짬이 있으니까 앉아서 이야기 좀 해줘. 그런데, 난 자네를 못 알아볼 뻔했어. 정말 많이 변했군. 머리도 온통 하얗게 됐 잖아. 그동안 정말 힘든 시간을 보냈나 보구나."

흰머리? 내 머리가 하얗게 됐단 말이야? 빌 역시 많이 바뀌었다는 것을 휴도 알 수 있었다. 빌은 배가 불룩하게 나오고 얼굴에 주름살이 잡혀 있었다. 조든님 맙소사! 난 얼마나 오랫동안 떠나 있던 걸까?

빌은 책상을 손가락으로 두드리며 입을 오므렸다.

"네가 이렇게 돌아와서 문제가 생겼어. 예전에 하던 일에 배치해주 지 못할 것 같아서 미안해. 모트 타일러가 그 일을 하고 있거든. 하지만, 네 직급에 맞는 자리를 곧 찾게 될 거야."

휴는 모트 타일러를 떠올려봤지만, 그다지 호의적인 모습은 아니었 다. 항상 무엇이 규정에 맞고 적절한 것인지만 생각하는 까다로운 놈이 었다. 결국 모트는 진짜로 과학자가 됐고, 이제 휴가 예전에 하던 변환 기 일을 하고 있다. 그건 그렇고, 지금 그게 문제가 아니다. 휴는 이야기 하기 시작했다.

"괜찮아. 너한테 할 이야기가……."

"그렇겠지. 원로들이 문제야. 아마도 원로회는 더 신중하게 판단했 어야 했는지도 몰라. 전례가 있는지 모르겠다. 우리는 그동안 뮤티에게 과학자들을 많이 잃었지만, 내 기억에 살아서 탈출한 사람은 네가 처음 이야."

"그건 별로 중요하지 않아."

휴가 끼어들었다.

"급하게 할 이야기가 있어. 내가 떠나 있는 동안 정말 대단한 것들을 알게 됐거든. 빌, 이건 네가 알아야 할 가장 중요한 사실이야. 그래서 내가 여기로 바로 찾아온 거야. 들어봐, 나는……."

빌이 갑자기 기민해졌다.

"자네, 그렇지! 내가 너무 서둘렀군. 자네한테는 틀림없이 뮤티들을 연구하고, 그놈들 지역을 순찰할 수 있는 엄청난 기회가 있었을 거야. 자, 자네, 털어놔봐! 나한테 보고해줘."

휴는 입술을 축였다.

"네가 생각하는 그런 이야기는 아냐. 이건 뮤티들에 대한 보고보다 훨씬 중요한 이야기야. 물론 뮤티들에 대한 이야기도 포함되어 있긴 하지만. 사실대로 말하자면, 뮤티에 대한 우리의 모든 정책을 바꿔야 할지도 몰……."

"흠, 계속 이야기해봐. 계속 이야기해! 듣고 있어."

"좋아."

휴는 빌을 설득하기 위해 대단히 노력하면서, 신중하게 단어를 선택하여, 우주선의 사실적인 상태에 관해 그가 발견했던 엄청난 사실들을 빌에게 이야기했다. 휴는 새로운 개념에 맞춰 우주선을 재조직화하려는 시도로 인한 부담 때문에 잠시 주춤했다. 그리고 그동안 빌이 노력을 기울여 축적한 명예와 위신을 무겁게 압박했다.

휴는 말하면서 빌의 얼굴을 계속 관찰했다. 처음에 휴가 가장 핵심적인 개념인, 우주선이 실은 바깥의 거대한 우주 안에서 움직이는 물체라는 사실을 털어놓았을 때 빌은 경악했다. 그리고 그 이후에는 무표정한 표정으로 이야기를 들었다. 그리고 휴가 빌이야말로 젊고 진보적인 과학자들의 지도자로서 그 일을 해낼 사람이라고 말했을 때 잠깐 예리한 관심을 보였던 것 말고는 도통 빌의 속내를 읽을 수 없었다.

휴는 말을 마치고 빌의 대답을 기다렸다. 빌은 처음에 아무 소리도 하지 않고, 신경질적인 습관대로, 손가락으로 책상만 계속 두드렸다. 마침내 그가 입을 열었다.

"휴, 이건 중요한 일이야. 아무 생각 없이 다루기엔 너무너무 중요해. 난 곱씹어볼 시간이 필요해."

"응, 당연하지. 이미 무중력 층까지 무사히 올라갈 수 있도록 준비를 해놨다는 점도 추가로 이야기해주고 싶어. 난 너를 데리고 올라가서 네가 직접 볼 수 있게 해줄 수 있어."

휴가 동의했다.

"그렇게 하는 게 제일 좋겠지. 그건 그렇고, 배 안 고파?"

"응. 안 고파."

"그렇다면 우리 둘 다 하룻밤 자면서 생각해보도록 하자. 너는 내 사무실 뒤에 있는 선실을 이용해. 내가 좀 더 생각해볼 때까지 아무한테도 이 이야기를 하지 말았으면 좋겠어. 제대로 된 준비 없이 이야기가 새어나가면 사람들을 불안하게 만들 수 있어."

"그래. 그렇겠군."

"좋아."

빌은 틀림없이 휴게실로 이용하고 있는 것으로 보이는 사무실 뒤편의 선실로 휴를 안내했다.

"푹 쉬어. 그리고 나중에 이야기하세."

"고마워."

휴는 빌의 호의에 감사했다.

"잘 먹게."

"잘 먹게."

혼자 남게 되자 흥분이 차츰 가라앉았으며 피곤함과 졸음이 밀려왔다. 휴는 붙박이 침상에 큰 대자로 드러누워 곯아떨어졌다.

잠에서 깨어난 후 그는 선실의 하나밖에 없는 문이 밖에서 잠겨 있다는 사실을 알게 되었다. 그것보다 더 나쁜 일은 그의 칼이 없어졌다는 것이다.

그는 한참 동안 기다리다가 문 밖에서 사람들이 움직이는 소리를 들었다. 문이 열렸다. 덩치 큰 두 명이 웃지 않는 얼굴로 들어왔다.

"따라와."

그중 한 명이 말했다. 휴가 그들을 찬찬히 살펴보니 둘 다 칼을 가지고 있지 않았다. 그건 그들의 칼을 낚아챌 기회를 잃었다는 말이다. 대신 그들로부터 도망갈 수는 있을 것 같았다.

하지만 방 밖의 그들 뒤편에는 똑같이 만만찮은 덩치를 가진 두 사람이 각각 칼로 무장하고 조심스럽게 떨어져 있었다. 그중 한 사람은 칼던질 준비를 하고 있었고, 다른 사람은 한판 붙을 경우 찌를 준비를 하며 칼을 거머쥐고 있었다.

그는 포위당했으며, 그 사실을 알고 있다. 그들은 이미 휴가 움직일 가능성을 예상하고 있었다.

그는 어쩔 수 없는 상황일 때는 긴장을 풀어야 한다는 것을 오래전에 배웠다. 그는 침착한 표정을 지으며 밖으로 걸어 나갔다. 문 밖으로 나가자마자 빌이 보였는데, 그가 이 무리들을 이끌고 온 것이 분명했다. 휴는 목소리를 차분하게 유지하려고 조심하며 그에게 말했다.

"빌, 안녕? 아주 거창하게 준비했네. 무슨 문제라도 있어?"

빌은 어떻게 대답할지 잠시 망설이는 것 같더니 말했다.

"너를 선장한테 데리고 갈 거야."

"좋지! 고마워, 빌. 그런데 그 전에 다른 사람들하고 근거를 좀 만들어놓지도 않고 선장한테 가서 그 생각을 받아들이라고 하는 게 영리한 짓이라고 생각해?"

휴가 말했다. 빌은 미련함이 철철 넘치는 휴에게 짜증이 나서 화를 내며 말했다.

"넌 아무것도 몰라. 이제 넌 선장에게 가서 재판을 받을 거야. 이단 혐의로!"

휴는 이런 조짐을 미리 알아채지 못한 척했다. 그는 부드럽게 답했다.

"빌, 너는 지금 잘못 생각하고 있는 거야. 어쩌면 고발하고 재판하는 게 이 문제에 접근하기 위한 최선의 방법일지도 모르겠지만, 나는 농민이 아니기 때문에 선장이 쉽게 처리해버릴 수 없어. 원로회에서만 나를 심판할 수 있다구. 난 과학자잖아."

"지금도 과학자라고? 내가 이야기해줬잖아. 넌 명단에서 삭제됐어. 너 정도는 지금 선장이 판결할 수 있어."

빌이 부드럽게 말했다.

휴는 항의하지 않았다. 지금은 불리한 상황이라는 것을 그도 알 수 있었다. 빌에게 항의해봤자 아무 소용도 없다. 빌이 신호를 하자, 비무장한 두 명이 각각 휴의 팔을 움켜잡았다. 그는 그들을 따라 조용히 걸었다.

휴는 선장을 보자 새로운 흥미가 일었다. 그 노인네는 거의 변하지 않은 것 같았다. 어쩌면 약간 더 뚱뚱해진 것 같기도 했다.

선장은 자기 자리에 천천히 앉으며 그 앞에 놓인 보고사항을 집어 들었다. 그는 짜증을 부리며 시작했다.

"이게 다 무슨 소리야? 난 이해가 안 돼."

모트 타일러가 휴의 재판에 와 있었는데, 이 상황은 휴가 전혀 예상 하지 못했던 것이라 더 걱정스러워졌다. 휴는 어린 시절을 떠올리며 모 트의 감정에 호소할 방법을 찾아봤지만, 아무것도 떠오르지 않았다. 모 트는 목청을 가다듬더니 말하기 시작했다.

"선장님, 이번 재판은 휴 호일랜드에 대한 건입니다. 휴 호일랜드는 전임 하급 과학자로서……."

"어? 과학자? 왜 그를 원로회에서 다루지 않은 거지?"

"선장님, 그는 더 이상 과학자가 아니기 때문입니다. 휴는 뮤티 측 으로 전향했습니다. 지금은 우리에게 돌아와서 이단을 설파하고 선장님 의 권위를 손상시키려 했습니다."

선장은 그의 특권을 시샘하는 남자와 기꺼이 싸울 준비가 되어 있 다는 눈초리로 휴를 쳐다봤다. 그가 고함을 질렀다.

"그런 이야기였단 말이야? 변론할 게 있느냐?"

휴가 답변했다.

"선장님, 저 이야기는 사실이 아닙니다. 제가 지금까지 사람들에게 이야기했던 것은 모두 다 우리의 고대 지식이 전적으로 진실이라는 확 신이었습니다. 저는 우리가 살고 있는 곳 아래에 감춰진 진실을 의심하 지 않았습니다. 저는 단지 그 진실들을 사람들이 일반적으로 생각하는 것보다 더 강하게 확신했던 것뿐입니다. 저는……."

"난 아직도 이해를 못 하겠군."

선장이 고개를 저으며 말을 막았다.

"너는 이단으로 고발당했는데, 조든님의 가르침을 믿는다고 이야기하고 있어. 네가 무죄라면 여기는 왜 온 거야?"

"제가 이 상황에 대해 설명해드릴 수 있을 것 같습니다. 휴 호일랜드는⋯⋯."

빌이 끼어들었다.

"그래. 자네가 설명해주면 좋겠구먼. 말해봐. 들어보자고."

빌은 이성적으로는 옳지만, 휴의 귀환과 그의 생소한 이야기들을 왜곡하며 진행했다. 선장은 당혹스러움과 성가신 표정 사이를 오락가락하며 빌의 이야기에 귀를 기울였다. 빌이 이야기를 마치자 선장은 휴를 쳐다보더니 콧방귀를 뀌었다.

"흥!"

그러자마자 휴가 말했다.

"선장님, 제 주장의 요점은 무중력 층에 올라가면, 우주선이 움직인다는 우리의 믿음이 진실이라는 사실을 확실히 보여주는 곳이 있으며, 그곳에서 조든님의 계획이 진행되는 모습을 여러분들이 확실히 보실 수 있다는 것입니다. 이것은 신앙을 거부하는 게 아니라 확인시켜주는 것입니다. 제 말을 믿으실 필요는 전혀 없습니다. 조든님 스스로 그사실을 증명해 보여주실 겁니다."

선장이 우물쭈물하는 모습을 보이자 모트가 치고 들어왔다.

"선장님. 이 황당한 상황에 대해, 제 의무에 따라 선장님께서 말씀드려야 할 적절한 설명이 있습니다. 사전 준비 없이 바로 말씀드리자면, 휴 호일랜드의 터무니없는 이야기는 두 가지의 의미로 확실하게 해석할 수 있습니다. 그는 단지 극단적인 이단죄를 저질렀거나, 그게 아니라면 그가 진심으로 뮤티의 일족이 되어 선장님을 유혹해서 그들의 손에 넘겨주려는 음모를 계획했다는 것입니다. 하지만 세 번째 해석이 있는데, 앞의 해석들보다 더 관대하고 제가 생각할 때 가장 진실에 가깝다고 느껴지는 해석입니다. 휴 호일랜드는 출생 검사 때 변환기로 보내야 할지 진지하게 검토되었다는 기록이 있습니다. 하지만 그는 일반인들에 비해 지나치게 머리가 크다는 근소한 차이점밖에 없었기 때문에 출생 검사를 통과했습니다. 그가 뮤티의 손에 잡혀서 겪은 끔찍한 경험들이 마침내 불안정한 그의 머릿속을 뒤흔들어놓은 것으로 짐작됩니다. 자신의 행동에 대한 책임을 이 가련한 놈에게 물을 수는 없습니다."

휴는 모트를 보며 새로운 존경심이 생겼다. 모트는 그의 죄를 면제해주고, 동시에 그가 '여행'을 떠날 수밖에 없도록 완벽하게 결론지었다. 정말 멋지다!

선장은 그들에게 손사래를 쳤다. 그리고 빌을 쳐다봤다.

"이걸로 이미 충분해. 권고안이 있는가?"

"네, 선장님. 변환기로 보내야 합니다."

"아주 좋아. 그런데 빌, 내가 정말 이해가 안 되는 건 말이야."

선장은 통명스럽게 계속 말했다.

"내가 이런 사소한 일까지 신경을 써야 되나? 내 도움이 없어도 당신네 부서에서 징계를 처리할 수 있을 것 같은데 말야."

"알겠습니다, 선장님."

선장은 책상을 밀치고 일어나면서 말했다.

"권고안을 수락한다. 해산."

휴는 이 부당한 조치에 분노가 치밀어 올랐다. 그를 변호할 수 있는 유일한 진짜 증거를 이들은 아예 볼 생각조차도 안 했다. 휴에게 고함소리가 들렸다.

"잠깐만!"

그것은 휴 자신의 목소리였다. 선장이 멈칫하며 그를 쳐다봤다.

"잠깐만 기다려."

휴는 입에서 나오는 대로 말을 뱉어냈다.

"당신들 눈으로 직접 보라는 정당한 요구를 무시할 정도로, 당신들 모두가 해답을 다 알고 있는 것처럼 그렇게 지랄 맞게 확신한다고 해도, 아무것도 바뀌지 않아! 그래도, 그래도…… 우주선은 움직인단 말야!"

휴는 변환기에 에너지가 필요해질 때까지 기다리는 동안 그들이 가둔 선실에 누워, 오랫동안 생각하고, 또 생각했다. 그리고 두 번째 저지른 실수에 대해 생각했다. 빌 에르츠에게 곧바로 그 이야기를 했던 것이 첫 번째 실수였다. 휴는 한 번도 그다지 가까웠던 적 없는 우정에 기대기보다, 좀 더 기다리며 그와 다시 익숙해진 후 그를 넌지시 떠봤어야 했다.

두 번째 실수는 모트 타일러였다. 휴는 그의 이름을 들었을 때, 그가 빌 에르츠에게 얼마나 많은 영향을 주었는지 조사해서 알고 있어야 했다. 휴는 예전에 모트를 알고 지내긴 했지만, 그를 좀 더 잘 파악했어야 했다.

그건 그렇고, 그는 돌연변이라는 유죄 판결을 받고 여기에 있다. 혹은 어쩌면 이단이라고 판결을 받은 건지도 모른다. 어쨌든 일은 똑같이 진행되었을 것이다. 그는 왜 돌연변이가 생겨나는지 설명하려 시도하는 건 어땠을지 생각해봤다. 휴는 조-짐이 가지고 있는 옛날 기록들을 통해 그에 관해 알고 있었다. 아니, 그래도 전혀 소용이 없었을 것이다.

'바깥'이라는 곳이 존재한다는 사실 자체를 믿지 않는 사람들에게, 어떻게 돌연변이가 '바깥'에서 들어오는 방사능 때문에 발생한다는 설명을 할 수 있었겠는가? 아니, 그는 선장 앞에 끌려가기 전에 이미 일을 엉망으로 그르쳐놓은 상태였다.

휴의 자기 비하는 문 열리는 소리 때문에 결국 그치게 되었다. 어쩌다 한 번씩 주는 식사를 벌써 주기에는 너무 빠른 시간이었다. 휴는 드디어 그를 데려갈 시간이 된 것으로 생각하고, 혼자 죽지는 않겠다는 결심을 되새겼다.

하지만 그건 착각이었다. 부드럽고 위엄 있는 목소리가 들려왔다.

"얘야, 얘야, 이게 어떻게 된 거냐?"

그 사람은 휴의 첫 스승인 넬슨 부관이었는데, 예전보다 나이 들고 허약해 보였다.

면회는 두 사람 모두에게 괴로운 일이었다. 자식이 없던 그 노인은 제자에게 큰 희망을 품었었는데, 이 제자가 어쩌면 선장의 직위에 올라갈지도 모른다는 야망을 가졌지만, 젊은 사람을 너무 높게 치켜세우는 것은 좋지 않다고 믿었기에 제자를 통해 대신 이루려는 그 야망을 가슴 속에 감추고 있었다. 그 젊은이를 잃었을 때 그는 마음이 아팠다.

이제 그 제자는 사나이가 되어 돌아왔다. 하지만 수치스러운 상황에 놓여 있으며, 사형 선고를 받은 상태다.

휴에게도 그 만남은 그에 못지않게 비참한 일이었다. 휴는 자신의 방식으로 그 노인을 사랑했으며, 그를 기쁘게 하고 인정을 받으려 했었다. 하지만 자신의 이야기를 들려주었을 때, 휴는 넬슨이 자기를 정신이상이라고 취급할 능력밖에는 안 된다는 것을 알 수 있었다. 그리고 휴는, 혹시 넬슨이 휴를 고대의 가르침을 비웃도록 살려두기보다는 변환기로 빨리 보내버려서 그의 원자들이 수소 원자들로 분쇄되어 깨끗하고 쓸모 있는 에너지로 사라지는 것을 더 원할지도 모른다는 의심이 들었다.

그 점에 대해서 그는 노인을 잘못 판단한 것이다. 그렇다고 해도 휴는 넬슨의 자비심을 과소평가하긴 했지만, 그의 '과학' 에 대한 헌신을 깔본 것은 아니었다. 휴의 입장에서는, 그 자신의 개인적인 행복 정도만이 문제가 되는 상황이었더라면, 차라리 죽는 한이 있더라도 자신에게 은혜를 베풀었던 사람, 약간 바보스러울 뿐만 아니라 낭만적인 넬슨의 가슴을 찢어놓지는 않았을 것이다.

두 사람을 더욱더 힘들게 만든 면회를 끝내며 이윽고 노인이 일어섰다.

"애야, 내가 해줄 수 있는 일이 있을까? 먹는 건 충분하니?"

"아주 잘 먹어요. 고맙습니다."

휴는 거짓말을 했다.

"뭔가 부탁할 다른 일은 없니?"

"아뇨……. 아, 혹시 가능하면 담배 좀 보내주시겠어요? 오랫동안 못 피웠더니……."

"그렇게 하마. 누구, 보고 싶은 사람은 없어?"

"저기…… 저는 면회가 허락되지 않은 걸로 아는데요. 일반적인 면회는……."

"그럴 거야. 그래도 내가 손을 좀 써볼 수 있을 것 같네. 하지만 절대로 자네의 이단 이야기를 입 밖에 내지 않는다고 약속해야 돼."

그가 걱정스럽게 덧붙였다.

휴는 빠르게 생각해봤다. 이건 새로운 국면이고 새로운 가능성이다. 삼촌을 볼까? 아냐, 삼촌하고는 서로 잘 지낼 때에도 마음이 맞지 않았다. 아마도 삼촌과는 낯선 사람을 만나는 것처럼 인사를 나누게 될 것이다. 휴는 쉽게 친구를 사귀지 못했었다. 빌은 예전에 그의 가장 가까운 친구였는데, 지금 하는 짓거리 좀 봐! 그때, 휴는 어렸을 때 함께 놀았던 마을 친구 앨런 머호니가 떠올랐다. 사실 휴가 넬슨의 견습생으로 들어간 다음부터는 거의 못 만났다. 그렇더라도…….

"앨런 머호니가 아직 우리 마을에 살고 있나요?"

"그럼, 그렇지."

"그 친구가 보고 싶어요. 그 친구가 와주기만 한다면……."

앨런이 도착했다. 안절부절못하고 불안해하긴 했지만, 휴를 보자 꾸밈없이 즐거워했고, 그가 '여행' 판결을 받은 것을 알게 되자 몹시 당혹스러워했다. 휴는 앨런의 등을 두드리며 말했다.

"넌 좋은 친구야. 난 네가 올 줄 알았어."

앨런이 항의했다.

"당연하지. 네 소식을 듣자마자 왔어. 근데 우리 마을에서는 아무도 몰랐어. 아마도 증언자님조차도 이 사실을 모르셨을 거야."

"괜찮아. 네가 왔잖아. 그게 중요해. 먼저 네 이야기 좀 해봐. 결혼은 했니?"

"어…… 아니. 내 이야기하느라 시간 낭비하지 말자. 난 아무 일도 없었어. 조든님 맙소사, 도대체 어쩌다 이런 궁지에 빠진 거야?"

"앨런, 난 거기에 대해서는 이야기할 수 없어. 말하지 않기로 넬슨 부관님하고 약속했거든."

"에라, 무슨 그런 약속이 다 있냐? 인마, 넌 지금 궁지에 빠진 거라고! 알겠어?"

"내가 그걸 모르냐!"

"누가 널 이 지경으로 만든 거야?"

"그러게. 우리의 오랜 친구인 모트 타일러는 전혀 도움이 안 되는 놈이더라. 거기에 대해서는 내가 할 수 있는 말이 많아."

앨런은 휘파람을 불더니 고개를 천천히 끄덕거렸다.

"말 안 해도 알겠다."

"어떻게? 뭐 아는 거 있어?"

"어쩌면 알 것도 같아. 네가 떠나고 나서 모트가 에드리스 백스터하고 결혼했거든."

"그랬어? 흐음…… 그렇구나. 이제 좀 정리가 되는군."

휴는 잠시 조용히 있었다.

얼마 안 있어 앨런이 말했다.

"이것 봐, 휴. 앉아서 그대로 당하지는 않을 거지? 더구나 이건 모트가 개입한 일이잖아. 우리는 널 여기서 내보낼 거야."

"어떻게?"

"잘 모르겠지만, 기습을 해야 되겠지. 우리를 도와줄 만한 칼잡이들을 좀 모을 수 있을 것 같아. 모두 좋은 친구들인데, 싸우고 싶어서 몸이 근질근질해."

"그러고 나서, 싸움이 끝나면, 우리는 모두 변환기로 가게 될 거야. 너, 나, 그리고 네 친구들. 안 돼. 소용없어."

"그래도 뭔가 해야 되잖아. 그냥 여기 앉아서 그놈들이 너를 태워버리는 걸 기다리고 있을 수는 없어."

"알아."

휴는 앨런의 얼굴을 찬찬히 쳐다봤다. 이걸 부탁하는 게 올바른 일일까? 휴는 자신이 보아왔던 것에서 용기를 얻고 계속 말했다.

"저기 있잖아, 너는 나를 여기서 꺼내기 위해서 뭐든지 해줄 거지, 그렇지?"

"너도 내가 그러리라는 걸 알잖아."

앨런이 감정이 상한 목소리로 말했다.

"좋았어. 그럼, 보보라는 난쟁이가 있는데 말이야. 그 친구를 어떻게 찾아 가냐면……."

앨런은 위로, 위로 올라갔는데, 어렸을 때 휴가 무모하게 위험 속으로 이끌고 갔던 때 이래로 그가 올라가봤던 곳보다 더 높이 올라갔다. 앨런은 이제 나이도 들고 더 보수화되었기 때문에 이렇게 높이 올라가는 게 전혀 내키지 않았다. 자주 돌아다녔던 낮은 층을 떠나는 것 자체도 정말 위험한데, 거기에 그의 미신적인 무지까지 더해졌다. 그래도 그는 계속 올라갔다.

그가 제대로 층을 세면서 올라왔다면 이 근처일 것이다. 그러나 난쟁이의 끄트머리도 볼 수 없었다.

보보가 먼저 그를 봤다. 앨런이 "보보!"라고 소리치는 것과 동시에 투석기의 돌이 앨런의 명치에 꽂혔다. 보보는 조-짐의 선실로 뒷걸음으로 들어가 들고 온 짐을 쌍둥이의 발아래 털썩 떨어뜨렸다.

"신선한 고기."

보보가 자랑스럽게 말했다.

"그렇군. 그래, 이건 너 가져. 가지고 가."

짐이 무관심하게 동의했다.

난쟁이가 엄지손가락으로 찌그러진 귀를 파내며 말했다.

"재밌다. 그놈 보보 이름 알았다."

조가 읽고 있던 책에서 눈을 들었다. 『브라우닝 시집』, L-프레스, 뉴욕, 런던, 달도시, cr. 35.'

"그거 재미있는 일이네. 잠깐 기다려."

휴는 앨런이 조-짐의 모습을 보고 놀랄까 봐 미리 그에게 말해두었다. 앨런은 이야기를 전하기 위해 꽤 빠른 시간 내에 최대한 자신의 지혜를 끌어모았다. 조-짐은 별 말 없이 앨런의 말에 귀를 기울였고, 보보는 흥미가 있었지만 조금밖에는 이해하지 못했다.

앨런이 이야기를 마치자 짐이 말했다.

"이런, 조, 네가 이겼다. 휴가 실패했어."

그리고 앨런을 돌아보며 덧붙였다.

"넌 휴가 하던 일을 대신 하면 돼. 체스 둘 줄 알지?"

앨런은 두 머리를 교대로 쳐다보았다.

"아니, 이해를 못 하시나 본데, 당신들은 휴를 구하러 가지 않을 건가요?"

조가 당혹스러운 표정을 지었다.

"우리? 왜 우리가 그래야 돼?"

"그래도 당신들이 구해야 되는 거잖아요. 모르겠어요? 휴는 당신들을 믿고 있다고요. 휴는 당신들 말고는 의지할 사람이 없어요. 그래서 제가 온 거예요. 모르겠어요?"

"잠깐만."

짐이 느리게 말했다.

"잠깐만. 가만 좀 있어봐. 우리가 휴를 도와주고 싶어 하리라고 예상했던 모양인데, 우린 그럴 생각이 없어. 이 조든님의 우주선에서 우리가 뭘 할 수 있겠어? 말해봐."

"저기, 저기요……. "

앨런은 멍한 얼굴로 더듬거렸다.

"저기…… 당연히 구조대를 조직하고 내려가서 휴를 꺼내야죠!"

"왜 우리가 네 친구를 구하려고 싸우다 죽어야 되는데?"

보보가 귀를 쫑긋 세웠다.

"싸워?"

보보가 간절히 기다렸다는 듯이 물었다. 조가 부인했다.

"아냐, 보보. 안 싸워. 말만 할 거야."

"아……."

보보는 말하고 나서 무표정한 얼굴로 돌아갔다.

앨런이 난쟁이를 쳐다봤다.

"보보만이라도 저와 함께 보내주……."

"안 돼. 그건 불가능한 일이야. 그 문제에 대해서는 더 이상 이야기하지 마."

조가 짧게 답했다.

앨런은 자포자기해서 무릎을 끌어안고 구석에 앉았다. 여기서 나갈 수만 있다면, 앨런은 저 아래에서 뭔가 도움이 될 만한 소동을 일으킬 수 있을 것 같았다. 난쟁이는 잠이 든 것처럼 보였지만 확신하기는 어려웠다. 조-짐이 잠만 들어도 어떻게 해볼 수 있을 것 같았다.

조-짐은 전혀 잠들 기미가 안 보였다. 조는 계속 책을 읽으려고 하는데 짐이 이따금씩 그를 방해했다. 앨런에게는 그들의 말이 들리지 않았다.

곧이어 조가 목소리를 높였다.

"그게 재미있을 거 같애?"

그가 물었다.

"여튼, 체스는 이겼잖아."

짐이 말했다.

"그게 재미있을 거 같으냐고! 네 눈에 칼을 맞았다고 생각해봐. 그 때 난 어떻게 되는 건데?"

"넌 이제 늙은 거야. 배짱이 없어."

"너도 나만큼 늙었거든!"

"맞아. 그래도 난 생각은 젊어."

"아, 넌 정말 구역질 나. 네 맘대로 해봐, 대신 날 원망하지 말라구. 보보!"

난쟁이는 재빠르게 벌떡 일어났다.

"네, 두목."

"가서 땅딸보랑 긴팔이랑 돼지 찾아봐."

조-짐은 일어나더니 사물함으로 가서 선반에서 칼들을 꺼내기 시작했다.

휴는 감옥 밖 복도에서 웅성대는 소리를 들었다. 그 소리는 휴를 변환기로 데려가려는 보초들의 소리일 수도 있겠지만, 그랬다면 저렇게 시끄럽지는 않았을 것이다. 그게 아니라면 그냥 그와는 무관한 소란일 수도 있다. 그것도 아니라면 어쩌면⋯⋯.

그랬다. 문이 벌컥 열리고 앨런이 들어와서 그에게 칼 손잡이를 내밀었다. 휴는 서둘러서 문 밖으로 나가 칼을 혁대에 차고 두 자루를 더 받았다.

밖에 나가니 조–짐이 보였는데, 조–짐은 혼자 칼 던지기 연습을 할 때처럼 조용하게 칼을 차분하게 날리느라 휴를 쳐다보지 않았다. 그리고 보보는 칼에 베여 벌어진 입으로 씩 웃으며 고개를 숙이고 있었지만, 곧 수월하게 움직이며 투석기를 장전해 날렸다.

세 명이 더 있었는데, 그중 둘은 조–짐의 패거리에 속한 뮤티들이라 휴도 알아볼 수 있었다. 이들은 위층에서 태어났기 때문에 뮤티로 불리지만, 돌연변이는 아니었다.

갑판 바닥에는 더 많은 뮤티들이 있었다.

"가자! 꾸물거릴 시간이 없어."

앨런이 소리쳤다. 그는 서둘러 오른쪽 복도로 달려갔다.

조–짐은 싸움을 중단하고 그를 따라갔다. 휴는 왼쪽에 도망가는 사람을 보고 칼을 던지며 행운을 빌었다. 목표가 된 사람이 불쌍하긴 했지만 그 사람이 피를 흘리는지 확인할 시간은 없었다. 그들은 바쁘게 서두르며 복도를 따라 갔다. 보보는 후방을 맡았는데, 마치 재미있는 일을 두고 떠나는 게 내키지 않는 것처럼 보였다. 그들은 중앙 복도로 통하는 측면 복도에 도착했다.

앨런이 그들을 다시 오른쪽으로 안내했다. 그가 소리쳤다.

"앞에 계단이 있어!"

그들은 그 계단에 도착하지 못했다. 계단까지 10여 미터 정도 남았을 때, 그들의 눈앞에서 거의 사용하지 않고 밀폐되어 있던 문이 덜커덩 소리를 냈다. 조–짐의 패거리들이 퇴로를 확인하며 두목을 미심쩍은 눈으로 쳐다봤다. 보보는 문이 열리지 않도록 꼭 붙들고 있다가 두꺼운 손톱이 부러져나갔다. 뒤쪽에서 그들을 쫓아오는 소리가 선명하게 들려왔다.

조가 조용히 말했다.

"포위당했다. 짐, 네가 이 상황을 즐기면 좋겠구나."

휴는 그들이 떠나온 복도 구석에서 머리 하나가 나타난 것을 보았다. 그는 어깨 위로 손을 들어 칼을 던졌지만 거리가 너무 멀었다. 칼은 위협이 되지 못하고 철판에 덜그렁 떨어졌다. 그 머리가 사라졌다. '긴 팔'은 그쪽을 노려보면서 투석기를 장전하고 싸울 준비를 갖췄다.

휴가 보보의 어깨를 꽉 잡았다.

"있잖아, 저기 전등 보여?"

난쟁이는 멍청하게 눈을 깜빡거렸다. 휴가 복도 네거리의 바로 윗부분에 엇갈려서 설치되어 있는 백열등의 교차 지점을 가리켰다.

"저기 있는 전등. 저 전등이 교차하는 지점을 맞힐 수 있겠어?"

보보가 눈으로 거리를 쟀다. 이 정도 거리에서는 다른 상황일지라도 맞히기 어려워 보였다. 지금 보보는 낮은 복도 때문에 마음대로 움직일 수 없고, 직선으로 빠르게 던질 필요가 있었으며, 그에게 익숙한 중력보다 높은 중력으로 인한 오차를 고려해야 했다.

보보는 대답하지 않았다. 휴는 보보가 투석기를 휘두를 때 나온 바람을 느꼈지만, 던지는 모습을 보지는 않았다. 쨍그랑 부딪히는 소리가 나자 복도가 깜깜해졌다.

"지금이야!"

휴가 외치며 일행들을 달려가도록 이끌었다. 복도 네거리가 가까워지자 그가 소리쳤다.

"숨 참어! 가스 조심해!"

위의 깨진 백열등에서 방사성 증기가 천천히 흘러나와 복도 네거리를 푸르스름한 안개로 채우고 있었다.

휴는 조명 회로의 기술자로서 가졌던 지식에 감사하며 오른쪽으로 달렸다. 그는 올바른 방향을 골랐다. 망가진 전등 너머에서 전기를 공급받는 앞쪽의 복도는 깜깜했다. 휴는 자기 주변의 발소리를 들을 수 있었지만, 그게 적인지 아군인지 알지 못했다.

그들은 갑자기 밝은 곳으로 나왔다. 엄청나게 빠른 발걸음으로 서둘러 도망가는, 겁에 질리고 별로 해롭지 않은 농민 한 명을 제외하고는 아무도 없었다. 그들은 금방 모여들었다. 빠짐없이 모두 모였지만, 보보가 무척 힘들어했다.

조가 보보를 쳐다봤다.

"그놈은 가스를 마셨을 거야. 등 좀 때려줘."

돼지가 정성껏 보보의 등을 두드렸다. 보보는 크게 트림을 하더니 갑자기 토하고 나서 씩 웃었다.

"보보는 괜찮을 거야."

조가 결론을 내렸다.

약간 지체한 덕분에 한 명이 그들을 따라잡았다. 그는 맞붙어야 하는 적의 세력을 알지도 못하고, 조심하지도 않고 어둠 속에서 튀어나왔다. 돼지가 칼을 던지려고 팔을 들자 앨런이 그의 팔을 두드렸다. 휴가 요청했다.

"저놈은 나한테 맡겨! 저놈은 내 거야!"

튀어나온 그 사람은 모트 타일러였다.

"한판 붙을까?"

앨런이 칼날을 엄지손가락으로 만지작거리며 싸움을 걸었다. 모트는 적들을 하나씩 째려보더니 앨런에게 돌진함으로써 개인적인 결투 제안을 받아들였다. 그 구역은 너무 좁아서 칼을 던질 수 없었다. 그들은 가까이 달라붙어 서로 손목을 주먹으로 치며 잡으려는 것을 피했다.

앨런이 더 튼튼하고, 아마도 더 강한 것 같았지만 모트는 교활했다. 모트는 앨런의 가랑이를 무릎으로 차려고 시도했다. 앨런은 그것을 피하며 모트가 딛고 있는 발을 짓밟았다. 그들은 광대처럼 움직였다. 우두둑 부서지는 소리가 들렸다.

잠시 후, 앨런이 칼을 허벅지에 닦으며 말했다.

"자, 갑시다."

그가 불평했다.

"아까는 죽는 줄 알았어."

그들은 계단에 도착해 뛰어 올라갔고, 긴팔과 돼지는 각 층마다 산개하며 측면을 엄호했는데, 휴가 땅딸보라는 이름으로 들었던 세 번째 칼잡이는 후방을 맡았다. 다른 사람들은 그 사이에 모여 있었다.

휴가 이제 자유롭게 됐다고 생각하는 순간, 바로 위층에서 고함소리와 던져진 칼이 덜거덕거리는 소리가 들렸다. 그는 곧 위층에 도착했고, 튕겨져 나온 칼에 살이 찢겨졌지만 깊이 베이지는 않았다.

세 사람이 쓰러져 있었다. 긴팔은 팔 위쪽의 살이 많은 부위에 칼날이 꽂혀 있었지만, 별로 신경 쓰는 것 같지 않았다. 그는 아직도 투석기를 돌리고 있었다. 돼지는 던질 칼을 차지하려고 싸우고 있었는데, 자기 무기는 다 써버린 상태였다. 그래도 그가 수고한 흔적은 볼 수 있었다. 한 남자가 약 6미터쯤 떨어진 곳에서 한쪽 무릎으로 바닥을 짚고 있었다. 그 남자는 넓적다리에 칼을 맞아 부상을 입고 피를 흘리고 있었다.

그 사람은 한 손으로 격벽에 대고 다른 손으로는 칼집이 이미 비어 있는 혁대 쪽으로 손을 내뻗었다. 휴가 그를 알아봤다.

빌 에르츠였다.

빌은 한 무리를 다른 길로 이끌고 올라와 뮤티의 측면을 공격했고, 결국 자기 무덤을 팠다. 보보가 휴의 뒤로 와서 투석기를 던지려고 힘센 팔을 휘둘렀다. 휴가 손을 뻗어 보보를 잡았다. 그가 명령했다.

"보보, 쉬어. 기분 풀고 쉬어."

난쟁이는 어리둥절했지만 휴가 말하는 대로 했다. 빌은 허리를 굽히고 갑판으로 미끄러지며 넘어졌다. 짐이 말했다.

"자리 잘 잡았구먼."

"보보, 저놈 데리고 가운데로 가 있어."

휴가 명령했다. 휴가 지금 계단의 꼭대기에 모여 있는 일행을 빠르게 둘러봤다.

"자! 패거리들, 다시 올라가자! 조심해!"

긴팔과 돼지가 다음 계단으로 기어 올라가고, 다른 이들은 평소처럼 자기 자리를 찾아갔다. 조가 불쾌한 표정을 지었다. 어떤 면에서는—그 순간은 그게 딱 분명하지는 않았지만—그는 패거리의 지도자에서 밀려난 것이다. 그의 패거리인데, 휴가 명령을 내리고 있었다. 그는 지금 난리를 피울 여유는 없다고 생각했다. 그랬다가는 그들 모두가 죽음을 당할 수도 있었다.

짐은 이런 상황을 염두에 두지 않았다. 사실 그는 스스로 즐기고 있는 것처럼 보였다.

그들은 조직된 적들과 부딪치지 않고 10여 층을 더 올라갔다. 휴는 불필요하게 농민들을 죽이지 말라고 명령했다. 그 세 명의 덩치들은 명령에 복종했다. 보보는 빌 에르츠를 들고 가는 것만으로도 벅차서 그 명령에 대해 문제를 제기할 수 없었다. 휴는 이를 배려해서, 30여 층을 더 올라가서 무인지대에 도착하자 경계를 해제하도록 했다. 그리고 그는 멈추라는 명령을 내렸으며, 그들은 부상을 치료했다.

긴팔이 팔에, 그리고 보보가 얼굴에 깊은 상처를 입었을 뿐 다른 사람들은 괜찮았다. 조-짐은 그 상처들을 치료하고 출발하기 전에 준비했던 압박붕대를 상처에 댔다. 휴는 자기 부상을 치료하는 것을 거절했다.

"피가 멈춰가고 있어요. 그리고 해야 할 일이 많아요."

그가 주장했다.

"넌 집에 올라가는 거 말고는 할 일 없어. 네가 돌아가면 이 멍청한 짓거리도 끝나게 되는 거야."

조가 말했다. 휴는 거절했다.

"꼭 그렇지는 않아요. 당신은 집에 가겠지만, 앨런과 나, 그리고 보보는 무중력 지역의 선장의 베란다에 갈 거예요."

"말도 안 돼! 뭐하러?"

"함께 가고 싶으면 같이 가서 봐요. 자, 패거리들. 가자!"

조가 말을 하려다 짐이 가만히 있자 그만뒀다. 조-짐은 따라갔다. 그들은 둥둥 떠서 베란다의 문을 지났다. 휴, 앨런, 보보와 아직은 잠잠한 그의 화물, 그리고 조-짐.

"저게 그거야."

휴가 눈부신 별들을 손을 흔들어 가리키면서 앨런에게 말했다.

"저게 내가 너한테 이야기했던 거야."

앨런은 쳐다보더니 휴의 팔을 붙잡았다. 그가 신음했다.

"조든님! 우린 추락할 거야!"

앨런은 눈을 꼭 감았다. 휴가 그를 흔들었다.

"괜찮아. 이건 정말 대단한 거야. 눈을 떠봐."

조-짐이 휴의 팔을 치며 따졌다.

"도대체 뭘 하는 거야? 왜 쟤를 여기까지 데리고 온 거야?"

조-짐이 빌 에르츠를 가리켰다.

"아, 쟤요. 그게, 저놈이 깨어나면 별을 보여주고, 이 우주선이 움직인다는 것을 증명해 보일 거예요."

"그래? 뭐하러?"

"그리고 저는 저 애를 다시 내려보내서 다른 사람들을 설득시킬 거예요."

"흐으음…… 저 애가 너보다 운이 더 나쁘면 어떡할래?"

"저기, 그렇다면,"

휴가 어깨를 으쓱하며 말했다.

"그렇다면 우리는 또 다시 처음부터 다시 할 거예요. 우리가 그들을 설득할 수 있을 때까지 해야 되겠죠. 알다시피, 우린 이 일을 해야 돼요."

끝없는 얼간이들의 행렬

C.M. Kornbluth **The Marching Morons**[21]

C.M. 콘블루스 지음
김명희 옮김

어떤 것들은 변하지 않는다. 도공陶工의 물레는 여전히 도공의 물레이며, 진흙은 여전히 진흙이다. 이핌 호킨스는 거위 호수 근처에 공방을 지었다. 그곳에는 양질의 비옥한 진흙 지대와 좁은 백사장 해변이 있었다. 그는 벌채용 숲에서 얻은 버드나무 숯으로 병목처럼 생긴 세 개의 가마에 불을 피웠다. 그 숲은 가마가 식는 동안 오래도록 거닐기에도 좋았다. 만일 그가 가마를 볼 수 있는 곳에 있었더라면, 새로운 모양이나

◎ **21__** 얼간이, 머저리. 악명 높은 우생학자 헨리 고다드가 1910년에 처음 사용한 용어로, 가벼운 지능 저하가 있는 경우를 칭했다. 지능검사는 인종차별의 수단으로 쓰이기도 했다.

유약 효과가 불 속에서 어떻게 나타날지 궁금증으로 안달이 나서 가마들을 미리 열어버렸을지도 모른다. 그렇게 되면 끝장이다! 새로운 모양이나 유약은 점토액 저장고 뒤편 사금파리 무더기에 양을 보태는 것 말고는 아무짝에도 쓸모가 없어질 것이다. 시카고-로스앤젤레스 '로켓' ― 비행 중인 창꼬치 고기처럼 날렵하게 쾌속형으로 생긴, 매우 시끄럽고 뒤쪽으로 기울어져 불을 뿜는 제트기 ― 이 머리 위에서 굉음을 내는 동안, 수수한 벽돌에 타일 지붕을 가진 그의 공방에서는 한창 사업 논의가 이루어지고 있었다.

'마셜 필즈'[22]에서 온 바이어는 커다랗고 잘생긴 머리를 끄덕이며, 검은색 유약이 칠해진 1리터들이 주전자를 뒤집어보고 있었다.

"이거 정말 멋지군."

그는 호킨스와 자신의 비서 고메즈 라플라스에게 이야기했다.

"이건 소위 진정한 비학적 본질을 잘 갖추고 있다고. 정말 멋져."

"얼마죠?"

비서가 도공에게 물었다.

"한 더즌에 75달러입니다. 지난달에는 열다섯 더즌까지 만들었지요."

호킨스가 답했다.

"이것들 정말 비학적인걸."

필드에서 온 바이어는 이야기를 되풀이했다.

"이것들 모두 가져가겠소."

◎   **22__** 1852년에 세워진 시카고를 대표하는 백화점으로 현재의 Macy's 백화점이다.

"박사님, 그렇게 하기는 어렵습니다. 그것들을 전부 구입하려면 1,350달러가 듭니다. 그렇게 되면 우리 구역 예산 중 겨우 532달러만 남게 되죠. 그리고 우리는 저렴한 정찬용 식기 세트를 고르러 동부 리버풀까지 내려가야 하거든요."

비서가 이야기했다.

"정찬용 세트?"

바이어는 커다란 얼굴에 아주 놀랍다는 표정을 지으며 물었다.

"네, 정찬용 세트요. 지금까지 두 달 동안 백화점에 그 물건들이 없었어요. 가비 시브라이트 씨가 어제 그것 때문에 매우 언짢아했습니다. 기억하세요?"

"가비-시브라이트, 그 얼간이 같은 범생이."

바이어는 업신여기며 이야기했다.

"그는 비학에 대해 암것도 모른다구. 왜 도대체 내 백화점을 내 맘대로 운영하지도 못하게 하냐고?"

그의 시선은 왐보잠보 코믹스 낱권에 꽂혔고, 그는 그걸 들고 앉았다. 그러고는 장을 넘길 때마다 이따금 키득거리거나 놀라서 킁킁댔다.

방해가 사라지자 도공과 바이어의 비서는 주전자 두 더즌을 재빨리 거래했다. 비서가 말했다.

"우리가 좀 더 가져갈 수 있으면 좋았을 텐데요. 하지만 아까 제가 이야기하는 걸 들으셨죠? 우리는 평범한 식기를 찾는 고객들을 돌려보내야만 했어요. 왜냐하면 구역의 마지막 남은 예산을 어떤 똑같이 열광적인 수입업자가 떠맡긴 멕시코 돼지저금통에 다 써버렸거든요. 5층 전체가 그것들로 가득 차 있답니다."

"그것들이 아주 비학적인 모양이었나 봅니다."

"보라색 선인장 칠이 되어 있죠."

도공은 몸서리를 치면서 샘플 주전자의 유약 광택을 어루만졌다.

바이어는 올려다보며 중얼거렸다.

"얼간이들의 쓸데없는 수다는 아직도 안 끝났나? 내 뒤에서 자질구레한 일들을 처리해주지 않을 거면 비서를 어따 써? 으흥?"

"박사님, 다 끝났습니다. 이제 가도 될까요?"

바이어는 까탈스레 투덜거리며 왐보잠보 코믹스를 바닥에 내려놓았다. 그러고는 건물 바깥으로 앞장서 나가더니 고속도로로 이어지는 통나무 길로 내려갔다. 콘크리트 바닥에 그의 차가 주차되어 있었다. 그 차는 요즈음의 모든 차들과 마찬가지로 통나무를 넘기에는 차체가 너무 낮았다. 그는 차로 내려가 엄청난 불꽃과 굉음을 내며 시동을 걸었다.

"고메즈-라플라스 씨."

도공은 소음을 틈타 그 비서를 불렀다.

"제가 마지막으로 극지極地에서 근무하던 동안 그들이 작업하던 방사선 프로그램에 무슨 일이라도 생겼습니까?"

비서는 침울한 표정으로 이야기했다.

"오래된 결함 때문이죠. 그게 우리의 돌연변이 사업을 멈추게 했어요. 도태와 분리를 중단시켰고 이제 최면을 멈추게 하고 있습니다."

"아, 네. 저는 이제 9일 후면 지루한 일상으로 복귀할 예정입니다. 이제 불을 지펴야 할 시간이 되었군요. 실험해볼 새로운 광택제를 얻었거든요……."

"당신이 그리울 겁니다. 저는 덴버의 '신세기 엔지니어링 회사' 제도실을 운영하면서 '휴가'를 보내게 될 겁니다. 그들은 200층짜리 사무용 건물을 세우려고 해요. 당연히 누군가가 거기 있어야겠죠······."

"그렇겠죠."

호킨스는 씁쓸한 미소를 지으며 이야기했다.

바이어가 경적 버튼에 기대는 바람에 귀를 찢는 유쾌한 경적이 터졌다. 또 차의 냉각기 뚜껑에서는 마치 불꽃 같은, 거의 1미터나 되는 분사가 뿜어져 나왔다. 하지만 그 차의 동력원은 가스 터빈이고, 냉각기는 없었다.

"갑니다, 박사님."

비서는 기운 없이 답했다. 그는 차에 올랐고, 엄청난 불꽃과 소음을 내면서 휙 사라졌다.

우울해진 도공은 뒤쪽의 통나무 길로 올라가 어슬렁거리며, 식어가는 자신의 가마들을 바라보았다. 내화성 벽돌이 수축하면서 나는 삐그덕 소리는 나뭇가지들 사이로 바삭거리는 바람 때문에 잘 들리지 않았다. 호킨스는 2번 가마의 상황이 궁금했다. 금속성 광택의 유약을 바른 컵들에 환원 불꽃이 가해지고 있었다. 진흙으로 틈을 막은 것이 공기를 잘 차단했을까? 불꽃의 세기는 적절한 걸까? 만일 하나를 밀폐한다면 어떤 문제가 생길까?

상식이 호킨스의 뒷덜미를 잡아 연장 창고로 이끌었다. 그는 곡괭이를 꺼냈고, 산화물을 채취하러 잠깐 수림지대에 다녀오기로 마음먹었다. 구리가 바닥난 상태였다.

한참 동안 걷느라 심하게 땀을 흘리면서도, 그의 가슴에는 가마를 엿보고픈 조용한 열망이 솟아올랐다. 그는 거의 무작위로 수림지대 한 곳에 곡괭이를 휘둘렀다. 그가 파낸 돌에 부딪혀 쨍그렁 소리가 났다. 그 돌에는 거의 지워진 비문이 남아 있었다.

시크······ ㅐ학······

······ 르학 실ㅎ······

ㅏ랑하는 기억의

······중 사망한······

도공은 가볍게 저주를 퍼부었다. 그는 그 벌판이 묘지라고 밝혀지길 희망했었다. 그것도, 기왕이면 한때 유행했던 묘지 —주석과 구리 산화물로 퇴화된 엄청난 브론즈 관들로 가득 찬 그런 묘지 말이다.

젠장, 어쨌든 근처에 뭔가 있기는 있는 것 같기는 했다.

그는 축 처져 두 번째 큰 흙무더기로 가서는 곡괭이로 내려쳤다. 거기에는 아랫부분을 절단해 도랑으로 쓰러뜨릴 바위가 있었다. 도공은 매우 기뻐하며 끈기 있게 작업에 몰두했다. 그의 콧구멍은 쓴 냄새로 채워졌고, 먼지는 구리염의 자극적인 푸른색으로 물들어 있었다. 곡괭이가 쨍그렁 소리를 냈다!

호킨스는 숨을 헐떡이며 심하게 녹슨 스테인리스 스틸 판을 파냈다. 거기에도 글자가 새겨져 있었다. 그것은 썩어가는 브론즈에서 당겨지면서 느슨해진 것 같았다. 녹청 파편들이 생겨난 뒷부분에는 대갈못들이 박혀 있었다. 도공은 소매로 표면의 먼지를 닦아내고 햇빛이 비치도록 비스듬히 돌렸다. 거기에는 이렇게 적혀 있었다.

어니스트 존 발로
대학 연보에 등재된 어니스트 존의 사례는 갑자기 가사 상태에 빠진
인간의 회복이라는, 의학이 아직 해결하지 못한 시련을 상징한다.
1988년, 에반스톤의 유력한 부동산 중개업자였던 발로 씨는 사랑니

를 치료하려고 치과를 방문했다. 의사는 대학에서 개발된 실험적 마취제인 사이클로파라디메탄올 B7의 사용을 요청하여 허가를 받았다.

마취제 투여 후, 의사는 드릴 작업을 시작했다. 불행하게도 드릴에 단락短絡이 생겨 환자에게 220볼트, 60헤르츠의 전류가 흘렀다. (발로 씨 부인이 치과 의사, 대학, 드릴 제조업자를 대상으로 제기한 손해 배상 소송에서, 배심원은 피고인들에게 유리한 판결을 내렸다.) 발로 씨는 다시는 일어나지 못했다. 그는 중독, 감전, 혹은 둘 다에 의해 사망한 것으로 추정되었다. 그러나 방부 처리를 준비하던 장의사는 발로 씨가 살아 있는 건 분명 아니지만, 그렇다고 확실히 죽은 것도 아님을 발견했다. 이 사실이 대학에 보고되었다. 자원자들을 대상으로 실신 상태를 재현하는 실험을 포함하여, 일련의 철저한 검사들이 시작되었다. 그러나 일곱 건의 치명적 결과 이후, 그러한 시도는 중단되었다.

어니스트 존은 오랫동안 대학 박물관에 전시되었고, 대학 풋볼팀 '블루 크러셔'의 마스코트로서 많은 경기에 생기를 불어넣기도 했다. 그러나 03년, 경비가 허술한 유리 박물관 케이스에서 어니스트 존을 '납치'하여 레이첼 스완슨 메모리얼 여학생 체육관 샤워실에 진열하라는 시그마 델타 카이에 대한 결정은 취향의 한도가 도를 넘어섰음을 보여주는 것이었다.

2003년 5월 22일, 대학 이사회는 다음과 같은 명령을 내렸다. '만장일치로, 어니스트 존 발로의 유해를 대학 박물관에서 제임스 스코트 3세 기념 생물학 실험실로 이전하고, 특별히 마련된 보관실에 안전하게 밀봉할 것을 명한다. 실험실 당국은 유해의 보존을 위해 가능한 모든 수단을 취해야 한다. 또한 이사회에서 승인된 자격을 갖춘 연구자들을 제외한 모든 이들의 접근을 금지한다. 최소한 밝히자면, 이사회는 대학의 신용을 실추시킨 전국 언론의 최근 논평과 사진 때문에 어쩔 수 없이 이러한 조치를 취하게 되었다.

그의 분야와는 동떨어진 것이었지만, 호킨스는 무슨 일이 일어났는지 알아차렸다. 레반트만Levantman 쇼크 마취에 빠진 예전의 사고였다. 그 후 이는 다른 방법으로 대체되었다. 대상자를 레반트만 쇼크에서 깨어나게 하기 위해서는 3차 신경에 식염수를 한 번 분사해주면 된다. 흥미롭군. 저 청동 덩어리 안에? 그는 저항이 없을 것으로 예상하면서 부패한 녹색 염에 곡괭이를 내려쳤다가 하마터면 손목이 부러질 뻔했다. 아래에 뭔가 단단한 것이 있었다. 그는 산화물들을 털어내기 시작했다.

그는 30분쯤 작업해서 인광을 내는 브론즈에 도달했다. 거의 부식하지 않은 거대한 금속 주조물이었다. 그것은 수세기 동안 구조적으로 약해져 있었다. 그는 부식한 쇠붙이 장식물 아래에 곡괭이 끝을 맞추고 삐거덕거리는 홈을 비틀어 열 수 있었다.

호킨스는 고고학자가 함께 있었더라면 하고 아쉬워했지만, 그렇다고 공방으로 돌아가 이 발굴을 인계할 사람을 찾아야겠다고 생각하지는 않았다. 그는 만능 해결사였다. 자신의 선택에 의해 자유시간에는 진흙과 유약의 예술가가 되고, 사회적 필요에 의해서는 교통 통제, 개인 및 집단 심리학, 건축이나 도구 설계 등의 프로젝트들을 오갈 수 있는 자동차, 전자, 원자 공학자가 되기도 했다. 그는 자신의 영역에서 벗어난 일을 만났다고 해서 매번 전문가에게 도움을 청하지는 않았다. 일단, 그렇게 도움을 청할 만한 사람이 거의 없었다.

그는 발견한 물체의 주변을 파헤치면서, 그것이 흥미롭게 속이 빈 소리를 내는 거대한 벽돌 모양의 브론즈 덩어리라는 것을 알아차렸다. 긴 세로면 한쪽의 부식된 금속 조각을 길게 떼어내자, 휙 소리가 나면서 붉은 녹이 노출되더니 그 물체의 안쪽으로 빨려 들어갔다.

공기가 빠져 있었군. 호킨스는 생각했다. 수세기 동안 결정화된 안쪽 유리 덮개가 있는 것이 분명했다. 그것은 첫 번째 곡괭이질에 조용히 부서졌다. 그는 진공 상태가 레반트만 쇼크 희생자에게 어떤 영향을 미치는지 알지 못했지만, 희망을 가지고 있었다. 그는 부동산 중개업자라는 게 무엇인지 전혀 이해하지 못했지만 아마도 도예와 관련이 있을 거라고 짐작했다. 그리고 무엇인가 그들의 최고 당면문제와도 관계가 있을 거라고 생각했다. 그는 곡괭이를 도랑 밖으로 던지고 기어 오른 뒤, 가게로 종종걸음을 했다. 잠시 동안 가게를 샅샅이 뒤져 작은 주사기를 찾아냈고, 부엌에는 플라스틱 소금 용기가 있었다. 그는 발굴 현장으로 돌아와 뚜껑과 본체의 접합부를 드러내기 위해 30분을 더 깎아냈다. 마침내 드러난 경첩은 있으나 마나 했다. 그는 그것을 때려 부수었다.

호킨스는 지렛대 효과가 최대가 되도록 곡괭이의 장축 손잡이를 늘여 그 끝을 깊은 홈에 맞추고 붙박이 받침대를 고정한 다음 들어올렸다. 그렇게 다섯 차례나 반복한 뒤에야 아치형 관 안쪽을 들여다볼 수 있었다. 그것은 먼지로 덮힌 대리석 석상 같았다. 지렛대 작업을 열 번 넘게 더 하고 나니, 그것이 시간의 흐름 속에서도 부패하지 않은 에반스톤 부동산 중개업자, 어니스트 존 발로의 벗은 몸이라는 것을 알 수 있었다.

도공은 바늘 끝으로 3차 신경의 정점을 확인하고 식염수 60cc를 주입했다. 한 시간이 지나자 발로의 가슴이 박동하기 시작했다.

또다시 한 시간이 지나자, 그는 새된 소리를 냈다.

"제대로 됐나요?"

"해냈군!"

호킨스는 중얼거렸다.

발로는 눈을 뜨고 몸을 약간 움직여 내려다보더니 손을 눈앞으로 가져갔다. 그는 비명을 질렀다.

"고소할 거야! 내 옷! 내 손톱!"

지독한 의심이 얼굴에 피어올랐다. 그의 손이 머리카락 없는 두피에 닿았고, 그는 울부짖었다.

"내 머리카락! 당신이 벌어들인 돈을 전부 배상금으로 받고 말겠어. 그 권리 양도가 법정에서의 빌어먹을 일을 의미하진 않을 거라고. 나는 머리카락, 옷, 손톱을 양도한 게 아니란 말이야!"

"그것들은 다시 자랄 거요. 당신 피부도. 그 부분은, 알다시피, 살아 있지 않았고, 그래서 나머지 부분처럼 보존되지 못했소. 그나마 옷들이 사라질까 봐 걱정이오."

호킨스는 무심하게 말했다.

"도대체 이게 뭐요? 대학 병원?"

발로는 물었다.

"전화가 필요해. 아니, 당신이 전화해. 내 집사람한테 나 잘 있다고 이야기하고, 샘 이머만, 내 변호사한테 이야기해서 즉시 이리 오라고 하라고. 그린리프 7-4022. 우와!"

그가 앉으려고 하자 분홍빛 피부 일부가 관 안쪽 표면에 긁혀 떨어져나갔다. 그것은 오래전 결정화된 유리에 의해 가루가 되었다.

"도대체 당신네들 뭘 어떻게 한 거야? 나를 산 채로 끓인 거야? 당신 이거 물어내라고!"

"당신 말이 맞소."

호킨스는 몇몇 불분명한 용어를 확인할 만한 참고 서적을 아쉬워하며 이야기했다.

"당신 피부는 곧 나을 거요. 지금 당신이 있는 곳은 병원이 아니오. 여길 보시오."

그는 관에 붙어 있던 스테인리스 스틸 판을 발로에게 건네주었다. 의심에 찬 눈초리로 훑어본 후, 그 남자는 읽기 시작했다. 읽기를 마치자, 그는 판을 관 가장자리에 조심스럽게 내려놓고 한동안 침묵했다.

마침내 그가 이야기를 꺼냈다.

"불쌍한 베르나, 여기에는 그녀가 소송 비용을 떠맡게 되었는지에 대해서는 적혀 있지 않군요. 당신은 알고 있소?"

"아니오. 내가 아는 것이라고는 그 판에 쓰여 있는 것, 그리고 당신을 되살리는 방법이 전부라오. 당시 치과의사는 오늘날 레반트만 쇼크 마취라고 부르는 것을 우연히 당신에게 투여했던 것이오. 지난 수세기 동안 그 방법은 쓰이지 않았소. 효과는 강력하지만 너무 위험하기 때문이지."

"수세기라……."

그 남자는 곱씹었다.

"수세기……. 샘이 그녀의 송곳니까지 몽땅 털어갔을 거라는 데 돈을 걸지. 불쌍한 베르나. 그게 얼마나 오래전 일이지? 지금이 몇 년도요?"

호킨스는 어깨를 으쓱했다.

"우리 식으로 하자면 7-B-936. 아마 당신한테는 도움이 안 되겠지. 말하자면, 이 금속이 산화될 만큼 오랜 시간이라오."

"영화 같군."

발로는 중얼거렸다.

"누가 이런 상황을 상상이나 했을까? 불쌍한 베르나!"

그는 엉엉 울면서 코를 훌쩍거렸다. 호킨스는 평평한 바위 밑에서 그가 발견되었다는 사실이 새삼 실감 났다.

거의 화난 목소리로, 도공은 물었다.

"아이는 몇이나 되오?"

"아직 없소."

발로는 코를 킁킁거렸다.

"첫 부인은 아이를 원하지 않았소. 하지만 베르나는 하나를 원하지. 아니, 하나를 원했지. 우리는 기다릴 거요. 아니, 기다리려고 했었지."

"그렇군."

도공은 그를 심하게 비난하고 지옥으로 날려버린 후 작업장으로 돌아가버릴까 하는 잔인한 열망을 느꼈다. 하지만 그것을 삼켜버렸다. 생각해야 할 '그 문제' 가 있었기 때문이다. 언제나 고민거리인 '그 문제' 가 있었고, 이 불쌍한 울보는 예상치 못한 해결책을 제시할 수도 있었다. 호킨스는 그를 그들에게 넘겨주어야만 했다. 호킨스가 말했다.

"따라오시오. 시간이 얼마 없소."

발로는 고개를 들며 화를 냈다.

"어떻게 그리도 무정할 수 있소? 나도 당신과 같은 사람이라고……."

때마침 LA-Chicago '로켓' 이 머리 위에서 굉음을 울렸고, 발로는 갑자기 불평을 멈췄다.

"멋지군!"

그는 숨을 내쉬며, 눈으로 그것을 좇았다.

"멋져!"

그는 너무나 몰입한 나머지, 거친 관 표면이 갓난아기와 같은 피부에 주는 고통조차 느끼지 못했다. 그는 기운을 차리며 이야기했다.

"그러니까, 이 상황엔 분명히 밝은 면도 있을 거야. 내가 책을 많이 읽은 건 아니지만, 이건 책에 나온 이야기 하나와 비슷해. 이걸 통해 돈을 벌어야겠어. 그렇지 않소?"

그는 교활한 눈빛으로 호킨스를 쳐다보았다.

"당신이 원하는 게 돈이오? 여기 있소."

그는 한 움큼의 동전과 지폐를 건네주었다.

"당신이 내 신발을 신는 게 낫겠군. 한 400미터는 가야 하니까. 오, 당신은 겸손한 편이오? 그렇군. 그게 그 말이군. 자, 여기."

호킨스가 자신의 바지를 주었지만, 발로는 흥분해서 돈만 세고 있었다.

"85, 86…… 그것도 달러! 나는 크레디트, 혹은 당신들이 돈을 뭐라 다르게 부를 거라고 생각했소. 'E Pluribus Ununi[23]'와 '리버티', 단지 얼굴만 다르군. 혹시 여기에 함정이 있소? 이것들이 내가 가졌던 것과 같은 진짜 진품의, 제대로 된 20-2센트 달러요? 아님 그냥 벽지?"

"진짜 돈 맞소. 내 장담하지. 당신이 얼른 따라왔으면 좋겠군. 내가 지금 바쁘거든."

도공이 말했다. 발로는 가게를 향해 무거운 발걸음을 옮기며 지껄였다.

"지금 어딜 가는 거요? 과학위원회, 세계 코디네이터 같은 그런 데?"

◎ **23__** 미국 화폐의 대부분에 표기되어 있는 고유한 문장.

"누구? 오, 아니오. 우린 그들을 '대통령' 과 '의회' 라고 부른다오. 안 돼요. 거긴 절대 도움이 안 될 거요. 나는 당신을 데려가 누군가를 만나게 할 생각이오."

"여기서 엄청난 돈을 벌어야 해. 엄청나게! 책을 쓸 수 있겠군. 똑똑한 젊은이를 구해 나 대신 글로 옮기게 해야겠소. 베스트셀러가 된다고 장담하지. 그런 것에 대한 계획은 어떤 게 있을까?"

"그런 것에 관해서라면. 똑똑한 젊은이들이라…… 그러나 더 이상 베스트셀러는 없소. 요즘 사람들은 책을 많이 읽지 않는다오. 그만큼 돈이 될 만하면서 당신이 할 수 있는 뭔가 다른 일을 찾아볼 거요."

가게 뒤편에서 호킨스는 발로에게 옷 한 벌을 주며 기다리도록 했다. 그리고 시카고의 중앙에 전화를 걸어 간청했다.

"그를 데려가주시오. 아직 한 번 더 불을 지필 시간이 남아 있단 말입니다. 그는 실없는 말만 늘어놓아요. 그에게 아무것도 이야기하지 않았습니다. 아마도 그를 그냥 풀어주고 자기 스스로 맞는 수준을 찾아가도록 해야 할 겁니다. 하지만 기회는 있어요."

"그 문제는."

중앙은 동의했다.

"그렇소. 기회는 있지."

도공은 찬물에서 잘 녹을 뿐 아니라 물이 끓을 때까지 덥힐 수도 있는 큐브가 들어간 커피 한 잔을 주었는데, 그것이 발로를 즐겁게 만들었다. 하릴없이 시간을 죽이면서, 호킨스는 발로가 감탄하며 관심을 보인 '로켓' 에 대해 수다를 떨었다. 그는 하마터면 부동산 중개업자에게 그것의 최고 속도를 이야기할 뻔했다. 실제로 그것이 로켓이 아니라는 사실은 거의 드러났다.

그는 또한 너무 대수롭지 않게 200달러를 준 것을 후회했다. 발로는 호킨스가 문서나 차용증, 심지어 분명한 상환 약속조차 거부하자, 그 돈이 쓸모없는 게 아닌가 하는 공포에 사로잡힌 듯했다. 하지만 호킨스는 자세히 설명할 수 없었다. 중앙으로부터 낯선 이가 도착하자 그는 매우 기뻐했다.

"알게시라스에서 온 티니−피티라고 합니다."

그 이방인은 문가에서 마주치자마자 재빨리 이야기했다.

"인/문(인구 문제 : Poprob) 대응 심령사입니다. 극지에서는 발로를 특별 인계하도록 지시했소."

"세상에나, 감사합니다."

호킨스는 과거로부터 온 사나이에게 말했다.

"발로 씨, 이분은 티니−피티입니다. 앞으로 당신을 돌봐주고, 당신이 많은 돈을 벌 수 있도록 도와줄 거요."

심령사는 커피 한 잔을 마시며 머물렀고, 떠날 준비를 하면서 발로는 기분이 좋아졌다. 심령사는 그 부동산 중개업자를 통나무 길을 따라 자신의 차로 데려갔고, 도공은 이제 가마를 깨뜨려야 할지 고민할 수 있었다.

발로와 그 문제를 급작스럽게 떠나보낸 호킨스는 행복하게도 두 번째 가마의 입구 근처에서 틈새를 찾아내고 조금 벌려보았다. 혹 하는 열기와 환원 불꽃의 격렬하고 매캐한 냄새가 그를 즐겁게 만들었다. 그는 틈새로 들여다보았다. 체리 빛으로 붉게 이글거리는 선반 구석이 보였다. 열린 문 때문에 열기가 식어가면서 너울거리는 검은 부분으로 흐려지고 있었다. 그는 선반 위에 놓인 도기 아래에 숯이 된 나무 주걱을 밀어 넣어, 표본 삼아 그것을 꺼내보았다. 손등에 난 털이 오그라들면서

타들어갔다. 도기는 잔금이 생기면서 쨍 소리를 냈다. 호킨스는 안도의
한숨을 내쉬었다.

비스무스 수지산염 광택이 타올라 마무리가 되었고, 눈앞에서 돌려
보니 기이한 푸른빛이 감도는, 은처럼 빛나는 검은색 금속성 피막이 형성
되어 있었다. 이 순간만큼은, 인구 문제가 머릿속에서 사라진 것 같았다.

발로와 티니-피티는 안전 베이에 차를 주차시켜놓은 콘크리트 고
속도로에 도착했다.

"웬 보트?"

과거로부터 온 사나이는 숨을 헐떡이며 말했다.

"보트? 아니오. 이건 내 차요."

발로는 경외감에 차서 그것을 살펴보았다. 뒤로 밀어내린 라인, 깊
게 자리한 컴파운드 곡면, 몇 킬로그램의 크롬. 그는 차 문에 손을 댔다.
아니, 이게 문인가? 손잡이를 찾으려고 공연히 노력하면서 그는 공손하
게 물었다.

"이건 얼마나 빨리 가나요?"

심령사는 예리한 표정으로 바라본 후, 천천히 답했다.

"250, 속도계로 알아볼 수 있을 거요."

"우와, 내 구식 시보레는 직선 도로에서 100을 낼 수 있었는데, 하
지만 선생은 내 등급을 벗어났군요."

티니-피티는 어떻게 해서 거대하고도 낮은 문을 열었다. 발로는 엄
청난 쿠션 안으로 세 발자국을 내려딛고는 오른쪽으로 뒹굴었다. 그는
너무나 정신이 팔린 나머지, 벗겨진 피부에 심각하게 신경을 쓸 수 없었
다. 계기반은 다이얼, 플러그, 지시계, 라이트, 눈금, 스위치가 펼쳐진 아
름다운 황무지였다.

심령사는 운전석으로 내려와 발로 무언가를 했다. 모터는 사일로만큼 큰 용접용 불꽃을 붙인 것처럼 가동되기 시작했다. 발로는 쿠션에서 뒹굴며, 후방 거울을 통해 빛나는 흰색 불꽃으로 채워진 엄청난 배출가스를 보았다.

"마음에 드시오?"

심령사는 소리쳤다.

"끝내주는군요. 이건……."

발로도 맞받아 고함을 질렀다.

엄청난 부웅 소리와 함께 차가 베이에서 도로로 빠져나가자 그는 입을 다물었다. 창문이 닫힌 것 같았는데도, 강풍이 발로의 머리를 지나쳤다. 속도감은 정말 대단했다. 그는 계기반에서 속도계를 찾았고, 그것이 90을 지나 100, 150, 200으로 올라가는 것을 보았다.

"나로서는 충분히 빠른 거라오, 라디오라도?"

심령사는 소리치며, 발로가 고개를 끄덕이는 것을 보았다.

그는 풋볼 헬멧처럼 생긴, 어떤 전선도 없는 놀랄 만큼 가벼운 물체를 하나 건네며 버튼 있는 곳을 가리켰다. 발로는 그 헬멧을 써보고, 굉음 같은 바람소리가 잠잠해지는 것에 흡족해하며 버튼을 눌렀다. 만족스럽게 불이 들어왔다. 발로는 새로운 세계의 독창적인 엔터테인먼트에 대해 용감한 초현대적 취향의 표본이 되어보고자 더 깊숙이 몸을 파묻었다.

"믿고, 견뎌라!"

목소리가 귀에서 고함을 질렀다.

그는 헬멧을 얼른 벗고 화난 표정으로 심령사를 바라보았다. 티니-피티는 피식 웃고, 누름 버튼과 연결된 다이얼을 돌렸다. 과거로부터 온 사나이는 다시 헬멧을 쓰고, 소리가 정상으로 낮춰진 것을 알았다.

"쇼들의 쇼! 슈퍼 쇼! 슈퍼-허수아비 쇼! 퀴즈의 퀴즈! 믿고 견뎌라!"

배경에서 새된 웃음소리들이 들렸다.

"자, 모든 경재앵자들이 준비가 되었네요. 우리가 어떻게 하는지 아시죠? 제가 선 아래쪽에서 경재앵자에게 삼각형 모양 조각 같은 것들을 건네줍니다. 자, 이제 여기 판대기가 있죠. 그 판대기들은 삼각형 같은 조각들과 똑같은 모양으로 잘라낸 부분을 가지고 있습니다. 다만 모두 다른 모양이죠. 이 조각들을 판대기에 붙이는 첫 번째 경재앵자가 승리하는 겁니다. 이제 첫 번째 경재앵자와 이너뷰를 해보겠습니다. 자기야, 여기. 이름이 뭐죠?"

"이름? 흠?"

"당신 어떻게 그럴 수 있죠? 여러분. 이 여자분은 자기 이름도 기억 못 하는군요! 아하? 그걸 25센트에 살 건가요?"

장난기 어린 그 질문에 청중은 새된 소리로 웃고 아우성치며 찬사의 휘파람을 불었다.

핵심적인 내용과 그저 그런 농담을 구분할 수 없으면 듣는 것이 재미없어지는 법이다. 발로는 한 손을 볼륨 조절에 둔 채 다른 버튼을 눌렀다.

"워싱턴 최신 뉴스. 상원의원 헐 멘도자에 관한 소식이군요. 그는 여전히 어업국을 공격하고 있습니다. 노스캐롤라이나 생디칼리스트에 따르면, 존 킹슬리 슐츠의 이면은 청교도적이라는 진술을 그가 확보했다고 합니다. 그 내용을 출판하진 않았는데, 킹슬리 슐츠가 오리건 주립대학, 나중에는 플로리다 대학의 청교도 모임에 보였다고 사람들이 이야기했다고 하더군요. 킹슬리 슐츠는 자신이 오리건에서 항공 주형을 전공했고, 낚시감 물고기에 대한 박사학위를 플로리다에서 땄음을 실토했다고 합니다."

"이제 킹슬리 슐츠의 이야기를 직접 들어보겠습니다. '헐-멘도자는 자신이 무슨 이야기를 하고 있는지도 몰라요. 그는 죽어야 돼요.' 인용 끝. 헐-멘도자는 자신의 정보원을 보후하기 위해 진술을 출판은 안 낼 거랍니다. 그의 말에 따르면, 무-능함과 부-적합성 때문에 킹슬리-슐츠에게 해고당한 국의 세 명의 전직들이 선언했다고 하네요."

"그밖의 곳에서는 일상적인 교통사고들이 일어났습니다. 시카고로 빠지는 66번 도로에서 일어난 차량 3중 충돌 사고는 12명의 목숨을 아사갔습니다. 시카고-로스앤젤레스 아침 로켓이 모-해브-모-자비? 뭐라 부르든지 하여간, 그 사막에서 충돌해 폭발했습니다. 탑승한 94명 전원이 사망했습니다. 현장의 항공 당국 조사관에 따르면, 조종사가 양 떼 위를 저공비행했고, 제때에 빠져나오지 못했다고 합니다."

"헤이! 여기 뉴욕에서 온 따끈따끈한 소식이 있군요! 러크-서리 정기선 S.S.플라센티아의 뱃머리 아래쪽에서 선원이 배를 밀어내고 있는 동안 디젤 예인선이 항으로 거칠게 달려들었다고 합니다. 그 배는 물이 차서 결국 가라앉았는데, 추-정컨대 180명의 승객과 50명의 승무원들이 목숨을 잃었다는군요. 여섯 명의 잠수부가 난파 현장 조사를 위해 물속에 들어갔으나 그들 또한 사망했습니다. 그들 잠수복에 자은 구멍들이 잔뜩 있었다네요."

"그리고 여기, 제가 덴버에서 방금 가져온 소식지가 있습니다. 볼까요?"

발로는 이해할 수 없다는 표정으로 헤드셋을 벗었다. 그는 운전자에게 소리쳤다.

"진행자가 무척 무감각한 사람인 것 같은데요. 내가 지금 듣고 있는 게 뉴스 방송 맞아요?"

티니-피티는 고개를 흔들며 자신의 귀를 가리켰다. 바람의 굉음에 귀가 멀 지경이었다. 발로는 당황한 표정으로 찌푸리며 창밖을 내다보았다. 번쩍거리는 간판에는 이렇게 쓰여 있었다.

MOOGS! 동전 하나로 구입하시겠습니까?

그는 Moog 혹은 Moog들이 무엇인지 알지 못했다. 그림은 99.9퍼센트 나체의, 매우 균형 잡힌 몸매의 아가씨들이 생생한 총천연색 조명 아래 열정적으로 몸을 뒤트는 모습을 보여주고 있었다.

도로변의 반복되는 게시물은 계속 새로운 모습으로 나타났다. 레이더 같은 것이 차의 위치를 확인했고, 반복되는 구절들을 일깨웠다. 그것은 각기 차례로 도로 궤적을 따라 질주했으며, 심지어 차와 함께 가기도 했다. 그래서 다음 구절이 나타나기 전에 읽을 수 있었다.

'만일 당신이 원하는 아가씨가 있다면,
로맨틱하지 않은 땀 냄새는 치워버려라!'

"A*R*M*P*I*T*T*O"

두 개의 패널에 또 다른 애니메이션, 익숙한 '비포 앤드 애프터'가 보였다. 첫 번째 패널에는 '그저 아무 담배?'라고 적혀 있었으며, 거칠고 불그레한 얼굴의 남편이 날씬해 보이는 로프를 뻐끔대는 동안 부인은 코를 감싸 쥐고 있는 2인 가정의 비극을 나타내고 있었다. 두 번째 패널에는 '아니면, VUELTA ABAJO?' 라는 글자가 번쩍였으며, 그림은······.

발로는 간판을 지나칠 때까지 얼굴을 붉히고 자신의 발을 쳐다보았다.

"시카고에 들어왔소!"

티니-피티가 고함쳤다. 곧 다른 차들도 나타나기 시작했는데 모두 드림보트였다.

그것들을 바라보며, 발로는 1킬로미터가 얼마나 되는지 자신이 정확하게 알고 있는지가 의심스러워졌다. 귀를 스치는 바람의 굉음을 무시하고 그 드림보트들의 스피디한 라인에 정신을 홀리지 않고 본다면, 그것들은 매우 느리게 움직이는 것 같았다. 그는 그것들이 실제로는 시속 25킬로미터, 가끔 속도를 내봐야 30킬로미터로 기어간다고 장담했을 것이다. 대체 1킬로미터가 얼마나 되는 거야?

전방에 도시가 나타나기 시작했다. 마땅히 그래야 할, 바로 그 모습이었다. 솟아오른 마천루들, 머리 위를 지나는 고가도로, 헬리콥터 이착륙장······ 그는 쿠션을 꼭 움켜잡았다. 저 두 대의 헬기. 저것들이 막, 저것들이······ 저기······. 그는 무슨 일이 일어났는지 쳐다보지 않았다. 그들은 명백한 충돌 경로를 따라 거대한 건물 뒤로 사라졌다.

그들이 빨간 신호등에 정차하자 굉장히 달콤한 경적 소리가 주변에 퍼졌다.

"도대체 여기서 무슨 일이 일어나고 있는 거요?"

발로는 날카롭고도 놀란 목소리로 물었다. 왜냐하면 정지 시간이 거의 제로였는데도, 그가 계기반 쪽으로 쏠리지 않았기 때문이다.

"누가 누구를 놀리는 거요?"

"왜, 뭐가 문제요?"

운전자가 물었다.

신호등은 녹색으로 바뀌었고, 그는 급가속을 했다. 발로는 귀를 스치는 맹렬한 바람이, 차가 실제로 움직이기 바로 직전 아주 짧은 순간에 시작된다는 걸 알아차리고 긴장했다. 그는 자신 쪽의 문손잡이를 움켜잡았다.

천천히 도시가 가까워졌다. 흩어져 있는 건물들, 빽빽한 건물들, 높이 솟은 건물들, 그리고 앞에 빨간 신호등. 차는 역시 정지 시간 제로에 멈췄고, 쇄도하던 바람은 차가 멈추자 즉각 중단되었다. 발로는 차에서 빠져나와 한순간에 인도를 미친 듯이 달려 내려갔다.

그들이 나를 추격해올 거야. 그는 숨을 헐떡이며 생각했다. 이건 비밀경찰과 관련이 있어. 그들이 나를 찾아낼 거라구. 마음을 읽는 기계, 텔레비전이 모든 곳을 살피고 있지. 네가 자유 따위를 노예들에게 이야기할까 봐 두려워하고 있다고.

숨이 차서, 그는 속도를 늦춰 걷기 시작했다. 그는 자신이 변절하지 않을 만큼 충분한 배짱을 가졌다는 것에 대해 스스로에게 축하했다. 변절은 그들이 언제나 기다리던 것이었다. 걸으면서, 그는 양복을 입은 수백 명의 군중 속 한 명이 되었다. 그는 안전할 것이다. 안전⋯⋯.

웬 손 하나가 그의 어깨를 잡더니, 크고 거칠며 잘생긴 얼굴이 바로 코앞에서 말들을 쏟아냈다.

"당신 같은 사람을 인도 우에서 부디쳐부렀네. 뭔 일이야⋯⋯ 바닥에 패대기칠까 보다, 이 썩을 놈!"

미친 도공도, 미친 운전사도 아니었다.

"실례합니다. 뭐라고 말씀하셨죠?"

발로가 이야기했다.

"오, 그래?"

그 낯선 이는 위협적으로 고함을 지르더니 답을 기다렸다.

발로는 자신이 어떤 복잡한 토지 거래 따위에서 불리한 처지에 빠져들었다는 느낌이 들었다. 그는 자신이 도전적인 말투로 "그래!" 하고 대답하는 것을 들었다.

그 낯선 이는 어깨를 놓으며 으르렁거렸다.

"오, 그래?"

"그래!"

발로는 재킷을 당겨 바로잡으면서 이야기했다.

"아하!"

그 이방인은 잔인함보다는 경멸과 혐오를 담아 으르렁거렸다. 그는 표준적이지만 생리적으로는 불가능한, 발로 시대의 외설적인 욕설을 덧붙였다. 그러고는 어깨를 거들먹거리고 주먹을 불끈 쥐어 보이더니 으쓱하며 사라졌다. 발로는 떨면서 걸어갔다. 분명히, 그는 문제를 아주 잘 처리했다. 그는 길고 낮은 드림보트들이 앞에서 포효하는 동안 빨간 신호등 앞에 멈춰섰다. 인도에서 함께 이동하던 보행자들이 차량의 물결을 뚫고 각자의 길을 헤쳐나갔다. 브레이크가 비명을 질렀고 펜더에서는 쨍그랑 소리가 나며 찌그러졌다. 운전자와 보행자 사이에 거친 비명들이 오갔다. 그는 차 한 대가 다른 차를 놓칠까 봐 인도의 모퉁이로 밀고 들어오는 것에 질겁해 뒷걸음쳐 뛰어올랐다. 신호는 녹색으로 바뀌었다. 약 30초 동안 차들이 계속 왔고, 점차 작아져 이따금 가벼운 경주마가 되기도 했다. 발로는 조심해서 길을 건너, 자동판매기에 기대 큰 숨을 내쉬었다.

자연스럽게 보여야 해. 자신에게 말했다. 뭔가 정상적인 것을 해야 해. 자동판매기에서 뭔가를 좀 사자. 그는 동전 몇 개를 더듬어 찾아내서는 10센트로 신문, 25센트로 손수건, 또 25센트에 캔디바를 샀다.

희미한 초콜릿 냄새가 갑자기 그를 허기지게 했다. 그는 '크리글리즈'라고 인쇄된 반짝이는 포장지를 몇 초간 쥐어뜯었지만 별 성과가 없었다. 그러나 잠시 후 그것은 저절로 깨끗하게 갈라졌다. 캔디바는 딱 세 입 크기였다. 그는 두 개를 더 사서 게걸스럽게 먹어치웠다.

목이 마르군, 그는 자동판매기에 10센트를 더 넣고 반짝이는 포장에 싸인 탄산 오렌지 음료를 하나 꺼냈다. 그가 만지작거리는 동안, 그것이 반듯하게 갈라지더니 내용물이 온통 무릎으로 쏟아졌다. 발로는 그곳에 충분히 오래 머물렀다고 생각하면서 걷기 시작했다.

가게 창문은—가게 창문이었다. 사람들은 여전히 옷을 입고 다니고 옷을 사며, 여전히 담배를 피우고 담배를 사며, 여전히 먹고 먹을거리를 샀다. 그리고 그들은 여전히 영화를 보러 다녔다. 그는 지나다 '비주Bijou, 보석'라고 쓰인 간판을 보고 놀랍기도 하고 반가워서, 그 화려한 곳으로 되돌아갔다.

거기에서는 영화 세 편을 동시 상영하는 것 같았다. 〈아기들은 끔찍해〉, 〈아이를 갖지 마〉, 〈운하 키드 Canali Kid 24〉.

저항할 수 없는 유혹이었다. 그는 1달러를 주고 입장했다.

그는 3차원 총천연색에 향기까지 나도록 제작된 '운하 키드'의 마지막 부분을 겨우 보았다. 그것은 추격 장면, 소원해진 남녀 주인공의 화해로 끝맺는, 범우주적 무용담 같았다. 〈아기들은 끔찍해〉와 〈아이를 갖지 마〉는 부모가 되는 것에 반대하는 기상천외한 주장이었다. 분만을 고통스럽도록 생생하게 묘사함으로써 출산의 위험을 기묘하게 과장했고, 심술궂은 아이들, 가학적인 자손들로부터 구타당하고 굶겨지는 나이 든 부모들을 등장시켰다. 하지만 발로가 보기엔 기가 막히게도, 관객들은 천연덕스럽게 군것질거리를 우걱거리며 아무런 거부 반응도 보이지 않았다.

이어진 '예고편'은 그를 로비로 내몰았다. 팡파르가 울려 퍼지고, 선명한 색깔들은 눈이 부셨으며 첨가된 향은 속을 울렁이게 만들었다.

눈이 로비의 온화한 조명에 다시 익숙해지자 그는 의자로 가서 구입한 신문을 펼쳐 보았다. 거기엔 '경마 성적표'가 있었다. 그에게 급작스런 상실감이 몰려왔다. 1면의 좌측 하단 구석에 있는 익숙한 표는 '처칠 다운'과 '엠파이어 시티[25]' 경마장이 여전히 영업 중이라는 것을 분명하게 보여주었다. 눈물을 참으며, '처칠의 지난 성적'을 들여다보았다. 사람들은 더 이상 약자略字를 쓰지 않았고, 그래서 신문 면은 2단이 아닌 1단으로 편집되어 있었다. 그런데, 성적이 모두 같았다 ── 정말 그랬을까?

그는 눈을 가늘게 뜨고 첫 번째 레이스 기록을 보았다. 1,200미터 무관의 매각 경주마에게 1,300달러가 걸려 있었다. 놀랍게도, 트랙 기록은 2분 10초 06이었다. 예전이라면 딱정벌레라도 1,200미터를 1분 15초에 주파할 수 있었을 것이다. 다른 거리의 기록도 마찬가지였으며, 루트 이벤트가 있는 경우는 훨씬 더 나빴다.

이게 도대체 어떻게 된 일이지?

---

24 ── 이탈리아 천문학자 지아니 스키아파렐리Giovanni Schiaparelli가 1877년 화성 표면에서 운하canali를 발견한 것을 염두에 두고 지은 이름.

25 ── 미국에서 경마 게임으로 유명한 실제 도시.

그는 다음으로 어느 5년생 갈색 암말의 기록을 살펴보았지만, 이해할 수가 없었다. 그것은 우승했다가 패했다가 2등을 하고 3등을 하더니 또 패했다가 2등을 하는 등 전혀 이해할 수 없었다. 몇몇 경기에서는 선두 주자처럼 보였고, 그 다음에는 쓸모없는 돼지처럼 보였다가, 또 다음에는 진창에 갇힌 경주마 같았다가, 또 그 다음 비가 내릴 때는 안 그랬다. 그리고는 꾸물거리다 다음에 다시 돼지가 되었다. 역시 5,000달러 배당 경기에서 말이다!

발로는 다른 출전 명단을 보았고, 그 결과들이 모두 아까의 5년생 갈색 암말과 같다는 것을 서서히 알아차렸다. 망할 놈의 경주마들 중 단한 마리에서도 강습받은 흔적조차 찾아볼 수 없었다.

누군가 옆으로 다가와 앉으며 말을 건넸다.

"그건 거짓말이오."

발로는 몸을 돌렸다. 티니-피티, 그 운전사였다.

"당신에게 이야기해야 할지 망설였소. 하지만 당신이 진실에 대해 점점 더 의심하고 있다는 걸 알고 있소. 제발 흥분하지 마시오. 괜찮아요. 내가 이야기할 테니."

심령사는 이야기했다.

"나를 잡았군."

발로가 말했다.

"당신을 잡았다고?"

"아닌 척하지 말라고. 나도 상황을 보고 판단할 수는 있어. 당신은 비밀경찰이었어. 당신과 나머지 특권계급이 억압받는 노예들의 땀을 이용하여 호화로운 생활을 하고 있지. 당신은 그들이 아무것도 모르는 채로 있어야 하기 때문에 나를 두려워하는 거야."

심령사의 쾌활한 웃음이 폭탄처럼 터지면서, 로비의 다른 관람객들을 멍하게 만들었다. 그 웃음에 악의라고는 전혀 없는 것 같았다.

"여기서 나갑시다."

티니-피티는 여전히 킥킥대며 이야기했다. 그는 발로의 팔을 끼고 거리 쪽으로 나아갔다.

"이보다 더한 오해는 있을 수 없겠는걸. 실제 진실은 수백만 명의 노동자들이 극소수 귀족들의 땀방울을 대가로 해서 호화롭게 살고 있다는 것이오. 내 명을 다하기 전에 아마 과로로 죽을 게 틀림없소. 만일……."

그는 생각에 잠긴 표정으로 발로를 쳐다보았다.

"어쩌면 당신이 우리를 도울 수 있을지도 모르겠군."

발로는 냉소했다.

"나는 그런 속임수를 알지. 내가 살던 시절에선 나도 돈을 좀 벌었다고. 돈을 벌려면 사람들을 자기편으로 끌어들여야만 하지. 계속해보시오. 원한다면 나한테 총을 쏘라고. 하지만 나를 속여서 무언가를 빼앗지는 못할 거야."

"비열하고 배은망덕한 인간!"

심령사는 급작스럽게 기분이 변하면서 달려들었다.

"이 빌어먹을 엉망진창은 다 당신 탓이야. 당신 같은 사람들 잘못이라고! 따라와, 더 이상 말도 안 되는 소리 말고."

그는 발로를 휙 잡아당겨 한 사무 빌딩의 로비로 끌고 가더니 엘리베이터에 올라탔다. 엘리베이터는 올라가면서 당황스러울 정도로 커다란 쉭 소리를 냈다. 심령사는 부동산 중개인 사내를 엘리베이터로부터 복도 아래를 거쳐 사무실 안으로 밀어 넣었다. 그의 무릎이 비틀거렸다.

그들 뒤쪽에서 문이 닫히자 매처럼 생긴 사내가 평범한 의자에서 일어섰다. 그는 발로에게 화난 표정을 짓더니 심령사에게 물었다.

"내가 이걸 조사하려고 극지極地에서 호출된 것이오? 이걸?"

"화나셨군요. 제가 철저히 조사했고, 인/문 공격 전선의 어떤 가능성을 그에게서 발견했습니다."

심령사는 비위를 맞추며 말했다.

"의심스러운데,"

매처럼 생긴 사내는 투덜댔다. 티니-피티가 제안했다.

"한번 해보시죠."

"자, 발로 씨. 당신과 고인이 된 부인은 자녀가 없었던 것으로 알고 있소."

"그래서요?"

"바로 그거요. 당신이 눈멀고 이기적이며 멍청한 놈이었다는 거지. 신중하고 선견지명 있는 사람들이 아이 키우기를 불리하게 만든 경제적, 사회적 환경을 묵인했던 그런 멍청한 놈. 당신이 바로 오늘날 우리가 처한 상황을 만들었지. 우리가 지금 절대로 만족스럽지 못하다는 것을 당신이 알았으면 좋겠군. 저 망할 놈의 멍청한 로켓! 멍청한 자동차들! 고가도로가 있는 멍청한 도시들 말이야!"

"내가 아는 한,"

발로는 이야기했다.

"당신 시대의 대표작들을 비방하고 있군. 당신 미쳤소?"

"그 로켓들은 로켓이 아니오. 그것들은 터보제트기, 좋은 터보제트기일 뿐이지. 하지만 본체를 덮은 장식적 외관이 질 나쁜 도착적 외관에 기여하고 있지. 자동차는 시속 100킬로미터가 최고 속도요. 1킬로미터는, 고대 언어학을 떠올리자면, 0.6마일에 해당하지. 그리고 속도계는 그에 따라 모두 조작되었기 때문에, 운전자는 자신들이 시속 250킬로미터로 간다고 생각할 거요.

도시는 시골에 여기저기 흩어져 살았더라면 훨씬 낮고 생산적이었을 사람들의 우스꽝스럽고 사치스러우며 비위생적인 덩어리라고.

우리한테는 그런 로켓과 속임수 속도계, 도시들이 필요하지. 왜냐하면 당신이나 당신같이 신중하고 선견지명이 있는 사람들이 아이를 갖지 않는 동안, 이주 노동자, 슬럼 거주자들, 소작 농민들처럼 무능하고 근시안적인 사람들이 아이들을 가졌거든—번식, 번식. 세상에, 그들이 얼마나 새끼를 낳는지!"

"잠깐만. 우리 같은 사람들 중 아이들 두셋을 가진 이들도 꽤나 많았소."

발로는 이견을 제기했다.

"사고, 질병, 전쟁 같은 것들로 인한 손실이 거기에 작용했지. 당신의 지능은 이종 번식되고, 사라져버렸소. 태어났어야 할 아이들이 전혀 태어나지 않았고, 딱 평균, 그렇고 그런 다수가 인구를 지배하게 된 것이라오. 현재 평균 IQ는 45지."

"하지만 그건 미래에 극단적인……."

"당신이 그렇잖소."

매처럼 생긴 남자가 언짢게 중얼거렸다.

"그런데 당신들은 누구요?"

"그저 사람들—진정한 사람들이라 할 수 있지. 몇 세대 전, 유전학자들은 아무도 자신들의 말에 관심을 기울이지 않는다는 것을 깨닫고는 말하기를 포기한 채 실행에 옮겼다오. 구체적으로, 그들은 번식 유지와 개선을 지향하는 비공개 단체를 구성하고 대상을 모집했소. 우리는 그들의 후손이오. 약 300만 명 정도 되지. 50억 명의 다른 이들이 있고. 그래서 우리가 그들의 노예인 것이오.

지난 수십 년 동안 나는 마천루를 설계하고 여기 시카고의 빌링스 기념병원이 돌아가도록 했지. 멕시코와의 전쟁을 막고, 뉴욕 라구아디아 공항의 관제를 맡기도 했소."

"이해가 안 되는군! 왜 대중들이 스스로 지옥에 빠지도록 놔두지 않는 거요?"

그 남자는 얼굴을 찡그렸다.

"3개월 동안 시도한 적이 있소. 우리는 남극에 숨어 기다렸다오. 그들은 알아채지 못했소. 어떤 제도실에서는 사람들이 사라졌고, 일부 수간호사들은 출근하지 않았으며, 정책 라인 바깥의 소수 정부 관료들이 어디 있는지 확인할 수 없었다오. 하지만 그건 중요하지 않은 듯했지.

일주일 만에 굶주림이 찾아왔소. 2주가 되니까 기근과 역병이, 3주 만에 전쟁과 무정부 상태가 나타났소. 우리는 실험을 취소했소. 그 때문에, 대부분 그 다음 세대인 우리는 다시 채비를 하게 된 것이오."

"왜 그들이 서로를 죽여 없애도록 하지 않았소?"

"50억의 시체란 5억 톤의 썩어가는 육체를 의미하지."

발로는 또 다른 생각이 떠올랐다.

"왜 그들을 불임으로 만들지 않는 거요?"

"25억 건의 수술은 엄청나게 많은 수술이오. 그들이 끊임없이 번식하기 때문에 그 일은 절대 끝나지 않을 것이오."

"알겠소. 마치 중국인의 행진 같다는 거지!"

"도대체 그들이 누구요?"

"내가 살던 시절의 음, 일종의 궤변이오. 누군가 생각하길, 만일 세계의 모든 중국인들이 4열 종대를 이루어, 내 생각에 이랬던 것 같은데, 어떤 지점을 지나 행진하기 시작하면 그 행진은 결코 멈추지 않을 것이라는 거지. 왜냐하면 대열이 모두 그 지점을 통과하기 전에 계속해서 아이들이 태어나고 자랄 테니까."

"맞소. 다만 '특정한 지점' 대신, '우리가 짓고 인력을 충당할 수 있는, 상상 가능한 가장 많은 수술실의 숫자'라고 해야겠군. 결코 충분할 수 없소."

"이봐요! 아이들에 관한 그 영화, 그건 댁들의 선전이오?"

"그렇소. 하지만 그들에게는 아무런 의미도 없는 것 같소. 우리는 생물학적인 충동에 반하는 선전을 하겠다는 생각을 버렸소."

"그럼, 생물학적 충동에 부응하도록 하면?"

"내가 알기로, 출산 저해와 조화를 이루는 것은 없소."

발로의 얼굴에는 표정이 없어졌다. 그것은 수년에 걸친 주의 깊은 훈련의 결과였다.

"없다고? 흠. 당신들은 뛰어난 두뇌를 가졌는데, 아무것도 생각해낼 수 없다?"

"왜 아니겠소, 그렇다면 당신은 할 수 있소?"

심령사는 천진하게 물었다.

"경우에 따라 다르지. 나는 러시아 분할 이후 시베리아 툰드라의 땅 1만 에이커를 판 적이 있소, 물론 유령 회사를 통해서. 구매자는 자신들이 키예프 외곽에 재개발 빌딩 부지를 얻었다고 생각했지. 그것이 지금 이 일보다 훨씬 어려웠다고 말하고 싶소."

"어떻게?"

매처럼 생긴 사내가 물었다.

"그들은 정상적이고 의심 많은 고객이었지만, 지금 사람들은 얼간이들에다 원래 잘 속아 넘어가는 인간들이잖소. 그들이 빠져들 만한 함정을 생각해내기만 하면 되지. 사람들은 현명하게 따져볼 만큼 충분히 알지 못할 것이오."

심령사와 매처럼 생긴 사내 또한 훈련된 이들이었다. 그들은 돌연한 희망으로 서로를 쳐다보는 짓 따위는 하지 않았다.

"당신 머릿속에 무언가 계획이 있는 것 같군."

심령사가 말했다. 발로의 표정 없는 얼굴이 한층 무표정해졌다.

"아마도. 하지만 나는 아직 아무런 거래 조건도 듣지 못했소."

"지구 자원의 이 엄청난 수탈을 당신이 막는다는 사실, 그걸 안다는 만족이 있잖소. 그리고 우매한 사람들이 조만간 사라질 것이라는."

매처럼 생긴 사나이가 지적했다.

"나는 모르겠소. 내가 가진 거라고는 당신의 말뿐이오."

발로는 무뚝뚝하게 말했다.

"만일 당신이 해법을 정말로 가지고 있다면 어떤 대가로도 충분치 못할 것 같소."

심령사는 제안했다.

"돈."

발로가 말했다.

"당신이 원하는 만큼."

"당신이 원하는 것보다 많이."

매처럼 생긴 사내가 수정했다.

"명성."

발로가 덧붙였다.

"엄청난 유명세. 신문과 TV에 내 사진과 이름이 매일 나오게 하고, 내 동상을 세우고, 내 이름을 딴 도시와 거리 등등. 역사책의 한 장을 온전히 내 이야기로 채울 것."

심령사는 매처럼 생긴 사내에게 '나 원 참!' 하는 표정을 지어 보였다.

매처럼 생긴 사내는 신호로 화답했다.

'이봐, 진정해!'

"지나친 요구는 아니오."

심령사가 동조했다. 발로는 이것이 판매자 주도 시장임을 감지하며 이야기를 이어갔다.

"파워!"

"파워?"

매처럼 생긴 사내는 갸우뚱한 얼굴로 되물었다.

"당신 개인 소유의 수력 발전소나 원자력 발전소를 말하는 거요?"

"그게 아니고, 독재자로서 전 세계의 독재를 말하는 거요!"

"음. 지금?"

심령사가 물었다. 매처럼 생긴 사내가 끼어들었다.

"그러려면 의회의 특별 긴급조치가 필요할 것이오. 하지만 상황이 그것을 정당화할 것이오. 그건 보장될 수 있다고 생각하오."

"그럼 당신 계획을 조금 알려주겠소?"

심령사가 부탁했다.

"레밍 쥐에 대해 들어보았소?"

"아니."

"못 들어봤다니, 그것들은, 내 짐작에 아마도 노르웨이에 사는, 아니 살았던 작은 동물이오. 수년마다 그것들은 무리 지어 해안으로 몰려 가, 익사할 때까지 바다로 헤엄쳐 나가지. 나는 레밍 쥐 같은 충동을 이 인구집단에 불어넣는 걸 계획하고 있소."

"어떻게."

"완벽하게 거래와 계약이 이루어질 때까지 입을 다물 생각이오."

매처럼 생긴 사내가 이야기했다.

"발로, 이 문제와 관련하여 당신과 함께 일하고 싶소. 내 이름은 리 앙-엔가나요."

그는 손을 내밀었다. 발로는 그 손을, 다음에는 그 남자의 얼굴을 유심히 바라보았다.

"리앙 뭐라구요?"

"엔가나."

"아프리카 이름처럼 들리는군요."

"맞소, 내 어머니의 아버지가 와투시 종족이었지."

발로는 그 손을 잡지 않았다.

"당신 피부색이 참 진하다고 생각은 했소이다. 당신 감정을 상하게 하고 싶지는 않소. 하지만 당신과 함께 일하면서 최선을 다할 것 같지는 않군요. 확신컨대, 아마도 자격을 갖춘 다른 사람이 있을 것 같소만."

심령사는 리앙-엔가나에게 '여보게, 진정해!' 라는 표정을 지어 보 였다. 리앙-엔가나는 발로에게 이야기했다.

"좋소. 어떤 방법이 있을지 살펴보겠소."

"당신이 이해해야 하는데, 내가 편견이 있는 건 아니라오. 내 가장 친한 친구들 중에는……."

"발로 씨, 다른 생각 할 필요 없소. 레밍 모델에서 무언가를 건질 수 있는 사람이라면 누구라도 우리에게 유용할 것이오."

그래야지. 리앙-엔가나는 티니-피티가 발로를 헬기장으로 데리고 올라간 뒤 사무실에 홀로 남아 생각했다. 그는 그렇게 할 것이다. 인/문은 모든 합리적 시도를 무색케 해왔다. 그것의 새로운 전선은 비합리적이거나 덜 합리적이어야만 했다. 레밍 쥐 전설과 재개발 빌딩 부지를 들고 과거로부터 나타난 이 생명체는 굉장히 부도덕한 이기심의 원천이라 할 수 있었다.

리앙-엔가나는 한숨을 내쉬고 기지개를 켰다. 그는 가서 샌프란시스코 지하철을 작동시켜야 했다. 발로 조사를 위해 극지로부터 일찍 호출되는 바람에 그는 까다로운 소ᴧ 이론을 마무리하지 못한 채 떠나왔다. 휴지기 사이에 그는 천천히 n차원의 기하학을 세우고 있던 중이었다. 그것의 토대와 상부구조는 조금도 직관에 기대지 않고 있었다.

위층에서 헬리콥터를 기다리며, 발로는 자신이 '검둥이'에 대해 아무런 악감정도 없음을 티니-피티에게 설명했다. 티니-피티는 자신도 리앙-엔가나가 시련 앞에서 보여준 침착함과 유머감각의 일부를 가졌다면 얼마나 좋을까 생각했다.

그들은 헬기를 타고 국제공항으로 갔다. 그곳에서 티니-피티는 발로에게 극으로 떠날 것이라고 설명했다. 과거로부터 온 사내는 자신이 얼음과 추위의 우울한 황무지를 좋아하게 될지 확신할 수 없었다. 심령사는 말했다.

"거기는 매우 엄격하오. 문명화된 구조를 가지고 있지, 따뜻하고 즐거운. 당신은 거기서 좀 더 효율적으로 일할 수 있을 것이오. 모든 정보들을 바로 입수할 수 있고, 훌륭한 비서도……."

"나는 엄청 많은 보좌관들이 필요합니다."

발로가 수천 건의 거래에서 배운 것은, 첫 번째 제안을 절대 받아들이지 말라는 것이다. 티니―피티는 즉각 답했다.

"내 말은, 사적이고 은밀한 비서 말이오. 하지만 당신은 원하는 만큼의 인력을 가질 수 있소. 만일 당신이 정말로 작동 가능한 계획을 가지고 있다면 당연히 최고 우선순위가 될 것이오."

"독재 계획도 잊지 맙시다."

발로는 이야기했다.

발로는 극으로 향하는 '로켓'에 자신을 행복하게 탑승시키기 위해 심령사가 기꺼이 신격화를 약속했다는 것을 알지 못했다. 티니―피티는 팔다리가 찢어지는 것을 바라지 않았다. 스스로를 나머지 위에 존재하는 머리, 어깨, 몸통, 사타구니로 여기는 소수의 엘리트가 있다는 착오로부터 사람들이 벗어난다면 그런 식으로 끝나게 될 것임을 그는 매우 잘 알고 있었다. 이러한 가정이 완벽한 사실이라는 점과 엘리트가 그 우월성 때문에 가장 가혹한 노역의 인생을 선고받았다는 점은 고려되지 않을 것이다. 그 차이는…….

마침내 심령사는 발로를 다른 30여 명의 사람들― 진정한 사람들―과 함께 극지로 향하는 '로켓'에 탑승시켰다.

발로는 티니―피티가 심어놓은 최면 후 암시 때문에 비행 내내 멀미가 났다. 한 가지 동기는 그로 하여금 돌아오는 여행을 가능하면 싫어하게 만드는 것이었다. 그리고 공격적이고 수다스러운 동반자로부터 다른 승객들을 보호하려는 의도도 있었다.

극지에서의 첫날, 발로는 군대 첫날이 떠올랐다. 그들과 함께 확고한 방침을 세울 때까지 그것은 '자, 도대체 우리가 너를 어디로 쏘아 보낼까?' 비즈니스와 마찬가지였다. 그들은 보급 중사처럼 행동하는 게 아니라 호텔 사무원처럼 행동했다. 그것은 대단하고, 놀랄 만큼 치밀하게 계산된 공작이었으며, 그가 알아채지 못한 것이었다. 결국, 과거로부터의 방문자는 살아 생전 영웅 대접을 받게 될 것이었다.

저녁 무렵, 그는 시속 100킬로미터의 강풍이 울부짖는 벌판 아래쪽의 안락한 지하 숙소에 누워 이 모든 상황을 종합해 결론을 내려보려 애썼다.

마치 예전 같군. 그는 생각했다. 막판까지 경쟁하던 부동산 거래에서의 일격 같기도 하고, 세입자가 옮길 곳이 없다는 걸 너무나 잘 알고 있으면서 임대료를 50퍼센트 인상하는 것과도 같아. 또 아침 오렌지 주스를 앞에 두고, 시 의회와의 거래를 통해 확보한 부지에 그 시 의회가 학교를 짓기로 결정했다는 신문 기사를 읽으며 미소 짓는 것과도 같지. 그건 간단했다. 그는 그저 그토록 죽길 원하는 레밍 쥐들에게 툰드라 건설 부지를 팔기만 하면 되었다. 그것이 이런 교양인들을 현기증 나게 만드는 '그 문제'를 해결하기 위해 필요한 전부였다.

당연히, 세부적인 문제의 대부분은 그들이 해결해야 할 것이다. 하지만 가장 중요한 것은, 이 추종자들이 과연 무엇을 추종할 것이냐 하는 것이었다. 그는 광고, 공학, 의사소통 전문가들이 필요했다. 그들이 최면에 대하여 무언가 알지 않을까? 그건 유용할 거야. 그렇지 않으면, 엄청난 뇌물 공세가 이루어져야겠지. 그런데 그는 무제한의 자금이 있다는 것을 확신—굉장히 확신할 거라구.

그저 건물 부지를 레밍 쥐들에게 파는 건…….

잠이 들면서 그는 불쌍한 베르나가 이 자리에 함께할 수 있었더라면 하고 생각했다. 이건 그가 성사시킬 최대 규모이자 가장 방대한 거래였다. 베르나……. 그 영리한 악덕 변호사 샘 이머맨이 그녀를 갈취했을

게 틀림없어.

다음날 사람들이 그를 방문하기 시작했다. 그는 접근 방법을 알았다. 그들은 과거로부터 온 걸출한 방문자에게 그저 도움이 되기를 원했다. 그는 자신의 분야―불행하게도 역사적으로 다소 모호한―에 대해 그들에게 최신 정보를 주도록 도와줄까? 그는 그 문제에 대해 무엇이 이루어질 수 있다고 생각하는 걸까? 그는 더 이상 속이기엔 자신의 나이가 너무 많고, 최소한 극지 대통령으로부터 의향서를 받거나 극지 의회가 자신에게 독재자의 권한을 부여할 때까지 자신으로부터 어떠한 정보도 더 이상 얻지 못할 것이라고 이야기했다.

그리고 그는 대통령의 편지와 의회의 승인을 받았다. 그는 자신의 계획을 발표했고 그것의 비정함에 양심이 거리끼지는 않는지 질문을 받았다. 그는 거래는 거래이며 스스로를 보호할 만큼 현명하지 못한 사람은 보호받을 자격이 없다고 분명하게 설명했다. 그는 '매수자 위험부담'이라는 학술적인 표현을 덧붙였고, 그것을 '구매자가 인지하도록 하라'고 번역해주어야 했다. 그가 말하길, 자신은 얼간이들이나 그들의 똑똑한 노예들에 대해 전혀 개의치 않는다고 했다. 그는 그들에게 가격을 말했으며 그것이 그가 관심 있는 전부였다.

그들이 그것에 응할 것인가, 아닐 것인가?

극지 대통령은, 만일 발로가 필요하다고 생각한다면 극지 의회가 그에게 투표하도록 하는 긴급권한과 함께, 본인의 뜻으로 사임하겠다고 제안했다. 발로는 '세계 독재자' 명칭, 세계 재정의 완벽한 통제, 그 자신이 결정한 월급, 홍보 캠페인과 역사 기술을 즉각 시행할 것을 요구했다.

"긴급 권한에 관해서라면,"

그는 덧붙였다.

"그것은 일시적인 것도 아니고 제한된 것도 아닙니다."

일부는 아마도 발로가 자신의 요구를 수정할 것이라는 공공연한 희망을 표하며 의원석에서 이 문제를 토론하기를 원했다. 발로가 이야기했다.

"당신들은 그 제안을 받아들였습니다. 나는 단 10퍼센트도 깎지 않을 것이오."

"하지만 의회가 이걸 거부하면 어떻게 할까요?"

대통령이 물었다.

"그렇다면 당신들이 여기 극지에 남아 그 문제를 스스로 해결하도록 노력해야겠지. 나는 얼간이들로부터 원하는 바를 얻을 것이고. 나처럼 빈틈없는 경영자는 타협을 필요로 하지 않는다오. 이 비뚤어진 얼간이 세상에 나는 단 한 명의 경쟁자도 없소이다."

의회는 논의를 유보하고 거수로 투표했다. 발로는 만장일치로 승리했다.

"당신들은 하마터면 나를 잃을 뻔했다는 사실을 모르고 있습니다."

그는 합동 의회의 첫 번째 공식 연설에서 이렇게 말했다.

"나는 물건 값이나 깎는 소년이 아닙니다. 내가 원하는 것을 얻거나, 아니면 다른 곳으로 가버리면 그만입니다. 내가 첫 번째로 원하는 것은 나를 위한, 모든 것이 화려한 새 궁전 설계를 보는 것입니다. 그리고 최고의 화가와 조각가들이 내 초상화와 동상 제작을 시작해야 합니다. 그동안 나는 내 스태프들을 소집하겠소."

그는 다음 회의가 열릴 때 알려주겠다며 극지 대통령과 의회를 해산시켰다.

일주일 후, 첫 번째 목표물인 북아메리카에서 프로그램이 시작되었다.

가비 여사는 저녁식사 후 식기세척기를 켜야 하는 시련에 앞서 쉬고 있었다. 물론 TV가 켜진 채 떠들고 있었다. 몸서리치도록 황홀한 장탄식의 "우후!"는 '향수 강도범죄인' 스팟 광고를 암시했다.

"아가씨들" 아나운서는 거칠게 말했다. "당신의 남자를 원하나? 그를 얻는 것은 쉽지. 금성으로 여행을 떠나는 만큼이나 쉽다고."

"엥?"

가비 여사는 갸우뚱했다.

"뭔 일이래?"

그녀의 남편이 선잠에서 깨어나 콧방귀를 뀌었다.

"당신 저거 들었어?"

"뭐?"

"저 사람이, 금성으로 여행가는 것만큼이나 쉽대."

"그래서?"

"글쎄, 나는 금성에 못 간다고 생각했는데 말이야. 로켓이라고는 달에 처박힌 것 하나밖에 없다고 생각했거든."

"아이구, 여자들이란 뉴스를 따라잡지 못한다니까."

가비 씨는 다시 소파에 파묻히면서 당연하게 말했다.

"오,"

부인은 불분명하게 이야기했다.

다음 날, '헨리의 다른 여주인'에는 이제 막 불쑥 나타난 새로운 등장인물이 있었다. 그는 버즈 렌트쇼라고, 금성을 오가는 로켓의 수석 파일럿이었다. '헨리의 다른 여주인', "당신과 이웃들, 서민적인 사람들,

평범한 사람들, 진짜 사람들에 관한 드라마!" 가비 부인은 버즈가 그녀의 막연한 신념을 뒤죽박죽으로 휘젓는 동안, 커피 냉각 컵을 든 채로 경이로움에 빠져 들고 있었다.

모나 : 자기, 다시 보게 되어서 너무 좋아!

버즈 : 내가 그 황량한 금성 비행에서 당신을 얼마나 그리워했는지 모를 거야.

배경음 : 베네치안 블라인드가 내려지고 문이 잠긴다.

모나 : 많이 지루했었어, 내 사랑?

버스 : 자기, 내 평범한 일에 대해서는 더 이상 이야기하지 마. 우리 자신에 대해 이야기해보자고.

배경음 : 침대 삐걱거리는 소리.

프로그램은 마침내 정상으로 복귀했다. 그날 저녁, 가비 부인은 남편이 금성행 로켓에 대해 확실하게 알고 있는지 다시 물어보려 했다. 하지만 그는 '믿고 견뎌라'에 빠져들어 졸고 있었다. 그래서 그녀는 화면을 보다가 그 문제에 대해 잊어버렸다.

그녀는 항상 매월 첫날 식기 세척기에 성실하게 채워 넣던 분말 세제 광고의 "25센트에 이거 사실래요?"라는 우스갯소리에 깔깔대며 웃었다. 아나운서는 극소량의 세제에서 발생한 커다란 비누거품을 보여주며 부끄러운 듯 덧붙였다.

"물론, '클리노'는 금성의 비누 뿌리처럼 당신이 뽑아주기만을 기다리고 있지는 않습니다. 하지만 이건 무척 싸고, 좋은 만큼 또 바로 가까이에 있지요. 저기 금성에서 살 만큼 충분히 운이 좋지 못한 우리 같은 평범한 사람들에게, '클리노' 는 진정한 세제라 할 수 있죠!"

그러고 나서 '클리노, 바로 그것' 이라는 합창이 흘러나왔다. 하지만 가비 부인은 그것을 듣지 않았다. 그녀는 단호한 여자였지만, 본인이 정말로 많이 아픈 게 아닌가 하는 의심이 들었다. 그녀는 남편을 걱정시키고 싶지 않았다. 다음 날 그녀는 조용히 심리학자와 약속을 잡았다.

대기실에서 그녀는 〈리더스 파블룸〉의 신간호를 뽑아 들었다가, 가슴이 뛰는 것을 느끼며 그것을 내려놓았다. 표지에 나온 기사 목록을 보니, 머리기사 제목이 '내가 만난 가장 기억할 만한 금성인' 이었다.

"프로이트(심리학자)께서 지금 보실 겁니다."

간호사가 전하자 가비 부인은 진료실로 비틀거리며 들어갔다.

그의 전통적인 안경과 구레나룻은 안정감을 주었다. 그녀는 절차 따위는 무시하고 말했다.

"프로이트, 저를 용서해주세요. 제가 신경증에 걸린 것 같아요."

그는 답가를 읊조렸다.

"우리 아가씨, 뭐가 문제인가요?"

"제 머리에 구멍이 뚫린 것 같아요."

그녀는 떨리는 목소리로 말했다.

"제가 모든 일들을 까먹고 있나 봐요. 모든 사람이 아는 듯한 일들을 저만 몰라요."

"글쎄요. 그런 일들은 누구에게나 가끔 일어납니다. 금성으로의 휴가를 권하고 싶군요."

프로이트는 입을 벌린 채로, 빈 의자를 응시했다. 간호사가 달려와 물었다.

"선생님, 그녀가 어떻게 달아났는지 보셨어요? 뭐가 문제죠?"

그는 사색적으로 안경과 구레나룻을 벗었다.

"나를 수색하려면 하시오. 나는 그녀가 금성으로 휴가를 떠나는 것이 좋겠다고 이야기했소."

그의 얼굴에 순간적으로 난처한 표정이 일었다. 그는 서랍을 뒤적여 4색의 풍부한 도판이 실린 학회지를 찾았다. 그날 아침에 배달된 것이었다. 그는 주로 그림들을 보기는 했지만 대충 읽어보았다. 그는 재빨리 책장을 넘겨 「휴양과 관련한 금성의 장점은 치료가 된다는 것이다」라는 논문을 찾았다.

"거기가 맞군."

그는 말했다. 간호사는 쳐다보며 맞장구를 쳤다.

"물론이죠, 왜 아니겠어요?"

정신 분석가는 결심했다.

"이러한 신경증 환자들의 문제는, 그들이 항상 현실과 싸운다는 점이야. 다음 환자."

그는 안경과 구레나룻을 다시 착용했고, 가비 부인과 그녀의 기이한 행동은 잊어버렸다.

"프로이트, 저를 용서해주세요. 제가 신경증이 있나 봐요."

"아가씨, 뭐가 문제인가요?"

다른 많은 정신 질환과 마찬가지로 가비 부인은 자가 치료를 통해 거의 완치되었다. 그녀는, 세상에 로켓이 단 하나뿐이고 그것이 실패했다는 미친 생각을 자신으로부터 엄격하게 쓸어내리도록 훈련했다. 마침내, 그녀는 움츠러들지 않고 어떤 대화에도 끼일 수 있었다. 은퇴 장소로서 금성이 얼마나 바람직한지, 그곳에는 얼마나 엄청난 꽃향기가 감도는지에 대해. 드디어, 그녀는 금성으로 갔다.

그녀의 모든 친구들은 '이브닝 스타 트래블 앤드 부동산 회사'에 예약하려고 노력했다. 하지만 당연히 수요가 넘쳐났다. 마침내 그녀는 2주 여름 크루즈에 자리를 얻었고, 자신이 운이 좋다고 생각했다. 우주선은 뉴멕시코 로스 알라모스라는 곳에서 출발했다. 그것은 텔레비전과 그림 잡지에 등장하는 모든 우주선과 매우 비슷했으나 예상했던 것보다 훨씬 안락했다.

가비 부인은 이륙 전에 모인 50여 명의 동료 탑승자들을 보고 기뻐했다. 그들은 전국 각지에서 왔으며, 분명히 머리 좋은 축이라는 인상을 받았다. 선장은 '리앙 어쩌구'라는 이름을 가진 키가 크고 매처럼 생긴 인상적인 사내였다. 그는 그들의 탑승을 환영했고, 그 여행이 좋은 추억거리가 될 거라는 믿음을 주었다. 그는 금성으로 가는 동안에 볼거리가 없음을 안타까워했다. 왜냐하면 '운석 시즌이라' 배기구를 닫아야 한다는 것이다. 실망스럽기는 하지만, 비행선에 운석이 맞을 확률은 없다고 안심시켰다.

이륙 시 예상했던 대로 잠깐의 불편감이 있었다. 그리고 나서 그들은 우주로 나가는 단조로운 이틀 동안, 카드나 주사위 놀이를 하며 라운지에서 시간을 보냈다. 착륙 시에는 통상적인 충돌이 있었다. 탑승객들은 사소한 질병에 면역이 되도록 알약을 지급받아 삼켰다.

알약이 효과를 발휘하자 자물쇠가 열렸다. 이제 금성은 그들의 것이었다.

그곳은 머리 위의 두꺼운 구름층만 제외한다면 지구의 열대 섬나라와 매우 닮아 있었다. 그러나 그것은 중독성의 매력을 가진, 이국적 별천지였다.

열흘의 휴가는 모호한 마술로 가득 찼다. 광고된 대로 비누 뿌리는 공짜였으며 거품투성이였다. 대부분 지구로부터 이식된 열대과일들은 즐거움을 주었다. 여행사가 제공한 소박한 쉼터는 시원한 낮과 밤에 더욱 잘 어울렸다.

여행객들은 진정 안타까운 마음으로 다시 비행선에 올라타, 이전보다 더 많은 알약을 삼켰다. 뜻하지 않게 지구로 전파시킬 수 있는 금성의 질환을 예방하고 살균하기 위해서였다.

휴가와 정치는 완전 다른 문제였다.

극지에서 한 작은 사내가 방음 사무실에 와 있었다. 그의 얼굴은 죽은 듯이 창백했고 몸은 곧은 의자에 늘어져 있었다.

미국 상원에서 의원 헐-멘도자(북 캘리포니아)가 이야기하고 있었다.

"대통령과 신사 여러분. 위험으로 가득 찬 이 위기 상황을 보고도 존엄한 의회의 주의를 이끌어내지 못한다면 의원으로서 저의 의무를 태만히 한 것입니다. 이 존엄한 의회 구성원들에게 잘 알려져 있듯, 우주 비행의 완수는 '위험으로 가득 찬'이라고 제가 표현할 수밖에 없는 상황을 야기했습니다. 대통령 각하와 신사 여러분, 쾌속의 아메리카 로켓이 현재 지구와 가까운 이웃 행성 사이에 있는 전인미답의 빈 우주 공간을 횡단하고 있습니다. 신사 여러분, 저는 금성, 여명의 별, 멋진 불카누스 왕관의 가장 빛나는 보석을 말하고 있습니다. 이제 저는 지나간 시대의 면밀한 사람들이 그랬던 것처럼, 애국적 시민의 전위대로 금성을 식민화하려면 어떤 조치들이 필요할지 조사할 것을 요구합니다.

대통령 각하와 신사 여러분. 이 세상에는 많은 나라들, 질투심 어린 나라들이 있습니다. 멕시코를 특별히 거명하지는 않겠습니다. 그들은 정당한 수단이든 혹은 비열한 방법이든 콜롬비아 수중에 있는 우주 자유의 햇불을 빼앗기 위해 싸우려고 할 것입니다. 그들의 낮은 생활수준과 선천적인 타락은 우리 훌륭한 공화국 시민들에 비해 부당한 유리함으로 작동하고 있습니다.

제 계획은 다음과 같습니다. 인구 10만 명 이상인 도시를 복권으로 추첨합시다. 그 운 좋은 도시의 시민들에게 자유롭고 깨끗한 금성의 선택된 부지를 제공하는 겁니다. 그들은 그것을 소유하고 후손들에게 전달합니다. 그리고 정부는 그 시민들에게 금성까지의 무료 교통편을 제공해야 합니다. 이 사업은 금성에서 분명한 우리의 권리를 보호하기에 충분할 만큼의 시민 전위대들이 도착할 때까지 도시에 도시를 이어 계속되어야 합니다.

반대도 있을 것입니다. 흠집을 내는 비판은 언제나 있기 마련이죠. 그들은 충분한 철강이 마련되지 않았다고 이야기할 것입니다. 그들은 이를 값싼 경품이라 부를지도 모릅니다. 저는 도시 하나의 인구를 금성으로 옮기는 데 필요한 만큼의 철제가 이미 충분하고, 그것만 있으면 된다고 말씀드리겠습니다. 두 번째 도시를 옮겨야 할 때가 오면, 필요한 철제를 위해 첫 번째 텅 빈 도시를 파괴하면 됩니다. 이것이 값싼 경품인가요? 네, 그렇습니다. 이것은 인류 역사상 가장 멋진 경품입니다. 대통령 각하와 신사 여러분. 낭비할 시간이 없습니다. 금성은 반드시 아메리카의 것이 되어야 합니다."

극지에서, 블랙-쿠퍼만은 눈을 뜨고 희미하게 말했다.
"스타일이 다소 고르지 않았습니다. 누군가 알아차렸을까요?"
"아니오. 잘했소."

발로는 그를 안심시켰다.

헐-멘도자의 법안이 통과되었다.

남극에 있는 선발 기계들은 밤낮 없이 바쁘게 돌아갔고, 피츠버그 제강소는 수백만의 강철판을 '이브닝 스타 트래블-앤 부동산 회사'의 로스 알라모스 우주기지로 토해냈다. 절차상의 이유로 이번에는 로스앤젤리스가 선택되었다. 가장 뛰어난 3인의 염력사가 워싱턴으로 파견되었다. 그들은 추첨에서 로스앤젤리스 캡슐이 눈가리개를 한 상원의원의 손가락으로 미끄러져 들어간 것을 확인하기 위해 군중 속으로 섞여 들어갔다.

로스앤젤리스는 이 아이디어를 사랑했다. 우주선의 숲이 사막 위에 피어나기 시작했다. 매우 좋은 우주선은 아니었으나, 우주선이 좋아야 할 필요도 없었다.

극지의 팀은 발로의 지시에 따라 편지 조작 작업을 했다. 가장 희미한 의심조차 일어나지 않도록 하기 위해서는 금성으로부터 오가는 편지들이 있어야 했다. 다행스럽게도, 발로는 과거 히틀러가 썼던 방법을 기억해냈다. 러블린이나 마즈다넥의 아궁이에서 불타버린 사람들의 친지들은 유쾌한 엽서를 계속해서 받았던 것이다.

로스앤젤리스 우주선은 엄청난 언론과 뉴스, 텔레비전 중계 속에서 예정에 따라 출발했다. 세계는 젖과 꿀이 흐르는 땅으로 애국적인 항해를 떠난 용맹스러운 앤젤리스 사람들에게 갈채를 보냈다. 우주선의 숲에는 굉음, 굉음이 울려 퍼졌으며, 별 문제 없이 우주선들은 시야에서 사라졌다. 운행 동안 속박되고, 적은 식량배급에 의존해야 한다는 사실에도 불구하고 수십억의 사람들은 앤젤리스 사람들을 부러워했다.

두 번째 캡슐로 뽑힌 샌프란시스코의 파괴자들은 자신들의 비행에 필요한 철강 고철을 확보하기 위해 즉각 천사의 도시로 몰려들었다. 헐-멘도자 상원의원의 지역구민들도 결코 덜하지 않았다.

멕시코 대통령은 최면을 통해, 성층권을 넘어서는 양키 제국주의의 이러한 확장에 경각심을 갖게 되었다. 그는 스스로 금성-식민지 프로그램에 착수했다.

이러한 현상은 바다 건너, 잉글랜드와 아일랜드 사이, 프랑스와 독일, 중국과 러시아, 인도와 인도네시아 사이에도 벌어졌다. 오래된 증오가 화염으로 번지면서 매일 수백 대의 로켓 우주선이 대기를 가로질렀다.

'친애하는 에드. 어떻게 지내요? 샘과 저는 잘 지내고 있어요. 오빠도 잘 지내길 바라요. 거기에는 사람들이 말하는 것처럼 음식이랑, 나무에 열리는 물건들이 훌륭한가요? 저는 어제 스프링필드까지 운전을 했어요. 모든 건물들이 무너지는 장면은 확실히 재미있어요. 물론 우리는 그곳에 윤활유 치는 사람들을 유지해야 하는데, 그럴 만한 가치가 있다고 생각해요. 금성에 있는 사람들과 문제는 없고요? 언젠가 저도 불러줘요. 사랑하는 여동생, 알마.'

'알마. 나는 잘 지내고 있단다. 너도 잘 지내길 바라. 여기는 날씨도 좋고 살기도 편한 좋은 곳이야. 의사가 오늘 나더러 10년은 젊어 보인다고 이야기했단다. 그는 여기 공기에 사람들을 젊게 유지하는 뭔가가 있다고 생각하지. 라틴 아메리카 인들과는 그다지 문제가 많은 것은 아니야. 그들은 스스로 틀어박혀 있어. 우리가 그들을 수적으로 압도한다는 점과 미국인들을 위해 최상의 장소를 이미 찜해놓았다는 문제가 있을 뿐이지. 너와 샘을 위해 저축하고 있는 아름답고 작은 섬이 사우스베이에 있단다. 담요 나무와 햄 관목 숲이 우거져 있지. 너와 샘을 곧 보고 싶

구나. 사랑하는 오빠, 에드.'

샘과 알마는 곧 길을 나섰다.

이주 인구가 절반을 넘어서면서 모든 국가들이 인구 문제에서 혜택을 받았다. 지구에 남은 외로운 이들은 낮은 인구 밀도가 주는 우수를 견딜 수 없었다. 그들은 일가친척 무리와 함께 살도록 적응되어 있었다. 그 시점을 지나자, 향후 이주자들에게 아주 누추한 최소한의 숙박을 부당하게 끼워 파는 것이 가능해졌다. 그들은 신경 쓰지 않았다.

블랙-쿠퍼만은 헐-멘도자 대통령에 대한 마지막 임무를 수행했다. 최면술의 천재가, 중요한 혹은 그렇지 않은 어떤 얼간이에게도 할 수 있는 마지막 임무.

헐-멘도자는 텅 비어버린 국가를 통치한다는 것에 놀라 공황에 빠졌고 그의 선거구민들에 합류했다. 미국의 국가 정부를 태운 '독립' 호는 모든 우주선 중 가장 정교한 것이었다. 훨씬 크고, 훨씬 안락했으며, 비록 몸은 속박되어 있지만 멋진 라운지와 상/하원의원들을 위한 의원 휴게실이 있었다. 그러나 다른 이들과 마찬가지로, 그것은 같은 장소로 갔다. 블랙-쿠퍼만은 '양심을 가지고는 살 수 없다'는 유서를 남기고 자살했다.

미국 대통령이 떠난 다음 날, 발로는 분노로 펄쩍 뛰었다. 특별하게 제작된 그의 책상 위로 인구 문제의 모든 고급 문서들이 흘러가는 것만 같았다. '인구 문제 항'이라고 지칭된 이런 일 — 이런 터무니없는 일 — 은 심지어 그가 흘끗 보기도 전에 집행 단계로 들어서는 것이 분명했다.

그는 자신의 통계학자인 로게-스미스를 호출했다. 로게-스미스는 건물 바닥 층에 있는 듯했다. 인구 문제 항은 그것이 무엇이든 거의 1차, 2차, 3차 미분계수처럼 보였다. 발로는 자신이 '평균'이라고 부르는 것보다 복잡한 모든 것에 대해서는 깊은 불신을 가지고 있었다. 로게-스미스가 문에 들어서기도 전에 발로는 매섭게 말했다.

"이게 무슨 뜻이야? 왜 나한테 의견을 구하지 않았지? 당신들, 얼마나 멀리 나간 거야? 왜 내가 승인하지도 않은 일들을 해온 거지?"

"각하, 번거롭게 해드리고 싶지 않았습니다. 그건 실질적으로 기술적인 문제였고, 최종 정화 같은 것이었습니다. 와서 한번 작업을 보시겠습니까?"

로게-스미스가 이야기했다. 발로는 화를 누그러뜨리면서 통계학자를 따라 복도를 내려갔다. 그는 투덜거렸다.

"내가 오케이하기 전까지는 여전히 앞서 나가지 말라고. 내가 없었다면 당신들이 도대체 어디 있었겠어?"

"맞습니다, 각하. 우리는 스스로 그것을 처리하지 못했을 겁니다. 우리 마음은 그런 방식으로 작동하지 않거든요. 당신이 히틀러로부터 배운 그 모든 것을, 우리는 떠올릴 수 없었을 겁니다. 불쌍한 블랙-쿠퍼만처럼."

그들은 약간의 오르막 경사로 끝에 있는 작은 크기의 기계 작업장에 도착했다. 추웠다. 로게-스미스는 단추를 눌러 모터를 가동시켰다. 지붕이 천천히 갈라지면서 극지의 빛이 홍수처럼 쏟아져 내렸다. 문이 열린 작은 우주선이 보였다.

로게-스미스가 발로의 팔꿈치를 잡고 데려가며 다른 부하들이 나타나는 동안 그는 멍하니 바라보았다. 스웬슨-스웬슨, 공학자. 쭈쭈기 무시-던칸, 추진체 담당자. 카브-프렌치, 홍보 담당자.

"각하, 안으로 들어가시죠. 이것이 인구 문제 항입니다."

쭈쭈기무시-던칸이 이야기했다.

"하지만 나는 세계 독재자라고!"

"물론입니다, 각하. 당신은 역사에 길이 남을 겁니다. 괜찮으시죠? 하지만 이건 필요한 것 같습니다."

문이 닫혔다. 가속도 때문에 발로는 금속 바닥에 가혹하게 부딪혔다. 뭔가가 부러졌고, 따뜻하며 축축한 무엇, 짠맛이 그의 입에서 턱으로 흘러내렸다. 배기구를 통해 들어오는 극지의 태양빛은 갑자기 강렬하게 그의 눈을 찌르는 바늘이 되었고, 그는 대기를 벗어났다.

가속하에서 뒤틀리고 부러진 상태로 누워, 발로는 깨달았다. 어떤 것들은 변하지 않는다는 것을. 사람들은 자기 대신 더러운 일을 하도록 잭 케치^{Jack Ketch}[26]에게 아무리 많은 돈을 주더라도, 결코 자신의 저녁 식사에 초대하지는 않는다는 것을. 살인은 탄로 나고 범죄는 단지 일시적으로만 수익이 된다는 것을.

그가 마지막으로 깨달은 것은, 죽음이 고통의 종말이라는 사실이었다.

◎ **26__** 17세기 영국의 악명 높은 교수형 집행자로, 정부가 뒷받침하는 잔학 행위와 동의어로 쓰임.

기념할 만한 계절

Henry Kuttner and C.L. Moore
(as Lawrence O'Donnell)

Vintage Season

헨리 커트너
C.L. 무어 지음

김지원 옮김

완벽한 5월의 새벽에 세 사람이 오래된 맨션으로 걸어오고 있었다. 잠옷 차림의 올리버 윌슨은 위층 창문으로 그들을 보며 상반된 기분을 느꼈다. 가장 강렬한 것은 분노였다. 그는 그들이 여기 있는 게 싫었다.

그들은 이방인이었다. 그들에 대해 아는 건 그것뿐이었다. 그들은 샌시스코라는 이상한 성을 갖고 있었고, 임대 서류에 써놓은 바에 따르면 이름은 오메리, 클레프, 클리아였다. 하지만 지금 그들을 바라보고 있자니 서명만으로 누가 누군지 구분하는 건 불가능했다. 심지어 남자인지 여자인지조차 알 수 없었다. 그는 좀 덜 세계화된 사람들을 기대했었다.

그들이 택시 기사를 따라 길을 걸어오는 것을 보자 올리버의 심장이 내려앉았다. 그는 달갑지 않은 세입자들이 좀 더 초라하기를 바랐었다. 그들을 쫓아낼 생각이었기 때문이다. 하지만 지금 보니 그건 별로 가능할 것 같지 않았다.

남자가 가장 앞서 걸었다. 키가 크고 가무잡잡한 남자는 옷을 잘 차려입고 모든 면에서 완벽한 자신감에서 나오는 오만한 확신을 뿜어냈다. 그의 뒤를 따라오는 두 여자들은 웃고 있었다. 그들의 목소리는 가볍고 사랑스러웠으며 각각 이국적인 방식으로 아름다웠으나 올리버가 그들을 보고 가장 먼저 생각한 건 이거였다. 부자로군!

흠 하나 없는 그들의 훌륭한 옷차림 구석구석에서 풍겨나는 고상한 완벽함 때문이 아니었다. 그들에게는 부 그 자체의 독특함이 사라질 정도의 부유함이 있었다. 올리버는 드물지만 변덕에 따라 자신들의 고급 구두 아래서 지구도 뒤집힐 수 있다고 믿을 만큼 자신만만한 사람들을 전에도 본 적이 있었다.

하지만 이 경우에는 약간 의아한 구석도 있었다. 보도를 따라 걸어오는 세 사람이 당당하게 입고 있는 아름다운 옷이 그들에게 익숙하지 않은 듯한 느낌이 들었기 때문이다. 그들이 움직이는 방식은 마치 잘 차려입은 여자들처럼 묘하게 빼기는 투였다. 그들은 섬세한 하이힐로 조심조심 걸으며 팔을 뻗어 소매 재단선을 보고, 종종 옷이 이상하게 느껴지는 것처럼 옷을 비틀거나 안쪽을 살피곤 했다. 마치 전혀 다른 것을 입고 살았던 것처럼.

게다가 올리버조차 대단히 이상하다고 생각할 만큼 그들의 옷차림에는 우아한 구석이 있었다. 계속해서 완벽하게 보이도록 시간과 필름을 멈추고 흐트러진 옷차림을 구석구석 바로잡을 수 있는 스크린의 여배우들만이 저렇게 우아한 옷차림을 유지할 수 있을 것이다. 하지만 이 여자들은 마음대로 움직이고 있는데도 옷이 동작을 따라 적절히 구겨졌다가 다시 완벽하게 제자리로 돌아갔다. 어떤 사람은 그 옷들이 평범한 천으로 만들어진 게 아니라거나, 대단히 솜씨 좋은 재단사가 구석구석 기술적으로 시접을 숨겨놓는 등 어떤 치밀한 계획에 따라 재단된 거라고 의심할 수도 있을 것이다.

그들은 흥분한 것 같았다. 높고 명료하고 대단히 기분 좋은 목소리로 이야기를 하며, 아직 새벽이라 분홍기가 다 가시진 않았지만 완벽하게 파랗고 투명한 하늘을 올려다보았다. 그들은 반투명한 초록색과 새로 돋은 금빛 섞인 이파리에, 새순이 돋은 끄트머리가 뭉툭한 가지를 달고 있는 잔디밭의 나무들을 쳐다보았다.

행복하고 흥분에 찬 목소리로 그들은 남자를 불렀는데, 대답하는 남자의 목소리 역시 그들의 운율과 완벽하게 섞여서 마치 세 사람이 합창하는 느낌이었다. 그들의 목소리는 그들의 옷차림처럼 평범한 수준을 훨씬 넘어서는 우아함을 지니고 있었고, 올리버 윌슨이 오늘 아침까지는 상상도 해보지 못했던 방식으로 절제되어 있었다.

택시 기사가 가죽은 분명히 아닌 듯한 옅은 색으로 된 아름다운 가방을 가져왔다. 가방의 곡선은 대단히 미묘해서 사각형처럼 보이기는 하지만, 두세 개를 한꺼번에 들고 날라도 완벽하게 한 덩어리처럼 이상하게 균형이 맞았다. 겉면은 많이 쓴 것처럼 닳아 있었다. 게다가 가방이 상당히 큰데도 택시 기사는 별로 무거워하는 것 같지 않았다. 올리버는 가끔 그가 가방을 내려다보고 의심스럽게 무게를 가늠하는 것을 보았다.

여자 한 명은 굉장히 새카만 머리에 크림 같은 피부, 흐린 파란 눈에 속눈썹 무게 때문에 무거워 보이는 눈꺼풀을 갖고 있었다. 올리버의 눈길을 끈 것은 걸어오는 또 다른 여자였다. 그녀의 머리카락은 선명한 옅은 빨강이었고 얼굴은 만지면 벨벳처럼 부드럽게 느껴질 것 같았다. 피부는 머리카락보다 약간 짙은 호박색으로 태운 상태였다.

현관에 도착하자 피부가 하얀 여자가 고개를 들고 위를 바라보았다. 똑바로 눈이 마주치자 올리버는 그녀의 선명한 파란색 눈에 약간 즐거워하는 빛이 담겨 있음을 깨달았다. 마치 그가 거기 있다는 걸 계속 알고 있었던 것처럼. 그리고 솔직히 그들에게 매료되었다는 것까지도 아는 것처럼.

조금 어질어질한 기분으로 올리버는 황급히 옷을 갈아입으러 방으로 향했다.

"우린 휴가를 맞아 여기 온 겁니다."

가무잡잡한 남자가 열쇠를 받아 들며 말했다.

"편지에서 확실하게 말했지만, 방해받고 싶지 않습니다. 우리가 쓸 요리사와 가정부는 고용을 해주셨겠지요? 당신 물건들을 얼른 집에서 내가고 나면 우리는⋯⋯."

"잠깐만요."

올리버가 불편하게 말했다.

"할 말이 있는데요. 난⋯⋯."

그는 어떻게 표현해야 될지 알 수 없어서 머뭇거렸다. 이 사람들은 정말 이상했다. 심지어 그들의 말투조차도 이상했다. 그들은 단어를 하나도 축약해서 얼버무리지 않고 또렷하게 발음했다. 영어가 그들에게 모국어처럼 친숙한 건 분명했지만, 완벽한 호흡이나 억양 등이 꼭 전문적으로 훈련받은 가수가 노래하는 것 같았다. 게다가 남자와 올리버의 사이에 마치 인간이 넘을 수 없는 아주 깊은 경계라도 있는 것처럼 그의 목소리는 차가웠다. 올리버가 말했다.

"그러니까 말입니다. 여러분이 동네의 다른 곳에서 머물렀으면 좋겠다는 겁니다. 길 건너편에 다른 집이 있는데……."

가무잡잡한 여자가 다소 겁에 질린 목소리로 "오, 싫어!"라고 말했고, 세 사람이 웃음을 터뜨렸다. 올리버를 소외시키는 냉정하고 거리감 있는 웃음이었다.

가무잡잡한 남자가 말했다.

"우린 세심하게 이 집을 골랐습니다, 윌슨 씨. 다른 곳에 머물 생각은 없습니다."

올리버가 필사적으로 말했다.

"그래야 할 이유를 모르겠군요. 여긴 현대적인 집도 아니에요. 나한테 훨씬 나은 상태의 집이 두 채 더 있어요. 길만 건너가도 도시 전경이 훨씬 잘 보인다구요. 여기엔 아무것도 없어요. 다른 집들 때문에 전경도 잘 안 보이고……."

"우리는 여기에 방을 잡았습니다, 윌슨 씨. 그 방을 쓰고 싶습니다. 이제 가능한 한 빨리 준비를 해서 여기서 나가주시겠습니까?"

남자가 단호하게 말했다. 올리버는 고집스러운 얼굴로 대답했다.

"싫습니다. 그건 임대 계약에 없어요. 돈을 냈으니까 다음 달까지 당신들이 여기 머물 수는 있겠지만, 날 쫓아내진 못해요. 난 여기 머물 겁니다."

남자가 뭔가 말하려는 듯 입을 열고 차갑게 올리버를 쳐다보다가 도로 입을 다물었다. 그들의 싸늘한 무심함이 느껴졌다. 잠시 침묵이 흐르다가 남자가 말했다.

"그러시지요. 하지만 우리 일을 방해하지는 말아주시기를 부탁드리겠습니다."

그가 올리버의 동기에 대해 캐묻지 않는다는 것도 좀 이상했다. 올리버는 남자에게 설명해야 할지 아직 확신이 없었다. 그렇다고 '임대 계약에 서명한 이후에 난 5월 말 이전에 집을 팔면 집 가격의 세 배를 주겠다는 제안을 받았던 말입니다'라고 말할 수는 없는 노릇이었다. '난 돈이 필요하고, 당신네들이 기꺼이 여기서 나가도록 온갖 귀찮은 짓을 다 할 겁니다'라는 말도 할 수 없었다. 어쨌든 그들이 나가지 못할 이유는 전혀 없었으니까. 그들을 보고 나니 더더욱 그럴 이유가 없다는 걸 알 수 있었다. 그들은 이렇게 낡아빠지고 오래된 집보다 훨씬 나은 환경에 익숙한 게 분명했으니 말이다.

이 집의 가치가 이렇게 갑자기 높아졌다는 건 굉장히 의아한 일이었다. 신분을 알 수 없는 두 집단이 5월 한 달 동안 이 집을 갖고 싶어서 이렇게까지 안달해야 할 이유가 전혀 없었다.

침묵 속에서 올리버는 세입자들에게 집 위층의 전면부에 있는 커다란 침실 세 개를 보여주었다. 빨간 머리 여자가 강하게 주의를 끌었는데, 은밀하면서도 상당히 열렬하게 호기심을 드러내고 그를 바라보는 방식이라든지 호기심 아래 깔린, 그가 뭐라고 해석할 수 없는 묘한 분위기 때문이었다. 그것은 친숙하면서도 정확히 알 수 없는 것이었다. 그 알 수 없는 태도를 파악해 이름을 붙이기 위해서라도 그녀와 단둘이 이야기할 수 있으면 얼마나 좋을까 하는 생각이 들었다.

일을 마친 후 그는 전화기 앞으로 가서 약혼녀에게 전화를 걸었다. 전화선을 타고 들리는 수의 목소리는 흥분으로 조금 날카로웠다.

"올리버, 이렇게 이른 시간에 어쩐 일이에요? 아직 6시도 안 됐는데. 내가 말한 거 그 사람들에게 말했어요? 나간대요?"

"아직 못 했어. 안 나갈 것 같아. 어쨌든 수, 내가 그 사람들 돈을 받았다는 거 알잖아."

"올리버, 그 사람들을 내보내야 돼요! 뭔가 해봐요!"

"노력하고 있어, 수. 하지만 마음에 안 들어."

"음, 그 사람들이 다른 데 머물면 안 될 이유도 없잖아요. 그리고 우리한텐 그 돈이 필요해요. 생각을 잘 해봐요, 올리버."

올리버는 전화기 위에 있는 거울에 비친 자신의 걱정스러운 눈을 보고 인상을 찌푸렸다. 밀짚색 머리카락은 뭉쳐 있고 상냥하고 가무잡잡한 얼굴에는 수염이 돋아 있었다. 이런 흐트러진 상태로 빨간 머리 여자를 처음 만났다는 사실이 유감스러웠다. 하지만 수의 단호한 목소리에 양심이 솟구치자 그는 재빨리 대답했다.

"노력할게, 달링. 정말 노력할게. 하지만 그 사람들 돈을 이미 받았다고."

고물가 고임금의 해라는 걸 고려해도 그들은 사실 그 방의 가치보다 훨씬 더 많은 돈을 지불했다. 이 나라는 나중에 즐거운 40년대와 황금의 60년대라고 불리는 풍요로운 시절로 막 들어서고 있었다 ─ 전국적으로 행복이 넘치는 기분 좋은 시절이었다. 살아 있는 게 기쁜 시기였다 ─ 이 분위기가 지속될 동안은.

"알았어. 최선을 다할게."

올리버가 포기조로 말했다.

하지만 양심상 며칠이 지나도록 그는 최선을 다할 수 없었다. 이유는 여러 가지였다. 세입자들에게 소란을 피운다는 아이디어부터가 올리버의 생각이 아니라 수의 생각이었다. 올리버가 조금만 더 마음이 약했어도 모든 일이 이런 식으로 흘러가지는 않았을 것이다. 논리적으로는 수의 말이 옳았지만…….

무엇보다도 세입자들은 굉장히 매력적이었다. 그들이 하는 말이나 행동 모두가 묘하게 뒤집힌 구석이 있었다. 마치 평범한 삶을 거울에 비 췄는데 정상과는 달리 이상하게 보이는 것 같은 느낌이었다. 그들의 사 고는 올리버 자신과는 뭔가 다른 사상을 기반으로 움직이는 것 같았다. 그들은 전혀 재미있지 않은 것에서 은밀한 즐거움을 찾아냈다. 그들은 돈을 잘 썼고, 차가운 초연함을 가진 거리감 있는 사람들이었으며 올리 버로서는 불편하리만큼 자주 알 수 없는 이유로 웃어댔다.

그는 종종 그들이 방을 드나드는 것을 볼 수 있었다. 그들은 정중하 고 거리감이 있었으며 그가 여기 남아 있는 것에 대해 화가 났다기보다 는 그저 무관심해 보였다.

거의 하루 종일 그들은 집 바깥에서 시간을 보냈다. 완벽한 5월의 날씨가 이어졌고 그들은 진심으로 날씨에 푹 빠졌다. 비가 오거나 갑자 기 추워져서 따뜻한 금빛 햇살과 향기로운 공기가 사라질 거라고는 전 혀 생각하지 않는 자신만만한 모습이었다. 그들이 너무나 확신에 차 있 어서 올리버가 다 불안해질 정도였다.

그들은 집에서 딱 한 끼, 늦은 저녁식사만 했다. 식사에 대한 그들 의 반응은 종잡을 수 없었다. 어떤 음식을 보고는 웃음을 터뜨렸고, 어 떤 걸 보고는 미묘하게 혐오감을 드러냈다. 예를 들어 아무도 샐러드는 건드리지 않았다. 그리고 생선을 보면 식탁 주변의 모든 사람들이 대단 히 당황했다.

그들은 저녁식사 때마다 옷을 차려입었다. 남자의 이름은 오메리였 는데 그는 저녁식사용 성장을 하면 대단히 멋있었다. 하지만 성격이 좀 부루퉁했고, 올리버는 여자들이 그가 검은색만 입어야 한다는 사실에 웃어대는 걸 두 번이나 들었다. 올리버는 갑자기 아무 이유 없이 그 남자가 여자들처럼 밝은 색에 잘 재단된 옷을 입은 것을 상상해보고는, 어쩐지 그 남자에게 딱 맞을 것 같다는 확신을 느꼈다. 심지어 금사로 짠 옷이 그에겐 훨씬 정상적으로 느껴질 만큼, 오메리는 화려한 문양의 검은색 옷도 종종 입었다.

다른 식사시간에 집 안에 있을 때면 그들은 각자의 방에서 식사했다. 그들이 온 어딘지 모를 곳에서 굉장히 많은 음식을 공수해온 모양이었다. 올리버는 도대체 그들이 어디에서 온 걸까 점점 더 궁금해졌다. 가끔 이상한 시간에 그들의 닫힌 문 너머에서 흘러나오는 맛있는 냄새가 거실에 떠다니곤 했다. 뭔지는 알 수 없었지만 저항할 수 없을 정도로 맛있는 냄새였다. 때로는 음식 냄새가 끔찍할 정도로 나빠서 구역질이 날 것 같기도 했다. 향락을 즐기기 위해서는 전문가가 될 필요가 있다고 올리버는 생각했다. 그리고 이 사람들은 분명히 전문가였다.

왜 그들이 이런 무너지기 직전의 낡고 커다란 집에서 만족스럽게 지내고 있는지 밤잠을 설칠 정도로 궁금했다. 그들의 방에서는 가끔 굉장히 매혹적인 광경이 보이곤 했지만, 순간적으로 본 거라 뭔지 명확하게 파악하기도 전에 장면이 완전히 바뀌어버리곤 했다. 처음 그들을 본 순간 느꼈던 부유한 분위기는 그들이 함께 가져온 사치스러운 벽걸이나 슬쩍 본 장신구들, 벽의 그림, 심지어 반쯤 열린 문 사이로 감도는 이국적인 향수 냄새에서 더욱 확실해졌다.

복도에서 여자들이 그를 스쳐 지나갈 때도 있었다. 그럴 때면 흐릿한 불빛 아래로 기괴할 정도로 몸에 꼭 맞고 대단히 사치스러운데다 선명한 색깔의 드레스를 입고 부드럽게 움직이는 그들의 모습이 비현실적으로 보였다. 세상이 무릎 꿇을 정도로 자신만만하게 그들은 오만하고 거리감 있는 태도를 견지했으나 올리버는 빨간 머리에 부드럽고 가무잡잡한 피부를 가진 여자의 파란 눈에서 호기심이 번뜩이는 것을 한두 번 이상 본 것 같다는 생각이 들었다. 그녀는 어둑한 복도에서 그에게 미소를 짓고 희미한 향수 냄새와 대단히 사치스러운 분위기를 흘리며 지나 갔다. 그녀가 사라진 후에도 그 미소의 온기는 계속 남았다.

그는 그녀가 이런 무관심한 태도를 계속 유지할 생각이 없다는 걸 알았다. 처음부터 그것만은 확신했다. 때가 되면 그녀는 그와 단둘이 있게 될 기회를 만들 것이다. 그 생각은 혼란스러우면서도 굉장히 흥분되었다. 그가 할 수 있는 일은 그녀가 내킬 때 그를 만나러 올 거라는 것을 명심하고 기다리는 것밖에 없었다.

사흘째 날 그는 멀리 강 너머로 넓은 도심이 내려다보이는 시내의 작은 레스토랑에서 수와 점심을 먹었다. 수는 반짝이는 갈색 머리에 갈색 눈을 가졌고, 턱은 완벽한 미인형이라기에는 조금 튀어나온 편이었다. 어린 시절부터 수는 자신이 원하는 것과 그것을 얻을 방법을 알고 있었으며, 올리버가 보기에 지금은 이 집을 파는 걸 가장 원하고 있는 것 같았다.

"오래된 무덤치고 대단히 훌륭한 제안이라구요."

그녀가 난폭하게 손짓하며 말했다.

"이런 기회는 다시는 오지 않을 거예요. 가격이 정말 높은데다가 우리가 살림을 시작하려면 돈이 필요해요. 뭔가 해보라구요, 올리버!"

"노력하고 있다니까."

올리버가 불편하게 그녀에게 대답했다.

"그 집을 사겠다던 정신 나간 여자한테 또 소식 들은 거 있어요?"

올리버는 고개를 저었다.

"어제 그 여자 변호사가 전화했는데, 새로운 건 없어. 그 여자가 누구일지 궁금해."

"변호사도 아마 모를걸요. 이 모든 미스터리라니, 정말 마음에 들지 않아요, 올리버. 그 샌시스코 사람들도 말이죠. 오늘 그 사람들은 뭘 했어요?"

올리버가 웃었다.

"오늘 아침에 한 시간 정도 극장마다 전화해서 자기네들이 일부만 보고 싶은 3등급 영화들을 왕창 확인하고 있던데."

"일부만요? 왜요?"

"나도 몰라. 내 생각엔…… 오, 아니야. 커피 더 마실래?"

사실 그는 이유를 알 것 같았다. 수에게 말할 만큼 확실한 것도 아니고, 수는 그 샌시스코 사람들의 기묘한 면을 잘 모르니 올리버가 정신이 나갔다고 생각할 게 분명했다. 하지만 그들의 대화에서 그는 그 영화들 모두에 그들이 감탄에 가깝게 이야기하는 특정한 배우가 나온다는 사실을 알아냈다. 그들은 그 배우를 골콘다라고 불렀다. 이름은 아니었으므로 올리버로서는 그들이 그렇게 존경하는 엑스트라 배우가 누군지 알 길이 없었다. 골콘다는 그가 연기했던 캐릭터 이름일 수도 있겠지만—샌시스코의 말로 보자면 굉장한 연기력이었던 모양이다—올리버는 전혀 모르는 인물이었다.

"그 사람들은 웃기는 행동을 해."

그가 생각에 잠겨 커피를 저으며 말했다.

"어제 오메리가, 그 사람이 한 명 있는 남자인데, 5년 전에 출간된

시집을 들고 와서는 마치 셰익스피어 초판처럼 다루는 거야. 난 저자를 들어본 적도 없는데, 그 사람이 온 나라가 어디든 간에 거기선 신과 동급쯤 되나봐."

"당신 아직도 몰라요? 그 사람들이 힌트라도 말 안 해요?"

"우린 별로 이야기를 안 하거든."

올리버가 그녀에게 살짝 빈정거렸다.

"알아요, 하지만…… 오, 음, 별 상관없겠죠. 계속 얘기해요. 그 사람들이 또 뭘 했어요?"

"음, 오늘 아침엔 '골콘다'와 그의 위대한 작품에 대해 연구하며 시간을 보낼 예정이었고, 오후에는 내가 들어본 적 없는 무슨 사당을 보러 강 상류 쪽으로 갈 건가 봐. 어딘지는 모르지만 그리 멀지는 않은 것 같아. 저녁식사 때까지 돌아온다고 했거든. 무슨 위대한 사람이 태어난 곳이래. 살 만한 게 있으면 집에 가져갈 선물을 사 가겠다고 약속했나 봐. 그 사람들은 전형적인 관광객이야, 정말로…… 이 모든 일 뒤에 뭐가 있는지만 파악할 수 있다면. 도대체 말이 안 돼."

"그 집에 관해 말이 되는 건 아무것도 없어요. 내가 바라는 건……."

그녀가 토라진 어조로 말을 이었으나 올리버의 귀에는 갑자기 그녀의 말이 들리지 않았다. 바로 문 밖에 하이힐을 신고 당당하고 우아하게 걷는, 눈에 익은 사람이 지나갔기 때문이었다. 얼굴은 보이지 않았지만 그 자세, 풍만한 몸매와 동작만은 세상 어느 곳에서도 알아볼 수 있을 것 같았다.

"잠깐만 실례할게."

그는 수에게 중얼거리고는 그녀가 대답도 하기 전에 일어났다. 대여섯 걸음 만에 그는 문을 나왔고 아름답고 우아한 행인은 그보다 몇 걸음 앞에서 걸어가고 있었다. 하려던 말을 벌써 반이나 웅얼거리고 있다가 그는 갑자기 입을 다물고 멍하니 쳐다보기만 했다.

그 빨간 머리 여자가 아니었다. 친구인 까만 머리도 아니었다. 그냥 낯선 사람이었다. 사랑스럽고 당당한 존재가 사람들 사이로 걸어가 사라질 때까지 그는 말없이 쳐다보기만 했다. 익숙한 자세와 오만한 태도, 그리고 샌시스코 여자들이 늘 그렇듯이 그녀가 입고 있는 아름답고 독특하고 꼭 맞는 옷이 이국의 의상이기라도 한 것처럼 이상해 보이는 것도 익숙했다. 길거리의 다른 모든 여자들은 그 여자에 비하면 순식간에 난삽하고 혈색 없어 보였다. 여왕처럼 걸으며 그녀는 사람들 사이에 섞여 사라졌다.

그녀도 그들의 나라에서 온 거야, 올리버는 멍하니 스스로에게 말했다. 그러니까 이 완벽하게 날씨 좋은 5월에 다른 누군가의 집에도 신비한 세입자가 있는 것이다. 다른 누군가도 이름 모를 나라에서 온 세입자들의 기묘함에 오늘도 소득 없이 고민만 하고 있으리라.

말없이 그는 수에게로 돌아갔다.

어두침침한 위층 복도에서 문은 초대하듯이 살짝 열려 있었다. 문으로 다가가는 올리버의 걸음이 느려졌다. 심장이 점점 빨리 뛰었다. 그 빨간 머리 여자의 방이었다. 그는 문이 우연히 열린 게 아닐 거라고 생각했다. 이제는 그녀의 이름도 알고 있었다. 클레프였다.

문 경첩이 삐걱 소리를 내자 안에서 달콤한 목소리가 나른하게 들렸다.

"안으로 들어올래요?"

방은 완전히 달라 보였다. 커다란 침대는 벽 쪽으로 밀려 있고 그 위를 덮고 바닥까지 닿는 커버는 부드러운 모피 같았다. 옅은 청록색에 모든 털에 보이지 않는 크리스털이라도 붙인 것처럼 반짝거린다는 것만 제외하면. 세 권의 책이 모피 위에 펼쳐져 있었고 약간 반짝이는 재질에 첫눈에도 3차원적으로 보이는 사진이 실려 있는, 굉장히 흥미로워 보이는 잡지 한 권이 놓여 있었다. 작은 도자기 파이프는 도자기 꽃으로 가득하고 그릇에서는 가느다란 연기 같은 게 피어올랐다.

침대 위쪽에는 커다란 사진이 걸려 있고 꼭 파란 물 같은 사각형 틀로 장식되어 있었다. 대단히 사실적이라 올리버는 왼쪽에서 오른쪽으로 물결이 일어나지 않는지 두 번이나 확인해보았다. 실은 창문에서 들어오는 빛이 사각형을 옆쪽으로 살짝 휘어져 보이게 만드는 것이었다.

중앙 창문 아래에는 올리버가 전에 본 적 없는 긴 의자가 놓여 있었다. 최소한 일부분은 공기를 불어넣는 방식이라, 짐 안에 넣어왔을 거라고 추측하는 수밖에 없었다. 호화로운 퀼트 천이 의자를 덮어 가리고 있었으며 천 위에는 온통 반짝이는 금속 무늬가 세공되어 있었다.

클레프가 문에서 천천히 움직여 만족스러운 작은 한숨을 쉬며 긴 의자에 앉았다. 의자는 대단히 편안할 것 같은 모양으로 그녀의 몸에 맞게 변했다. 그녀는 살짝 자세를 바꾼 다음 올리버를 향해 미소를 지었다.

"이리 들어오세요. 거기 창문이 보이는 곳에 앉으세요. 당신네 아름다운 봄 날씨가 마음에 들어요. 문명기 이래로 이런 5월은 한 번도 없었답니다."

그녀가 상당히 진지하게 말했다. 그녀의 파란 눈이 올리버와 마주쳤다. 그녀의 목소리는 마치 날씨가 그녀를 위해 특별히 좋아진 것인 양살짝 생색 내는 투였다.

올리버는 방 맞은편으로 가다가 멈춰서 놀란 눈으로 뭔가 불안정하게 느껴지는 바닥을 내려다보았다. 지금까지 그는 카펫이 순백색에 얼룩 하나 없고 발의 압력으로 2.5센티미터 가까이 움푹 눌린다는 것을 알아채지 못했었다. 그는 클레프가 맨발, 아니 거의 맨발이라는 것을 그제야 깨달았다. 그녀는 발에 딱 맞는 얇은 그물망으로 된 섬세한 반장화 같은 것을 신고 있었다. 드러난 발바닥은 연지를 바른 듯 분홍색이었고 손톱은 작은 거울처럼 투명하게 반짝였다. 그는 좀 더 가까이 다가가서 그 손톱들이 표면이 반사되도록 래커 같은 걸 바른 진짜 작은 거울이라는 사실을 발견하고도 생각만큼 놀라지 않았다.

"앉으세요."

클레프가 다시 하얀 소매의 팔을 창가 의자 쪽으로 흔들며 말했다. 그녀는 짧고 부드럽고 느슨하게 재단되었으나 그녀의 모든 동작에 완벽하게 따라주는 옷을 입고 있었다. 그리고 오늘 그녀의 모습에는 신기하게도 뭔가 다른 곳이 있었다. 올리버가 외출용 옷차림의 그녀를 보았을 때는 넓은 어깨에 모든 여자들이 갈구하는 날씬한 상체를 갖고 있었는데 여기 편한 옷을 입고 있는 그녀는, 음, 뭔가 달랐다. 오늘 그녀의 어깨는 마치 백조 같은 곡선을 이루었고 그녀의 몸은 뭔가 낯설면서도 대단히 매력적으로 둥글고 부드러워 보였다.

"차 좀 드시겠어요?"

클레프가 묻고는 매력적으로 웃었다.

그녀의 옆에 놓인 낮은 테이블에 쟁반과 여러 개의 덮개 씌운 컵, 장미석영처럼 안쪽이 빛나고 투명한 면이 여러 개 겹쳐진 것처럼 색깔이 진하게 빛나는 귀여운 물건들이 놓여 있었다. 그녀가 컵 하나를 받침도 없이 들어서 올리버에게 내밀었다.

그의 손에 들린 컵은 약하고 종이처럼 얇게 느껴졌다. 컵의 뚜껑 때문에 내용물은 보이지 않았는데, 뚜껑은 원래 컵과 일체인 것 같았고 테두리에는 좁은 초승달 모양의 주둥이만 있었다. 주둥이에서 김이 피어 올랐다.

클레프가 자신의 컵을 들어 입술에 대고 기울이며 테두리 너머로 올리버를 보고 미소 지었다. 그녀는 굉장히 아름다웠다. 엷은 빨간색 머리카락을 머리 위에 반짝이는 고리 모양으로 올려 이마 위로 후광처럼 빛나는 둥근 머리 타래가 화환처럼 머리에 얹혀 있었다. 모든 머리카락들은 한 올 한 올 붙인 것처럼 완벽한 모양을 유지하고 있었지만 창문으로 들어온 산들바람에 반짝이는 머리카락이 가끔씩 부드럽게 흔들렸다.

올리버는 차를 마시려고 노력했다. 향기가 독특하고 대단히 뜨거웠으며 꽃향기처럼 혀에 맛이 오래 감돌았다. 굉장히 여성적인 음료였다. 그는 다시 마셔보고는 그 맛이 굉장히 마음에 든다는 사실에 깜짝 놀랐다.

마실수록 꽃향기가 점점 강해지고 연기처럼 머릿속을 맴도는 느낌이었다. 세 모금째 마시고 나니 귀가 낮게 웅웅 울렸다. 꽃 사이의 벌들인가, 그는 몽롱하게 생각하며 다시 마셨다.

클레프가 그를 바라보며 미소를 지었다.

"다른 사람들은 오후 내내 나가 있을 거예요."

그녀가 올리버에게 편안하게 말했다.

"그래서 우리가 즐거운 시간을 보낼 수 있을 거라고 생각했어요."

올리버는 자신의 대답을 듣고 덜컥 겁을 먹었다.

"왜 그런 식으로 말하죠?"

그는 질문할 생각이 전혀 없었다. 입을 단속하는 자제력이 어째서

인지 해이해진 모양이었다.

클레프의 미소가 커졌다. 그녀가 컵을 입술에 대고 너그러운 어조로 말했다.

" '그런 식' 이라는 게 무슨 뜻인가요?"

그는 멍하니 손을 흔들다가 얼굴 앞을 지나가는 손의 손가락이 예닐곱 개쯤 되어 보인다는 사실에 조금 놀랐다.

"잘 모르겠어요…… 정확하달까. 예를 들어 왜 '안 한다'가 아니라 '아니 한다' 라고 말하는 거죠?"

클레프가 설명했다.

"우리나라에서는 정확하게 말하도록 훈련받아요. 정확하게 걷고 옷을 입고 생각하도록 훈련받는 것처럼요. 어린 시절에 모든 나태한 행동을 없애도록 교육받지요. 당신에게는 물론……."

그녀는 정중했다.

"당신에게는 국가적인 규모로 이런 일이 일어나지 않겠지요. 우리에게는 잘 맞는 규정이에요. 우리는 정확한 것을 좋아해요."

그녀의 목소리는 말을 하면 할수록 점점 더 달콤해져서 이제는 올리버의 머릿속에 든 달콤한 꽃향기와 섬세한 차의 맛과 구분이 되지 않을 지경이었다.

"당신은 어느 나라에서 왔죠?"

그는 다시금 차를 마시려고 컵을 기울였다가 차가 줄어들지 않는 것 같다는 사실에 약간 놀랐다.

클레프의 미소는 이번에는 확실히 선심 쓰는 투였다. 그렇다고 짜증이 나지는 않았다. 지금은 어떤 일에도 짜증 나지 않을 것 같았다. 방전체가 꽃처럼 향기롭고 아름다운 장밋빛으로 빙글빙글 돌았다.

"그 이야기는 해서는 아니 되어요, 월슨 씨."

"하지만……."

올리버가 머뭇거렸다. 어쨌든 그건 물론 그가 상관할 일이 아니었다. 그가 멍하니 물었다.

"휴가인가요?"

"순례여행이라고 불러야 할 거예요."

"순례여행?"

갑자기 확 관심이 생겨서 순간적으로 올리버의 머리는 날카롭게 초점이 돌아왔다.

"무슨…… 어떤 순례요?"

"그런 이야기는 할 수 없어요, 월슨 씨. 부디 잊어버려주세요. 차가 마음에 드세요?"

"굉장히요."

"지금쯤 그게 그냥 차가 아니라 도취제라는 걸 아셨겠군요."

올리버가 그녀를 쳐다보았다.

"도취제?"

클레프가 우아한 한 손으로 허공에 설명조의 원을 그리고는 웃었다.

"아직 효과를 느낄 수 없나요? 느껴지지요?"

"느껴요. 위스키를 넉 잔쯤 마신 느낌이에요."

올리버가 말했다.

클레프가 바르르 몸을 떨었다.

"우리 도취제는 그보다 고통이 덜하게 만들어졌어요. 그리고 당신들의 야만적인 알코올과 달리 잔존 효과도 없고요."

그녀가 입술을 깨물었다.

"미안해요. 나도 너무 취해서 거리낌 없이 말하고 있군요. 용서해주세요. 음악을 좀 들을까요?"

클레프가 긴 의자 위쪽으로 기대고 등 뒤의 벽을 더듬었다. 둥근 팔에서 소매가 흘러내려 손목 안쪽의 맨살이 드러나자 올리버는 거의 사라진 긴 장밋빛 상처를 보고 깜짝 놀랐다. 금기에 대한 그의 이성은 향기로운 차의 여파로 사라졌다. 그는 숨을 멈추고 앞쪽으로 몸을 기울여 빤히 보았다.

클레프가 재빠른 동작으로 소매를 내려 상처를 감추었다. 부드럽게 태운 얼굴이 붉어지며 그녀가 올리버에게서 눈길을 피했다. 부끄러운 기색이 그녀의 온몸에 역력했다.

올리버가 무뚝뚝하게 말했다.

"뭡니까? 왜 그런 거죠?"

여전히 그녀는 그를 쳐다보지 않았다. 한참 후에야 그는 그 부끄러움을 이해했고 그녀에게 그럴 만한 이유가 있다는 것도 알게 되었다. 하지만 지금의 그는 멍하니 그녀가 하는 말을 들을 뿐이었다.

"아무것도 아니에요…… 아무것도. 그냥…… 예방접종이에요. 우리 모두…… 오, 신경 쓰지 마세요. 음악을 들어요."

이번에 그녀는 반대편 팔을 뻗었다. 아무것도 건드리지 않았는데 그녀가 벽 근처로 손을 올리자 방 안에 소리가 울렸다. 물소리, 길고 비탈진 해안에 잦아드는 파도의 한숨이었다. 올리버는 클레프의 시선을 따라 침대 위에 걸린 파란 물 사진을 보았다.

거기 있던 파도가 움직이고 있었다. 아니, 심지어 시야가 움직였다. 천천히 바다 풍경이 움직이며 파도가 해안가로 몰려갔다. 올리버는 지금으로서는 대단히 마음에 들며, 전혀 놀랍게 여겨지지 않는 장면을 반쯤 최면 상태로 쳐다보았다.

파도가 올라갔다가 크림색 거품을 내며 부서지고 모래밭을 쓸며 물러났다. 그러고는 물 소리 사이로 음악이 나직하게 들리고 물속에서 방을 쳐다보며 친근하게 웃는 남자의 얼굴이 나타났다. 그는 이상하게 고풍스러운 악기를 들고 있었다. 모양은 류트 같지만 몸체에 멜론처럼 하얗고 검은 줄이 있고, 목은 길어서 남자의 어깨 위로 구부러져 있었다. 그가 노래하자 올리버는 노래 자체 때문에 조금 놀랐다. 굉장히 친숙한 동시에 대단히 이상했다. 그는 낯선 리듬을 더듬다가 마침내 음악의 실마리를 찾아냈다. 그것은 《쇼보트》[27]에 나오는 〈위장〉이었지만, 이 쇼보트는 미시시피 강을 운행한 적이 전혀 없는 모양이었다.

"저 사람이 뭘 하는 거죠? 이런 연주는 들어본 적이 없어요!"

그가 화가 난 채 잠시 듣고 있다가 물었다. 클레프가 웃으며 다시 팔을 뻗고 수수께끼처럼 말했다.

"우린 이걸 카일링이라고 불러요. 신경 쓰지 마세요. 그렇다면 이건 어떤가요?"

이번에는 반쯤 광대 분장을 한 남자 코미디언이 나왔다. 눈을 하도 크게 그려놔서 얼굴의 절반을 차지할 것 같았다. 남자는 육중한 유리 기둥 옆 까만 커튼 앞에 서서 단음으로 된 즐거운 노래를 부르며 중간 중간 즉석에서 지어낸 말을 떠들었다. 그사이 그의 왼손은 섬세하고도 음

◎　**27**＿ 제롬 켄과 오스카 헤머스타인 2세가 만든 뮤지컬. 미시시피 강을 따라 선객을 상대로 쇼를 하는 흥행선이 주요 무대이다.

악적으로 기둥의 유리를 손톱으로 두드렸다. 그는 노래를 하며 계속 기둥 주위를 빙빙 돌았다. 손톱이 내는 리듬이 노래와 섞여 자기만의 리듬을 만들다가 전혀 끊이지 않은 채 다시 노래에 섞였다.

이해하기가 힘들었다. 노래는 이야기보다 더 말이 되지 않았다. 잃어버린 슬리퍼 이야기와 수많은 암시가 담긴 내용에 클레프는 웃음을 지었지만 올리버는 전혀 이해할 수 없었다. 남자 역시 별로 우습지 않은 무미건조하고 괴상한 스타일을 하고 있었으나 클레프는 푹 빠진 것 같았다. 올리버는 샌시스코 사람들 세 명을 특징짓는 그 대단한 자신감을 남자가 이리저리 과장하고 변형하는 것을 보는 데 관심이 있었다. 분명히 인종적 특성인 모양이라고 그는 생각했다.

다른 공연자가 뒤를 이었고, 몇 명은 전체 공연의 일부만 하는 것 같았다. 하나는 그도 아는 것이었다. 사람들이 나오기도 전에 그는 낯익은 유쾌한 멜로디를 알아들었다 ─ 안개를 뚫고 남자들이 전진한다. 그들 위로 연기 속에서 커다란 깃발이 뒤로 물러나고 앞에 선 사람들은 성큼성큼 전진하며 리듬에 맞춰 소리쳤다.

"전진, 나리꽃 깃발이여, 전진하라!"

음질도 형편없고 이미지는 흐릿하고 색깔도 흐렸으나 그 공연에는 올리버의 상상력을 사로잡는 품격이 있었다. 그는 오래된 옛날 영화를 떠올리며 화면을 보았다. 데니스 킹과 초라한 코러스가 〈부랑자들의 노래〉를 불렀는데, 〈부랑자의 왕〉[28]이었던가?

클레프가 사과조로 말했다.

◉ **28**__ 브로드웨이 뮤지컬. 노래의 내용은 자유를 위해 싸우자고 거지들을 설득하는 것.

"아주 오래된 거예요. 하지만 난 좋아해요."

취하게 만드는 차의 김이 올리버와 화면 사이에서 피어올랐다. 음악이 부풀어 올랐다가 방과 향기로운 연기, 그의 도취된 뇌 속으로 가라앉았다. 이제 아무것도 이상하지 않았다. 그는 차를 어떻게 마셔야 하는지 깨달았다. 일산화질소처럼 효과는 누적되지 않았다. 도취의 절정에 도달하면 더 이상 올라갈 수 없는 것이다. 더 마시기 전에 흥분 효과가 가라앉기를 기다리는 것이 가장 좋은 방법이었다.

그것만 빼면 차는 알코올의 효과 대부분을 갖고 있었다—잠시 후 모든 것들이 행복한 안개 속으로 녹아버리고 그의 눈에 보이는 거라고는 똑같이 매력적인데다 그 자신이 참여한 긴 꿈뿐이었다. 그는 아무것도 묻지 않았다. 나중에 그는 얼마만큼이 진짜로 꿈이었는지조차 알 수 없었다.

예를 들어 춤추는 소녀—긴 코에 까만 눈, 뾰족한 턱을 가진 작고 날씬한 여자였다. 그녀는 하얀 러그 너머에서 섬세하게 움직였다—가 있었다. 그것은 상당히 확실하게, 또렷하게 기억했다. 무릎 높이의 키를 가진 그녀는 대단히 절묘했다. 그녀의 얼굴도 몸만큼 표현력이 풍부했고, 가볍게, 종소리처럼 발끝 부딪치는 소리를 내며 가볍게 춤을 추었다. 그것은 공식적인 종류의 춤이었고, 그녀는 반주에 맞추어 귀엽게 얼굴을 찡그리고 숨 가쁘게 노래를 불렀다. 분명히 사람 모습을 본뜨고 오리지널의 목소리와 행동을 완벽하게 흉내 내어 움직이게 한 인형일 것이다. 나중에 올리버는 꿈을 꾼 게 분명하다고 깨달았다.

그 외의 일은 후에 거의 기억할 수 없었다. 클레프가 뭔가 흥미로운 이야기를 했던 것 같은데, 당시에는 말이 되는 것 같았지만 나중에는 하나도 기억할 수 없었다. 투명한 접시에서 반짝이는 작은 캔디를 먹기도 했던 것 같았다. 몇 개는 굉장히 맛있었고 한두 개는 너무 써서 그걸 떠올리고 있는 다음 날까지도 혀가 아릴 정도였으며, 하나는 클레프도 같은 종류를 맛있게 먹었는데, 그로서는 완전히 구역질이 날 것 같은 맛이었다.

클레프에 관해서는—다음 날 그는 실제로 무슨 일이 있었는지 도저히 알 수 없었다. 그녀의 하얀 팔이 부드럽게 그의 목 뒷부분을 감싸던 것이 떠올랐고, 그녀가 그를 보고 웃으며 그의 얼굴에서 차의 꽃향기를 들이마시던 것도 기억났다. 하지만 그 이후로는 한동안 아무것도 떠올릴 수가 없었다.

그 후에 완전히 잠들기 전에 잠깐의 사건이 있었다. 다른 두 샌시스코가 그를 내려다보던 게 거의 확실하게 기억났다. 남자는 인상을 찌푸리고 있었고 흐린 눈의 여자는 조롱조의 미소를 띠고 있었다.

남자가 대단히 멀리서 말하는 것 같은 목소리로 말했다.

"클레프, 이게 모든 규칙에 어긋난다는 것을……"

그의 목소리가 가느다란 허밍처럼 들리며 청력의 경계를 훌쩍 넘어가버렸다. 올리버는 검은 머리 여자의 웃음소리 역시 가늘고 대단히 멀었다는 것을 기억했다. 그녀의 목소리 톤도 날아다니는 벌처럼 웅웅거렸다.

"클레프, 클레프, 이 멍청한 작은 바보, 너를 믿고 눈 밖에 놔둘 수가 없는 거니?"

클레프의 목소리는 뭔가 말이 안 되는 이야기를 하고 있었다.

"무슨 상관이야, 여기서?"

남자가 그 웅웅 울리는 먼 목소리로 대답했다.

"떠나기 전에 끼어들지 않는다는 약속을 했다는 게 문제지. 네가 규칙에 사인을 했다는 것을 알고 있잖아……."

클레프의 목소리는 좀 더 가깝고 알아듣기 쉬웠다.

"하지만 여기서 다른 것은…… 여기서는 상관없다는 거야! 둘 다 알잖아. 어떻게 그게 상관이 있겠어?"

올리버는 그녀의 소맷자락이 부드럽게 뺨을 쓰는 것을 느꼈으나 느릿한 연기 같은 물결과 어둠 외에는 아무것도 눈에 들어오지 않았다. 음악적인 목소리가 멀리서 언쟁을 벌이다가 마침내 끊겼다.

다음 날 아침 그는 자기 방에서 혼자 일어났다. 클레프의 눈이 대단히 슬프게 그를 쳐다보던 게 떠올랐다. 사랑스럽고 가무잡잡한 얼굴이 그를 내려다보고, 빨간 머리가 얼굴 양 옆으로 흘러내려 향기를 풍겼으며 그녀의 눈에는 슬픔과 동정심이 가득했다. 그는 꿈을 꾼 걸 거라고 생각했다. 누군가가 그렇게 슬픈 얼굴로 그를 쳐다볼 이유가 전혀 없으니까.

그날 수가 전화했다.

"올리버, 집을 사겠다는 사람들이 여기 있어요. 그 정신 나간 여자랑 그 여자 남편이요. 내가 그 사람들을 거기로 데려갈까요?"

하루 종일 올리버의 머릿속은 어제의 희미하고 놀라운 기억으로 몽롱했다. 클레프의 얼굴이 계속 눈앞에 떠다니고 방 안에 나타났다. 그는 대답했다.

"뭐? 난…… 오, 음, 당신이 원하면 데리고 오든지. 그런다고 나아질 건 없지만."

"올리버, 당신 어떻게 된 거예요? 우리한테 돈이 필요하다고 동의했잖아요, 안 그래요? 이런 굉장한 거래를 어떻게 노력도 안 해보고 포기하려고 하는지 알 수 없어요. 결혼해서 당장 우리 집을 살 수도 있다고요. 그 낡아빠진 쓰레기 더미에 다시는 이런 제안을 못 받을 거라는 거 알잖아요. 정신 차려요, 올리버!"

올리버는 노력했다.

"알아, 수…… 안다고. 하지만……."

"올리버, 생각이란 걸 좀 해요!"

그녀의 목소리는 조급했다.

그녀의 말이 옳았다. 클레프가 뭘 어쨌든 세입자들을 전부 내보낼 방법만 있다면 거래를 하는 게 마땅했다. 그는 다시 한 번 왜 갑자기 이 집이 이렇게 많은 사람들에게 중요해진 걸까 고민했다. 그리고 5월 마지막 주가 이 집의 가치와 도대체 무슨 관계가 있는지도.

갑자기 날카로운 호기심이 오늘 하루 몽롱하던 그의 머릿속을 뚫고 솟아올랐다. 5월 마지막 주가 굉장히 중요하고, 집에 관련된 모든 거래는 사람들이 그때 집에 머물 수 있는지 없는지에 달려 있었다. 왜? 어째서?

"다음 주에 무슨 일이 생기는 거야?"

그가 전화에 대고 수사학적으로 물었다.

"왜 그 사람들은 이 사람들이 떠날 때까지 기다리지 못하는 거지? 그렇게 하면 몇 천 달러의 가격을 내릴 수도 있는데……."

"그러기만 해봐요, 올리버 윌슨! 그 추가금으로 냉동용품을 전부 다 살 수 있다고요. 다음 주에 집을 되찾기 위해서 뭔가 방법을 취해보라고요, 이게 최후통첩이에요. 내 말 알겠어요?"

"제발 진정해. 내 능력이 부족하긴 하지만, 노력해볼게."

올리버가 차분하게 말했다.

"곧장 그 사람들을 거기로 데리고 갈게요. 샌시스코 사람들이 나간 사이에요. 이제 정신 차리고 생각을 좀 해봐요, 올리버."

수는 말을 멈추었다가 반성하는 어조로 다시 말했다.

"그 사람들…… 굉장히 이상한 사람들이에요, 달링."

"이상해?"

"당신도 알게 될 거예요."

수의 뒤를 따라오는 것은 나이 든 여자와 상당히 젊은 남자였다. 올리버는 즉시 수가 그들에 대해 한 말을 이해했다. 두 사람 모두 그가 아주 잘 알게 된 친숙하고 우아하며 자신만만한 분위기로 옷을 차려입고 있다는 사실에 그는 별로 놀라지 않았다. 그들 역시 주위를 둘러보며 아름답고 화창한 오후 날씨를 노골적으로 즐기고 조금은 으쓱거리는 태도였다. 그들이 말을 하기도 전에 그는 이미 그들의 목소리가 대단히 음악적이고 각 단어를 정확하게 발음할 거라는 사실도 알았다.

의심의 여지가 없었다. 클레프의 신비한 나라에서 온 사람들이 계속해서 여기 도착하고 있다 ― 뭔가를 위해서. 5월의 마지막 주 때문인가? 그는 마음속으로 어깨를 들썩였다. 추측해봤자 아무것도 알 수 없었다 ― 아직은. 하지만 한 가지만은 확실했다. 그들 모두가 사람들이 가수처럼 목소리를 통제하고, 시간 자체를 멈추고 옷의 접힌 부분을 전부 바로잡을 수 있는 배우들처럼 옷을 입는 이름 모를 나라에서 왔다는 것.

나이 든 여자가 처음부터 대화의 주도권을 잡았다. 그들은 페인트칠도 안 된 위태위태한 현관으로 올라왔고, 수가 소개할 여유도 주지 않았다.

"젊은이, 나는 마담 홀리아예요. 이쪽은 내 남편이에요."

그녀의 목소리에는 나이 때문인 듯 은근히 거친 구석이 있었다. 그녀의 얼굴은 코르셋을 입혀놓은 것처럼 올리버로서는 상상조차 할 수 없는 뭔가 투명하고 단단한 것으로 느슨한 살을 조여놓은 것 같은 모습이었다. 화장을 대단히 능숙하게 해서 진짜 화장한 건지조차 알 수 없었으나 그녀가 보기보다 훨씬 더 나이가 많다는 것만은 확신했다. 거칠고 깊고 음악적으로 통제된 그 목소리에 그만 한 권위가 담기려면 평생 명령을 하고 살아야 했을 것이다.

젊은 남자는 아무 말도 하지 않았다. 그는 대단히 미남이었다. 그런 타입은 어떤 문화, 어떤 나라에서든 거의 변하지 않는 모양이다. 그는 아름답게 재단된 옷을 입고 장갑을 낀 한 손에 붉은 가죽으로 된 책 크기의 상자를 들고 있었다.

마담 홀리아가 말을 이었다.

"집에 관한 당신의 문제를 이해해요. 나에게 팔고 싶지만 법적으로 오메리와 그의 친구들에게 준 임대 계약에 묶여 있는 거겠지요. 맞나요?"

올리버가 고개를 끄덕였다.

"하지만……."

"마저 말할게요. 오메리가 다음 주 전에 집을 비우게 된다면 우리 제안을 받아들이겠군요. 그렇지요? 좋아요. 하라!"

그녀가 옆에 선 젊은 남자에게 고개를 끄덕였다. 갑작스러운 호출에 청년은 서둘러 살짝 목례를 하고 말했다.

"네, 홀리아."

그리고 장갑 낀 손을 코트에 넣었다.

마담 홀리아는 그의 손바닥에 있는 조그만 물체를 집었다. 물건을 집는 그녀의 동작은 왕실의 예복이라도 입고 있는 것처럼 오만했다. 그녀가 말했다.

"여기. 이것이 우리를 도와줄 거예요. 아가씨……."

그녀가 수에게 그것을 내밀었다.

"이것을 집 안 어딘가에 숨겨놓을 수 있으면 당신의 원하지 않는 세입자들이 더 이상 문제를 일으키지 않을 거예요."

수는 궁금한 얼굴로 물건을 받아 들었다. 그것은 3센티미터 정도의 작은 은색 사각형 상자였다. 윗부분은 움푹 들어갔고, 열 수 있을 만한 이음새는 아무 데도 보이지 않았다.

올리버가 불편한 기분으로 말했다.

"잠깐만요. 이게 뭡니까?"

"아무한테도 해를 입히지는 않아요, 내가 보장하지요."

"그럼 뭔데……."

마담 홀리아가 거만하게 한 손을 내저어 그를 침묵시키고 수에게 얼른 하라고 명령했다.

"지금 해요, 아가씨. 오메리가 돌아오기 전에 서둘러요. 아무한테도 위험이 되지 않는다고 내가 보장해요."

올리버가 단호하게 말했다.

"마담 홀리아, 당신 계획이 뭔지 알아야겠습니다. 난……."

"오, 올리버, 제발! 걱정하지 말아요. 마담 홀리아가 잘 알고 계시겠지. 저 사람들을 쫓아내고 싶지 않아요?"

수가 은색 상자를 움켜잡았다.

"물론이지. 하지만 난 집이 폭발하는 건 원치 않는다고……."

마담 홀리아가 관대하게 웃었다.

"그런 노골적인 일은 없을 거예요. 약속하지요, 윌슨 씨. 기억해요,

우리는 이 집을 원해요! 서둘러요, 아가씨."

수는 고개를 끄덕이고 황급히 올리버를 지나쳐 거실로 들어갔다. 수적으로 밀려서 그는 불편하게 입을 다물었다. 젊은 남자, 하라는 무심하게 발을 톡톡 두드리며 기다리는 동안 햇빛을 즐겼다. 5월답게 완벽한 오후 날씨였다. 투명한 금빛 햇살, 향기로우면서도 살짝 냉기가 남아 있는 공기는 여름이 다가온다는 사실과 완벽하게 대조되었다. 하라는 자신만을 위해 공연되는 무대에 찬사를 보내는 사람처럼 자신만만하게 주위를 둘러보았다. 심지어 날아다니는 벌도 쳐다보고, 금빛 태양에 반쯤 가려진 커다란 대륙 횡단 비행기의 궤적도 바라보았다. 그가 만족스러운 목소리로 중얼거렸다.

"신기하군."

수가 돌아와서 올리버에게 팔짱을 끼고 흥분된 태도로 꽉 잡았다. 그녀가 말했다.

"됐어요. 얼마나 오래 걸릴까요, 마담 홀리아?"

"그건 두고 봐야지요, 아가씨. 그리 오래 걸리지는 않을 거예요. 자, 윌슨 씨, 당신에게 한마디 하지요. 당신도 여기 살고 있는 게 맞나요? 당신 자신을 위해서 내 충고를 받아들여요……."

집 안 어디선가 문 닫히는 소리가 들리고 맑고 높은 목소리가 잔물결처럼 퍼져나갔다. 그러고는 계단을 내려오는 발소리와 노랫가락이 들렸다.

"이리 와요, 나의 사랑, 내게로 와……."

하라가 펄쩍 뛰다가 들고 있던 빨간 가죽 상자를 떨어뜨릴 뻔했다. 그가 속삭였다.

"클레프예요! 아니면 클리아거나. 둘 다 방금 캔터베리에서 돌아온 것은 알고 있었지만, 내 생각에는⋯⋯.”

“쉿.”

마담 홀리아의 얼굴이 침착해지더니 곧 거만하고 무심하게 변했다. 그녀가 코로 크게 숨을 들이키고 몸을 젖히더니 당당한 자세로 문 쪽으로 돌아섰다.

클레프는 올리버가 전에 본 부드럽고 넉넉한 옷을 입고 있었으나 오늘은 하얀색이 아니라 그녀의 가무잡잡한 피부를 살구색으로 만드는 옅은 파란색이었다. 그녀가 미소를 지었다.

“어머, 홀리아!”

그녀의 목소리가 한층 더 음악적으로 들렸다.

“집에 있다가 목소리를 들은 것 같아서 나왔어요. 만나서 반가워요. 당신이 온다는 건 아무도 몰랐어요. 여기⋯⋯”

그녀가 말을 끊고는 올리버를 힐끗 본 다음 다시 고개를 돌렸다. 그녀가 말했다.

“하라도요. 놀랍고 기쁜 일이로군요.”

수가 퉁명스럽게 말했다.

“당신 언제 돌아왔죠?”

클레프가 그녀를 보고 미소를 지었다.

“당신이 사랑스러운 존슨 양인가 보군요. 사실 난 전혀 나가지 않았어요. 관광에 지쳤거든요. 내 방에서 낮잠을 자고 있었어요.”

수는 믿을 수 없다는 듯 코웃음을 쳤다. 두 여자 사이에 눈빛이 스치는가 싶더니 잠깐 마주쳤다 ― 그 잠깐은 끝이 없는 것처럼 느껴졌다. 찰나의 순간에 수많은 소리 없는 말이 오가는 독특한 침묵이었다.

올리버는 클레프가 이 기묘한 사람들에게서 종종 볼 수 있는 조용한 자신감을 담아 수에게 미소를 던지는 것을 보았다. 수는 상대방을 재빨리 살펴보고는 어깨를 굳히고 몸을 똑바로 펴고 여름용 드레스를 평평한 엉덩이 위로 매만진 후 의식적으로 자세를 바로잡고 클레프를 쳐다보았다.

클레프의 어깨는 부드럽게 경사를 이루었고, 로브는 날씬한 허리에서 벨트로 고정시켰으며 둥근 엉덩이 부분에 옷자락이 겹쳐 있었다. 수가 훨씬 유행에 어울리는 스타일이었다 ― 하지만 먼저 항복한 쪽은 수였다.

클레프의 미소는 사라지지 않았다. 하지만 침묵 속에서 클레프의 조용하고 자신만만한 웃음과 무한한 자신감으로 인해 가치관이 갑자기 변해버렸다. 패션은 불변성을 유지하지 못한다. 클레프의 묘하게 구시대적인 풍만한 몸매가 예기치 못하게 정상적인 것으로 보이고, 옆에 선 수는 기이하게 각이 지고 반쯤 남자 같은 모습으로 보였다.

올리버는 어쩌다 이렇게 된 건지 알 수 없었다. 한순간 권력이 이 여자에게서 저 여자에게 넘어가버렸다. 아름다움이란 그야말로 패션의 문제이다. 오늘날 아름다운 것이 몇 세대 전만 해도 기괴한 것이었을 수도 있고, 100년 후에도 기괴한 것으로 여겨질 수 있다. 기괴한 것 이상일 수도 있다. 시대에 뒤떨어져 굉장히 우스운 것이 될지도 모른다.

수가 그랬다. 클레프는 자신의 권위를 이용해 그저 현관 앞의 모든 사람들에게 그것을 명확히 보여주었을 뿐이었다. 클레프가 갑자기 굉장히 미인이고 일반적인 아름다움의 소유자로 여겨지는 반면, 네모난 어깨에 유연하고 날씬한 수는 대단히 구시대적이고 시대착오적으로 보였다. 그녀는 주위에 어울리지 않았다. 이 기묘하게 완벽한 사람들 속에서 혼자만 흉측해 보였다.

수는 완전히 무너졌다. 하지만 자존심과 얼떨떨한 기분으로 간신히 버티고 서 있었다. 아마 그녀는 뭐가 잘못된 건지 완전히 이해하지 못하고 있을 것이다. 그녀는 클레프에게 분노에 찬 눈길을 던진 다음 올리버를 쳐다보았다. 그녀의 눈에는 그들에 대한 의심과 불신이 가득했다.

나중에 이 일을 회상하며 올리버는 그 순간 처음으로 자신이 진실을 의심하기 시작했다는 걸 깨닫게 되었다. 하지만 그것을 숙고할 시간이 없었다. 잠깐의 대립이 끝나자 어딘지 모를 곳에서 온 세 사람이 뒤늦게 알려지기를 원치 않는 뭔가를 숨기려는 듯이 한꺼번에 말하기 시작했다.

클레프가 말했다.

"날씨가 아주 아름다워서……"

마담 홀리아도 말했다.

"이 집을 갖게 되다니 정말 행운인……"

하라는 빨간 가죽 상자를 들고서 가장 커다랗게 외쳤다.

"센베가 이것을 당신에게 보냈어요, 클레프. 그의 최신작이에요."

클레프가 열렬하게 양손을 내밀자 깃털 이불 같은 소매가 둥근 팔에서 흘러내렸다. 올리버는 소매가 다시 덮이기 전에 그 묘한 상처 자국을 힐끗 보았고, 하라 역시 소매가 팔을 도로 덮기 전에 비슷한 상처 자국이 있었음을 알아챘다.

"센베! 근사해! 언제 거예요?"

클레프의 목소리는 높고 감미롭고 즐거움으로 가득했다.

"1664년 11월이에요. 물론 런던이지만, 1347년 11월에 대위점對位點이 있는 것 같아요. 그는 아직 끝내지 못했어요…… 당연하지만."

하라가 말했다. 그는 긴장된 얼굴로 올리버와 수를 보고, 재빨리 말했다.

"근사한 견본이에요. 굉장하죠. 한번 보고 싶으면 얼마든지 보세요."

마담 홀리아가 살짝 몸을 떨었다. 그녀가 말했다.

"그 남자! 물론 매력적이고, 대단한 사람이기는 해. 하지만…… 너무 진보적이야!"

"센베의 작품을 제대로 감상하려면 전문가가 되어야 해요. 우리 모두 그것은 인정하잖아요."

클레프가 살짝 빈정거리는 어조로 말했다. 홀리아가 인정했다.

"오 그래, 우리 모두 센베에게 절을 해야지. 그 남자가 날 조금 두렵게 만든다는 것은 인정하겠어, 클레프. 그가 우리와 합류할까?"

"그럴 거예요. 만약 그의 '작품'이 아직 끝나지 않았다면, 나중에 올 거예요. 센베의 취향을 알잖아요."

클레프가 말했다. 홀리아와 하라가 함께 웃었다.

"그럼 언제 그를 찾아봐야 할지 알겠군."

홀리아가 빤히 쳐다보고 있는 올리버와 움츠러들고 화가 난 수를 힐끗 보고 주제를 되돌리기 위해 단호한 노력을 기울였다.

"굉장히 운이 좋아, 친애하는 클레프, 이 집을 갖게 되다니."

그녀가 무겁게 선언했다.

"나도 나중에나마 입체도를 봤는데 여전히 상당히 완벽해. 굉장히 멋진 우연이야. 임대를 나누는 것을 한번 고려해보지 않겠어? 말하자면 대관식 자리를……."

"무엇을 주어도 우리는 팔지 않아요, 홀리아."

클레프가 빨간 상자를 가슴에 안고서 즐겁게 말했다.

홀리아가 차가운 시선을 던졌다.

"마음을 바꾸게 될 거야, 친애하는 클레프."

그녀가 오만하게 말했다.

"아직 시간이 있어. 여기 윌슨 씨를 통하면 우리와 언제든지 연락할 수 있을 거야. 우린 길 위쪽 몽고메리 하우스에 방을 잡았어—너희들 방 같지는 않지만, 그래도 괜찮긴 하지. 우리에게는 괜찮아."

올리버가 눈을 깜박였다. 몽고메리 하우스는 동네에서 가장 비싼 호텔이었다. 이 쓰러져가는 낡은 흉물과 비교하면 거기는 궁전이었다. 이 사람들을 이해할 수 없었다. 그들의 가치관은 상당히 역전되어 있는 것 같았다.

마담 홀리아가 거만하게 계단으로 걸어갔다. 그녀가 패드를 넣은 어깨 너머로 말했다.

"만나서 반가웠어, 클레프. 즐겁게 지내. 오메리와 클리아에게 내 인사를 전해주고. 윌슨 씨……."

그녀가 보도 쪽으로 고개를 끄덕였다.

"당신과 할 이야기가 있어요."

올리버는 그녀를 따라 길을 걸어 내려갔다. 마담 홀리아가 반쯤 가다 멈춰서 그의 팔을 건드렸다. 그녀가 허스키한 목소리로 말했다.

"충고를 하나 하지요. 당신도 여기 머문다고 그랬지요? 나와요, 젊은이. 오늘밤 전에 나와요."

올리버는 수가 신비한 은색 상자를 숨긴 장소를 찾아 여기저기를 뒤지다가 위층에서 들리던 소리가 계단을 따라 그를 향해 다가오는 것을 깨달았다. 클레프는 방문을 닫아놓았지만 집이 낡아서 위층의 소리가 눈에 보이는 얼룩처럼 나무판을 따라 스며 나오는 것 같았다.

그것은 일종의 음악이었다. 하지만 단순한 음악을 넘어서는 것이었다. 끔찍한 불행의 소리였다. 히스테리부터 비탄에 이르기까지, 짜증스러운 기쁨에서 이성적인 용인에 이르기까지 불행에 관한 인간의 모든 반응이 담겨 있었다.

불행은…… 개인적인 것이었다. 이 음악은 모든 인간의 슬픔을 관련지으려 하지 않았다. 그저 개인에게 집중되어 그 흐름을 계속 따라갔다. 올리버는 짧은 순간에 음악의 그런 원리들을 깨달았다. 그것은 본질적이었고, 첫 번째 음률부터 그의 머릿속을 파고 들어오는 느낌이었다. 이것은 음악 이상이었다.

하지만 고개를 들고 귀를 기울이자 소리의 의미가 전부 모호해지고 그저 혼란스럽게 뒤범벅이 되었다. 생각을 하면 음악이 머릿속에서 완전히 흐려졌다. 그는 생각 없이 그저 음악을 받아들이는 첫 번째 순간을 다시 찾을 수 없었다.

그는 자신이 뭘 하는지도 모른 채 멍하니 위층으로 올라가 클레프의 방문을 열었다. 그는 안을 보았고…….

그가 거기서 본 것은 머릿속을 채운 음악 때문에 막연하고 흐릿해서 나중에 전혀 기억해낼 수 없었다. 방의 절반 정도는 안개에 가려 있었고 안개는 영사기로 투사한 것처럼 3차원적이었다. 뭐라고 설명해야할지 그는 알 수 없었다. 이런 투사가 가능하기나 한 건지도 알 수 없었다. 안개는 소리를 내며 빙빙 돌았지만 사실 올리버가 본 것은 소리도, 움직임도 아니었다.

이것은 예술품이었다. 이름은 몰랐다. 이것은 그가 아는 모든 예술의 형태를 뛰어넘고, 모든 것을 혼합하고, 혼합의 선 바깥에서 그의 머릿속에서 차마 건드리지도 못하는 불가사의한 것을 창조해냈다. 기본적으로 이것은 위대한 작곡가가 광대한 인간사의 핵심적인 면을 전부 연결 지어 몇 분 안에 모든 내용을 한꺼번에 전달할 수 있도록 만들려고 한 것 같았다.

움직이는 스크린의 장면은 명확한 그림이 아니라 살짝 윤곽만 드러내 미묘하게 머릿속에서 상상하게 만들었고, 한 번의 솜씨 좋은 터치는 기억 속의 심금을 울렸다. 아마 보는 사람마다 각기 다르게 반응할 것이다. 그림이 진짜 떠오르는 곳은 보는 사람의 눈과 머릿속이기 때문이었다. 똑같은 음악의 파노라마를 경험하는 사람은 아무도 없겠지만, 모두가 본질적으로는 똑같이 끔찍한 이야기를 보고 있을 것이다.

모든 감각들이 그 재능 있고 무자비한 천재에게 감명을 받았다. 색깔과 모양, 움직임이 스크린에서 휙휙 움직이며 암시를 주고 머릿속 깊은 곳에서 참을 수 없는 기억을 되살렸다. 스크린에서 향기가 흘러나오고 보는 사람의 심장을 그 어떤 시각적인 것보다도 매섭게 꿰뚫었다. 싸늘한 손이 쓰다듬는 것처럼 피부가 오싹했다. 쓸쓸함과 달콤함을 떠올리자 혀가 말렸다.

정말 잔인했다. 사람의 마음속에 있는 개인적인 부분을 침범하고, 정신적 방어막 뒤에 오래전에 숨겨놓은 비밀을 되살리고, 보는 사람에게 그 끔찍한 메시지를 계속해서 강요해서 마음이 그 압박으로 부서지기 일보 직전까지 몰렸다.

하지만 이 모든 생생한 인식에도 불구하고 올리버는 스크린에서 나오는 불행이 뭔지 정확히 알 수 없었다. 그저 진짜 어마어마하고 압도적이리만큼 끔찍해서 의심할 수 없을 뿐이었다. 이것이 한때 일어났다는 것 역시 분명했다. 그는 슬픔과 병, 죽음으로 일그러진 사람 얼굴들이 스치는 것을 보았다 — 진짜 얼굴이었다. 한때 살아 있었고 지금 곧장 죽어가는 얼굴들. 파노라마 속에서는 값비싼 옷차림의 남녀들 위로 수천 명의 초라한 차림새의 사람들이 겹쳐졌고 수많은 사람들의 무리가 순식간에 화면을 스치고 지나갔다. 그는 죽음이 이들을 차별하지 않는다는 것을 깨달았다.

사랑스러운 여자들이 웃고 머리카락을 흔들었으며, 웃음소리가 히스테리로 변했다가 히스테리가 음악으로 변했다. 한 남자의 얼굴이 계속해서 나타났다. 길고 가무잡잡하고 무뚝뚝한 얼굴에는 깊게 주름이 파여 있고 우울했으며, 현명하고 세련되고 힘 있는, 그리고 무력한 남자의 얼굴이었다. 그 얼굴이 잠시 여러 차례 반복되었고, 나타날 때마다 점점 더 괴롭고 무력해 보이는 모습으로 변했다.

높은 연결음이 울리다 갑자기 음악이 끊겼다. 안개가 걷히고 다시 방이 눈앞에 나타났다. 괴로워하는 가무잡잡한 얼굴이 잠시 동안 눈꺼풀에 각인된 것처럼 올리버가 보는 모든 곳에 나타났다. 그는 그 얼굴을 알았다. 자주는 아니지만 전에도 본 적이 있었다. 이름이 뭐였는지 알았는데……

"올리버, 올리버……."

클레프의 감미로운 목소리가 안개를 뚫고 그의 머릿속에 들어왔다. 머리가 어질어질해서 그는 문설주에 기대 그녀의 눈을 내려다보았다. 그녀 역시 그 자신의 얼굴에도 떠올라 있을 몽롱하고 허무한 표정을 하고 있었다. 끔찍한 심포니의 힘이 여전히 그들을 사로잡고 있었다. 하지만 혼란스러운 상황에서도 올리버는 클레프가 이 경험을 즐기고 있음을 깨달았다.

그는 방금 본 수많은 인간의 비참함 때문에 뼛속까지 메스껍고 현기증이 나고 불쾌했다. 하지만 클레프…… 그녀의 얼굴에는 오로지 감탄뿐이었다. 그녀에게 그 광경은 장엄한 거였다. 그저 장엄한 거였다.

갑자기 올리버는 그녀가 좋아했던 구역질 나는 맛의 캔디를 떠올렸다. 가끔 그녀의 방에서 나는 기묘하고 불쾌한 음식 냄새도.

아까 전에 그녀가 아래층에서 한 말이 뭐였더라? 전문가였다. 전문가만이 센베라는 사람의 이, 이 진보적인 작품을 감상할 수 있다고.

취할 듯한 달콤한 향기가 올리버의 얼굴에 스쳤다. 뭔가 차갑고 매끄러운 것이 그의 손에 들어왔다.

"오, 올리버, 정말 미안해요. 여기, 도취제를 마시면 기분이 더 나아질 거예요. 어서 마셔요!"

클레프의 목소리는 후회하는 어조였다.

그녀의 말을 따르고 있다는 걸 깨닫기도 전에 뜨겁고 달콤한 차의 친숙한 향기가 혀에 닿았다. 그 마음 편해지는 향이 뇌 속으로 들어오자 1, 2분 후에 주위 세상이 다시 안정적으로 변했다. 방은 언제나와 똑같았다. 그리고 클레프는…….

그녀의 눈은 굉장히 밝았다. 그 눈에는 그에 대한 연민이 어려 있었으나 그녀 자신은 조금 전의 작품 덕에 여전히 고양된 상태였다.

"이리 와서 앉아요."

그녀가 부드럽게 그의 팔을 잡아당겼다.

"정말로 미안해요. 당신이 들을 수도 있는 곳에서 그렇게 틀어놓지 말았어야 했는데. 정말로 변명의 여지가 없어요. 센베의 심포니가 전에 들어보지 않은 사람에게 어떤 효과를 미치는지 잊어버리고 있었던 모양이에요. 그가 뭘 했는지 빨리 보고 싶어서 조급한 마음에…… 그의 새 작품 말이에요. 정말로 굉장히 미안해요, 올리버!"

"그게 뭐였어요?"

그의 목소리는 생각보다 차분했다. 차 덕택인 것 같았다. 그는 조금 더 마시며 그 향기가 주는 마음 편안한 도취감을 즐겼다.

"그건, 혼성연출의…… 오, 올리버, 내가 그런 질문에 대답하면 아니 된다는 거 알지 않아요!"

"하지만……."

"아뇨. 차를 마시고 당신이 본 건 잊어버리세요. 다른 걸 생각해요. 여기, 우리 음악을 들어요, 다른 종류의 음악이요, 조금 더 유쾌한 거……."

그녀가 창문 아래 벽으로 손을 뻗자 전처럼 침대 위의 커다란 사각형 파란 물 그림이 일렁거리다가 옅어지기 시작했다. 그 안에서 바다 표면으로 솟구치는 형상처럼 장면이 떠올랐다.

까만 커튼이 덮인 무대에 딱 붙는 까만 튜닉에 호스 차림의 남자가 조급하게 왔다 갔다 하는 것이 보였다. 그의 손과 얼굴은 까만 배경에 비교되어 놀랄 만큼 창백해 보였다. 그는 다리를 절었다. 등도 굽었고 친숙한 대사를 말했다. 올리버는 존 배리모어가 한때 곱사등이 리처드를 연기한 것을 보았기에 다른 배우가 그 어려운 역할을 시도하는 것에 어쩐지 화가 났다. 이 남자는 전에 본 적이 없지만 굉장히 침착한 태도였고, 그의 플랜태저넷 왕 해석은 상당히 새롭고 셰익스피어가 꿈도 꾸지 못했을 방식이었다. 클레프가 말했다.

"아니야. 이것은 아니야. 우울한 것은 싫어."

그녀가 다시 손을 들어올렸다. 이름 모를 새로운 리처드가 사라지고 영상과 목소리가 휙휙 지나가며 전부 흐릿하게 뒤섞였다. 파스텔 색깔 발레복을 입은 무대 가득한 무용수들이 자유롭게 움직여 복잡한 동작을 하는 장면에서 화면이 멈추었다. 함께 흐르는 음악은 가볍고 듣기 좋았다. 맑은 멜로디가 방 안을 채웠다.

올리버가 컵을 내려놓았다. 이제 훨씬 기분이 안정되어서 도취제가 제 역할을 다했다는 생각이 들었다. 다시 머릿속이 흐릿해지는 건 원하지 않았다. 알고 싶은 것들이 있었다. 지금. 어떻게 말을 꺼낼까 그는 고심했다.

클레프가 그를 바라보고 있었다. 갑자기 그녀가 말했다.

"홀리아 말이에요. 이 집을 사고 싶어 하지요?"

올리버는 고개를 끄덕였다.

"많은 돈을 제의했어요. 수가 굉장히 실망할 거예요, 만약⋯⋯."

그가 머뭇거렸다. 어쨌든 간에 수는 실망하지 않을 것이다. 그는 역할을 알 수 없는 작은 은색 상자를 떠올리고 클레프에게 얘기를 해야 할까 고민했다. 하지만 도취제가 뇌의 그 부분에까지 도달하지는 않은 덕에 수에 대한 의무를 떠올리고는 입을 다물었다.

클레프가 고개를 흔들었다. 그녀의 눈은 따뜻했다 ─ 동정심 때문인가?

"내 말 믿어요. 당신은 결국 그게 중요하지 않다는 것을 알게 될 거예요. 약속해요, 올리버."

그녀가 말했다. 그는 그녀를 바라보았다.

"무슨 뜻인지 당신이 설명해줬으면 좋겠어요."

클레프는 기쁘다기보다는 슬픈 어조로 웃었다. 하지만 올리버는 갑자기 그녀의 목소리에 더 이상 생색 내는 투가 없다는 것을 깨달았다. 아주 미세하게 그를 대하는 그녀의 태도에서 즐거워하던 분위기가 사라진 것이다. 오메라나 클리아의 태도는 여전히 차갑고 거리감이 있었으나 클레프는 더 이상 그렇지 않았다. 그녀가 가짜로 이런다고 생각하지는 않았다. 자연스럽게 이렇게 된 것일 수밖에 없다. 그리고 자세히 분석하고 싶지 않은 이유 때문에 갑자기 클레프가 그에게 거리를 두지 않는 것이, 그가 그녀에게 느끼는 감정을 그녀도 느끼는 것이 대단히 중요해졌다. 이에 대해 자세히 생각하고 싶진 않았다.

그는 장미석영 색의 컵을 내려다보고 초승달 모양의 주둥이에서 새어나오는 옅은 자두향을 들이켰다. 이번에는 차의 힘을 이용해야 할지도 모른다. 차 때문에 혀가 풀렸던 게 생각났고, 알고 싶은 것들도 굉장히 많았다. 현관에서 클레프와 수의 소리 없는 대결의 순간에 떠올랐던 아이디어가 이제는 너무 괴상해서 차마 시도할 수 없었다. 하지만 대답은 들어야 했다.

클레프가 먼저 말을 꺼냈다.

"오늘 오후에는 도취제를 많이 마실 수 없어요."

그녀가 분홍색 컵 너머로 그에게 미소를 지으며 말했다.

"차를 마시면 나른해지는데, 오늘 저녁엔 나가서 친구들을 만날 거라서요."

"친구들이 더 있나요? 당신 나라에서 온?"

클레프가 고개를 끄덕였다.

"우리가 이번 주 내내 기다린 아주 친한 친구들이에요."

올리버가 퉁명스럽게 말했다.

"당신이 말을 해줬으면 좋겠어요. 당신들이 온 곳이 어딘지. 여기는 아니에요. 당신의 문화는 우리랑 굉장히 다르니까요. 심지어 당신들 이름도……."

클레프가 고개를 흔들자 그는 말을 끊었다.

"나도 말할 수 있었으면 좋겠어요. 하지만 그건 모든 규칙에 어긋나요. 심지어 지금 당신과 이야기를 하고 있는 것도 규칙에 어긋나요."

"어떤 규칙?"

그녀가 무력한 손짓을 했다.

"나한테 물어보지 말아줘요, 올리버."

그녀가 긴 의자에 등을 기대자 동작에 맞추어 소파가 호화롭게 변형되었다. 그녀가 그에게 아주 달콤한 미소를 던졌다.

"그런 것들에 대해서 이야기하면 아니 돼요. 잊어버리고 음악을 들으며 할 수 있을 때 즐겨요……."

그녀가 눈을 감고 쿠션에 머리를 기댔다. 그녀가 허밍을 시작하자 올리버의 눈에 가무잡잡하고 둥근 목이 불룩해지는 게 보였다. 여전히 눈을 감은 채 그녀가 계단을 내려올 때 불렀던 노래를 다시 불렀다.

"이리 와요, 나의 사랑, 내게로 와……."

갑자기 올리버의 머릿속에 기억이 떠올랐다. 이 기묘하고 느릿한 노래를 전에 들어본 적은 없었지만 가사는 알 것 같았다. 홀리아의 남편이 이 노래를 듣고 뭐라고 했는지가 떠오르자 그가 몸을 앞으로 기울였다. 그녀는 직접적인 질문엔 대답하지 않았으나 어쩌면…….

"캔터베리도 이렇게 날씨가 따뜻한가요?"

그가 묻고는 숨을 멈추었다. 클레프는 노래를 계속 허밍하며 여전히 눈을 감은 채 고개를 흔들었다.

"거기는 가을이에요. 하지만 밝아요, 아주 밝아요. 심지어 그 사람들 옷도 말이지요…… 모든 사람들이 새 노래를 부르고 있어서 머릿속에서 지울 수가 없어요."

그녀가 이어서 노래를 불렀지만 가사는 거의 알아들을 수 없었다 — 영어지만 올리버가 이해할 수 있는 영어가 아니었다.

그가 일어섰다.

"잠깐만요. 찾아볼 게 있어서요. 금방 돌아올게요."

그녀가 눈을 뜨고 여전히 허밍을 하며 몽롱하게 그에게 미소를 지었다. 그는 황급히 아래층으로 내려와 서재로 향했다. 머릿속은 이제 거의 맑았으나 계단에서 몸이 좀 흔들리긴 했다. 그가 찾던 책은 오래되고 낡았으며 대학 시절 행간에 메모도 해놓은 것이었다. 그가 찾는 구절이 어디 있는지 정확히 기억나지는 않았으나 가능한 한 빨리 종이를 넘기다 운 좋게 몇 분 만에 찾아냈다. 그는 머릿속에 떠오른 확신에 뱃속이 기묘하게 공허해지는 것을 느끼며 위층으로 되돌아갔다.

그가 단호하게 말했다.

"클레프. 난 그 노래를 알아요. 그 노래가 새 거였던 해가 언제인지도 알고."

그녀가 천천히 눈꺼풀을 들어올렸다. 그녀는 도취제의 여파 속에서 그를 쳐다보고 있었다. 방금 한 말을 그녀가 이해하는지 알 수 없었다. 한참이나 그녀는 그를 빤히 마주보고 있다가 부드러운 소맷자락으로 덮인 팔 한쪽을 내밀고 가무잡잡한 손가락을 그를 향해 벌렸다. 그리고 목 깊은 곳에서 웃음을 토해냈다.

"이리 와요, 내 사랑, 내게로 와요."

그녀가 말했다.

그는 천천히 방을 가로질러 가서 그녀의 손을 잡았다. 손가락이 따스하게 그의 손을 마주 쥐었다. 그녀가 그를 잡아당기자 그는 그녀의 옆에 무릎을 꿇었다. 그녀가 다른 팔을 들었다. 다시금 매우 부드럽게 웃으며 그녀는 눈을 감고 그에게로 얼굴을 들어올렸다.

키스는 따스하고 길었다. 그녀가 마신 도취제의 향기가 그의 얼굴에 와 닿았다. 키스를 끝내고, 그의 목에 감긴 그녀의 팔이 느슨해지고 그녀의 거친 호흡이 얼굴에 닿자 그는 깜짝 놀랐다. 그녀의 얼굴에 눈물이 흘렀다. 그녀는 흐느끼고 있었다.

그는 그녀를 떼어내고 놀란 눈으로 쳐다보았다. 그녀가 다시금 흐느끼고는 깊게 숨을 들이켜고 말했다.

"오, 올리버, 올리버……."

그러고는 고개를 흔들고 물러나 얼굴을 반대편으로 숨겼다. 그녀가 떨리는 목소리로 말했다.

"나는…… 미안해요. 용서해주어요. 상관은 없지만…… 상관없다는 것은 알지만…… 그래도……."

"왜 그래요? 뭐가 상관없다는 거죠?"

"아무것도 아니에요. 아무것도…… 잊어버려주세요. 아무것도 아니에요."

그녀가 테이블에서 손수건을 집어 코를 풀고는 눈물 사이로 환한 미소를 지었다.

갑자기 그는 벌컥 화가 났다. 얼버무리는 말이나 절반의 진실은 들을 만큼 들었다. 그가 거칠게 말했다.

"내가 미쳤다고 생각해요? 나도 이제 충분히 알아요……."

"올리버, 제발!"

그녀가 향기로운 김이 나는 컵을 들어올렸다.

"제발, 더 이상 질문하지 말아요. 여기, 당신에게 필요한 건 도취제예요, 올리버. 대답이 아니라 도취제요."

그는 컵을 옆으로 밀치고 물었다.

"당신이 캔터베리에서 그 노래를 들은 게 몇 년도죠?"

그녀가 눈을 깜박이자 속눈썹 위에서 눈물이 반짝였다.

"왜…… 몇 년도라고 생각해요?"

"난 알고 있어요."

올리버가 우울하게 말했다.

"그 노래가 유행하던 게 몇 년도인지 안다고요. 당신이 방금 캔터베리에서 돌아왔다는 것도 알아요. 홀리아의 남편이 그렇게 말했으니까. 지금은 5월이지만 캔터베리는 가을이고, 당신은 방금 거기 갔다 왔고, 노래를 아주 최근에 들어서 여전히 머릿속에 남아 있죠. 초서의 면죄부 판매인이 14세기 말경에 그 노래를 불렀어요. 초서를 봤나요, 클레프? 그렇게 오래전의 영국은 어땠죠?"

클레프의 눈은 말없이 그에게 고정되어 있었다. 그러다 포기하듯 그녀의 어깨가 축 처지고 온몸이 부드러운 파란 로브 아래서 움츠러들었다. 그녀가 부드럽게 말했다.

"나는 바보예요. 나를 함정에 빠뜨리는 것은 쉬웠을 거예요. 당신은 정말로 믿나요—당신이 한 말을?"

올리버는 고개를 끄덕였다.

그녀가 낮은 목소리로 말했다.

"믿는 사람이 거의 없어요. 그게 우리가 여행할 때 우리의 좌우명 중 하나예요. '여행'이 시작되기 전 세대 사람들은 이런 것을 믿지 않기 때문에 별로 의심하지 않아서 안전하다는 것이지요."

올리버의 뱃속에서 느껴지던 공허함이 갑자기 몇 배로 불어났다. 잠시 동안 발밑이 덜컥 무너지고 주위의 우주가 뒤흔들리는 느낌이었다. 속이 울렁거렸다. 헐벗고 무력한 기분이 들었다. 귀가 웅웅 울리고 눈앞의 방이 흐릿해졌다.

진짜로 믿었던 것은 아니었다 ─ 지금 이 순간까지는. 그녀가 그의 방종한 생각과 의심을 뭔가 믿을 만한 것으로 깔끔하게 정리해주는 이성적인 설명을 해주기를 바랐던 것이다. 이런 게 아니라.

클레프가 옅은 파란색 손수건으로 눈가를 두드리고 떨리는 미소를 지었다. 그녀가 말했다.

"알아요. 받아들이기 무서운 말이겠지요. 당신의 모든 개념이 뒤집히는 일이니까요. 우리는 물론 어릴 때부터 알아왔지만 당신은…… 자요, 올리버. 도취제를 마시면 더 쉬워질 거예요."

그는 컵을 받아 들었다. 초승달 모양 주둥이에 그녀의 립스틱이 아직도 살짝 묻어 있었다. 차를 마시자 어지러운 달콤함이 머릿속에서 빙빙 돌았고, 휘발성 향기가 효과를 발휘하며 뇌가 두개골 속에서 약간 뒤틀렸다. 그 움직임에 초점도, 그의 가치관도 전부 바뀌었다.

기분이 나아지기 시작했다. 다시금 살과 뼈가 맞붙고, 임시적인 안도감이라는 따스한 망토가 그의 몸을 감쌌다. 더 이상 헐벗은 것 같지도, 불안정한 시간 속에서 흔들리는 것 같지도 않았다.

클레프가 말했다.

"내용은 굉장히 간단해요, 사실은. 우리는…… 여행을 해요. 우리들의 시간대는 당신들의 시간대에서 아주 많이 앞서 있지는 않아요. 네. 얼마나 앞서 있는지는 말해서는 아니 돼요. 하지만 우리는 아직도 당신들의 노래와 시, 위대한 배우들 몇 명을 기억해요. 우린 여가를 아주 많이 즐기고, 즐기기 위한 예술을 장려하지요.

이것은 우리가 만든 여행이에요. 계절 투어이지요. 기념할 만한 계절 투어요. 캔터베리의 가을은 우리 연구원들이 찾을 수 있는 가장 훌륭한 가을이에요. 우리는 성지로 순례여행을 갔어요. 옷은 좀 견디기 어려웠지만, 근사한 경험이었지요.

이제 이 5월달은 거의 끝났어요. 기록상 가장 아름다운 5월이지요. 근사한 시대의 완벽한 5월이에요. 당신이 얼마나 멋지고 즐거운 시대를 살고 있는지 당신은 알 도리가 없겠지요, 올리버. 도시의 분위기 자체가, 나라 전체에서 솟구치는 근사한 자신감과 행복이, 모든 게 꿈처럼 매끄럽게 흘러가요. 날씨가 좋은 다른 5월들도 있지만, 거기에는 각각 전쟁이나 기아, 혹은 다른 문제들이 상주하지요."

그녀가 머뭇거리다가 인상을 찌푸리고 재빨리 말을 이었다.

"며칠 안에 우리는 로마의 대관식을 보러 갈 거예요. 아마 800년일 거고, 크리스마스 때일 거예요. 우리는……."

올리버가 끼어들었다.

"하지만 왜죠? 왜 이 집을 고집한 겁니까? 왜 다른 사람들은 이 집을 당신들에게서 **빼앗으려고** 하고요?"

클레프가 그를 응시했다. 그녀의 아래 눈꺼풀 위로 작고 환한 초승달 모양으로 눈물이 고이는 게 보였다. 그녀의 부드럽고 가무잡잡한 얼굴에 고집스러운 표정이 떠올랐다. 그녀가 고개를 흔들었다.

"그건 물어보면 아니 돼요. 여기, 차를 미시고 내가 한 말은 잊어버리세요. 더 이상은 말할 수 없어요. 한 마디도요."

그녀가 김이 오르는 컵을 들어 올렸다.

잠에서 깨자 잠시 그는 자신이 어디에 있는지 알 수 없었다. 클레프의 방에서 나온 것도, 자신의 방으로 돌아온 것도 생각나지 않았다. 당시 그는 신경도 쓰지 않았다. 압도적인 공포에 질려서 깨어났으니까.

한밤중이었다. 그의 뇌는 두려움과 고통의 여파로 흔들렸다. 움직이는 것조차 두려워서 그는 꼼짝도 않고 누워 있었다. 위험이 어느 방향에서 오는지 파악할 때까지 조용히 누워 있으라고 오랜 선조의 기억이 경고하고 있었다. 비이성적인 공포가 조수의 흐름처럼 그를 덮쳤다. 그 난폭함에 머리가 지끈거리고 어둠 역시 같은 리듬으로 쿵쿵 울렸다.

누군가가 문을 두드렸다. 오메리의 굵은 목소리가 들렸다.

"윌슨! 윌슨, 깨어 있습니까?"

올리버는 두 번이나 노력한 끝에 간신히 대답했다.

"네, 네…… 무슨 일이죠?"

손잡이가 덜컥거렸다. 오메리의 흐릿한 형체가 전등 스위치를 더듬더듬 찾더니 방 안이 환해졌다. 오메리의 얼굴은 긴장으로 일그러져 있었으며 올리버처럼 머리가 지끈거리는 듯한 손을 머리에 대고 있었다.

그 순간, 오메리가 뭐라고 말하기도 전에 올리버는 홀리아의 경고를 기억해냈다.

"나와요, 젊은이. 오늘밤 전에 나와요."

이 어두컴컴한 집에서 압도적인 공포를 자아내 그들을 위협하는 것이 뭘까 그는 다급하게 생각했다. 오메리의 화난 목소리가 그 소리 없는 질문에 답을 해주었다.

"누군가가 집 안에 아음속 장치를 갖다놨습니다, 윌슨. 클레프는 그것이 어디 있는지 당신이 알 거라고 생각하더군요."

"아, 아음속?"

오메리가 성급하게 설명했다.

"조그만 기계장치라고 합시다. 작은 금속 상자 같은……."

올리버가 대답했다.

"오."

그 말로 오메리는 모든 것을 알아챈 모양이었다. 그가 물었다.

"어디 있습니까? 빨리. 얼른 이것을 끝냅시다."

"모르겠어요."

올리버는 간신히 이가 딱딱 마주치는 것을 억눌렀다.

"다, 당신 말은 이 모든 게…… 이 모든 게 그 작은 상자 때문이라는 건가요?"

"그래요. 이제 우리 모두 미쳐버리기 전에 어떻게 찾아야 할지 말해 봐요."

올리버는 부들부들 떨며 침대에서 일어나 무기력한 손으로 로브를 간신히 집어 들었다.

"내 새, 생각엔 그녀가 아래층 어디에 숨겨놨을 거예요. 그, 그녀는 멀리 가지 않았으니까."

오메리는 몇 개의 짧은 질문으로 이야기를 전부 알아냈다. 올리버가 말을 마치자 그가 좌절감에 혀를 찼다.

"그 멍청한 홀리아……."

"오메리!"

클레프의 구슬픈 목소리가 거실에서 울렸다.

"제발 서둘러, 오메리! 참을 수가 없어! 오, 오메리, 제발!"

올리버가 벌떡 일어섰다. 그러자 설명할 수 없는 고통이 두 배가 되어 머릿속에서 폭발하는 느낌이었다. 그가 침대 기둥을 잡고 비틀거렸다. 어질어질한 머리로 그가 말했다.

"가서 직접 찾아요. 난 걸을 수도 없어요……."

오메리는 인내심이 끊기기 직전인 것 같았다. 그가 올리버의 어깨를 잡고 뒤흔들며 긴장된 목소리로 말했다.

"당신이 들여놓았어! 이제 그것을 찾는 것을 도와, 아니면……."

"그건 당신 세계에서 온 물건이지, 내 것이 아니잖아요!"

올리버가 난폭하게 외쳤다.

그 순간 방 안에 갑자기 냉기와 침묵이 감돌았다. 심지어 고통과 정신을 잃을 정도의 공포도 잠시 멈추었다. 오메리의 창백하고 차가운 눈이 몸에 얼음을 갖다 대듯이 싸늘하게 올리버에게 고정되었다.

"우리…… 세계에 대해서 무엇을 알지?"

오메리가 물었다.

올리버는 한 마디도 하지 않았다. 그럴 필요도 없었다. 그의 얼굴에 이미 무엇을 아는지 떠올랐을 테니까. 그는 여전히 이해할 수 없는 이 한밤중의 공포에 눌려 아무것도 숨길 수 있는 상태가 아니었다.

오메리가 하얀 이를 드러내고 완벽하게 알아들을 수 없는 세 마디를 내뱉었다. 그리고 문으로 나가 소리쳤다.

"클레프!"

올리버는 두 여자가 거실에서 서로 껴안고 이 기묘한 인조 공포의 물결 속에서 격렬하게 떨고 있는 것을 보았다. 밝은 초록색 가운을 입은 클리아는 몸을 꼿꼿이 세우고 버티려고 했으나 클레프는 억제하려는 노력조차 하지 않았다. 그녀의 폭신폭신한 로브는 오늘밤엔 부드러운 금빛이었다. 그녀는 옷 아래로 몸을 떨었고, 얼굴에선 눈물이 줄줄 흘렀다.

오메리가 위험한 어조로 말했다.

"클레프, 어제 또 도취제를 먹었어?"

클레프가 올리버 쪽으로 겁먹은 눈길을 던지고는 죄 지은 얼굴로 고개를 끄덕였다.

"너는 너무 많은 이야기를 했어. 너도 규칙을 알잖아, 클레프. 누군가가 이 일을 상부에 보고하면 너는 다시는 여행을 허가받을 수 없을 거야."

그의 말은 완벽한 고발이었다.

클레프의 사랑스러운 크림색 얼굴에 갑자기 웃음이 떠오르며 보조개가 패였다.

"나도 잘못되었다는 것은 알아. 정말로 미안해⋯⋯. 하지만 센베가 아니라고 하면 너도 나를 막을 수 없을 거야."

클리아가 무력한 분노로 팔을 벌렸다. 오메리가 어깨를 들썩였다. 그는 올리버에게 이해할 수 없는 시선을 던졌다.

"그런 경우라면, 늘 그렇듯이 큰 문제가 없는 거겠지. 하지만 심각할 수도 있었어. 다음번에도 그럴 수 있고. 내가 센베와 이야기를 해봐야겠어."

클리아가 몸을 떨며 그들에게 상기시켰다.

"우선 아음속 장치부터 찾아야 해. 클레프가 도울 수 없다면 우선 나가 있으라고 해. 나는 이제 클레프를 달래주는 데에 질렸어."

"이 집을 포기하면 돼!"

클레프가 격렬하게 소리쳤다.

"홀리아가 갖게 놓아두자고! 어떻게 이것을 참고 장치를 찾는 데 시간을 쏟을 수 있어⋯⋯."

"집을 포기해? 너 미쳤구나! 초대한 것까지 모두 취소하자고?"

클리아가 외쳤다.

"그럴 필요는 없을 거야. 우리 모두가 찾으면 찾아낼 수 있을 거야.

당신은 도울 수 있겠습니까?"

오메리가 올리버를 쳐다보았다.

간신히 올리버는 방 안을 휩쓰는 정신을 차릴 수 없는 공포를 억눌렀다. 그가 말했다.

"네. 하지만 내 문제는요? 날 어떻게 할 거죠?"

오메리가 가무잡잡한 얼굴에 옅은 눈으로 올리버를 냉정하게 쳐다보았다.

"그건 확실하지 않습니까. 우리가 떠날 때까지 당신을 이 집에 묶어 놓아야겠지요. 그 정도는 우리도 어쩔 수 없습니다. 당신도 알 텐데요. 그리고 그 이상을 할 이유도 없어요, 이미 일어난 일이니까. 우리가 여행 서류에 서명할 때 약속한 것은 침묵이 전부니까요."

"하지만……."

올리버는 그 논리에서 오류를 찾으려 했으나 소용이 없었다. 제대로 생각할 수 없었다. 주위에서 그의 머릿속으로 미칠 듯한 공포가 스며들고 있었다. 그가 말했다.

"좋아요. 찾아봅시다."

그들이 소파 쿠션의 찢어진 틈새에 박혀 있던 상자를 찾은 것은 새벽이 되어서였다. 오메리는 그것을 말없이 위층으로 가져갔다. 5분 후 주위를 짓누르던 압력이 갑자기 사라지고 집 안에는 축복받은 평화가 내려앉았다.

"그들은 다시 시도할 겁니다."

오메리가 뒤쪽 침실 문 앞에서 올리버에게 말했다.

"그것을 주의해야 합니다. 당신에 관해서는, 금요일까지 이 집에 머물러요. 당신의 안전을 위해서라도 홀리아가 또 다른 속임수를 제의하거든 나에게 말하라고 충고하지요. 당신이 이 집에 머물도록 강요할 수 있는 방법은 나에게도 없습니다. 당신을 굉장히 불편하게 만드는 방법을 사용할 수도 있어요. 하지만 그냥 당신의 말을 믿는 쪽이 쉽습니다."

올리버는 머뭇거렸다. 뇌를 짓누르던 압력이 사라지자 지치고 머리도 돌아가지 않아서 뭐라고 대답해야 할지 알 수 없었다.

오메리가 잠시 후 말을 이었다.

"우리가 이 집을 구매해버리지 않은 것은 일부 우리의 잘못이기도 하니까요. 여기서 우리와 함께 살면 당신도 의심을 받게 될 겁니다. 당신의 약속에 대한 대가로 이 집을 팔지 못하는 금액의 일부를 변상하면 어떻겠습니까?"

올리버는 그 제의를 고려해보았다. 그러면 수도 조금 달랠 수 있을 거고, 이틀만 더 이 집에 머무르면 된다. 게다가 도망친들 뭐가 좋겠는가? 다른 사람들에게 정신병원에 곧장 감금되지 않을 만한 설명을 할 수 있을까?

그는 지친 어조로 말했다.

"좋습니다. 약속하죠."

금요일 아침에도 흘리아는 나타날 기미가 없었다. 수가 정오에 전화를 걸었다. 클레프가 전화를 받았을 때 올리버는 전화선 너머로 그녀의 목소리가 갈라지는 것을 알아챘다. 갈라진 목소리조차 히스테릭하게 들렸다. 움켜잡은 작은 손가락 사이로 계약이 새어나가는 것을 수는 무력하게 보아야만 했던 것이다.

클레프가 달래듯 말했다.

"미안해요."

말이 끊기는 사이사이 그녀가 몇 차례나 말했다.

"진심으로 미안해요. 내 말 믿어요, 이 일이 중요하지 않다는 것을 알게 될 거예요. 나는 알아요…… 미안해요……."

마침내 그녀가 전화기에서 돌아섰다.

"이 아가씨가 그러는데 홀리아가 포기했대."

그녀가 다른 사람들에게 말했다. 클리아가 단호하게 말했다.

"홀리아가 그럴 리 없어."

오메리는 어깨를 으쓱했다.

"시간이 거의 남지 않았어. 그녀가 무엇인가 더 할 생각이라면 오늘 밤에 할 거야. 우리 모두 주의해야 해."

"오, 오늘밤일 리 없어! 홀리아라 해도 그러지는 않을 거야!"

클레프의 목소리가 겁에 질렸다.

"친애하는 우리의 홀리아가 일하는 방식은 너와 비슷하게 상당히 파렴치하지."

오메리가 웃으며 그녀에게 말했다.

"하지만…… 자기가 여기 있을 수 없다고 해서 우리 일까지 망칠까?"

"어떻게 생각해?"

클리아가 물었다.

올리버는 그만 듣기로 했다. 그들의 이야기를 전혀 이해할 수 없었지만 오늘밤이면 그 비밀이 뭐든 간에 결국 밝혀지게 될 거라는 건 분명했다. 그는 얼마든지 기다릴 수 있었다.

이틀 동안 집을 공유하고 있는 세 사람은 점점 더 흥분으로 가득 찼다. 심지어 고용인들까지도 그것을 느끼고 긴장하고 불안해했다. 올리버는 질문을 포기했다 — 그래봤자 세입자들을 당황하게 만들 뿐이니까. 그는 그냥 구경만 했다.

집 안의 모든 의자를 세 개의 앞쪽 침실에 모았다. 가구들을 재배치해서 의자를 놓을 자리를 만들었고, 십수 개의 뚜껑 달린 컵이 쟁반 위에 놓였다. 올리버는 클레프의 장미석영 컵도 그 안에 있는 것을 알아챘다. 가느다란 초승달 모양 주둥이에서 김이 오르지는 않았지만 컵은 전부 꽉 차 있었다. 올리버는 하나를 들어 올리고 반고체처럼 느릿하게 무거운 액체가 흔들리는 것을 느꼈다.

손님들이 온다는 건 분명했으나 일반적인 저녁식사 시간인 9시가 지나도록 아무도 오지 않았다. 저녁식사가 끝나고, 고용인들은 집으로 돌아갔다. 샌시스코 사람들은 고조되는 긴장감 속에서 각자의 방으로 가서 옷을 갈아입었다.

올리버는 저녁을 먹고 현관으로 나와서 무엇 때문에 이렇게 집 안에 흥분감이 넘쳐나는 걸까 생각해보았으나 결론이 나오지 않았다. 상현달이 지평선 위에서 흐릿하게 떠올랐으나 5월의 밤을 매일 화려하게 빛내던 별들은 오늘밤 묘하게 희미했다. 해가 지며 구름이 몰려들기 시작했다. 한 달간의 화창한 날씨가 드디어 막을 내리려는 모양이었다.

올리버의 뒤에서 문이 살짝 열렸다가 닫혔다. 돌아서기도 전에 클레프의 향기를 맡을 수 있었다. 그녀가 지나치게 좋아하는 도취제의 옅은 향기였다. 그녀가 옆으로 와서 그에게 팔짱을 끼고 어둠 속에서 얼굴을 올려다보았다.

그녀가 매우 부드럽게 말했다.

"올리버. 하나만 약속해줘요. 오늘밤에 이 집을 나가지 않겠다고 약속해줘요."

"그건 이미 약속했잖아요."

그가 약간 짜증스럽게 말했다.

"알아요. 하지만 오늘밤은…… 오늘밤 당신이 집 안에 있기를 바라는 아주 중요한 이유가 있어요."

그녀가 잠시 그의 어깨에 머리를 기대자 어느새 그의 짜증이 가라앉았다. 지난번 밤에 그녀가 고백한 이래로 그는 클레프와 단둘이 있지 못했다. 다시는 그녀와 몇 분 이상 단둘이 있지 못할 거라고 생각했었다. 하지만 그 놀라운 두 번의 저녁은 결코 잊지 못할 것이다. 이제는 그도 그녀가 굉장히 약하고 멍청하다는 걸 알고 있었다—하지만 그녀는 여전히 클레프였고, 그녀를 품에 안았었다. 그것은 절대로 잊지 못할 것이다.

"오늘밤에 나가면, 어쩌면 당신은…… 다칠 수도 있어요."

그녀가 웅얼거리는 소리로 말했다.

"상관없다는 것은 알지만, 결국에는, 그래도…… 당신의 약속을 기억해요, 올리버."

그녀가 다시 들어갔다. 그의 머릿속에 떠오른 무의미한 질문을 꺼내기도 전에 문이 그녀의 등 뒤로 닫혔다.

손님들은 자정 직전부터 도착하기 시작했다. 계단 위쪽에서 올리버는 그들이 두셋씩 짝지어 들어오는 것을 보며 지난 몇 주 동안 이곳에 미래에서 온 사람들이 얼마나 많았는지 깨닫고는 놀랐다. 그들이 자신의 시대적 기준과 얼마나 다른지 이제는 명확하게 알 수 있었다. 가장 먼저 눈에 띄는 건 그들의 육체적인 우아함이었다. 그리고 완벽한 옷차림, 꼼꼼한 예절, 정확하게 통제된 목소리. 하지만 그들은 전부 빈둥거리기만 했고, 어딘가 센세이션 수집가 같은 모습이었다. 그들의 목소리에는, 특히 한꺼번에 들으면 날카로운 데가 있었다. 훌륭한 태도 뒤에는 심술궂고 방만한 모습이 보였다. 그리고 오늘밤에는 온 사방이 흥분되어 있었다.

1시경 모든 사람들이 앞쪽 방에 모였다. 찻잔에서는 이미 자정쯤부터 그들을 위해서인 듯 김이 올라 집 안의 모든 방에 도취제에서 흘러나오는 옅은 향기가 가득 찼다. 숨을 쉬면 차의 향기를 맡을 수 있었다.

그 향기 때문에 올리버의 기분도 몽롱하고 나른해졌다. 다른 사람들처럼 계속 앉아 있으려고 했지만 어느새 무릎 위에 펴지도 않은 책을 올려놓은 채 자신의 방 창가에서 잠이 들었던 모양이었다.

사건이 벌어졌을 때 몇 분 동안 그는 이게 꿈인지 아닌지 판단할 수 없었다.

커다랗고 엄청난 폭발은 평범한 소리와 비교할 수 없을 만큼 컸다. 집 전체가 발밑에서 흔들리는 것 같았고, 목재들이 부러진 뼈처럼 서로 부딪치는 게 아직 잠의 경계에 있던 그의 귀가 아니라 몸으로 느껴졌다. 완전히 잠에서 깨자 그는 바닥에 널린 부서진 창문 조각 위에 누워 있었다.

거기 얼마나 오래, 혹은 얼마나 잠깐 누워 있었는지는 그도 알 수 없었다. 세상은 아직 이 어마어마한 소음에 멈춰버린 것 같았다. 아니면 아무 데서도 소리가 나지 않는 게 그의 귀가 아직 먹먹해서일지도 모른다.

앞쪽 방들을 향해 거실을 반쯤 지나가고 있는데 다시 밖에서 소리가 들리기 시작했다. 처음에는 낮고 모호한 우르릉거리는 소리에 수많은 작은 비명이 섞여 있는 것 같았다. 올리버의 고막은 들리지 않는 커다랗고 무시무시한 소음의 영향으로 다시 욱신거렸다. 먹먹함이 가시자 그는 눈으로 보기도 전에 파괴된 도시의 첫 번째 소리들을 들을 수 있었다.

클레프의 방문은 잠시 열리지 않았다. 이 맹렬한 폭발? 때문인지 집이 흔들려 문틀이 어긋난 모양이었다. 간신히 문을 연 다음 그는 방 안의 어둠을 보고 멍하니 눈만 깜박이며 서 있었다. 모든 전등이 나갔고, 다양한 목소리로 숨 가쁜 속삭임만이 울렸다.

의자는 모든 사람들이 밖을 볼 수 있도록 커다란 전면 창문 앞쪽에 놓여 있었다. 도취제 향기가 방 안에 가득했다. 바깥에서 들어오는 불빛에 올리버는 몇몇 구경꾼들이 여전히 귀에 손을 대고 있으나 모두가 무슨 일이 일어났는지 보고 싶어서 목을 길게 빼고 있는 것을 볼 수 있었다.

꿈처럼 몽롱한 상태로 올리버는 창문 아래 불가능할 정도로 또렷하게 펼쳐져 있는 도시를 보았다. 길 건너편의 집들 때문에 시야가 막혀 있다는 걸 그는 잘 알고 있었다 — 하지만 지금은 도시가 보였다. 여기서부터 지평선까지 죽 이어진 전경을 볼 수 있었다. 사이를 가로막고 있던 집들은 사라졌다.

멀리 지평선에서는 이미 불이 활활 타오르며 낮게 깔린 구름을 빨갛게 물들이고 있었다. 하늘에서 도시 위로 반사된 유황불 같은 불빛이 줄줄이 무너진 수십 채의 집들을 또렷하게 드러냈고, 불길이 치솟아 집들을 집어삼키기 시작했다. 더 먼 곳에는 한때 집이었으나 지금은 아무것도 아닌 형체 없는 잔해들이 보였다.

도시에 소리가 울리기 시작했다. 불길이 일으키는 소음이 가장 컸으나, 멀리서 파도가 밀려오는 소리처럼 사람들의 목소리도 들렸고 온갖 소리들 속에서 계속해서 일정한 양식의 비명 소리가 띄엄띄엄 울렸다. 물결치는 소리를 날실로, 사이렌의 날카로운 소음을 씨실로 엮어 어딘가 기묘하게 비인간적인 아름다움을 지닌 끔찍한 심포니가 완성되었다.

믿을 수 없어서 멍해진 올리버의 머릿속에 잠시 클레프가 언젠가

틀었던 심포니가 떠올랐다. 음악과 움직이는 형상으로 재현되었던 또다른 재난의 이야기가.

그가 거친 소리로 말했다.

"클레프."

창문에 몰두하고 있던 집중력이 깨졌다. 모든 머리가 돌아가고, 올리버는 자신을 바라보는 낯선 사람들의 얼굴을 마주보았다. 몇몇은 당황해서 그의 눈길을 피했으나 대부분은 사고 현장에 몰려든 군중들이 흔히 그렇듯이 비인간적인 호기심과 열망을 드러내고 있었다. 하지만 이 사람들은 계획적으로, 그들이 오는 시각 직후에 예정되어 있던 어마어마한 재앙의 관객이 되기 위해 여기 온 것이다.

클레프가 불안정하게 일어났다. 벨벳 디너 가운이 그녀의 움직임을 방해했다. 그녀가 컵을 내려놓고 약간 비틀거리며 문으로 다가와 말했다. 그 감미롭고 모호한 목소리로.

"올리버…… 올리버……."

그녀는 취했고, 재앙을 보고 극도로 흥분한 상태라 자신이 뭘 하는지조차 모르는 것 같았다.

올리버는 자신의 목소리 같지 않은 가느다란 목소리로 말했다.

"무…… 무슨 일이에요, 클레프? 뭐가 일어난 거죠? 뭐가……."

하지만 '일어났다'는 말은 눈앞의 엄청난 광경에 너무나 어울리지 않는 단어라서 그는 히스테릭한 웃음을 터뜨릴 뻔했으나 질문을 하기 위해 간신히 억눌렀다. 하지만 결국 말을 멈추고 온몸을 뒤흔드는 떨림을 억제하려고 노력했다.

클레프가 불안정하게 몸을 구부려 김이 오르는 컵을 쥐었다. 그녀가 비틀비틀 그에게 다가와 컵을 내밀었다 ─ 모든 문제에 대한 그녀의 만병통치약이었다.

"여기, 마셔요, 올리버…… 여기 있으면 우리 모두 안전해요, 정말
로 안전해요."

그녀가 그의 입술에 컵을 대자 그는 자동적으로 차를 삼켰다. 첫 모
금을 마시자 고맙게도 뇌 속에서 뜨거운 김이 천천히 원을 그리며 생각
을 멈추어주었다.

"운석이에요."

클레프가 이야기하고 있었다.

"사실. 아주 작은 운석이지요. 여기 있으면 우리는 완벽하게 안전해
요. 이 집에는 떨어지지 않았거든요."

무의식적인 일부 세포에서 올리버 자신이 알아들을 수 없는 말을
하는 것이 들렸다.

"수는? 수는……."

그는 말을 마칠 수 없었다. 클레프가 다시 컵을 내밀었다.

"아마 안전할 거라고 생각해요…… 잠시 동안은요. 제발, 올리
버…… 다 잊어버리고 차를 마셔요."

뒤늦게 멍한 그의 뇌가 그것을 깨달았다.

"하지만 당신은 알았잖아! 경고해줄 수도 있었어, 아니면……."

클레프가 물었다.

"우리가 어떻게 과거를 바꿀 수 있겠어요? 우리는 알고 있었어요.
하지만 우리가 운석을 멈출 수 있겠어요? 아니면 도시에 경고를 할까요?
우리는 오기 전에 절대로 끼어들지 않겠다고 맹세했어요……."

아래서 들려오는 커다란 소리 위로 그들의 목소리가 더욱 높아졌

다. 이제 불길과 비명, 무너지는 건물의 폭음으로 도시는 포효하고 있었다. 방으로 들어오는 빛이 붉어지고 벽과 천장에 검붉은 색깔로 일렁거렸다.

아래층에서 문이 쾅 닫혔다. 누군가가 웃었다. 높고 거칠고 분노한 웃음이었다. 그리고 방 안의 사람들 중 누군가가 숨을 헐떡였고 곧 이어 당황한 비명이 일제히 울렸다. 올리버는 창문과 그 너머의 끔찍한 전경에 집중하려고 했으나 그럴 수 없었다.

눈을 깜박이고 자신의 눈이 잘못된 게 아니라는 것을 깨달을 때까지는 몇 초가 걸렸다. 클레프가 낮게 흐느끼며 그에게 기댔다. 그의 팔이 자동적으로 그녀를 감쌌다. 따뜻하고 단단한 살이 닿자 그는 안도했다. 최소한 이만큼이라도 만지고 확인할 수 있었다. 그 외의 일들은 전부 꿈 같았다. 그녀의 향기와 차의 진한 향취가 머릿속에서 뒤섞였고, 순간적으로 그녀를 이렇게 안고 있는 게 아마 마지막으로 그녀를 안는 일일 거라는 생각이 들자 방 안의 무언가가 엄청나게 잘못되어 있다는 사실에는 신경 쓰지 않게 되었다.

눈앞이 암흑이었다. 계속 그런 건 아니고, 도시의 번쩍이는 불빛에 뒤틀리고 당황한 방 안의 다른 얼굴들이 언뜻언뜻 보이는 사이로 물결 같은 것이 점점 커졌다.

물결은 점점 빨라졌다. 이제는 물결 사이로 아주 잠깐밖에 시야가 트이지 않았고, 그 시간도 점점 더 짧아졌으며 암흑은 더욱 길어졌다.

아래층에서 들리던 웃음소리가 이제는 계단에서 들렸다. 올리버는 그 목소리를 알 것 같았다. 그가 말을 하려고 입을 열었으나 그가 뭐라고 하기도 전에 근처의 문이 쾅 열리며 오메리가 계단을 향해 소리쳤다.

그가 도시의 소음을 뚫고 외쳤다.

"홀리아? 홀리아, 당신이지?"

그녀가 다시금 승리의 웃음을 터뜨렸다. 그녀의 거칠고 잔인한 목소리가 울렸다.

"내가 경고했지! 이제 계속 보고 싶으면 우리들 나머지처럼 길거리로 나와!"

"홀리아!"

오메리가 절망적으로 소리쳤다.

"멈추지 않으면……."

그녀의 웃음은 조롱조였다.

"그러면 어떻게 하겠어, 오메리? 이번에는 아주 잘 숨겼어……. 나머지를 보고 싶다면 길거리로 나와."

집 안에는 분노에 찬 침묵이 흘렀다. 올리버는 뺨에 닿는 클레프의 빠르고 흥분된 숨결과 품에 안긴 그녀의 부드러운 움직임을 느낄 수 있었다. 그는 의식적으로 이 순간을 영원히 지속하려고 노력했다. 모든 것이 너무나 빠르게 벌어져서 만지고 쥘 수 있는 것 외에는 아무것도 명확하게 머리에 들어오지 않았다. 그는 의식적으로 그녀를 가볍게 안고 있었으나 사실은 그녀를 절망적으로 꽉 끌어안고 싶었다. 이게 그들이 나눌 수 있는 마지막 포옹임이 분명했으니까.

눈이 욱신거리는 빛과 암흑의 번쩍거림이 계속되었다. 멀리서 타오르는 도시의 포효가 지속되다 모든 소리를 하나로 연결하는 길고 반복적인 사이렌의 운율로 합쳐졌다.

"뭐지? 여기서 무엇을 하는 거요? 홀리아…… 당신인가?"

올리버는 품 안에서 클레프가 굳어지는 것을 느꼈다. 그녀가 숨을 들이켰으나 무거운 발소리가 계단을 올라와 낡은 집이 흔들릴 정도로 단호하고 자신만만하게 울리는 동안 아무 말도 하지 않았다.

그러다가 클레프는 올리버의 품을 거세게 밀치고 일어섰다. 그녀의 높고 감미롭고 흥분된 목소리가 외치는 것이 들렸다.

"센베! 센베!"

흔들리는 집 안을 뒤덮은 어둠과 빛의 물결 속에서 그녀가 새로 온 사람을 만나러 달려갔다.

올리버는 약간 비틀거리다가 다리 뒤에 의자가 닿는 것을 느꼈다. 그는 거기 풀썩 앉아 아직까지 들고 있던 컵을 입술로 들어올렸다. 테두리 모양도 제대로 파악하지 못했지만 얼굴에 닿는 김은 따뜻하고 축축했다. 그는 양손으로 컵을 들어 올리고 차를 마셨다.

눈을 뜨자 방 안은 상당히 어두웠다. 그리고 문지방 바로 아래서 들리는 것 같은 가늘고 음악적인 허밍을 제외하면 고요했다. 올리버는 끔찍한 악몽의 기억에 몸을 떨었다. 하지만 단호하게 그것을 머릿속에서 밀어내고 일어나 앉았다. 침대가 낯설게 삐걱거리며 그의 아래서 흔들렸다.

여기는 클레프의 방이었다. 하지만 아니…… 클레프는 더 이상 여기 없었다. 그녀의 반짝이는 벽걸이가 벽에서 사라졌고, 하얗고 폭신폭신한 러그도, 그림도 사라졌다. 방은 그녀가 오기 전과 똑같았다. 한 가지만 제외하면.

구석에 반투명한 덩어리 같은 테이블이 부드러운 빛을 내고 있었다. 어떤 남자가 테이블 앞 낮은 의자에 앉아 몸을 앞으로 기울이고 있다. 빛에 가려 널찍한 어깨의 윤곽이 보였다. 그는 이어폰을 끼고 무릎 위에 놓은 공책에 빠르고 다급하게 무언가를 쓰며 들리지 않는 음악 곡

조를 따라가듯 약간 몸을 흔들었다.

커튼이 내려져 있었으나 그 너머로 올리버가 악몽 속에서 보았던 멀고 나직한 쿵쿵 소리가 들려왔다. 그는 얼굴에 손을 얹고 열이 있음을 깨달았다. 눈앞에서 방이 위아래로 움직였다. 머리가 욱신거리고 온몸과 신경이 대단히 무겁게 느껴졌다.

침대가 삐걱거리자 구석의 남자가 고개를 돌리고 이어폰을 목깃처럼 아래로 내렸다. 그는 강하고 섬세한 얼굴에 짧게 깎은 검은 수염을 갖고 있었다. 전에 이 남자를 본 적은 없지만 남자에겐 이제 올리버가 잘 아는, 그들 사이에 엄청난 시간 간격이 있다는 걸 알고 있는 소원한 분위기가 있었다.

말을 하는 그의 굵은 목소리는 비인간적으로 친절했다. 그가 무심한 동정을 담아서 말했다.

"도취제를 너무 마신 거요, 윌슨. 당신은 상당히 오래 잤소."

"얼마나 오래요?"

목구멍이 끈끈하게 느껴졌다.

남자는 대답하지 않았다. 올리버는 시험적으로 머리를 흔들어본 다음 말했다.

"클레프가 숙취 같은 건 없을 거라고 말했던 것 같은데……."

갑자기 다른 생각이 떠오르자 그가 황급히 말했다.

"클레프는 어디 있죠?"

그는 혼란스럽게 문을 쳐다보았다.

"그들은 지금쯤 로마에 있을 거요. 지금부터 천 년 전 크리스마스 날 성 베드로 성당에서 열린 샤를마뉴의 대관식[29]을 보기 위해서."

그것은 올리버가 제대로 이해할 수 있는 말이 아니었다. 욱신거리는 뇌가 그 말을 회피하고 있었다. 생각하는 것 자체가 이상하게 어려웠다. 남자를 쳐다보며 그는 고통스럽게 결론을 알아내려 했다.

"그러니까 그들은 갔군요……. 그런데 당신은 뒤에 남았고요? 왜죠? 당신…… 당신이 센베죠? 당신의…… 심포니를 들었어요. 클레프가 그렇게 부르더군요."

"당신은 일부만 들은 거요. 아직 끝내지 못했지. 난…… 이게 필요했소."

센베가 여전히 계속되는 소음을 누그러뜨리고 있는 커튼 쪽으로 고개를 끄덕였다.

"당신은…… 운석이 필요했다고요?"

그 말이 고통스럽게 그의 몽롱한 뇌를 뚫고 들어가 아직까지 두통의 습격을 당하지 않은, 여전히 그 의미를 파악할 수 있는 부분을 자극했다.

"운석이? 하지만……."

센베가 손을 들어올리자 절대적인 힘이 올리버를 다시 침대에 밀어 앉히는 느낌이었다. 센베가 참을성 있게 말했다.

"최악의 상황은 이제 지나갔소, 잠시 동안은. 가능하면 잊어요. 그건 며칠 전 일이오. 당신이 오랫동안 잤다고 했지 않소. 당신이 쉬도록 놓아두었지. 이 집은 안전하다는 것을 알고 있었으니까…… 최소한 화재로부터는."

"그럼, 다른 게 또 일어난다는 건가요?"

◎ **29__** 서기 800년에 교황 레오 3세가 손수 대관한 샤를마뉴 황제의 대관식으로, 고대 로마 제국을 계승하고자 하는 신성 로마 제국의 시작이라는 의미가 있다.

올리버가 간신히 웅얼거렸다. 자신이 대답을 원하는지 알 수 없었다. 오랫동안 궁금했고 이제 그 해답이 눈앞에 있는데, 머릿속의 무언가가 듣기를 거부하고 있었다. 도취제의 효과가 완전히 사라지면 이 무력감과 열, 현기증도 없어질지 모른다.

센베의 목소리는 마치 그 역시 올리버가 생각하기를 바라지 않는 듯 매끄러운 위로조였다. 그냥 누워서 듣는 것이 가장 쉬웠다. 센베가 말했다.

"나는 작곡가요. 나는 우연히 일종의 재앙들을 나만의 기준으로 해석하는 데에 관심을 갖게 되었소. 그래서 머무른 거지. 다른 사람들은 딜레탕트(아마추어 애호가)요. 그들은 5월의 날씨와 풍경을 즐기러 왔지. 그 후의 재앙은, 음, 그들이 무엇 때문에 그것을 기다리겠소? 나로 말하자면, 나는 전문가라고 생각하오. 이후의 재앙이 훨씬 매력적이라는 것을 알게 되었지. 그리고 그것이 필요했소. 그것을 직접 보고 연구할 필요가 있었지. 내 목적을 위해서."

그의 눈이 잠시 아주 날카롭게, 마치 의사처럼 객관적이고 관찰적인 시선으로 올리버에게 머물렀다. 멍하니 그가 펜과 공책으로 손을 뻗었다. 그가 움직이자 올리버는 두껍고 가무잡잡한 손목 아래쪽에서 눈에 익은 흔적을 발견했다.

"클레프도 그 상처를 갖고 있었어요. 다른 사람들도요."

자신의 목소리가 중얼거리는 게 들렸다. 센베가 고개를 끄덕였다.

"예방접종이지. 상황상 꼭 필요한 거요. 우리 시대의 세계에 병이 퍼지는 것은 원하지 않으니까."

"병이요?"

센베가 어깨를 으쓱했다.

"이름을 말해도 모를 거요."

"하지만, 당신들이 예방접종을 할 수 있다면……."

올리버가 욱신거리는 팔로 몸을 받치고 일어났다. 잊어버려서는 안 되는 생각을 반쯤 필사적으로 움켜쥐고 있는 상태였다. 그 노력에 머릿속의 생각이 솟구치는 혼란을 뚫고 좀 더 명확하게 와 닿았다. 엄청난 노력을 기울여 그가 말을 이었다.

"이제 알 것 같아요. 잠깐만요. 이걸 알아내려고 계속 노력했어요. 당신들은 역사를 바꿀 수 있죠? 할 수 있잖아요! 할 수 있는 거 알아요. 클레프는 끼어들지 않겠다고 약속했다고 그랬어요. 당신들 모두가 약속했겠죠. 그 말은 당신들이 정말로 당신들의 과거—우리 시간을 바꿀 수 있다는 거죠?"

센베가 공책을 다시 내려놓았다. 그가 짙은 눈썹 아래 생각에 잠긴 어둡고 강렬한 눈으로 올리버를 보았다. 그가 말했다.

"그렇소. 그래, 과거는 바뀔 수 있소. 하지만 쉽지는 않지. 그리고 그렇게 되면 미래 역시 바뀌게 되고. 확률의 선이 움직여 새로운 패턴을 만들지…… 하지만 그건 극도로 어렵고 절대로 해서는 안 되는 일이오. 물리적 시간 축은 언제나 기준점으로 되돌아오는 경향이 있소. 그래서 강제로 변화를 일으키는 것이 어려운 거요."

그가 어깨를 들썩였다.

"이론과학이지. 우리는 역사를 바꾸지 않소, 윌슨. 우리가 우리의 과거를 바꾸면, 현재 역시 바뀔 거요. 그리고 우리 시간대의 세상은 아주 만족스럽소. 거기에도 약간의 반항자들은 있지만, 그들에게는 시간여행의 특권이 허용되지 않지."

올리버는 창문 너머의 커다란 소음 위로 더 크게 말했다.

"하지만 당신들에겐 힘이 있잖아요! 당신이 원한다면 역사를 바꿀 수 있잖아요…… 모든 고통과 괴로움과 비극을 없애버릴 수……."

"그 모든 것은 오래전에 지나간 거요."

센베가 말했다.

"지금은 아니야! 이건 아니라고!"

센베는 한동안 수수께끼 같은 눈으로 그를 보았다. 그리고 말했다.

"이것도 마찬가지요."

갑자기 올리버는 센베가 자신을 바라보고 있는 거리를 깨달았다. 시간으로 따지자면 엄청나게 먼 거리였다. 센베는 작곡가이자 천재이므로 강렬한 감정 이입 능력을 갖고 있겠지만, 그의 심리적인 거리는 아주 멀었다. 밖에서 죽어가는 도시, 지금의 세계 전체가 센베에게는 현실이 아닌 것이다. 그 기본적인 시간의 불일치 때문에 현실과 동떨어져 있는 것이다. 그저 센베의 그 막연하고 알 수 없는 끔찍한 미래의 문명이 세울 체계를 이루는 블록 한 조각에 불과할 뿐이다.

그것이 이제 올리버에게는 끔찍하게 느껴졌다. 심지어 클레프도…… 그들 모두가 좁아 터진 마음을 갖고 있었다. 그래서 홀리아는 지구에 운석이 쏟아질 동안 기껏 링사이드 자리를 차지하기 위해 작고 사악한 계획을 꾸몄던 것이다. 그들은 전부 딜레탕트였다. 클레프, 오메리, 다른 사람들 모두. 그들은 오로지 구경꾼으로서 시간을 여행할 뿐이었다. 그들의 평소 생활에 지루해진…… 혹은 물렸던 걸까?

변화를 바랄 정도로 물린 건 아닐 테지, 당연히. 그들 자신의 시간대 세상은 완성된 자궁, 그들의 욕구를 키워주는 완벽한 곳이었다. 그래서 감히 과거를 바꿀 수 없는 것이다. 자신들의 현재에 위험이 미칠까 봐.

극도의 혐오감이 그를 뒤흔들었다. 클레프의 입술이 닿던 느낌을 떠올리고 그는 혀에 쓴맛이 치미는 것을 느꼈다. 그녀에게 매료되었었다. 그는 그것을 잘 알고 있었다. 하지만 그 후엔……

미래에서 온 이 종족에겐 뭔가가 있었다. 처음에 희미하게 느꼈었는데, 클레프가 접근하며 경계심이 사라지고 지각이 흐려져버렸다. 순수하게 탈출하기 위한 방편으로 시간여행을 한다는 건 거의 신성모독적인 일이었다. 이런 힘을 가진 종족은……

클레프……. 그를 떠나 야만적이고 화려한 1,000년 전의 로마 대관식에 가버린 그녀는 그를 어떻게 여겼을까? 살아 숨 쉬는 남자로 생각하진 않았을 것이다. 그것은 분명하게 알고 있었다. 클레프의 종족은 방관자였다.

하지만 지금 센베의 눈에서는 단순한 호기심 이상이 엿보였다. 거기에는 선명하고 탐욕적인 연구에 대한 갈망이 있었다. 그가 이어폰을 다시 귀에 꽂았다. 그는 다른 사람들과 달랐다. 그는 전문가였다. 기념할 만한 계절이 지나고 재앙이 내려왔다 — 센베와 함께.

센베가 쳐다보며 기다리자 그의 앞에 놓인 반투명한 덩어리에서 부드러운 빛이 깜박였다. 그의 손가락이 공책 위를 쓰다듬었다. 최고의 전문가는 식도락가가 아니면 즐길 수 없는 진미를 음미하기 위해 기다리고 있었다.

거의 음악 같은 가늘고 희미한 리듬이 멀리 화재의 소음 위로 다시 들려오기 시작했다. 올리버는 그것을 듣고 기억을 떠올리며 전에 들었던 심포니의 패턴을 거의 알아내기 직전이었다. 변화하는 얼굴들과 죽어가는 무수히 많고 많은 사람들이 온통 뒤섞인……

그는 침대에 누워 눈을 감고 욱신거리는 눈꺼풀 뒤로 방이 빙글빙글 어둠 속에 잠기도록 내버려두었다. 온몸의 세포들이 전부 다 고통스러웠다. 마치 두 번째 자아가 주도권을 쥐고 그를 자신의 몸에서 몰아내고 강력하고 확신에 찬 자아가 그 자신을 차지해버린 느낌이었다.

왜 클레프가 거짓말을 했을까? 그가 멍하니 생각했다. 그녀는 자신이 주는 차에는 여파가 없다고 했었다. 숙취가 없다고……. 그런데 이 고통스러운 감각이 너무 강해서 그 자신의 몸에서 쫓겨날 것만 같았다.

클레프가 거짓말을 한 게 아니었다. 이것은 차를 마신 여파가 아니었다. 분명했다. 하지만 그 깨달음은 더 이상 그의 뇌에도, 몸에도 닿지 못했다. 그는 꼼짝 않고 누운 채 강력한 알코올보다 더욱 강한 무언가의 여파로 인한 병마의 힘에 굴복하고 말았다. 아직은 이름 없는 병 앞에.

센베의 새로운 심포니는 엄청난 칭송을 받았다. 안타레스 홀에서 초연을 가졌고 청중의 우레와 같은 박수를 받았다. 역사 그 자체가 물론 예술가였다 ― 14세기 대역병의 전조가 된 운석으로 시작되어 센베가 현대의 문턱에서 발견한 절정이 마무리를 이루었다. 하지만 오로지 센베만이 그렇게 미세한 힘을 사용해 그것을 해석할 수 있었을 것이다.

비평가들은 감정과 소리, 움직임의 몽타주에서 계속 반복되는 모티브로 스튜어트 왕의 얼굴을 고른 능란한 방식에 대해 이야기했다. 하지만 장엄한 절정으로 치솟는 것을 도와주고 빠르게 사라지는 수많은 장면 속에서 희미하게 스쳐가는 다른 얼굴들도 있었다. 특히 한 얼굴을, 순간적으로 모든 관객들이 뚫어지게 바라보았다. 한순간 남자의 얼굴이 스크린에 커다랗게, 구석구석 명확하게 나타났다. 센베가 대단히 효과적으로 감정적인 고비를 잡아냈다고 비평가들은 칭찬했다. 남자의 눈에서 감정을 읽어낼 수 있을 정도라고.

센베가 떠난 후 그는 한참 동안 꼼짝 않고 누워 있었다. 그는 열에 들뜬 채 생각했다.

사람들에게 말할 방법을 찾아야 해. 내가 미리 알았더라면 뭔가 해 봤을 수도 있는데. 그들에게 어떻게 확률을 바꿀 수 있는지 말하도록 강요할 수도 있었어. 도시에서 탈출할 수 있었을지도 몰라.

내가 메시지를 남길 수만 있다면…….

지금의 사람들에게는 무리일지도 몰라. 하지만 나중에. 그들은 모든 시간대를 돌아다니니까. 언젠가, 어디선가 사람들이 그들을 알아보고 운명을 바꾸게 만든다면…….

일어서는 건 쉽지 않았다. 방이 기우뚱거렸다. 하지만 그는 간신히 일어나서 연필과 종이를 찾아 흔들리는 그림자 속에서 쓸 수 있는 것들을 모두 썼다. 충분히. 경고할 수 있을 만큼, 사람들을 구할 수 있을 만큼 충분히.

그는 종이를 잘 보이는 테이블 위에 올려놓고 문진으로 눌러둔 다음 내려앉는 최후의 어둠 속에서 비틀비틀 침대로 돌아와 쓰러졌다.

엿새 후 집은 다이너마이트로 폭파되었다. 냉혹하게 번지는 푸른 죽음Blue Death을 막기 위한 무의미한 조치의 일부였다.

그리고
아무도 없었다

Eric Frank Russell **And Then There Were None**

에릭 프랭크 러셀 지음
김지원 옮김

전함은 지름 240미터에 길이는 1.5킬로미터를 조금 넘었다. 이 정도 규모의 우주선은 상당한 공간을 차지하고 주변에까지 영향을 미친다. 이 배의 경우에는 벌판 하나하고도 반에 이르는 넓이에 걸쳐 뻗어 있었다. 배의 무게 때문에 6미터 깊이의 자국이 그 자리에 영원히 남을 것 같았다.

전함에 타고 있는 2,000명의 사람들은 세 가지 타입으로 나눌 수 있었다. 키가 크고 마르고 주름진 눈을 한 사람들은 승무원이었다. 짧은 머리에 네모난 턱을 가진 사람들은 군인이었고, 마지막으로 무표정하고 머리가 벗겨진데다 근시인 사람들은 관료들이었다.

첫 번째 타입의 사람들은 끝없이 하나의 별에 잠깐 들렀다 다음 별로 향하기 때문에 인간에 대해 직업적이지만 조금 냉담한 관심을 갖고 이 세계를 보았다. 군인들은 냉혹한 경멸감과 지루함이 섞인 감정으로 세상을 보았다. 관료들은 차가운 권력하에 세상을 살폈다. 각각 자신들의 입장에서 세계를 보는 것이다.

이 사람들은 새로운 세계에 익숙했고, 몇 십 명이 세계를 통솔하며 그 과정을 단순한 루틴으로 축소시켰다. 앞으로 그들이 할 일 역시 수없이 사용한 매끄러운 운영 기술의 반복이어야 했다. 단 한 가지를 제외하면. 그들 모두는 곤란한 상황에 처해 있었고, 그것을 아직 알지 못한다는 것이었다.

위기 상황에 전함은 엄격한 우선순위를 따랐다. 첫 번째 명령권자는 제국 대사이다. 두 번째는 전함의 선장이고 세 번째는 지상군 사령관, 네 번째는 선임 사무관이었다.

그런 다음에 같은 방식으로 아래 계급으로 이어진다. 대사의 개인 사무관, 전함의 2급 장교, 군 부사령관, 2급 사무관.

한 계급씩 계속 내려다가가 마지막에는 대사의 이발사, 구두닦이, 전속 시종, 계급상 군대의 최하급인 O.S(2등 우주인) 하급직 승무원들, 그리고 영원히 자신만의 책상을 갖게 될 날을 꿈꾸는 잉크 채우기 담당 임시직들이었다. 이 불운한 최하급 사람들은 명령에 따라 배를 깨끗이 유지하고 흡연을 막기 위해 승선시킨 것이었다.

이 행성의 세계가 이질적이고 호전적이고 무장하고 있었다면 탈출 순서는 성경에서 마지막이 첫 번째가 될 것이며 첫 번째가 마지막이 될 거라고 말한 것처럼 정반대가 되었을 것이다. 하지만 이 행성은 공식적으로는 새로운 곳이라 해도 비공식적으로는 새롭지도 않고 전혀 이질적이지도 않았다. 약 200광년쯤 된 원장元帳과 먼지 낀 파일에 이 행성이 암호로 기록되어 있고, 딸 때를 한참 넘어 농익고 물러진 과일로 분류되어 있었다. 다른 곳에 훨씬 잘 익은 과일들이 넘쳐나서 수확기가 상당히 늦어진 것이다.

기록에 따르면 이 행성은 '대폭발' 이후에 정착한 수많은 종류의 별 중 가장 변두리에 있었다. 학생이라면 누구나 대폭발에 대해 잘 알고 있었다. 이는 블리더 드라이브가 원자력 로켓을 대체하며 우주를 인간의 손바닥 안으로 축소시킨 덕에 벌어진 인류의 폭발적인 외부 이주에 대한 과장된 이름이었다.

당시, 즉 약 300년에서 500년 전에 다른 곳에서 더 나은 생활을 할 수 있을 거라고 생각한 온갖 가족, 집단, 종파 및 파벌들이 별을 따라 여행을 떠났다. 불온세력, 야심가, 반체제자, 괴짜, 반사회자, 들뜬 사람들과 그저 호기심에 찬 사람들까지 수십, 수백, 수천이 끼리끼리 모였다.

이 행성으로는 20만 명이 모여들었고, 마지막 사람들이 3세기 전에 도착했다. 대체로 그렇듯이 주류의 90퍼센트는 대담한 에디 삼촌이나 좋은 친구 조의 뒤를 따르기로 결심한 첫 번째 이주자들의 친구, 친척, 아는 사람들로 구성되어 있었다.

그 이래로 시간이 흐르며 인구가 6, 7배로 늘었다 치면 이제는 몇 백만 명이 살고 있을 것이다. 그들이 원래의 인원수보다 훨씬 늘었다는 것은 도심에 접근하며 점점 더 분명해졌다. 대도시는 별로 보이지 않지만 중소 규모의 도시도 많고 마을도 굉장히 많았기 때문이었다.

대사는 발밑의 풀밭에 만족한 듯 풀을 몇 포기 뽑으려고 몸을 구부리다 투덜거렸다. 몸이 하도 육중해서 그만큼 구부리는 것만으로도 엄청난 위업이었다. 배에 쥐가 날 정도였다.

"지구 타입의 풀이로군. 알아차렸나, 선장? 우연일까, 아니면 사람들이 씨앗을 가져온 걸까?"

"아마도 우연이겠죠."

그레이더 선장이 말했다.

"저는 지금까지 네 개의 풀이 우거진 별을 지나왔습니다. 다른 별과 다를 이유가 없지요."

"그래, 그렇겠지."

대사는 소유주의 자신감이 담긴 눈으로 먼 곳을 바라보았다.

"누군가가 저기서 밭을 갈고 있는 것 같군. 커다란 바퀴 사이에 작은 엔진이 달린 물건을 쓰고 있어. 그렇게 뒤떨어진 것 같진 않은데. 흐-으음! 저 사람을 이리 데려오게. 이야기를 나눠보면 어디서부터 시작하는 게 가장 좋은지 알 수 있겠지."

그가 이중턱을 문질렀다.

"알겠습니다."

그레이더 선장이 군 사령관인 셀튼 대령에게로 몸을 돌렸다. 그는 멀리 보이는 사람을 가리켰다.

"대사 각하께서 저 농부와 이야기를 하고 싶으시다는군."

셀튼이 헤임 소령에게 말했다.

"농부다. 대사님께서 즉시 그를 만나고 싶어 하신다."

헤임이 디컨 중위에게 명령했다.

"농부를 여기로 데려와라. 빨리!"

디컨이 특무상사 비드워시에게 말했다.

"저 농부를 데려와라. 서둘러라. 대사 각하께서 기다리고 계신다!"

커다란 자주색 얼굴의 특무상사는 더 낮은 계급을 찾아 주위를 둘러보다가 그들이 전부 배를 닦고 담배를 끊고 있다는 것을 기억해냈다. 아무래도 그가 뽑힌 모양이었다.

네 개의 벌판을 지나 목표와 의사소통이 가능할 정도의 거리에 도달하자 그는 군대식으로 딱 멈춰 서서 군 막사 맞은편까지 들릴 만한 목소리로 외쳤다.

"이봐, 자네!"

그가 다급하게 손을 흔들었다.

농부가 동작을 멈추고 이마를 닦은 다음 주위를 둘러보았다. 그의 태도는 거대한 크기의 전함이 마치 이 동네에서 흔해빠진 신기루인 듯한 느낌을 주었다. 비드워시는 다시 권위적인 호출의 동작으로 손을 흔들었다. 농부는 차분하게 마주 손을 흔들고는 다시 밭을 갈기 시작했다.

특무상사 비드워시는 "이런 맙소사!"에 가까운 비속어를 살짝 내뱉다 말고 50걸음 더 가까이 다가갔다. 이제 농부가 숱 많은 눈썹에 갈색 얼굴을 하고 있는 것이 보였다.

"이봐!"

다시 밭을 갈던 것을 멈추고 농부가 쟁기 자루에 기대 이를 쑤셨다.

지난 3세기 동안 오래된 지구어 대신 뭔가 다른 외계어를 쓰게 되었을지도 모른다는 생각이 들자 비드워시가 물었다.

"내 말 알아들을 수 있나?"

"그럼 알아들을 다른 말이라도 있수?"

농부가 명확한 발음으로 묻고는 다시 밭 가는 일로 돌아갔다.

비드워시는 잠시 혼란에 빠졌다. 그러다 정신을 차리고 다급하게 말했다.

"지구의 대사 각하께서 자네와 즉시 이야기를 하고 싶어 하신다."

농부가 관찰하는 눈으로 그를 보았다.

"그래서 뭐요? 그 사람이 뭐 그렇게 대단한 사람인데 그러시우?"

"각하께서는 상당히 중요한 위치에 계신 분이다."

비드워시는 이 사람이 그를 상대로 농담을 하고 있는 건지 아니면 흔히 말하는 기인인 건지 알 수 없었다. 이런 고립된 행성 거주민들 상당수는 자신들을 기인으로 여기는 경향이 있었다.

"상당히 중요한 위치의 사람이라."

농부는 지평선을 바라보며 눈을 가늘게 떴다. 마치 기묘한 개념을 이해하려고 노력하는 것 같았다. 잠시 후 그가 물었다.

"당신네 고향별에서는 그 사람이 죽으면 무슨 일이 생기우?"

"아무 일도."

비드워시가 대답했다.

"평소와 같이 돌아가는 거유?"

"그렇다네."

"그러면, 그는 중요한 사람이 아니겠구먼."

농부가 단호하게 말했다. 그렇게 말하고 농부가 작은 엔진을 켜자 철컥철컥 소리가 나며 바퀴가 앞으로 굴러가고 땅이 갈렸다.

손바닥에 손톱을 꾹 박은 채 비드워시는 30초 동안 숨을 들이쉰 끝에 간신히 거친 어조로 말했다.

"최소한 대사 각하께 드릴 말을 듣지 않고서는 돌아갈 수 없어."

"그렇수? 무엇 때문에 못 하고 있는 거유?"

농부가 의심스럽게 대꾸했다. 그러고는 비드워시의 얼굴에 위험한 기색이 짙어지는 것을 깨닫고 그가 불쌍한 듯 덧붙였다.

"오, 좋수다. 그 사람에게 내가 이렇게 말하더라고 전하시우."

그가 잠깐 말을 멈추고 생각했다.

"신의 축복이 있기 바라고, 잘 가라고!"

특무상사 비드워시는 100킬로그램을 들 수 있는 강한 사람이고 20년째 우주를 여행하고 있었으며 아무것도 두려워하지 않았다. 그는 머리카락 하나도 떨어본 적이 없기로 유명한 사람이었다 — 그러나 전함으로 돌아올 무렵 그는 온몸을 부들부들 떨고 있었다.

대사는 차가운 눈으로 그를 보고 물었다.

"그래서?"

"그는 오지 않겠답니다."

비드워시의 이마에 혈관이 불거졌다.

"대사님, 제가 몇 달만 그 친구를 제 훈련장에 박아놓을 수 있다면 정신 차리고 구보에 맞춰 움직이는 법을 가르칠 수 있을 겁니다."

"나도 의심하지 않는다네, 특무상사."

대사가 달래듯 말하고서 옆에 있는 셀튼 대령에게 나지막히 말했다.

"좋은 군인이긴 하지만 외교관 타입은 아니로군. 너무 성급하고 엄격한 말투야. 자네가 직접 가서 그 농부를 데려오게. 계속 여기 앉아서 어디서부터 시작해야 하나 기다리고만 있을 수는 없지 않은가."

"알겠습니다, 각하."

셀튼 대령은 벌판을 가로질러 가서 경작 중인 밭에 도착했다. 상냥하게 미소를 짓고서 그가 말했다.

"안녕하십니까, 친구!"

쟁기질을 멈추고 농부가 마치 가끔 있는 귀찮은 날인 양 한숨을 내쉬었다. 상대를 바라보는 그의 눈은 거의 검은색에 가까운 짙은 갈색이었다. 그가 물었다.

"내가 왜 당신 친구라고 생각하는 거유?"

"그냥 말하는 방식이지요."

셸튼이 설명했다. 이제야 뭐가 잘못된 건지 알 것 같았다. 비드워시는 성급한 타입과 충돌하곤 했다. 서로를 향해 으르렁거리는 개 두 마리 같았을 거라고 생각하며 셸튼이 말을 이었다.

"난 그냥 정중하게 말하려고 하는 겁니다."

농부가 잠시 생각했다.

"음. 그건 시도해볼 만한 일이긴 하지."

약간 몸을 흔들며 셸튼은 단호하게 계속 말했다.

"부디 전함에 와주시는 영광을 베풀어달라고 부탁하라는 명령을 받았습니다."

"내가 가는 걸 그렇게 영광으로 생각할 거라는 거요?"

농부는 당황하리만큼 침착하게 물었다.

"물론입니다."

셸튼이 대답했다.

"당신은 거짓말쟁이로구먼."

농부가 말했다.

셸튼 대령의 얼굴빛이 벌게지고, 말투가 날카로워졌다.

"난 거짓말쟁이라는 모욕을 용납하지 않아."

"방금 용납했잖수."

그가 지적했다.

그 말을 무시하고 셸튼이 다시 물었다.

"전함으로 갈 건가, 안 갈 건가?"

"안 갈 거유."

"왜 안 간다는 거지?"

"당일신!"

농부가 말했다.

"그게 뭔데?"

"당일신!"

그가 되풀이했다. 그것은 아무래도 가벼운 모욕 같았다.

셸튼 대령은 돌아갔다.

그가 대사에게 말했다.

"그 농부는 지나치게 영리한 타입 같더군요. 그에게서 결국 얻어낸 거라고는 '당일신' 뿐이었습니다. 무슨 뜻인지 모르겠지만."

그레이더 선장이 끼어들었다.

"지역 방언이겠지요. 3, 4세기 동안 엄청난 양의 방언이 생겨났을 겁니다. 그런 방언이 너무 많아서 거의 새로운 언어를 배워야 했던 별도 한두 번 가본 적이 있습니다."

"자네 말은 이해하던가?"

대사가 셸튼을 바라보며 물었다.

"네, 각하. 그리고 말도 상당히 잘하더군요. 하지만 쟁기질을 그만 두고 오려고 하지 않았습니다."

그는 잠깐 생각해본 다음 제안했다.

"만약 저한테 전적으로 맡기신다면 저는 무장한 호위대의 감시하에 그를 강제로 끌고 오겠습니다."

"그러면 그가 참도 굉장한 정보를 주겠군."

대사가 노골적으로 빈정거렸다. 그는 배를 두드리다가 재킷을 매만지고 반짝이는 자신의 구두를 내려다보았다.

"내가 직접 가서 그와 이야기를 해보는 수밖에 없겠군."

셸튼 대령은 충격을 받았다.

"각하, 그러실 수는 없습니다!"

"왜 안 되나?"

"그러면 위엄이 떨어집니다."

"나도 알고 있네. 다른 대안이라도 있나?"

대사가 냉담하게 말했다.

"좀 더 협조적인 사람을 찾아 순찰을 보내는 겁니다."

"더 정보를 많이 알 만한 사람으로요. 어차피 부루퉁한 시골뜨기에 게선 별로 알아낼 게 없을 겁니다. 그가 저희가 알고 싶어 하는 것의 4분의 1이라도 알까 의심스럽군요."

그레이더 선장이 제의했다.

대사는 직접 하겠다는 아이디어를 포기했다.

"좋아. 정찰대를 조직해서 결과를 가져오게."

셸튼 대령이 헤임 소령에게 말했다.

"정찰대다. 즉시 한 부대를 편성하라."

헤임이 디컨 중위에게 말했다.

"정찰대를 만들어라. 당장."

"정찰대를 앞으로 정렬시키게, 특무상사."

디컨이 말했다.

비드워시가 전함으로 가서 사다리를 올라가 문 안에 고개를 들이밀고 소리쳤다.

"글리드 하사관, 분대를 끌고 나온다, 즉시!"

그가 수상쩍게 코를 킁킁대고는 안으로 더 들어갔다. 그의 목소리가 몇 데시벨 더 높아졌다.

"누가 담배를 피운 거지? 블랙 색에 걸고, 내 손에 잡히면……."

벌판 건너편에서는 조용하게 철컥철컥 소리가 나며 저압 타이어가 굴러가고 있었다.

정찰대는 2열 횡대 각 여덟 명으로 편성되었다. 날카로운 명령에 그들은 몸을 돌리고 전함의 머리 방향으로 행군했다. 그들의 부츠가 동시에 쿵쿵 소리를 냈고 옷 장식이 달그락달그락 소리를 냈으며 오렌지색 태양은 그들의 총에 반사되어 반짝거렸다.

글리드 하사관은 부하들을 그렇게 멀리 데려갈 필요가 없었다. 전함 머리 부분에서 90미터쯤 행군했을 때 오른편 벌판 너머에 느릿하게 남자 하나가 걸어가는 것이 보였다. 전함에는 아무 관심도 없는 듯 남자는 여전히 왼쪽 멀리서 밭을 갈고 있는 농부를 향해 다가가고 있었다.

"정찰대, 우향우!"

글리드가 소리쳤다. 지나가던 남자를 지나쳐 똑바로 걸어가다가 그가 부하들에게 커다랗게 뒤로 돌아 명령을 내린 다음 수신호를 보냈다.

걷는 속도를 높여 정찰대는 2열 횡대를 분산시켜 2열 종대로 만들어 지나가던 남자의 양쪽으로 걸어갔다. 갑작스러운 호위를 무시한 채 남자는 이게 환상이라고 믿어 의심치 않는 사람처럼 똑바로 터벅터벅 걸어갈 뿐이었다.

"좌향좌!"

기다리고 있는 대사 쪽으로 전원의 방향을 돌리기 위해 글리드가 소리쳤다.

재빨리 2열 종대가 왼쪽으로 돌아 하나, 둘, 셋, 짠! 깔끔하고 정확한 움직임은 보기에도 아주 아름다웠다. 그러나 단 한 명이 그 장면을 망치고 있었다. 가운데 있는 남자가 자기만의 방향을 유지한 채 태평하게 우측 종대의 4번과 5번 사이를 걸어가고 있었던 것이다.

그래서 글리드는 화가 났다. 정찰대는 추가 명령이 없는 터라 계속 대사를 향해 걸어가고 있었다. 대사는 묵묵하게 한쪽 방향으로 행군하고 있는 호위대와 그 안에서 태연하게 다른 쪽으로 걸어가고 있는 남자라는 군대답지 않은 광경을 구경하고 있었다. 셀튼 대령은 이 장면에 대해 할 말이 많을 것이고, 그가 잊어버린 말은 아마 비드워시가 채워줄 것이다.

"정찰대!"

글리드가 분개한 손가락으로 명령 불복종자를 가리키며 외쳤다. 순간적으로 모든 규제 명령이 그의 머릿속에서 빠져나갔다.

"저 머저리를 잡아!"

행렬을 무너뜨리고 부하들이 2열로 움직여 더 이상 걸어갈 수 없도록 방랑객의 주위를 바싹 둘러쌌다. 어쩔 수 없이 남자가 멈추었다.

글리드가 앞으로 나서서 숨 가쁘게 말했다.

"이봐, 지구의 대사 각하께서 직접 자네와 이야기하고 싶어 하신다. 알겠지?"

남자는 아무 말도 하지 않고 부드러운 파란 눈으로 그저 그를 쳐다볼 뿐이었다. 그는 우스운 생김새의 부랑자로, 얼굴에는 깎을 때가 한참 지난 수염이 나 있고 사방으로 황갈색 구레나룻이 뻗쳐 있었다. 마치 해바라기 같은 모습이었다.

"대사 각하와 이야기를 할 텐가?"

글리드가 고집스럽게 물었다.

"싫소. 난 지크랑 이야기할 거요."

남자가 농부 쪽으로 고개를 끄덕였다.

"대사님이 먼저다. 그분은 거물이시니까.[30]"

글리드가 단호하게 말했다. 해바라기가 대꾸했다.

"나도 그럴 거라고 생각하오."

"영리한 친구로구만, 응?"

글리드가 얼굴을 바싹 들이대고 인상을 찌푸렸다. 그리고 부하들에게 손짓했다.

"좋아……. 저놈을 밀어내라. 저놈에게 보여주는 거다!"

영리한 친구는 그 자리에 주저앉았다. 그는 영원히 그 자리에 붙박은 석상처럼 견고한 자세였고, 이런 상황에서도 우아함을 잃지 않았다. 하지만 글리드 하사관은 주저앉은 사람을 전에도 다뤄본 적이 있었다. 유일한 차이라면 이 남자가 멀쩡한 제정신이라는 거지만.

글리드가 명령했다.

"들어 올려라. 들어서 데려가."

그들은 그를 발부터, 수염은 가장 나중에 들어 올려 날랐다. 남자는 그들의 손에서 저항하지 않고 무겁게 늘어져 있었다. 이 우울한 모양새로 그는 지구 대사의 앞까지 실려 갔고 호위대가 그를 발부터 내려놓았

◎　**30__** He's a big noise, 문자 그대로 해석하면 '그분은 목소리가 크니까' 라는 뜻도 된다.

295

다. 그는 즉시 지크를 찾으러 떠나려 했다.

"그를 잡아라, 무례한 놈!"

글리드가 소리쳤다.

정찰대가 그를 꽉 붙잡아 세웠다. 대사가 상류층다운 은밀한 경멸감 속에서 수염 난 남자를 보다가 살짝 기침을 하고 말했다.

"이런 식으로 자네를 데려오게 되어서 대단히 유감이네."

죄수가 말했다.

"그렇다면, 애초에 이런 일이 일어나지 않게 했으면 정신적 괴로움을 줄일 수 있었을 텐데요."

"선택의 여지가 없었다네. 우린 어떻게든 접촉을 해야 했어."

황갈색 수염이 말했다.

"난 이해가 안 되는군요. 오늘 날짜가 왜 그렇게 특별한 겁니까?"

"날짜? 왜 그런 생각을 하게 됐나?"

대사가 의아하게 얼굴을 찌푸렸다.

"그게 나도 알고 싶은 겁니다."

대사가 셸튼 대령에게로 돌아섰다.

"요점을 이해 못 하겠군. 자네는 저 친구가 무슨 말을 하는 건지 알겠나?"

"대강 추측만 할 뿐입니다, 각하. 제 생각에는 우리가 저들과 300년 이상 접촉을 하지 않았는데 오늘 꼭 접촉을 하려고 서두를 이유도 없지 않느냐고 말하는 것 같습니다."

그가 확인을 바라듯 해바라기를 쳐다보았다.

남자는 빈정거리듯 대답했다.

"반푼이치고는 꽤 제대로 추측하셨군."

셸튼의 반응은 둘째치고 근처에 있던 벌건 얼굴의 비드워시에게는 한계였다. 그의 가슴이 부풀어 오르고 눈에서 불길이 일었다. 그가 강압적인 목소리로 소리쳤다.

"상급 장교를 지칭할 땐 좀 더 존경심을 표해라!"

죄수의 부드러운 파란 눈이 어린아이 같은 놀란 표정을 담고 그를 향했다. 천천히 발에서 머리까지 그를 살핀 다음 다시 위에서 아래까지 쓸어내린 눈이 대사에게로 돌아갔다.

"이 몰상식한 사람은 누구요?"

조급하게 손을 흔들어 질문을 물리치고 대사가 말했다.

"이보게, 자네가 생각하는 것처럼 자네를 귀찮게 괴롭히려고 데리고 온 게 아니야. 필요 이상으로 자네를 붙들어놓을 생각도 없고. 우리들은……."

공격적인 태도를 강조하려는 것처럼 앞머리를 잡아당기며 남자가 끼어들었다.

"필요한 거라는 걸 정하는 건, 물론 당신이겠죠?"

"그럴 리가. 그건 자네 자신이 결정해야지."

대사가 존경스러울 정도의 자제력을 발휘하며 말했다.

"우리가 필요로 하는 건 그저……."

"그럼 지금으로 정하지요. 가서 지크와 이야기를 해야겠어요."

죄수가 말을 자르고서 호위대의 손에서 빠져나가려고 몸을 당겼다.

대사가 끈질기게 말했다.

"우리가 필요로 하는 건, 자네의 중앙 정부와 연락할 수 있을 만한 지방 관청을 어디서 찾을 수 있는지 말해주는 걸세."

단호하고 권위적인 시선으로 그가 덧붙였다.

"예를 들어 가장 가까운 경찰서는 어디 있나?"

"당일신!"

남자가 말했다.

"자네도 마찬가지야."

인내심이 마침내 증발하여 대사가 쏘아붙였다.

"그게 정확히 내가 하려고 하고 있는 거요. 그런데 당신이 못하게 하고 있잖소."

죄수가 수수께끼처럼 단언했다.

셸튼 대령이 말했다.

"제가 제안을 해도 된다면 말입니다, 각하. 저한테 허가를……."

"제안은 필요 없고 허가도 하지 않겠네."

대사가 금세 퉁명스러워져서는 말했다.

"이런 멍청한 짓은 이만하면 충분해. 우리가 저능아들을 거주시키는 지역에 잘못 내렸다는 생각이 드는데, 그 사실을 확인하고 지체 없이 떠나는 게 좋겠군."

황갈색 수염이 찬성했다.

"그렇게 말씀하시니까 말인데, 멀리 떠날수록 더 좋지요."

"너의 그 우둔해빠진 머리로 우리가 이 행성을 떠나는 거라는 생각을 하고 있는 거라면 틀렸다고 말해주지."

대사가 노골적으로 빈정거렸다. 그가 풀밭 위로 거만하게 발을 내디뎠다.

"여기는 지구 제국의 일부야. 그러므로 승인을 받고, 지도에 올리고 조직화해야 해."

"만세, 만세!"

선임 사무관이 그 위엄 있는 말을 강조하듯 외쳤다. 대사는 찌푸린 표정으로 뒤를 힐끗 본 다음 말을 이었다.

"좀 더 영리한 자들이 있는 다른 지역으로 배를 옮긴다. 그자를 놔 둬. 아마 얼른 가서 면도기라도 빌려야 하는 모양이지."

그가 호위대에게 손짓했다.

그들은 손을 놓아주었다. 황갈색 수염은 지크 방향으로 자동 전환 되는 나침반이라도 되는 것처럼 여전히 밭을 갈고 있는 농부에게 즉시 돌아섰다. 한 마디 말도 없이 그는 원래의 느릿한 걸음으로 걸어가기 시 작했다. 떠나는 그를 보는 글리드와 비드워시의 얼굴에 실망과 혐오감 이 떠올랐다.

대사가 그레이더 선장에게 지시했다.

"즉각 전함을 옮기게. 적당한 마을 부근에 착륙시켜…… 촌뜨기들 이 낯선 사람을 사기꾼으로 여기는 시골 한가운데 말고."

그는 배의 현문으로 위엄 있게 들어갔다. 그레이더 선장이 뒤를 따 랐고, 그 다음엔 셸튼 대령, 그리고 웅변가가 따랐다. 그 후로는 지위 순 서에 따라 차례로 들어왔다. 마지막은 글리드와 그의 부하들이었다.

현문이 안쪽으로 닫히고 자물쇠가 잠겼다. 거대한 덩치에도 불구하 고 배는 잠깐 온 동체를 떤 다음 엄청난 굉음이나 어마어마한 불길조차 뿜어내지 않고 날아올랐다.

들리는 소리라고는 오로지 경작기의 철컥철컥 소리와 그 뒤를 따라 걸어가는 두 남자의 이야기 소리뿐이었다. 두 사람 모두 무슨 일이 일어 났는지 고개를 들어 쳐다보지조차 않았다.

"1등급 담배 7파운드는 브랜디 한 상자와 바꾸기에는 너무 많아."

황갈색 수염이 항의했다.

"내 브랜디는 아니야. 그건 간드 1,000명보다 강하고, 지구인의 몰락보다 훨씬 매끄럽다고."

지크가 말했다.

거대한 전함의 두 번째 착륙지는 1만 2,000명에서 1만 5,000명 정도가 거주할 것으로 추정되는 마을에서 북쪽으로 약 1.6킬로미터 떨어져 있는 널찍한 평지였다. 그레이더 선장은 착륙하기 전에 낮은 고도에서 주변을 살피는 것을 좋아했지만 공기의 저항 때문에 공중에서의 선회는 불가능했다. 이렇게 행성 표면에서 가까이 있을 때에는 딱 두 가지만 가능했다 — 시간을 낭비하지 않고 착륙하거나, 떠오르거나.

그래서 그레이더는 착륙 공간을 찾아야 하는 0.1초의 순간에 발견한 가장 적당한 지역에 배를 착륙시켰다. 지면이 단단하고 지반이 돌로 되어 있어서 바퀴 자국은 겨우 3.6미터 깊이밖에 생기지 않았다. 현문이 열렸다. 이전과 같은 순서로 사람들이 배에서 내렸다.

대사는 마을 쪽으로 기대의 눈빛을 던졌다가 실망한 어조로 말했다.

"여기 주민들의 정신 상태에 심각한 문제가 있는 것 같군. 저기 마을이 있어. 우리는 여기, 고개만 들면 보이는 곳에 금속 산처럼 커다란 배를 대놓고 있고. 그러면 최소한 1,000명 이상이 우리를 봐야 하지 않나? 나머지는 커튼을 내린 골방에서 집회를 하고 있거나 지하실에서 피너클을 하고 있다 쳐도 말이야. 사람들이 흥분한 것 같나?"

"아닌 것 같습니다."

셸튼 대령이 감기려는 눈꺼풀을 들어 올리고 말했다.

"난 자네한테 물은 게 아니야. 이야기하고 있는 거지. 사람들이 흥분조차 안 했어. 놀라지도 않았고. 사실 전혀 관심을 보이지 않아. 누가 보면 전에도 배가 여기 착륙한 적이 있고, 배에 천연두가 가득했든지 아니면 가짜 금덩이라도 팔았든지 뭐 그랬다고 생각할 거야. 저자들은 대체 뭐가 잘못된 거지?"

"그저 호기심이 부족한 걸 수도 있죠."

셸튼이 말했다.

"그렇든지 아니면 두려운 거겠지. 아니면 저자들 전부가 제정신이 아니거나. 훌륭한 별 여러 개가 자신들의 기행을 퍼뜨릴 만한 장소를 찾는 괴상한 집단들에게 점령되어버렸다네. 아무 방해 없는 300년 동안 정신 나간 개념들이 일반화된 거야. 즉 조상의 다락방 구석에서 튀어나온 미친 아이디어들이 정상적이고 적절한 걸로 여겨지게 된 거지. 거기에 몇 세대에 걸친 근친혼으로 저런 괴상한 타입이 창조된 거야. 하지만 우리가 저들을 치료할 수 있어!"

"그럼요, 각하, 당연히 할 수 있지요."

"자네 제대로 균형을 못 잡는 것 같군. 얼굴에서 눈이 빙빙 도는 걸 보니."

대사가 비난했다. 셸튼이 불안정한 손을 주머니에 꾹 넣고 있는 동안 대사가 남동쪽을 가리켰다.

"저기 길이 보이는군. 겉보기엔 넓고 잘 닦여 있는데. 정찰대를 저쪽으로 보내게. 적당한 시간 안에 기꺼이 이야기하려고 하는 사람을 데려오지 못하면 마을 자체에 일개 대대를 보내지."

"정찰대."

셸튼 대령이 헤임 소령에게 말했다.

"정찰대를 불러라."

헤임이 디컨 중위에게 명령했다.

"정찰대를 다시 모아라, 특무상사."

디컨이 말했다.

비드워시가 글리드와 그의 부하들을 불러 길을 가리키고 명령을 외친 후 그들을 출발시켰다.

글리드가 앞장서서 행군했다. 그들의 목표는 800미터쯤 떨어져 있었고 살짝 마을 쪽으로 치우쳐 있었다. 주변을 좀 더 잘 살필 수 있는 왼쪽 종대는 아쉬운 눈으로 그쪽을 보았고, 글리드는 비드워시와 함께 따뜻한 지역에 남아 있었으면 좋았을 텐데 하고 생각했다.

목표 지점에 다다르기도 전에 누군가가 나타났다. 남자는 마을 외곽에서 오고 있었으며 모터사이클과 비슷하게 생긴 기묘한 것을 타고 있었다. 커다란 고무바퀴 두 개가 움직이고 창살 안에 든 추진기 같은 것으로 돌아갔다. 글리드는 부하들을 길에 포진시켰다.

다가오던 남자의 기계가 갑자기 어딘가 비드워시의 고함소리와 비슷한 거칠고 귀에 거슬리는 소리를 내뿜었다.

"자리를 지켜라. 틈을 만들어 길을 내주는 자는 내 손으로 껍질을 벗겨버리겠어."

글리드가 외쳤다.

다시금 날카로운 금속음이 울렸다. 아무도 움직이지 않았다. 기계가 느려지더니 그들의 앞까지 굴러 와서 멈추었다. 추진기는 계속해서 낮은 속도로 돌아가고 있었고, 날개가 겨우 눈에 보일 정도의 속도로 꾸준히 슉슉 소리를 냈다.

"무슨 생각이오?"

기계에 탄 사람이 말했다. 그는 가느다란 몸에 30대 중반 정도로 코에는 금색 코걸이를 했고 1.2미터 길이의 머리를 뒤로 땋아 늘이고 있었다.

이 차림새에 의심스럽게 눈을 깜박이다가 글리드는 정신을 차리고 엄지손가락으로 금속 언덕을 가리키며 말했다.

"지구 전함으로."

"음, 내가 그걸 어떻게 하기를 바라는 거요?"

"협조다."

글리드는 여전히 꽁치머리에게 반쯤 놀란 상태였다. 저런 사람은 본 적이 없었다. 여자 같은 모양새는 아니라고 그는 생각했다. 오히려 기록 자료에서 본 아주 오래전의 북아메리카 원주민과 비슷하게 호전적인 느낌이었다.

"협조라…… 그건 아름다운 단어지. 그게 무슨 뜻인지는 물론 아시겠지?"

남자가 중얼거렸다.

"난 바보가 아니다."

"지금 당신의 바보 레벨을 논하고 있는 게 아니오."

남자가 지적했다. 말할 때마다 코걸이가 흔들거렸다.

"우린 협조에 대해 얘기하고 있는 거요. 내가 보기에 당신도 자주 하는 모양인데."

"물론이다. 그리고 뭐가 좋은지 아는 사람이라면 누구나 하는 법이지."

글리드가 외쳤다.

"주제에만 집중합시다, 음? 삼천포로 빠져 온갖 이야기를 떠들지 말고. 당신은 명령을 받고 거기에 복종하는 거요?"

그가 추진기 속도를 올렸다가 다시금 늦추었다.

"물론이다. 시간이 없으니까……."

"그게 당신이 말하는 협조요? 오, 좋아, 역사적 사실을 확인해봐서 반가웠소. 책도 틀릴 수 있는 거니까."

남자가 말했다. 그는 어깨를 들썩이고 포기조의 한숨을 쉬었다. 그의 추진기가 빛을 번쩍이고 기계가 앞으로 튀어 나갔다.

"실례."

앞바퀴가 두 남자 사이를 거칠게 뚫으며 그들을 옆으로 넘어뜨렸으나 상처는 없었다. 높고 날카로운 소리를 내며 기계가 길을 따라 달려갔고 추진기의 바람에 남자의 땋은 머리가 수평에 가깝게 뒤로 날렸다.

"이 얼빠진 머저리들!"

글리드가 일어나서 먼지를 터는 부하들에게 소리쳤다.

"자리를 지키라고 명령했잖나. 그런 식으로 저자가 빠져나가게 하다니, 무슨 생각을 한 건가?"

"선택의 여지가 없었습니다, 하사관님."

한 명이 부루퉁한 표정으로 대답했다.

"네놈의 변명 따윈 듣고 싶지 않아. 무기를 들고 있었으면 바퀴를 쏴버릴 수도 있었어. 그랬다면 저놈이 멈췄겠지."

"총을 준비하고 있으라는 말은 안 하셨잖습니까."

"하사관님 총은 어디 있는데요?"

누군가가 중얼거렸다. 글리드가 다른 부하들 쪽으로 홱 돌아서서 소리를 질렀다.

"누가 말했나?"

그의 분노한 눈이 무표정한 얼굴의 행렬을 샅샅이 살폈다.

"다음번 작업 할당량을 아주 질릴 정도로 쌓아주지. 내가 직접 그걸 확인할……"

"상사님께서 오고 계십니다."

부하 하나가 알렸다.

비드워시가 400미터 떨어진 곳에서 군대식 걸음으로 다가오고 있었다. 정확한 시간에 도착한 그는 차갑고 경멸적인 눈으로 정찰대를 보았다.

"어떻게 된 건가?"

상황을 간략하게 설명한 다음 글리드는 괴로운 어조로 말했다.

"그는 기름 구덩이에 담갔다 뺀 치카소 인디언 같았습니다."

"치카소가 뭐지?"

비드워시가 물었다.

"어릴 때 어디서 읽은 적이 있습니다. 그들은 머리를 길게 기르고, 담요를 두르고 도금한 자동차를 타고 다닌다더군요."

글리드는 자신의 지식을 자랑할 기회에 기뻐서 설명했다.

"정신 나간 소리 같군. 난 일곱 살 때 마법의 양탄자 이야기 따윈 때려치웠지. 열두 살이 되기 전에 비행학에 푹 빠졌고, 열네 살엔 병참학을 공부했어."

비드워시가 말했다. 그는 커다랗게 코웃음을 치고 경멸 어린 눈으로 다른 사람들을 보았다.

"뒤떨어진 문명에 매여 있는 사람이 아직 있었군."

글리드가 주장했다.

"그들은 실존했습니다. 그들은……."

비드워시가 대꾸했다.

"요정도 마찬가지겠지. 우리 어머닌 그렇게 말씀하셨거든. 우리 어머닌 좋은 분이었어. 나한테 멍청한 거짓말을 많이 안 하셨지…… 그리

자주는. 철 좀 들게!"

그는 길바닥에 침을 뱉고서 정찰대 쪽으로 인상을 찌푸렸다.

"좋아, 총을 장전해라. 자네들이 총을 갖고 있고 어디 있는지 알고 어떤 손으로 들어야 하는지 안다면 말이야. 이제부터 내가 명령한다. 다음 사람은 내가 직접 상대하겠다."

그는 길가의 커다란 돌 위에 앉아 기대하는 눈으로 마을을 쳐다보았다. 글리드는 약간 고통스러운 얼굴로 그의 옆에 서 있었다. 정찰대는 총을 든 채로 길가를 막고 있었다. 30분이 지나도록 아무 일도 일어나지 않았다.

부하 한 명이 말했다.

"담배를 피워도 괜찮을까요, 상사님?"

"안 돼."

그들은 우울한 침묵 속에서 마을을 쳐다보며 입술을 핥고 생각에 잠겼다. 생각할 시간은 충분했다. 마을, 인간이 살고 있는 마을이라면 어디든 우주의 다른 곳에서는 찾을 수 없는 탐나는 것들을 갖고 있었다. 빛, 동료, 자유, 웃음, 인생을 이루는 온갖 것들. 그들은 오랫동안 그런 것에 굶주렸다.

마침내 커다란 버스가 마을 외곽에서 나와 큰길을 따라 그들을 향해 다가왔다. 길고 반짝이는 유선형 몸체에 열 개씩 2열로 된 바퀴 스무 개가 달려 있었으며 아까의 모터사이클보다 훨씬 더 큰 소리를 냈으나 추진기는 보이지 않았다. 그리고 사람들이 가득 타고 있었다.

길을 막은 병사들에게서 200미터 떨어진 곳에서 자동차 보닛 아래의 확성기를 통해 다급한 목소리가 울렸다.

"길을 비켜요! 길을 비켜!"

"이거다."

비드워시가 만족스럽게 말했다.

"저 중에는 적당한 사람이 있겠지. 저 중 한 명이라도 이야기를 하지 않는다면 내가 옷을 벗겠어."

그는 돌에서 일어나 준비 태세를 갖추었다.

"길을 비켜요! 길을 비키라고!"

"강제로 뚫고 가려고 하면 바퀴를 쏴버려라."

비드워시가 병사들에게 명령했다.

그럴 필요는 없었다. 버스는 속력을 늦추고서 기다리고 있던 병사들의 1미터 앞에서 멈춰 섰다. 운전사가 차 옆쪽으로 고개를 내밀었고, 다른 사람들도 뒤쪽에서 고개를 쭉 빼고 보았다. 친근감을 주겠다고 마음먹고 자세를 다잡은 다음 비드워시가 운전사에게 걸어가서 말했다.

"좋은 아침이로군."

"당신의 시간 감각은 어떻게 된 모양이로구먼."

남자가 말했다. 그는 퍼런 턱에 부러진 코, 꽃양배추 같은 귀를 갖고 있고 흔히 다른 사람들을 미친 듯이 쫓아가는 운전을 할 것 같은 타입이었다.

"시계도 없수?"

"뭐라고?"

"아침이 아니란 말이우. 지금은 늦은 오후라고."

비드워시는 간신히 미소를 지었다.

"그렇구먼. 좋은 오후일세."

"거기에 대해선 자신이 없구먼. 무덤에 또 한 발 가까워졌을 뿐이라고."

운전사가 운전대에 기대 우울하게 이를 쑤셨다. 비드워시는 그 암울한 태도에 약간 놀랐다.

"물론 그럴 수도 있지. 하지만 난 지금 신경 쓰이는 다른 문제들이 있는데……."

"과거든 현재든 뭔가에 그렇게 신경을 쓸 필요는 없다우. 왜냐하면 더 큰 문제가 나타나게 되어 있거든."

운전사가 말했다.

"그럴 수도 있겠지."

비드워시는 속으로 지금은 존재의 어두운 부분에 대해 논의할 시간도, 장소도 아니라고 생각하며 말했다.

"하지만 내 문제는 적당한 시간에 내 방식대로 해결하는 게 좋소."

"사람의 문제라는 건 절대 자기가 좋을 때 자기 방식으로 해결할 수 있는 자기만의 문제가 아닌 법이지. 안 그런가?"

험악한 얼굴의 예언자가 말했다.

"난 모르겠고, 상관도 없소."

비드워시의 인내심이 사라지고 혈압이 솟구치기 시작했다. 글리드와 정찰대가 쳐다보고 이야기를 듣고 있는 게 의식되었다. 속으로는 웃고 있을지도 모른다. 게다가 그들을 보고 있는 승객들도 많았다.

"내 생각엔 당신이 그저 내 시간을 낭비하기 위해 장광설을 풀고 있는 것 같은데. 이젠 그게 소용없다는 걸 알았겠지. 지구 대사께서 기다리고 계시니까……."

"우리도 마찬가지요."

운전사가 날카롭게 말했다. 비드워시가 말을 이었다.

"그분이 얘기하고 싶어 하신다. 그리고 너와 이야기하게 될 거고!"

"나도 그 사람을 막을 생각은 없수. 여기는 자유롭게 얘기할 수 있는 나라니까. 빨리 이리 와서 이야기하라고 하시우. 그래야 우리도 우리 갈 길을 가지."

"네가 그분께 갈 거다."

비드워시는 이렇게 말하고 나머지 승객들을 가리켰다.

"그리고 네 승객들도 마찬가지고."

"난 아니우."

뚱뚱한 남자가 옆쪽 창문으로 머리를 내밀고 말했다. 그는 눈을 수란처럼 보이게 만드는 두꺼운 렌즈의 안경을 끼고 있었으며 하얀색과 분홍색의 사탕 포장지 같은 줄무늬 실크 모자까지 쓰고 있었다. 남자가 상당히 단호하게 다시 말했다.

"난 안 간다고."

"나도 안 가."

운전사도 말했다.

"좋아."

비드워시가 위험한 어조로 말했다.

"이 닭장을 앞으로든 뒤로든 1센티미터만 움직였다간 그 토실토실한 타이어가 납작해지도록 쏴버리겠다. 이제 그 차에서 내려."

"난 싫수. 지금도 편안하거든. 끌어내보든가."

비드워시가 옆에 있던 여섯 명의 병사들에게 손짓했다.

"말 들었지? 저놈이 바라는 대로 해줘라."

운전석 문을 열고 병사들이 그를 잡았다. 무장한 병사들에게 남자가 의미 없는 저항을 할 거라고 생각했다면 그들은 실망했을 것이다. 그는 전혀 저항하지 않았다. 그들은 그를 잡고 단번에 끌어냈으며 남자는 기꺼이 항복했다. 그의 몸이 옆으로 기울어져 문 밖으로 반쯤 나왔다. 그게 그를 끌어낼 수 있는 한계였다.

비드워시가 조급하게 말했다.

"빨리. 저놈에게 우리가 누군지 보여줘라. 거기 고정되진 않았을 거 아냐."

병사 한 명이 남자의 위로 몸을 내밀고 차 안을 살핀 다음 말했다.

"실은 그렇습니다."

"무슨 소린가?"

"조종간에 몸이 묶여 있습니다."

"뭐? 내가 직접 보지."

그는 차를 보고서 사실임을 깨달았다. 체인과 작지만 무겁고 복잡해 보이는 자물쇠가 운전사의 다리와 자동차를 묶어놓고 있었다.

"열쇠는 어디 있지?"

"내 몸을 뒤져보시든가."

운전사가 씩 웃으며 말했다.

그들은 수색했다. 하지만 아무 소용이 없었다. 열쇠는 없었다.

"누가 갖고 있나?"

"당일신!"

비드워시가 험악한 얼굴로 명령했다.

"저놈을 도로 안으로 집어넣어라. 승객을 살핀다. 설마하니 촌뜨기 하나쯤은 이놈들보다 낫겠지."

그는 문으로 걸어가서 덜컥 열었다.

"당장 밖으로 나와."

아무도 움직이지 않았다. 그들은 말없이 그를 쳐다보았고 그 다양한 표정 중에 그의 자존심에 도움이 될 만한 건 하나도 없었다. 캔디 포장지 무늬 모자를 쓴 뚱뚱한 남자가 비웃는 눈으로 그를 바라보았다. 비드워시는 저 뚱보가 마음에 들지 않으며, 혹독한 군대식 미용체조가 저자의 살을 빼는 데 도움이 될 거라고 생각했다. 그는 승객들, 특히 뚱보를 향해 말했다.

"자기 발로 걸어나오든지, 아니면 질질 끌려나오든지. 좋을 대로 선택해라. 마음은 정했나?"

"머리를 쓸 줄 모르면 최소한 눈이라도 쓰라고."

뚱보가 말했다. 그가 의자에서 몸을 들썩이자 금속이 부딪치는 소리가 울렸다.

비드워시는 그의 말대로 문으로 몸을 들이밀고 안을 살폈다. 그러고는 차 안으로 들어가 통로를 지나가며 승객들을 전부 보았다. 차에서 나올 무렵 그의 불그스름한 얼굴은 두 단계쯤 더 진해져 있었다. 그는 운전사를 노려보며 글리드 하사관에게 말했다.

"죄다 체인으로 묶여 있어. 하나도 빠짐없이. 승객을 죄다 묶어놓는 게 누구의 대단한 아이디어지?"

"당일신!"

운전사가 퉁명스럽게 말했다.

"누가 열쇠를 갖고 있나?"

"당일신!"

깊게 숨을 들이쉬고 비드워시가 누구랄 것 없이 말했다.

"갑자기 미쳐 날뛰는 바람에 여러 명이 붙잡아야 하는 사람 이야기를 종종 들었지. 난 늘 왜 그런 걸까 궁금했다네…… 하지만 이제는 알겠어."

그가 손가락을 깨물다가 글리드에게 말했다.

"운전석에 앉아 있는 저 머저리 때문에 이 기묘한 물건을 배까지 가져갈 수가 없어. 열쇠를 찾든지 아니면 저들을 풀 만한 도구를 찾아야 해."

"아니면 우리는 우리 갈 길로 보내주고 가서 약이나 먹든가."

운전사가 말했다.

"닥쳐라! 여기 100만 년을 있어야 한다고 해도 나는……."

"대령님이 오십니다."

글리드가 그를 쿡 찌르고 말했다.

셸튼 대령이 도착해서 천천히, 차분하게 버스의 바깥쪽을 돌며 그 구조와 승객들을 파악했다. 그는 유리창으로 자신을 힐끔거리는 줄무늬 모자를 보고 움찔했다. 그러고서 부루퉁한 병사들에게로 돌아왔다.

"이번엔 뭐가 문제인가, 특무상사?"

"저들도 다른 사람들처럼 미쳤습니다, 대령님. 계속 떠들고는 '당일신!'이라는 말만 하고, 대사 각하에 대해 조금도 신경 쓰지 않습니다. 저들은 나오고 싶어 하지 않고, 의자에 묶여 있기 때문에 저희도 끌어낼 수가 없습니다."

셸튼의 눈썹이 위로 솟구쳤다.

"묶여 있어? 왜?"

"모르겠습니다, 대령님. 교도소로 향하는 죄수 무리처럼 전부 묶여 있는……."

셸튼이 나머지 이야기를 듣지 않고 저쪽으로 가서 직접 살펴보고는 다시 돌아왔다.

"자네는 뭔가 마음에 안 드는 모양인데, 특무상사, 나는 저들이 범죄자라고는 생각하지 않아."

"그렇습니까, 대령님?"

"그래."

그가 다양한 모자와 황갈색 머리의 남자가 맨 30센티미터 너비의 물방울무늬 넥타이 같은 특이한 옷차림 쪽으로 의미심장한 눈길을 던졌다.

"그보다는 개그 발표회 같은 데 가는 사람들 같은데. 운전사에게 물어봐야겠군."

운전사에게 가서 그가 말했다.

"자네의 목적지가 어딘지 말해주지 않겠나?"

"그렇소."

그가 말했다.

"좋아, 어디지?"

운전사가 말했다.

"이보슈. 우리가 같은 언어를 쓰고 있는 거 맞아?"

"뭐?"

그가 손짓했다.

"나한테 말해주지 않겠냐고 해서 난 그렇다고 했잖수. 말해주지 않는다고."

"지금 대답을 거부하는 건가?"

"이제야 뭘 좀 알아듣는구먼, 젊은이."

비드워시가 분노로 부들부들 떨리는 목소리로 말했다.

"젊은이? 네가 지금 대령님과 이야기하고 있다는 걸 아나?"

"이건 나한테 맡겨두게."

셸튼이 손을 저어 그를 물리쳤다. 운전사에게 돌아서는 그의 표정은 냉담했다.

"갈 길 가게. 여기 붙잡아놔서 미안하게 생각하네."

"별 거 아니우. 나도 언젠가 댁을 위해 최대한 노력하겠수."

운전사가 과도하게 정중하게 말했다.

수수께끼 같은 대답을 남기고 그는 차를 앞으로 몰았다. 정찰대가 물러나 길을 내주었다. 버스는 요란한 소리를 내며 속도를 높여 길을 따라 멀리 사라졌다.

비드워시가 자줏빛 얼굴로 버스를 응시하며 욕설을 내뱉었다.

"검은 약탈자 맙소사! 이 행성은 그 어떤 곳보다 기강을 바로잡아야 할 멍청이들이 많은 것 같은……."

"진정하게, 특무상사. 나도 자네 기분과 같아. 하지만 내 혈압에 신경 써야 하니까. 저들에게 해초처럼 휘둘리는 건 문제 해결에 도움이 안 돼."

셸튼이 말했다.

"그렇겠지요, 대령님, 하지만……."

셸튼이 말을 이었다.

"지금 우린 굉장히 재미있는 걸 상대하고 있어. 그게 정확히 뭔지, 어떻게 다뤄야 할지 알아내야 하네. 그건 새로운 전술을 도입해야 한다는 거지. 지금까지 정찰대는 아무것도 얻은 게 없어. 시간만 낭비했지. 다른 방법, 권력층과 접촉할 수 있는 더 효율적인 방법을 찾아야 해. 병사들을 배로 돌려보내게, 특무상사."

"알겠습니다, 대령님."

비드워시가 경례를 붙이고 180도 돌아서서 뒤꿈치를 부딪치고 커다란 입을 벌렸다.

"정찰대애애! ……우향우!"

회의는 밤을 지나 다음 날 아침 반나절을 잡아먹었다. 이 기나긴 토론 시간 동안 길을 따라 허접스런 자동차, 대부분은 수레 같은 것들이 지나갔으나 누구 하나 거대한 우주선에 관심을 보이지 않았고 승무원들에게 상냥한 말 한 마디 건네는 사람도 없었다. 이 별의 기묘한 주민들은 정신적 시력 상실 같은 특이한 병을 앓고 있어서 코앞에 들이대고 사팔눈으로 살펴보기 전에는 사물을 알아볼 능력이 없는 모양이었다.

아침 중반쯤에는 20여 개의 고무바퀴가 달려 있고 다양한 머릿수건을 쓴 여자들이 가득 탄 트럭이 시끄러운 소리를 내며 지나갔다. 여자아이들은 헤어지기 전에 살짝 키스해줘요, 자기 어쩌고 하는 노래를 부르고 있었다. 현문 근처에 있던 몇몇 부대원들이 갑자기 기운을 차리고 손을 흔들고 휘파람을 불고 소리를 질렀다. 하지만 그들의 행동은 아무 소용이 없었다. 노래는 전혀 끊이지 않고 계속되었고 아무도 마주 손을 흔들어주지 않았던 것이다.

사랑에 굶주린 젊은이들의 대실패에 이어 비드워시가 문으로 고개를 내밀고 소리를 질렀다.

"너희 원숭이 새끼들이 남아도는 에너지를 그렇게 쓰고 싶다면 내가 할 일을 주지 — 끝내주게 힘든 일로."

그는 병사 하나하나를 노려본 다음 도로 들어갔다.

안에서는 뱃머리 근처 지도실의 말발굽 모양 테이블에 둘러앉은 고위 관료들이 상황을 논의하고 있었다. 대부분은 어젯밤에 말한 이야기, 즉 옮겨갈 만한 다른 지점이 없다는 것을 강조해서 되풀이할 뿐이었다.

지구 대사가 그레이더 선장에게 물었다.

"정말로 확실한가? 300년 전 마지막 이주선에서 사람들이 내린 이래로 이 행성에 방문한 적이 없다는 게?"

"확실합니다, 각하. 방문을 했다면 기록이 남아 있었을 겁니다."

"지구 우주선이 했다면 말이지. 하지만 다른 별이라면? 나는 말이야, 언젠가 다른 사람들이 비공식적으로 우주선을 보내 안 좋은 일을 벌였고, 그 이래로 이 사람들이 우주선이라면 경계하게 된 거라는 확신이 든다네. 어쩌면 누군가가 거칠게 행동했거나 끼어서는 안 되는 곳에 끼어들려고 폭력을 썼는지도 모르지. 아니면 해적들한테 큰일을 당했든가, 파렴치한 상단에게 사기를 당했거나."

"그건 불가능합니다, 각하. 굉장히 넓은 지역에 산발적으로 이주가 일어났기 때문에 오늘날까지도 대부분이 인구 부족이고 100분의 1 정도밖에 기술이 발달되지 않아서 어떤 종류든 아주 초보적인 우주선조차 만들 능력이 없습니다. 몇몇 지역에선 기술은 있어도 필요한 자재가 없고요."

그레이더가 말했다.

"그래, 나도 늘 그렇게 들어왔지."

"모든 블리더 드라이브 가능 우주선은 태양계에서 만들어지고 지구 우주선으로 등록되어 어딜 가든 알 수 있습니다. 현존하는 유일한 다른 우주선은 입실론 계에서 14개의 밀집한 행성 사이에서 견인 작업을 하기 위해 고철 가격에 사간 낡아빠진 80대에서 90대의 로켓뿐입니다. 구식 로켓은 100년이 걸려도 이 행성에 도착할 수 없습니다."

"그래, 물론 그렇겠지."

"이 정도 거리에 도달할 수 있는 비공식적인 우주선은 존재하지 않

습니다. 우주 해적 역시 같은 이유에서 있을 수 없고요. 블리더 우주선
은 굉장히 비싸기 때문에 해적이 되고 싶다면 우선 천만장자가 되어야
할 겁니다."

그레이더가 단언했다.

"그렇다면,"

대사가 무겁게 말했다.

"우리의 원래 이론으로 돌아가지— 이 별에는 뭔가 특이한 구석이
있는 데다가 광범위한 근친혼으로 멍청이들이 태어난 거야."

셸튼 대령이 끼어들었다.

"그 말씀이 맞는 것 같습니다. 제가 만났던 버스의 승객들을 보셨어
야 합니다. 한쪽은 갈색에 한쪽은 노란색인 이상한 신발을 신은 장의사
가 있는가 하면, 이발소 간판을 벗겨 만든 것 같은 온통 줄무늬인 모자
를 쓴 얼간이 뚱보까지. 빠진 게 있다면 비눗방울 부는 빨대뿐이더군
요……. 아마 목적지에 도착하면 받을 예정이었는지."

"어디로 가고 있다던가?"

"모르겠습니다, 각하. 대답을 거부하더군요."

그에게 빈정거리는 시선을 던지고서 대사가 말했다.

"그거 참 우리가 알고 있던 정보에 유용한 보탬이 되겠군. 이제 머
릿속에 정체불명의 남자가 어딘지 모를 목적지에 도착해서 말할 수 없
는 목적을 갖고 쓸데없는 물건을 받게 될 거라는 생각이 꽉 차게 되었으
니 말이야."

셸튼은 그 뚱보를 아예 보지 않았으면, 혹은 그 뚱보의 정신 나간
세상에 아예 오지 않았더라면 하고 생각하며 입을 다물었다.

"어딘가에 이 사람들을 조종하고 있는 행정 중심지, 공사, 국회가

있을 거야. 어서 그 장소를 찾아서 임무를 인계받고 그들이 만든 제도를 최신식으로 재편해야 해. 국회의사당은 행정구역에서 다른 건물들보다 클 거다. 국회의사당이라는 건 평범하고 알아보기 힘든 곳이 아니니까. 다른 곳보다 중요하다는 걸 보여주는 외관상의 특징을 갖고 있을 거야. 공중에서 보면 쉽게 찾을 수 있겠지. 국회의사당을 찾아야 해. 애초에 그래야 했어. 다른 행성들의 국회는 별 어려움 없이 찾았는데 말이야. 이번엔 왜 이렇게 운이 없는 거지?"

대사가 강력하게 말했다.

그레이더 선장이 사진 여러 장을 테이블 위에 올려놓았다.

"직접 확인해보십시오, 각하. 여기 도착할 때 확인된 것은 두 개의 반구입니다. 상급 도시 같은 것은 전혀 보이지 않습니다. 심지어 다른 것에 비해 눈에 띄는 특징이 있거나 두드러지게 규모가 큰 마을조차 없습니다."

"난 사진을 별로 신뢰하지 않네. 특히 원거리에서 찍은 것들은. 눈으로 직접 보는 게 더 낫지. 북극에서 남극까지 살펴볼 만한 구명선이 네 대 있지 않나. 그걸 쓰면 어떻겠나?"

"각하, 그건 그런 목적으로 만들어진 게 아닙니다만."

"결과만 나오면 상관없지 않나?"

그레이더가 인내심 있게 말했다.

"구명선은 우주공간에 내보내 4만의 거리를 가도록 만들어진 겁니다. 평범한 구식 로켓으로 비상용이죠. 시간당 600킬로미터의 속도로는 효율적인 지상 탐사를 할 수 없습니다. 구명선을 내려보내면 착륙 속도로 운행해야 하고 소음도 막아야 합니다. 이건 효율성도 떨어지고 연료를 어마어마하게 낭비하는 일일뿐더러 일을 다 마치기도 전에 충돌할 우려까지 있습니다."

"그럼 블리더 운행선에 실린 블리더 구명선을 사용할 때로군."

"저도 동의합니다, 각하. 하지만 가장 작은 블리더 엔진도 지구 무게로 300톤이 넘습니다. 작은 구명선에는 지나치게 무겁죠."

그레이더는 사진을 들어 서랍에 집어넣었다.

"우리에게 필요한 건 아주 옛날 식의 프로펠러로 운행되는 비행기입니다. 그걸로는 우리가 못하는 일을 할 수 있습니다 — 천천히 날 수 있거든요."

"자네는 자전거도 그리워하겠구먼."

의견을 거부당한 기분에 대사가 코웃음을 쳤다.

"자전거도 있습니다. 10등급 엔지니어 해리슨이 갖고 있지요."

"그걸 갖고 탑승했단 말인가?"

"그는 어디에나 자전거를 끌고 다닙니다. 같이 잔다는 소문까지 있지요."

"자전거를 타는 우주선 승무원이라니!"

대사는 커다란 경적 같은 소리를 내며 코를 풀었다.

"그 친구는 자전거의 어마어마한 속도와 우주를 쏜살같이 가로지르는 쾌감에 흥분하고 있겠군?"

"저도 모르겠습니다, 각하."

"흐으음! 그 해리슨이라는 친구를 데려오게. 얼간이를 잡으려면 얼간이를 사용해야지."

그레이더가 눈을 깜박이고는 방송 제어판 앞으로 가서 배의 시스템을 켰다.

"10등급 엔지니어 해리슨은 즉시 지도실로 오게."

10분 안에 해리슨이 나타났다. 그는 블리더실에서 1.2킬로미터를 빠르게 걸어온 참이었다. 그는 마르고 단단한 몸매에 검고 원숭이 같은 눈, 바람에 잘려나간 듯한 귀를 갖고 있었다. 대사는 분홍색 기린을 관찰하는 동물학자처럼 호기심 어린 눈으로 그를 보았다.

"이보게, 자네가 자전거를 갖고 있다고 하던데."

걱정스러운 표정으로 해리슨이 말했다.

"규율에 어긋나는 것은 없습니다, 대사님, 그러니까……."

대사가 성급하게 손을 흔들었다.

"규칙은 신경 쓸 거 없어! 우린 골치 아픈 상황에 있는데 이걸 해결하기 위해 괴상한 방법을 써보려는 참일세."

"알겠습니다, 대사님."

"그래서 자네가 이 일을 해줬으면 한다네. 자네 자전거를 갖고 마을로 가서 시장이나 보안관, 높은 사람, 얼간이 대장, 하여튼 이름이 뭐든 그 사람을 찾아서 그가 원하는 다른 공무 관련자들과 그 아내들까지 전부 저녁식사에 공식적으로 초대한다고 전하게."

"알겠습니다, 대사님."

"평상복으로 가게."

대사가 덧붙였다.

해리슨은 한쪽 귀를 잡아당기고 그 다음엔 반대편을 잡아당긴 후 말했다.

"뭐라고 하셨습니까, 대사님?"

"저자들은 자신들이 좋은 대로 옷을 입는 것 같더군."

"알겠습니다. 지금 당장 출발할까요, 각하?"

"즉시. 가능한 한 빨리 돌아와서 나한테 결과를 전하게."

허술하게 인사를 하고서 해리슨이 나갔다. 대사는 안락의자에 앉아 편안하게 기대고서 다른 사람들의 시선을 무시했다.

"이렇게 쉬운데!"

그는 길쭉한 시가를 들고서 조심스럽게 끄트머리를 잘라냈다. 그러고는 빈틈없는 눈으로 그레이더를 보았다.

"그들의 머릿속을 공략할 수 없다면, 뱃속을 공략하는 거야. 선장, 술이 충분한지 확인하게. 강한 걸로. 금성 코냑이나 그 비슷한 수준이 좋겠어. 한 시간만 먹이면 충분히 떠들겠지. 밤새 입을 다물게 할 수 없을지도 모르고."

그는 시가에 불을 붙이고 기분 좋게 연기를 빨았다.

"이건 확인된 신뢰할 만한 외교 기술이라네. 거만한 자들을 유혹하는 은밀한 방법이지. 언제나 효과가 있어 ─ 자네도 알게 될 걸세."

빠르게 페달을 밟아 도로를 지나가던 10등급 엔지니어 해리슨은 깔끔한 정원이 앞뒤로 달려 있는 작은 주택들이 양편으로 서 있는 첫 번째 거리에 도착했다. 통통하고 상냥해 보이는 여자가 울타리를 절반쯤 손질한 상태였다. 그는 그녀의 근처에 자전거를 세우고 예의 바르게 모자를 건드렸다.

"실례합니다, 부인, 이 동네에서 가장 대단한 사람을 찾는데요."

그녀가 반쯤 몸을 돌려 관심 없는 눈으로 그를 흘긋 쳐다보고는 원예용 가위로 남쪽을 가리켰다.

"아마 제프 베인스일 거예요. 첫 번째 골목에서 우회전한 다음 두 번째 골목에서 좌회전해요. 거기 있는 작은 식품점에 있어요."

"고맙습니다."

그는 싹둑싹둑 소리를 뒤로하고 자전거를 달렸다. 첫 번째 골목에서 우회전이라. 그는 주차되어 있는 고무 타이어의 긴 트럭을 끼고 돌았다. 그리고 두 번째 골목에서 좌회전. 아이 세 명이 그를 가리키며 뒷바퀴에 바람이 빠지고 있다며 소리를 질렀다. 그는 식품점을 발견하고 자전거에 고정대를 받친 다음 애마를 토닥여주고서 안으로 들어가 제프를 보았다.

남자는 정말로 대단했다. 4중턱에 56센티미터 둘레의 목, 50센티미터는 튀어나온 배. 평범한 사람이라면 그의 바지 한쪽 통에 들어가고도 남을 것 같았다. 몸무게도 최소한 150킬로그램은 넘을 것 같은 게, 의문의 여지 없이 마을에서 가장 대단한 사람이었다.

"뭘 원하슈?"

제프가 한참 아래를 내려다보며 물었다.

"그런 게 아니라,"

10등급 엔지니어 해리슨은 신선한 식품 진열대를 쳐다보고서 저녁 때까지 팔리지 않은 것들을 들고양이에게 주지는 않는 모양이라고 생각했다.

"특별한 사람을 찾고 있는데요."

"그러신가? 보통 난 그런 종류의 일은 피하는데…… 하지만 사람은 각자의 취향이 있는 거지."

그가 두툼한 입술을 내밀고서 잠시 침묵을 지키다가 말했다.

"데인 가에 있는 시드 월콕에게 가보쇼. 그 사람이야말로 내가 아는 가장 특별한 사람이지."

"그런 뜻이 아니라요. 특정한 사람을 찾고 있다는 겁니다."

해리슨이 말했다.

"그럼 왜 처음부터 그렇게 말하지 않았수?"

제프 베인스가 새로운 문제에 고심하다가 마침내 대답했다.

"그 단어에 맞는 사람이라면 토드 그린일 것 같은데. 이 길 끝에 있는 신발가게에서 찾을 수 있을 거요. 그 사람이라면 어떤 사람에게든 특정한 상대지. 굉장히 까다롭거든."

"제 말을 오해하고 계신 것 같은데요. 전 식사에 초대해야 하는 우두머리[31]를 찾고 있는 거라구요."

해리슨이 설명했다.

주변보다 30센티미터쯤 높은 의자에 앉아서 제프 베인스가 기묘한 눈으로 그를 보다가 말했다.

"난 도통 이해가 안 되는데. 우선 당신은 가발을 쓴 남자를 찾겠다고 시간을 허비하고 있소. 그것도 특히 커야 한다고 그러고. 단지 콩을 넣은 이불을 쓴다고 해서 그 사람에게 의를 입힐 필요가 뭐가 있나?"

"네?"

"옛날 의를 없애고 싶으면 새 의를 심는 게 상식 아닌가?"

"그런가요?"

해리슨은 입을 멍하니 벌린 채 의를 어떻게 심는가 하는 기묘한 문제에 골몰했다.

"무슨 말인지 모르는 거요? 당신이 입고 있는 건 제복이우?"

제프 베인스가 고깃덩어리를 주무르며 한숨을 쉬고 그의 몸통을 가

◉　　**31__** big wig, 큰 가발이라는 뜻도 됨.

리컸다.

"네."

"진짜, 정말로, 모직을 염색해서 만든 제복?"

"물론이죠."

"아! 그래서 내가 속아넘어간 거로군. 당신 혼자라고 생각했거든. 똑같은 옷을 입은 사람이 여럿이었다면 나도 즉시 제복인 줄 알아봤을 거요. 그게 제복의 목적이지 ── 모두 똑같은 거. 안 그렇수?"

제프가 말했다.

"그렇겠지요."

한 번도 그런 생각을 해본 적 없었던 해리슨은 그 말에 동의했다.

"그럼 당신은 그 배에서 온 거로군. 처음부터 그렇게 생각했어야 했는데. 오늘은 이해력이 좀 느린 모양이야. 하지만 페달 달린 기계를 타고 돌아다니는 사람 한 명만 보게 될 줄은 몰랐거든. 그걸로 증명이 되지?"

"네. 그걸로 증명이 되죠."

해리슨은 대화에 빠져 있는 사이 누군가가 자전거를 훔쳐가지 않았나 확인하기 위해 뒤를 돌아보았다. 자전거는 여전히 그 자리에 있었다.

"좋아, 다시 해보자고. 왜 여기에 온 거요?"

"내내 이야기하고 있었잖습니까. 제가 보내진 이유는……."

제프의 눈이 조금 커졌다.

"보내져? 남의 명령을 받아서 온 거라는 뜻인가?"

해리슨은 입을 딱 벌리고 그를 쳐다보았다.

"물론이죠. 왜요?"

제프 베인스의 혼란스럽던 표정이 갑자기 밝아졌다.

"오, 이제 알겠어. 자네의 이상한 말하기 방식 때문에 헷갈렸어. 다른 사람에게 의를 졌다는 거로군?"

자포자기한 상태로 해리슨이 물었다.

"의가 뭡니까?"

제프 베인스가 기도하듯이 천장을 쳐다보고 중얼거렸다.

"그걸 모르다니. 심지어 그게 뭔지조차 모른다고!"

그가 포기조의 한숨을 쉬었다.

"혹시 배고픈가?"

"약간이요."

"좋아. 자네한테 의가 뭔지 말로 설명할 수도 있지만, 더 좋은 생각이 있어. 직접 보여주지."

의자에서 몸을 일으킨 다음 그가 어기적어기적 뒷문으로 걸어갔다.

"내가 왜 제복쟁이를 교육시키려 하고 있는지 모르겠군. 아무래도 심심했나 봐. 어이, 따라오라고."

해리슨은 얌전히 카운터를 지나 자전거를 보고 고개를 끄덕인 다음 남자를 따라 통로를 지나 정원으로 나갔다.

제프 베인스가 상자 더미를 가리켰다.

"통조림들이지."

그는 옆 가게를 가리켰다.

"상자를 열어서 저기다가 물건들을 쌓아놔. 빈 상자는 밖에 내놓고. 하든 말든 자네가 알아서 해. 그게 자유지, 안 그런가?"

그는 가게로 도로 들어갔다.

혼자 남은 해리슨은 귀를 긁고서 잠시 생각에 잠겼다. 어디선가 미묘한 개그가 진행되고 있는 느낌이었다. 해리슨이라는 이름의 지원자는 자신의 멍청이 자격을 증명해보라는 유혹을 받고 있었다. 하지만 이 공연이 제작자에게 유익하다면 배워볼 만한 가치가 있을 것이다. 그 후엔 속임수에 넘어가지 않을 수 있으니까. 모으기 위해서는 관찰해야 하는 법이다.

그래서 그는 명령대로 상자들을 처리했다. 20분간의 일을 마치고 그는 가게로 돌아갔다. 그러자 베인스가 설명했다.

"자, 자네가 날 위해 뭔가를 했단 말이야. 그 말은 자네가 나한테 의를 준 거야. 자네가 해준 일에 대해 내가 감사하진 않을 거야. 그럴 필요가 없으니까. 내가 해야 하는 일은 의를 떨쳐내는 거지."

"의?"

"의무 말이야. 축약해서 말해도 되는데 뭐하러 긴 단어를 쓰겠어? 의무는 의라고 부르는 거야. 난 이런 식으로 해결하겠어. 옆옆 가게에 있는 세스 워버튼이 나에게 의를 여럿 지고 있거든. 그러니까 난 자네에 대한 의를 없애고 그 친구에게 의를 받아내는 의미에서 자네를 거기로 보내 식사를 시켜주겠어."

그는 종이에 짧게 뭐라고 썼다.

"이걸 그 친구한테 주라고."

해리슨이 그것을 쳐다보았다. 간단한 내용이었다.

"이 건달에게 밥을 줘. 제프 베인스."

약간 멍한 상태로 그는 밖으로 나가 자전거를 타고 다시금 종이를 보았다. 건달이라니. 이런 단어를 사용했다는 사실에 폭발할 만한 우주선 승무원이 여럿 떠올랐다. 그의 시선이 조금 떨어져 있는 두 번째 가게로 향했다. 창문에는 식료품이 가득하고, 위쪽에는 커다랗게 두 단어가 빛나는 간판이 달려 있었다. '세스의 우걱우걱'.

뱃속의 외침을 따르기로 결심하고 그는 사형 선고장처럼 종이를 쥔 채 세스의 가게로 들어갔다. 안에는 긴 카운터가 있고 음식 냄새, 그릇 부딪치는 소리가 울리고 있었다. 그는 회색 눈의 갈색머리 여자가 앉아 있는 대리석 테이블에 자리를 잡았다.

"괜찮으시겠어요?"

그가 의자에 앉으며 정중하게 물었다.

그녀가 신기한 물건인 양 그의 귀를 쳐다보았다.

"뭐가 괜찮아요? 아기, 개, 나이 든 친척이요? 아니면 빗속에 산책하는 거?"

"제가 여기 앉아도 괜찮냐고요."

"그걸 참을 수 있든 없든 난 혼자 즐길 수 있어요. 그게 자유죠, 안 그런가요?"

"그렇죠. 바로 그렇죠."

해리슨이 말했다. 그는 어쩐지 장기에서 한 번 잘못 움직였다가 졸을 잃은 듯한 기분으로 의자에서 움찔거렸다. 달리 할 말이 있나 주위를 둘러보고 있는데 길쭉한 얼굴에 하얀 코트를 입은 남자가 와서 프라이드치킨과 세 종류의 잘 모르는 채소가 담긴 접시를 내려놓았다.

기가 막힌 장면이었다. 마지막으로 프라이드치킨을 본 지 몇 년이나 되었는지, 파우더 형태가 아닌 채소를 본 건 몇 달쯤 되었는지 기억도 나지 않았다.

웨이터가 음식에 매료된 그의 표정을 오해하고 물었다.

"음, 마음에 안 드십니까?"

"아뇨. 아주 좋아요."

해리슨은 종이를 내밀었다. 쪽지를 보고 웨이터가 카운터 한쪽 끝에서 연기 때문에 반쯤 가려진 사람에게 소리쳤다.

"제프 거 하나 없어졌어요."

그가 종이를 잘게 찢으며 가버렸다.

"빠른 해결책이로군요."

갈색머리가 음식이 가득한 접시 쪽으로 고개를 끄덕이며 말했다.

"그가 당신에게 음식-의를 입히고, 당신은 그걸 곧장 해결해서 금세 끝내버렸어요. 내 걸 해결하려면 접시를 닦거나 세스가 다른 사람에게 입은 의를 하나 없애줘야 하는데요."

"난 통조림을 수십 개 쌓았어요."

해리슨이 나이프와 포크를 들었다. 입에 침이 고였다. 배에는 나이프와 포크가 없었다. 파우더와 알약에는 그런 게 필요치 않으니까.

"여기엔 선택권이 별로 없는 모양이죠? 주는 대로 먹어야 하나 보네요."

"세스에게 의가 있으면 달라요. 그런 경우에는 그걸 없애기 위해 최선을 다하거든요. 운명을 그저 기다리고 있다가 나중에 불평하지 말고 그에게 의를 씌웠어야죠."

그녀가 말했다.

"불평하는 게 아닌데요."

"그건 당신 권리예요. 그게 자유죠, 안 그런가요?"

그녀가 잠깐 말을 멈췄다가 다시 말했다.

"내가 세스에게 의를 입히는 건 자주 있는 일은 아니지만, 그럴 때면 난 아이스 파인애플을 달라고 외치고 그가 가져오죠. 그가 의를 입혔을 땐 내가 움직여야 되고요."

그녀의 회색 눈이 갑작스러운 의심으로 가늘어졌다.

"당신, 이 얘기가 굉장히 새로운 것처럼 듣고 있네요. 혹시 이방인인가요?"

입안이 치킨으로 꽉 차서 그는 고개만 끄덕였다. 잠시 후 그가 간신히 말했다.

"난 그 우주선에서 왔어요."

그녀가 얼어붙었다.

"이런 세상에! 반간드로군요! 생각도 못했네. 우와, 당신은 거의 인간처럼 보이는데."

"나도 그런 유사성에 굉장한 자부심을 갖고 있죠."

배가 부르니 재치가 살아났다. 그는 음식을 씹고, 삼키고, 주위를 둘러보았다. 하얀 옷의 남자가 다시 나타났다. 해리슨이 물었다.

"마실 건 뭐가 있죠?"

"디스, 더블디스, 쉬막, 커피요."

"커피 주세요. 큰 잔에 진하게."

"쉬막이 더 나아요. 근데 내가 이런 이야기를 왜 해주는 걸까요?"

웨이터가 사라지자 갈색머리가 말했다.

커피가 파인트 크기의 머그컵에 나왔다. 컵을 내려놓으며 웨이터가 말했다.

"세스의 의를 해결해주는 건 당신의 선택입니다. 식후에 뭘 드시겠습니까? 애플파이, 임픽 델리스, 타펠수페르, 또는 시럽에 담긴 카니멜론이 있는데요."

"아이스 파인애플이요."

"이런!"

남자가 해리슨을 보고 눈을 깜박이다가 갈색머리에게 비난의 눈길

을 던지더니 카운터로 가서 파인애플을 가져왔다. 해리슨은 그것을 앞
으로 밀었다.

"맛있게 먹어요."

"당신 거잖아요."

"난 배가 불러서 더 못 먹어요."

그는 치킨을 한 입 더 먹고 커피를 휘저으며 세상에서 가장 행복한
기분을 느꼈다.

"내가 여기서 먹을 수 있는 건 다 먹었어요. 어서요, 허리선은 신경
쓰지 말고 듬뿍 먹어요."

그는 포크로 권유하는 동작을 했다.

그녀가 단호하게 파인애플을 그에게 도로 밀었다.

"싫어요. 내가 이걸 먹으면 의가 산더미처럼 쌓인다고요."

"그래서요?"

"낯선 사람에게 의를 받기는 싫어요."

"그렇군요. 당신으로서는 그럴 만하네요. 낯선 사람이란 종종 이상
한 개념을 갖고 있죠."

해리슨이 말했다.

"당신 말이 맞아요. 개념이 뭐가 이상하다는 건지는 잘 모르겠지
만요."

그녀가 동의했다.

"식기 세척!"

"네?"

"시닉학파요. 시닉학파에서는 접시를 자기가 씻었죠."

그가 다시 그녀 쪽으로 파인애플을 밀었다.

"내가 의를 지워서 당신이 그걸 갚아야 한다고 생각한다면, 여기서 금방 처리할 수 있어요. 내가 원하는 건 정보 약간이에요. 이 동네 최고 대빵을 어디 가면 찾을 수 있는지 가르쳐줘요."

"그거 쉽군요. 10번지 가운데 있는 알렉 피터스한테로 가보세요."

말하자마자 그녀는 접시에 달려들었다.

"고마워요. 난 모든 사람들이 좀 모자라거나 이상한 사상에 사로잡혀 있는 게 아닌가 생각할 뻔했다니까요."

그는 식사를 마저 끝내고 느긋하게 의자에 기댔다. 익숙하지 않은 영양소에 그의 뇌가 더 빠르게 작동하기 시작했고 잠시 후 그의 얼굴에 짙은 의심의 기색이 떠올랐다.

"그 피터스란 사람이 혹시 빵가게를 하나요?"

"물론이죠."

기쁨의 한숨을 내쉬며 그녀가 빈 접시를 옆으로 밀었다. 그는 낮게 신음하고서 말했다.

"난 시장을 찾는 거예요."

"그게 뭔데요?"

"넘버원이요. 최고 보스. 보안관, 청장, 당신네들이 뭐라고 부르든지 말이에요."

"난 모르겠는데요."

그녀가 정말로 당황한 얼굴로 말했다.

"이 마을을 다스리는 사람이요. 이끄는 사람."

그녀는 그를 도우려고 노력했다.

"좀 더 명확하게 말해봐요. 이 사람이 뭘, 아니면 누구를 이끄는 건데요?"

"당신과 세스와 다른 모든 사람들이요."

그가 도시를 다 포함한다는 의미로 손을 흔들었다. 인상을 찌푸리고 그녀가 물었다.

"우리를 어디로 이끌어요?"

"당신네가 가는 목표로요."

그녀는 지친 듯 포기하고는 하얀 옷의 웨이터에게 도와달라는 손짓을 했다.

"매트, 우리가 어딜 가죠?"

"그걸 내가 어떻게 압니까?"

"음, 그럼 세스에게 물어볼래요?"

그가 저쪽으로 갔다가 다시 돌아왔다.

"세스는 6시가 되면 집으로 갈 거라는데 당신은요?"

"그를 거기까지 이끄는 사람이 있나요?"

그녀가 물었다.

"웬 허튼 소리예요. 세스도 집에 가는 길은 잘 알고 정신도 멀쩡하다구요."

매트가 말했다. 해리슨이 끼어들었다.

"저기, 이 문제가 왜 이렇게 어려운 건지 이해가 안 되네요. 그냥 내가 어디 가서 관공서를 찾을 수 있는지 말해달라고요, 아무 관공서나! 경찰청장이나 재무국장이나 장의사나 아니면 그냥 치안판사라도 좋으니까."

"관리가 뭐죠?"

매트는 노골적으로 의아한 얼굴이었다.

"치안판사는 뭐예요?"

갈색머리가 물었다.

그의 머릿속이 뒤죽박죽으로 빙글빙글 돌았다. 생각을 정리하고 다른 방법을 시도하기까지는 잠시 시간이 걸렸다.

그가 매트에게 말했다.

"예를 들어 말이죠. 여기에 불이 붙었다고 칩시다. 그러면 어떻게 하죠?"

"계속 부채질해서 키울 건데요."

매트는 이 주제에 싫증이 났다는 사실을 숨기려고도 하지 않았다. 그는 더 이상 멍청이에게 시간 낭비하기 싫다는 투로 카운터로 돌아갔다.

"불을 끄겠죠. 그럼 달리 어떻게 할 거라고 생각했어요?"

갈색머리가 대답했다.

"그가 할 수 없는 경우에는요?"

"다른 사람들에게 도와달라고 하겠죠."

"그럼 도와주나요?"

그녀가 불쌍하다는 듯한 눈으로 그를 쳐다보았다.

"물론 당연히 도와주죠. 엄청나게 큰 의를 지우는 셈이 되겠지만요, 안 그래요?"

"네, 그렇겠죠."

그는 사면초가의 기분이었지만 마지막 노력을 기울여보았다.

"불이 너무 크고 빠르게 번져서 지나가는 사람만으로 끌 수 없으면 어떻게 하나요?"

"세스가 소방분대를 부르겠죠."

포기하려던 기분이 사라지고 승리감이 솟구쳤다.

"아, 그러니까 소방분대가 있었군요! 그게 내가 말한 관공서라고요. 그게 내가 내내 말하던 거였어요. 소방서가 어디 있는지 빨리 가르쳐줘요."

"12번지 끝에 있어요. 금방 찾을 수 있을 거예요."

그가 황급히 일어났다.

"고마워요. 또 만나요."

황급히 나가서 그는 자전거를 낚아채고 골목으로 사라졌다.

소방서는 여러 개의 육중한 고무바퀴 위에 네 대의 접이식 사다리와 살수탑, 두 대의 복합 펌프 등이 각각 달려 있는 자동차 여러 대를 보유하고 있는 커다란 곳이었다. 안에 들어가서 해리슨은 크고 넓은 반바지를 입고 있는 조그만 남자와 마주쳤다. 남자가 물었다.

"누굴 찾아요?"

"소방서장이요."

해리슨이 말했다.

"그게 누군데요?"

이제는 이런 종류의 말에 대비가 되어 있던 터라 해리슨은 어린아이에게 설명하듯 말했다.

"자요, 친구, 여긴 소방서란 말입니다. 누군가가 지휘를 하고 있겠죠. 누군가가 모두를 조직하고, 보고서를 쓰고, 버튼을 누르고, 승급을 결정하고, 게으른 사람을 걷어차고, 모든 영광을 차지하고, 모든 비난은 남에게 미루고, 여기를 다스릴 거예요. 여기서 가장 중요한 사람이고 모두가 그걸 알죠."

그가 검지로 남자의 가슴을 두드렸다.

"그 사람이 바로 내가 이야기하고 싶은 사람이다 이겁니다. 별로 마음엔 안 들지만."

"다른 사람보다 더 중요한 사람 같은 건 없어요. 어떻게 그럴 수 있소? 당신 미쳤구먼."

"당신 좋은 대로 생각해도 되는데, 어쨌든 간에 내 말은……."

날카로운 벨소리가 울리는 바람에 말이 끊겼다. 마술처럼 스무 명의 남자가 나타나 사다리와 복합 펌프에 올라타고 길거리로 달려 나갔다.

납작한 대야 모양의 헬멧만이 소방관들에게 유일하게 동일한 의상이었다. 그 외에는 각기 옷차림이 다 달랐다. 넓은 반바지 차림의 남자는 펄쩍 뛰어 펌프를 잡았고, 그 양옆으로는 무지개 색 허리띠를 맨 뚱뚱한 소방관과 샛노란 킬트[32]를 입은 마른 남자가 서 있었다. 조그만 종모양 귀고리를 하고 있는 가장 나중에 온 사람은 황급히 펌프를 따라 달려가 끄트머리를 잡으려 했으나 실패하고 우울하게 차가 사라지는 것을 보았다. 그가 한 손으로 헬멧을 빙빙 돌리며 느릿하게 돌아왔다.

그가 입을 딱 벌리고 있는 해리슨에게 말했다.

"정말 운도 없지. 올해 최고의 호출이었는데. 대형 양조장이었다구요. 빨리 도착할수록 더 큰 의를 입힐 수 있겠죠."

그가 그 생각에 입술을 핥고는 캔버스 천으로 된 호스 위에 앉았다.

"오, 그래, 내 건강에는 좋은 일일지도 모르지."

해리슨이 말했다.

"하나만 물어봅시다. 뭘 해서 먹고 살죠?"

"꽤나 황당한 질문이로군요. 직접 보라고요. 난 소방대원이에요."

◎ **32__** kilt : 스코틀랜드에서 남자가 전통적으로 입는 체크무늬의 스커트. 허리에서 무릎까지의 길이다.

"알아요. 내 말뜻은, 누가 당신에게 월급을 주죠?"

"월급?"

"이 일을 하고 돈을 받는 거요."

"이상한 소리를 하는군요. 돈이 뭡니까?"

해리슨은 뇌의 혈액순환을 돕기 위해 머리를 문질렀다. 돈이 뭐냐고? 으아. 그는 다른 방향으로 시도해보았다.

"당신 아내가 새 코트가 필요하다고 칩시다. 어떻게 하죠?"

"화재-의를 진 가게로 가죠, 당연히. 거기서 의를 한두 개 제해주면 되고."

"하지만 어떤 옷가게에도 불이 난 적이 없으면요?"

"참 무식하군요, 당신. 도대체 어떤 별에서 온 거예요?"

해리슨을 바라보는 동안 그의 종 모양 귀고리가 흔들렸다. 그가 말을 이었다.

"거의 모든 가게들이 화재-의가 있다구요. 제정신인 가게라면 일종의 보험으로 매달 여러 차례 할당하죠. 만약의 경우에 대비해 미래를 바라보는 거예요, 알겠어요? 그들은 우리에게 의를 입혀놓고, 그러면 우리가 구조를 나갔을 때 그걸 일부 제해주고 우리는 새 의를 그들에게 얹어주는 거죠. 이걸로 우리가 지나치게 일을 하거나 엉뚱한 짓을 하는 게 방지되는 거예요. 가게의 책임을 일부 면제해주는 것이기도 하고. 이해가 되죠?"

"아마도요, 하지만……."

남자가 갑자기 눈을 가늘게 뜨고 끼어들었다.

"이제 알겠다. 당신 그 우주선에서 왔군요. 반간드였어."

"난 지구인이에요. 그리고 사실 이 별에 정착한 모든 사람들은 원래 지구인이었다고요."

해리슨이 위엄 있게 말했다.

남자가 거슬리는 소리로 웃었다.

"나한테 지금 역사를 가르치려는 거예요? 당신이 틀렸어요. 5퍼센트는 화성인이었다고요."

해리슨이 되받았다.

"화성인도 지구인 정착자들의 후손이라고요."

"그래서요? 그건 무지하게 오래전 일이잖아요. 당신은 못 들었나 본데, 세상은 변한다구요. 이 별에 사는 우리는 지구인도, 화성인도 아니에요—초대받지 않는 당신네들만 빼면. 우린 모두 간드죠. 당신네 짜증 나는 훼방꾼들은 반간드이고."

"내가 아는 한 우린 아무것에도 반대하지 않아요. 왜 그런 생각을 하는 거죠?"

"당일신!"

남자가 갑자기 더 이상의 논의를 거부하며 외쳤다. 그가 옆으로 헬멧을 던지고 바닥에 침을 뱉었다.

"네?"

"내 말 들었잖아요. 당신 스쿠터나 타고 가라고."

해리슨은 포기하고 그의 말대로 우울하게 페달을 밟아 우주선으로 돌아갔다.

대사는 권위적인 눈으로 그를 쳐다보았다.

"드디어 돌아오셨군, 자네. 몇 시까지 몇 명이나 올 예정인가?"

"없습니다, 대사님."

해리슨은 기운 없이 대답했다.

"없어? 내 초대를 그들이 거절했다는 건가?"

위엄 있는 눈썹이 위로 올라갔다.

"아뇨, 대사님."

대사는 잠시 기다리다가 말했다.

"확실히 말해보게, 젊은이. 거기서 자네의 돌돌 굴러가는 기계가 방금 롤러스케이트라도 낳은 것처럼 입만 떡 벌리고 있지 말고. 그들이 내 초대를 거절한 게 아니라고 했잖나. 그런데 아무도 안 온다니. 도대체 그게 무슨 뜻인가?"

"아무한테도 물어보지 못했습니다."

"아, 물어보지 못했다!"

그가 홱 돌아서서 그레이더와 셸튼, 다른 모든 사람들에게 말했다.

"물어보지 못했다는구면!"

그의 시선이 다시 해리슨에게로 향했다.

"죄다 잊어버린 거로군, 안 그런가? 기계에 올라탔다는 권력과 자유에 취해서 시속 28킬로미터로 마을을 쏘다니며 시민들을 놀라게 만들고 그들의 교통법을 죄다 어기고 그들의 목숨을 위험하게 만들면서도 클랙슨 한 번 울릴 생각을 안 하고……."

해리슨은 속으로 이 기나긴 비판에 분개한 채 대답했다.

"저한텐 클랙슨이 없습니다, 대사님. 뒷바퀴가 굴러갈 때 작동되는 호각은 있습니다만."

"그래서!"

대사가 모든 희망을 버린 듯이 외치고는 자리에 앉아 이마를 몇 번이나 쳤다. 그가 비장하게 손가락으로 가리켰다.

"누군가는 비눗방울 빨대를 받는다고 그러더니, 이 친구는 호각이 있다는구먼."

"제가 직접 디자인한 겁니다, 대사님."

해리슨이 대단히 교육적으로 말했다.

대사는 다시금 정신을 차렸다.

"물론 그러시겠지. 상상이 가. 자네라면 그럴 거라고 생각했네. 이 봐, 젊은이, 자네와 나 사이의 비밀로 하고 말이야, 하나만 말해주게."

그가 몸을 앞으로 기울이고 방 안에 일곱 번쯤 반사될 정도의 크기로 속삭였다.

"왜 아무한테도 물어보지 않은 건가?"

"물어볼 사람을 찾을 수 없었습니다, 대사님. 최선을 다했지만 그들은 제가 무슨 말을 하는 건지 모르더군요. 아니면 모르는 척했든지."

"흐음! 벌써 해가 저물었어. 금세 저녁이 될 거야. 더 이상 뭘 하기엔 늦었군."

대사는 가까운 하역구 쪽을 보고서 시계를 보았다. 그가 짜증스럽게 투덜거렸다.

"하루가 또 지났어. 여기서 이틀을 있었는데 여전히 아무것도 못하고 빌빌대고 있군."

그의 찌푸린 눈이 해리슨에게로 향했다.

"좋아, 젊은이, 어쨌든 시간을 낭비해야 할 테니까 자네 이야기를 전부 다 들어보는 게 좋겠군. 무슨 일이 있었는지 세세한 부분까지 전부 이야기하게. 그러면 뭐라도 좀 알아낼 수 있을지도 모르니까."

해리슨은 이야기를 마무리 지었다.

"제 생각에는, 각하, 그 사람들은 머릿속이 동—서로 정렬되어 있고
저는 남—북으로 향하고 있기 때문에 몇 주간 논쟁을 해도 끝나지 않을
겁니다. 각하께서 지금부터 세상이 망할 때까지 그들과 이야기를 하실
수는 있겠지만, 심지어 친해져서 대화를 즐길 수도 있겠지만······ 양쪽
모두 상대가 무슨 이야기를 하는지는 이해 못할 겁니다."

"그런 건가."

대사가 건조하게 말하고서 그레이더 선장에게로 몸을 돌렸다.

"자네는 여기저기 돌아다니며 새로운 세계를 많이 봤잖나. 이 모든
헛소리에 대해서 어떻게 생각하나?"

상황상 이런 주제를 연구해야 했던 그레이더가 대답했다.

"의미론의 문제입니다. 오래전에 접촉이 끊긴 세계에서는 어디서
나 부딪칠 수 있습니다. 일반적으로 진짜 골치 아플 정도로 발달하지는
않는 편이지만요."

그가 의미심장하게 말을 끊었다.

"저희가 바실리우스에서 처음으로 만났던 남자는 자기 딴엔 완벽
한 영어라고 생각하고 상냥하게 이렇게 말하더군요. '즐겁게 신발을 벗
으십시오!'"

"뭐? 그게 무슨 뜻인가?"

"들어와서 슬리퍼를 신고 편안하게 즐기세요, 라는 거죠. 다시 말해
환영합니다! 랄까요. 그런 종류의 말에 대비만 하고 있으면, 각하, 그리
어렵지 않습니다."

그레이더가 생각에 잠긴 눈으로 해리슨을 보고 말을 이었다.

"여기서는 그런 게 극도로 발달된 모양입니다. 심각한 변화를 알아
챌 수 없을 만큼 언어가 유창하고 표면적으로 유사하게 유지되었습니다

만, 의미가 변화하고 개념이 바뀌어서 새로운 것으로 대체되고 생각의 형태도 달라진 거죠— 물론 지역적으로 발달한 속어의 영향도 무시할 수 없겠지요."

" '당일신' 같은 거 말이지. 그건 지구의 개념으로는 알아들을 수 없는 이상한 단어야. 그들이 그걸 쓰는 방식이 마음에 안 들어. 욕설인 것 같단 말이지. 그들이 계속 떠들어대는 이 의라는 거랑 뭔가 관계가 있을 거야. '당일에 신세진다' 라든지 뭐 그런 거 같은데, 뭔가 의미심장해."

대사의 말에 해리슨이 반박했다.

"아무 관련 없습니다, 대사님."

그는 머뭇거리다가 모두가 대답을 기다리는 것을 보고 대담하게 말했다.

"돌아오는 길에 저는 베인스의 집에 안내해주었던 부인을 다시 만났습니다. 부인이 저에게 그를 찾았냐고 물어서 저는 찾았다고, 고맙다고 말했지요. 그리고 잠깐 이야기를 나눴습니다. 전 그녀에게 '당일신'이 무슨 뜻인지 물었고, 그녀는 그게 머리글자를 쓴 속어라고 하더군요."

그가 잠시 말을 멈추었다. 대사가 말했다.

"계속하게. 블리더실 환풍구에서 나오는 가열찬 비난의 말들을 들은 이래 난 뭐든 받아들일 수 있네. 그게 무슨 뜻이지?"

"당–일–신."

해리슨이 눈을 깜박이고서 말했다.

"당신 일에나 신경써라."

"그렇군! 그게 그들이 내내 나한테 하던 소리란 말인가?"

대사의 얼굴이 벌게졌다.

"그런 것 같습니다, 대사님."

"확실히 이 친구들, 배울 게 많군."

그의 목이 외교적이지 못한 분노로 부풀었고, 그의 커다란 손이 테이블을 내려쳤다. 그가 큰 소리로 말했다.

"그리고 단언코 배우게 될 거야!"

해리슨은 점점 더 불편해져서 여기서 나가고 싶었다.

"네, 대사님. 이제 가서 제 자전거를 돌봐도 될까요?"

"내 눈앞에서 사라지게!"

대사가 소리쳤다. 그가 의미 없는 손짓을 몇 번 하다가 불그스름한 얼굴을 그레이더 선장에게로 돌렸다.

"자전거라니! 이 함선에 고무총을 갖고 있는 사람은 혹시 없나?"

"없을 겁니다, 각하, 하지만 원하신다면 물어보겠습니다."

"바보짓 말게. 멍청이 수치는 이미 충분하다고."

대사가 말했다.

아침까지 미뤄진 다음 회의는 비교적 짧고 간결했다. 대사가 자리에 앉아 헛기침을 하고 베스트를 바로잡은 다음 인상을 찌푸리고 테이블을 둘러보았다.

"우리가 알고 있는 걸 다시 한 번 살펴보지. 이 행성의 쇠고집들은 자신들을 간드라고 부르고, 자신들의 출신지인 지구에 전혀 관심이 없으며 우리를 반간드라고 부르고 있어. 그런 식의 교육을 받아서 우리를 적대적으로 여기게 된 거겠지. 그들은 어릴 때부터 우리가 나타나게 되면 그들이 추구하는 모든 것이 틀렸다는 걸 밝히게 될 거라고 들어왔던 거야."

"그리고 저희는 그들이 추구하는 게 뭔지 전혀 모르죠."

셸튼 대령이 쓸데없이 끼어들었다. 하지만 그가 주의를 기울이고 있다는 사실을 보여주는 데에는 충분했다.

"나도 우리가 그 부분에 무지하다는 사실을 잘 알고 있네. 그들은 주요 동기에 대해서는 침묵으로 일관하고 있어. 어떻게든 그걸 깨야 하네."

대사가 인정했다. 그는 목을 가다듬고서 말을 이었다.

"그들은 특이한 비화폐 경제체제를 영위하고 있어. 내가 보기엔 오로지 대규모의 잉여물 덕택에 작동되는 시스템이야. 인구 과잉으로 심각한 부족이 일어나면 하루도 버티지 못할 거야. 이 경제체제는 협동기술과 사설 기업, 유치원의 우등생 제도나 간략화된 물욕에 기반을 두고 있는 것으로 보이네. 이건 입실론계의 외부 행성 네 개에서 시행하는 괴이한 음식 저장 은행 체제보다 더 말도 안 되는 체제야."

"하지만 돌아가고 있잖습니까."

그레이더가 날카롭게 지적했다.

"그럭저럭이지. 그 코끼리 귀 엔지니어의 자전거가 돌아가는 것처럼—그 친구도 마찬가지고! 모터 달린 기계가 훨씬 더 유용할 텐데 말이지."

이 비유에 만족한 대사는 몇 초 더 뭐라고 웅얼거렸다.

"이 지방 경제 계획은, 이걸 계획이라고 부를 수 있다면 말이지만, 초기 정착자들이 도입한 기묘한 방식이 우연히 발전하게 된 결과인 게 분명해. 말하자면 자동차로서는 낡아빠진 거지. 그들도 그걸 알지만, 정신적으로는 300년이나 시대에 뒤처져 있어서 그걸 바라지 않는 거야. 변화, 발전, 효율성이라는 게 무서운 거지—뒤떨어진 인간 대부분이 그렇듯이. 게다가 그들 중 일부는 현 상태 그대로 유지하는 게 훨씬 이익일 거고. 그들은 단지 귀찮은 게 싫어서 우리를 적대시하는 거야."

그는 경멸감을 표현하느라 커다랗게 코웃음을 치고 권위적인 눈길로 테이블을 둘러보았다. 그보다 더 나은 논리가 있으면 어디 말해보라는 투였다. 하지만 그런 함정에 빠지기엔 모두 기강이 단단히 잡혀 있었다. 아무도 대답하지 않자 그가 말을 이었다.

"상황을 통제하고 나면 우리는 길고 지루한 임무를 수행하게 될 거다. 그들의 교육체제를 전부 뜯어고쳐 지구인에 대한 편견을 없애고 최신 정보를 제공해야 돼. 다른 행성에서도 여러 번 해봤지만, 여기만큼 대규모로 해본 적은 없었지."

"할 수 있을 겁니다."

누군가가 외쳤다. 그 소리를 무시하고 대사가 말을 마무리했다.

"어쨌든 그 모든 건 미래의 일이다. 현재 해결해야 하는 문제가 있어. 당장 우리 코앞에 닥친 문제는 통치하는 곳이 어디이며 통치권자는 누구인가 하는 거다. 그걸 해결해야 일을 진전시킬 수 있어. 그럼 이걸 어떻게 해결할 것인가?"

그가 의자에 기대서 말했다.

"머리를 열심히 굴려서 뭔가 그럴싸한 제안을 나한테 제시해보게."

그레이더 선장이 커다란 가죽 장정의 책을 손에 들고 일어섰다.

"각하, 누굴 찾아서 핵심 정보를 얻을 새로운 계획을 꼭 세워야 할 필요는 없다고 생각합니다. 다음에 해야 할 일은 이미 정해져 있는 거나 다름없으니까요."

"무슨 뜻인가?"

그는 책을 두드렸다.

"제 승무원 중에서 고참들이 몇 명 있습니다. 다들 우주 변호사죠. 그들은 저만큼이나 공식적인 우주 법률을 잘 압니다. 가끔 그들이 너무 많은 것을 안다는 생각도 들 정도로요."

"그래서……?"

그레이더가 책을 펼쳤다.

"법률 127조에는 적대적인 별에서 승무원은 우주로 돌아갈 때까지 전시편성에 준한다고 나와 있습니다. 적대적이지 않은 곳에서는 평시편성이고요."

"그게 뭔가?"

"법률 131A조에 평시편성이란 배의 핵심적인 운영에 필요한 최소의 인원을 제외한 다른 승무원들은 짐을 내린 후나 지구 시간으로 착륙 72시간 내에 즉시 지상에 상륙할 권리가 있습니다. 시간이 짧다 해도요."

그는 책을 힐끔 보았다.

"정오쯤엔 승무원들이 상륙할 준비가 충분히 되어 있을 겁니다. 못 내리게 하면 소란이 일어날 겁니다."

"그래? 내가 이 별이 적대적이라고 말하면 어떻게 되지? 그들도 귀를 기울이겠지, 안 그런가?"

대사가 삐딱하게 웃었다.

"법률 148조에 적대적인 별이란 조직적으로 제국 시민에게 무력을 사용하는 행성이라고 규정되어 있습니다."

마지못해 책을 보고서 그레이더가 대답했다. 그는 다음 장으로 넘겼다.

"이 법률의 취지상 무력이란 결과적으로 심하든 아니든 육체적 상해를 입히기 위한 모든 행동을 뜻합니다."

대사가 험악하게 인상을 찌푸렸다.

"난 동의하지 않네. 무력이 없다 해도 정신적으로 적대적인 별도 있어. 바로 여기가 그 실례가 아닌가. 여긴 우호적인 세계가 아니야."

"우주 법률에 따르자면 우호적인 세계란 존재하지 않습니다. 모든 행성들은 두 가지 분류로 나뉩니다. 적대적이거나, 비적대적이거나."

그레이더는 설명하며 단단한 가죽 커버를 두드렸다.

"책에 전부 있습니다."

"겨우 책 따위를 따르거나 승무원의 말을 따르는 건 으뜸가는 바보 짓이지. 그건 바깥에 내다 버리게. 파쇄기에 넣든지. 자네 좋을 대로 없애고, 그 내용은 다 잊어버려."

"죄송합니다만, 각하, 그럴 수 없습니다."

그레이더가 책의 첫 부분을 넘겼다.

"기본 법률 1A, 1B, 1C에 다음과 같이 나와 있습니다. 우주에서든 상륙해서든 배의 승무원들은 우주 법률을 철저하게 따르고 지구에 위치한 우주위원회의 명령에 순종하는 선장이나 그가 임명한 사람의 직접적인 명령에 따른다. 이는 운행 중이든 상륙했든 우주 횡단선에 탑승한 모든 군 병사들과 공무원, 일반 승객에 적용되며 직급에 상관없이 모두가 선장 또는 그가 임명한 사람에게 종속된다. 선장이 임명한 자는 배의 고위 선원으로 상급자가 명령 불가능 상태이거나 없을 경우 즉각 임무를 대신한다."

대사가 불쾌한 어조로 말했다.

"그 모든 말은 자네가 이 성의 주인이라는 거구만. 그게 마음에 안 들면 배에서 내리라는 거고."

"훌륭하신 각하의 말씀에 대해 저도 동의할 수밖에 없군요. 어쩔 수 없습니다 ─ 법은 법이니까요. 그리고 승무원들도 모두 알고 있습니다!"

그레이더가 책을 내려놓고 그것을 반대편으로 밀었다.

"십중팔구 선원들은 바지를 다리고 머리에 무스를 바르고 그밖의 잡다한 일을 하며 정오까지 기다릴 겁니다. 그런 다음에 제가 거부할 수 없는 방식으로 요구사항을 전달할 거고요. 일등 선원이 외출 명부를 저한테 제출하고 승인을 요청할 거란 말입니다. 제가 할 수 있는 일이라고는 명부의 누군가에게 문제가 있다고 하면서 다른 사람으로 바꾸라고 하는 것 정도입니다. 하지만 전부 다 못 나가게 할 수는 없어요."

그가 깊은 한숨을 쉬었다.

"선원들이 시끄럽게 외출하는 게 좋은 일일 수도 있습니다."

셸튼 대령 자신도 외출에 포함되는 데에 별 불만이 없었다.

"함대가 상륙 중일 때는 이런 식의 방출도 효과가 있지요. 우리는 수십 명과 접촉해야 합니다. 그게 우리가 원하는 것 아닙니까?"

"우린 이 행성의 지도자들을 만나서 설명을 듣고 싶은 거야. 그들이 얼굴에 분칠하고 가장 좋은 옷을 차려입고 달려 나와 굶주린 선원들에게 손을 흔들며 초대를 할 것 같진 않다네."

대사의 퉁퉁한 얼굴이 찌푸려졌다.

"이 건초 더미 속에서 바늘을 찾아야 해. 그 일은 법석을 떠는 선원 무리가 할 수 없는 거라고."

그레이더가 끼어들었다.

"저도 동의하는 바입니다, 각하. 하지만 기회인 건 분명합니다. 선원들이 나가고 싶어 한다면 상황상 저는 그들을 막을 힘이 없습니다. 딱 한 가지 전제하에서만 그게 가능합니다."

"그 전제가 뭔가?"

"이 별이 우주 법률의 테두리 안에서 적대적이라는 것을 증명하는 증거가 있어야 되죠."

"음, 그건 어떻게 할 수 있지 않을까?"

대답을 기다리지 않고서 대사가 말을 이었다.

"선원들은 하나 같이 구제불능의 문제아들 아닌가. 적당한 사람을 찾아 도수 높은 금성 코냑을 먹이고 즉시 나갔다 오라고 하게. 간드인들에게 잘 보이고 싶어서 그 선원이 술을 안 마시려고 할 수도 있겠지. 그러면 그 친구를 함선 밖으로 그냥 쫓아내버려. 그가 멍든 눈으로 돌아와서 상대의 상태에 대해서 과장된 이야기를 늘어놓거든 이 별이 적대적이라고 선언하는 거야. 그러면 되잖나. 육체적 폭력. 책에 딱 나와 있어."

그가 의미심장한 손짓을 했다.

"법률 148A조에는 무력 저항이 체계적이어야 함을 강조하고 있고 개인의 다툼은 적개심의 증거로 사용될 수 없다고 특정하고 있습니다."

선임 사무관을 바라보는 대사의 얼굴이 분노로 일그러졌다.

"지구로 돌아가면, 자네가 돌아갈 수 있다면 말이지만, 책을 쓴 관료들 덕에 우주 업무가 엉망으로 벽에 부딪치고 반쯤 마비되고 절름발이 행정이 되었다고 적당한 기관에 꼭 말하게."

다른 사람들이 대사의 말을 반박하지 않고 동료들을 두둔할 만한 대답을 떠올리기도 전에 문 두드리는 소리가 들렸다. 일등 선원 모건이 안으로 들어와 재빨리 경례를 하고서 그레이더 선장에게 종이를 내밀었다.

"1차 상륙 허가서입니다, 선장님. 승인해주시겠습니까?"

420명의 선원들이 이른 오후에 마을로 나왔다. 그들은 한참이나 밝은 빛을 보지 못한 일반적인 남자들처럼 행동했다. 말하자면 열렬하게, 기대에 차서 둘, 셋, 여섯 혹은 열 명씩 우르르 몰려나온 것이다.

글리드는 해리슨과 짝을 이루었다. 둘은 기묘한 등급의 패거리였다. 글리드는 외출 나온 유일한 하사관이었고 해리슨은 유일한 10등급 엔지니어였다. 또한 그들 둘만 평상복을 입어서 뚜렷하게 눈에 띄었다. 글리드는 제복이 그리웠고 해리슨은 자전거가 없으니 벌거벗은 기분이었다. 이 하찮은 특징이 최소한 하루 동안 같이 다닐 만큼의 동병상련을 느끼게 해주었다.

글리드가 열의로 가득 차서 말했다.

"이게 진짜 최고로군. 전에도 여러 번 즐거운 외출을 해봤지만, 이번이야말로 최고야. 다른 외출 때에는 모두가 똑같은 문제를 겪었거든─돈으로 뭘 사용하나 하는 거지. 산타클로스 한 무리처럼 물물교환을 할 만한 걸 잔뜩 짊어지고 나가야 했어. 그중에서 십중팔구는 쓸모가 없어서 결국 도로 들고 돌아와야 했지."

"페르세포네에서는 다리 긴 밀릭이 20캐럿의 파란색 일등급 다이아몬드를 내 자전거와 바꾸자고 했었죠."

해리슨이 말했다.

"맙소사, 안 했단 말이야?"

"뭐하러 하겠어요? 새것을 구하려면 16광년이나 돌아가야 하는데."

"잠시 동안 자전거는 없어도 되잖아."

"다이아몬드야말로 없어도 괜찮아요. 다이아몬드를 타고 돌아다닐 수도 없잖아요."

"자전거를 스포스터 달 우주선 가격에 팔 수도 없잖아."

"아뇨, 팔 수 있어요. 방금 밀릭이 계란 크기의 다이아를 주려고 했다고 말했잖아요."

"정말이지 부끄러운 일이로군. 그 보석에 흠만 없으면 20만에서 25

만 크레디트 정도를 받을 수 있다고."

글리드 하사관은 그 어마어마한 돈을 상상해보고는 입맛을 다셨다.

"엄청나게 많은 크레디트…… 그게 내가 좋아하는 거지. 그래서 이 여행이 짜릿한 거고. 다른 때에는 늘 나가면 그레이더가 먼저 우리한테 우호적인 인상을 주고, 우주인다운 태도로 행동해라 어쩌고 하고 설교부터 했거든. 그런데 이번엔 돈 이야기부터 하더란 말이야."

"대사가 시킨 거잖아요."

"어쨌든 마음에 들어. 남자든 여자든 사교적이고 기꺼이 이야기를 하려는 성인 간드를 배에 데려오기만 하면 10크레디트에 코냑 한 병, 거기다 외출을 두 배로 준다니."

글리드가 말했다.

"그렇게 쉽게는 못할 걸요."

"마을의 최고 관리의 이름과 주소를 알아오는 사람에겐 100크레디트라고. 이 별의 국회 도시의 이름과 정확한 위치를 알아오면 1,000크레디트고."

그가 행복하게 휘파람을 불고 말을 이었다.

"누군가가 성공할 텐데, 비드워시는 절대 아니야. 그는 절대로 성공할 수 없지. 난 알아, 내가 해낼 거니까."

그가 말을 멈추고 돌아서서 옆을 지나가는 키 크고 날씬한 금발머리를 쳐다보았다. 해리슨이 그의 팔을 잡아당겼다.

"여기가 내가 말했던 베인스의 가게예요. 들어가요."

"오, 그래야지."

글리드가 여전히 길을 쳐다보며 마지못해 따라 들어갔다.

"좋은 오후예요."

해리슨이 밝게 말했다.

"아니."

제프 베인스가 부인했다.

"장사가 안 돼. 준결승 때문에 마을 사람들 절반이 몰려갔어. 그 친구들은 내가 문을 닫은 다음에나 뱃속 생각을 하겠지. 어쩌면 내일 아침 일찍 몰려올 거고 그러면 물건 파느라 정신이 없을지도 몰라."

"장사가 잘될 때도 돈을 받지 않으면 어떻게 장사가 나쁠 수 있소?"

글리드는 해리슨에게서 들은 정보를 바탕으로 논리적으로 물었다.

제프의 커다란 눈이 그를 천천히 살피더니 해리슨에게로 움직였다.

"그래, 자네 배에서 온 또 다른 건달패로구먼. 이 친구가 무슨 소릴 하는 거야?"

"돈이요. 그게 우리가 상업을 간소화하기 위해 사용하는 물건이죠. 인쇄된 종이인데 다양한 크기로 의를 기록한 문서 같은 거예요."

해리슨이 말했다.

"그걸로 많은 게 이해가 되는군. 모든 의를 인쇄된 기록으로 만드는 종족은 믿을 수 없지 ― 그들은 서로도 믿지 않는다는 뜻이니까."

제프 베인스는 높은 의자로 어기적어기적 걸어가서 웅크리고 앉았다. 그는 힘겹게 씨근거리며 숨을 내쉬었다.

"그걸로 우리 학교에서 늘 가르치던 게 증명되는군 ― 반간드들은 자기 홀어머니도 속여먹을 거라고."

"당신네 학교가 잘못 받아들이고 있는 거예요."

해리슨이 말했다.

"어쩌면 옳을 수도 있는 거고. 하지만 다른 결론이 나올 때까지는 안전제일이지."

제프는 별로 논쟁하고 싶지 않은 모양이었다. 그가 그들을 살펴보았다.

"당신네 둘은 그런데 뭘 원하는 거지?"

글리드가 재빨리 앞으로 나섰다.

"충고요. 우린 즐기러 나왔소. 식사를 하고 즐길 만한 최적의 장소가 어디요?"

"얼마나 있을 거요?"

"내일 저녁때까지."

"소용없소."

제프 베인스가 우울하게 고개를 흔들었다.

"지금부터 그때까지 의만 심어주다 끝날걸. 게다가 대부분의 마을 사람들은 반간드에게서 의를 받으려고 하지 않을 거고. 반간드들은 좀 이상하거든, 안 그런가?"

"저기요. 조촐한 식사라도 할 수 없을까요?"

해리슨이 말했다.

"음, 그건 잘 모르겠는데."

제프가 잠시 생각에 잠겨 다중턱을 문질렀다.

"어떻게 할 수 있을지도 모르지……. 하지만 이번엔 나도 도와줄 수 없어. 자네한테 원하는 게 없기 때문에 내가 심어놓은 의를 자네가 이용할 순 없을 거야."

"좋은 아이디어라도 없나요?"

"자네가 이 동네 사람이라면 이야기가 다르지. 지금 의를 왕창 지고 원하는 만큼 즐긴 다음 미래에 기회가 되면 갚아나가면 되니까. 하지만 오늘만 머물고 내일 떠날 반간드를 신용하는 사람은 없을걸."

"내일 간다는 건 확실치 않소. 제국 대사가 왔다는 건 지구인들이 여기 영구적으로 머물 수도 있다는 뜻이니까."

글리드가 말했다.

"누가 그런 말을 했는데?"

"제국에서. 당신네도 그 일부잖소, 아니오?"

"아니지. 우린 그 어떤 것의 일부도 아니고 되고 싶지도 않아. 게다가 아무도 우릴 어떤 것의 일부로 만들 수 없소."

제프가 말했다.

글리드는 카운터에 기대 멍하니 커다란 돼지고기 깡통을 응시했다.

"내가 제복도 안 입고 열병하고 있는 것도 아니다 보니까 자네 말에 동감해. 그렇게 대놓고 말할 순 없지만. 다른 세계의 관료들에게 몸과 마음을 점령당한다 해도 솔직히 나 자신은 상관없어. 하지만 이 별 사람들이 우릴 몰아내려면 꽤나 힘들 거야. 원래 그런 거거든."

"우리가 갖고 있는 걸 동원하면 그렇지도 않지."

제프가 주장했다. 그는 굉장히 자신만만해 보였다.

"자네들이 가진 거라고는 별 거 없잖아."

글리드는 노골적인 경멸이라기보다는 우호적인 비판에 가까운 투로 코웃음을 쳤다. 그리고 해리슨을 돌아보았다.

"뭐가 있던가?"

"별 거 없어 보이던데요."

해리슨이 대답했다.

"외양에 속지 말라고. 우린 자네들이 생각하는 것보다 훨씬 더 대단하거든."

제프가 충고했다.

"예를 들자면?"

"음, 우선 우리에겐 인간이 생각해낼 수 있는 최강의 무기가 있어. 우린 간드라고, 알겠어? 그러니까 배나 총 같은 것들은 필요하지 않아. 더 나은 게 있지. 더 효율적이고, 그걸 방어할 수 있는 건 전혀 없어."

"꼭 보고 싶은데."

글리드가 도전했다. 새롭고 대단히 강력한 무기에 대한 정보라면 시장의 주소만큼이나 값진 것이 될 것이다. 그레이더가 그 정보의 중요성에 감탄해서 5,000크레디트로 상금을 올릴 수도 있다. 살짝 빈정거리는 투로 그가 말했다.

"물론 자네가 비밀을 폭로할 리는 없겠지."

제프는 깜짝 놀라서 말했다.

"별로 비밀도 아니야. 원하면 언제든 공짜로 가질 수 있어. 어떤 간드라도 자네가 요구만 하면 줄 거야. 이유를 알고 싶나?"

"당연하지."

"왜냐하면 오로지 한 방향으로만 작용하거든. 우린 그걸 자네들한테 사용할 수 있어. 하지만 자네들은 우리한테 사용할 수 없지."

"그런 게 어디 있나? 손에 쥐고 사용법만 안다면, 상대방에게 쓸 수 없는 무기라는 건 개발된 적이 없다고."

"정말 확신하나?"

"물론이야. 난 20년 동안 우주군에 있었고 그 오랜 세월 동안 활부터 시작해서 H—폭탄에 이르기까지 무기에 관한 모든 것을 배웠다고. 아무리 날 속이려고 해도 안 먹힐걸. 한 방향 무기라는 건 불가능해."

글리드가 망설임 없이 말했다.

"그 사람과 논쟁하지 말아요. 보기 전까진 절대로 믿지 않을 테니까."

해리슨이 베인스에게 말했다.

"그럴 것 같군."

제프 베인스의 얼굴에 느릿하게 웃음이 번졌다.

"요청만 하면 우리의 놀라운 무기를 가질 수 있다고 내가 말했잖나. 왜 요청하지 않지?"

"좋아, 보여줘봐."

글리드가 열의 없이 말했다. 조금의 의조차 입히지 않고서 그의 요청에 따라 제프가 내놓은 무기는 그리 대단해 보이지 않았다. 상상 속의 5,000크레디트는 5크레디트로, 그리고는 완전히 제로가 되어버렸다.

"이리 주면 내가 한번 사용해보지."

제프가 의자에서 무겁게 일어나 벽으로 가서 작고 반짝이는 액자를 고리에서 떼어내 카운터 너머로 건넸다.

"가져도 좋아. 자네한테 도움이 될 거야."

글리드는 물건을 자세히 살피고 손가락 사이에서 이리저리 돌려보았다. 그것은 상아를 닮은 직사각형의 길쭉한 물건에 지나지 않았다. 한쪽 면은 매끄럽고 아무 무늬도 없었다. 반대편에는 굵은 글씨로 글자 세개가 깊게 새겨져 있었다.

자-난. 싫.

당황한 표정으로 그가 고개를 들고 물었다.

"이게 무기라고?"

"물론이지."

"그럼 나로선 이해할 수가 없군. 자넨 알겠나?"

그가 액자를 해리슨에게 건넸다.

"아뇨."

해리슨도 그것을 한참 살피고서 베인스에게 말했다.

"이 '자—난. 싫.' 이라는 건 무슨 뜻이죠?"

"머릿글자 속어지. 관용구에서 따온 거야. 세계적인 좌우명이 되었지. 아직 눈치 못 챘다면 말인데 어디서든지 볼 수 있어."

베인스가 가르쳐주었다.

"여기저기서 본 기억은 있지만 별로 중요한 것 같지 않아서 깊이 생각하지 않았어요. 이제야 세스의 가게와 소방서 같은 데 새겨져 있는 걸 본 기억이 나네요."

"우리가 승객을 내리게 할 수 없었던 버스 옆에도 쓰여 있었지. 나도 무슨 뜻인지 모르겠는데."

글리드가 말했다

"여러 가지 뜻이 있지. 자유—난 싫어!"

제프가 말했다.

"이젠 포기야. 난 완전히 깜깜이라고. 전혀 이해가 안 돼."

글리드는 제프에게 말했다. 그리고 생각에 잠겨 액자를 주머니에 넣는 해리슨을 쳐다보았다.

"전혀 못 알아먹을 소리라고. 무기라니!"

"무지는 축복이지. 특히 자기가 만지고 있는 게 안전장치를 걸어놓은 폭탄이라는 걸 모르고 있다면."

베인스가 이상하리만큼 당당하게 말했다.

글리드가 그 말에 정신을 차리고서 물었다.

"좋아. 이게 어떻게 작동하는지 말해봐."

"싫어."

베인스가 다시 씩 웃었다. 그는 뭔가 굉장히 만족하고 있는 얼굴이었다.

글리드는 잠시나마 크레디트를 꿈꾸고 있다가 실망했다.

"그거 대단히 도움되는 말이로군. 한 방향 무기에 대해 자랑을 늘어놓더니만 글자 세 개 쓰여 있는 장난감 같은 걸 던져주고서 입을 다물어버리다니. 누구라도 말만 늘어놓는 건 할 수 있다고. 자네 말을 증명해보시지?"

"싫어."

베인스의 미소가 더욱 커졌다. 그가 쳐다보고 있는 해리슨에게 의미심장하게 윙크를 던졌다.

해리슨의 머릿속에 무언가가 선명하게 떠올랐다. 그가 입을 딱 벌리고 주머니에 넣었던 액자를 꺼내 마치 처음 보는 것처럼 그것을 들여다보았다.

"나한테 돌려줘."

베인스가 그를 쳐다보며 말했다. 주머니에 액자를 도로 집어넣고 해리슨이 단호하게 말했다.

"싫어."

베인스가 낄낄거렸다.

"남보다 눈치 빠른 사람이 있는 법이라니까."

"이봐, 그렇게 하면 안 되는……."

글리드의 말이 잦아들었다. 그가 잠시 그대로 서 있었다. 뇌가 빠르게 빙빙 도는 동안 그의 눈이 살짝 흐릿해졌다. 그러다 나지막한 소리로 그가 외쳤다.

"이런, 맙소사!"

베인스가 동의했다.

"바로 그거야. 맙소사, 엄청난 맙소사지. 자네 이해력이 느리구먼."

머릿속에 넘쳐나는 반항적인 생각에 흥분해서 글리드가 해리슨에게 거칠게 외쳤다.

"어서 와, 여기서 나가자고. 생각을 해야 돼. 조용한 곳에서 생각을 해야 한다고."

작은 공원에는 의자와 잔디밭과 꽃, 작은 분수가 있었고 그 주위로 아이들 몇 명이 놀고 있었다. 지구에서 볼 수 없는 이국적인 꽃들이 다양하게 피어 있는 맞은편에 앉아서 그들은 한참 입을 다물고 있었다. 마침내 글리드가 말했다.

"한 명이 그런다면 순교겠지만, 온 세상이 그런다면……."

그의 목소리가 잦아들었다가 다시 커졌다.

"난 최대한으로 이걸 받아들이려고 해봤는데 결국엔 머리가 터질 것 같아."

해리슨은 아무 말도 하지 않았다. 글리드가 말을 이었다.

"예를 들어서 말이야. 그가 배로 돌아갔는데 콧김을 내뿜는 코뿔소 비드워시가 나한테 명령을 내린다고 해보자고. 나는 그 작자를 냉정하게 쳐다보고 그러는 거야. '싫어!' 그러면 놀라서 꼼짝도 못 하든가 날 영창에 처넣겠지."

"그러면 되게 곤란하겠네요."

"잠깐 기다려 봐, 말 다 안 끝났어. 내가 영창에 있어도 일은 계속해야 되잖아. 그래서 비드워시는 다른 사람을 뽑겠지. 희생자가 내 단짝이라서 똑같이 차가운 눈으로 '싫어!' 라고 하는 거야. 그러면 그 친구도 영창에 올 거고 나한텐 동료가 생기겠지. 비드워시가 다시 사람을 골라. 그리고 이 일이 반복되는 거야. 결국 영창엔 우리가 우글우글해질 텐데, 거긴 겨우 스무 명밖에 못 들어가거든. 그러니까 엔지니어실을 차출하게 되겠지."

"우리 실은 그냥 두라구요."

"엔지니어실을 몰수한단 말이야."

글리드가 엔지니어들을 곤란하게 만들기로 결심하고 말을 이었다.

"곧 '싫어요' 무리가 천장까지 꽉 찰 거야. 비드워시는 계속해서 가능한 한 빨리 그들을 골라내려고 하겠지 ─ 그때까지 혈관이 몇 개 터지지 않았다면 말이야. 결국 그들은 블리더 기숙사까지 점령하게 돼."

"왜 계속 우리 동료들을 갖고 그래요?"

"그러고는 천장 높이까지 그들이 차곡차곡 쌓일 거야."

글리드는 이 이야기에서 가학적인 즐거움을 만끽하며 말했다.

"결국엔 비드워시가 직접 양동이와 솔을 들고 무릎을 꿇고 갑판을 닦아야겠지. 그레이더와 셸튼, 나머지 사람들은 영창 간수 노릇을 해야 되고. 그 무렵이면 잘난 척 대사님께선 당황한 예스맨 사무관들의 도움을 받아 자네랑 나를 위해 바쁘게 배에서 요리를 하고 계실 거고."

그가 이 생각에 감탄한 표정을 지으며 외쳤다.

"하느님 맙소사!"

색깔 있는 공이 굴러오자 그는 몸을 구부려 공을 주워들었다. 일곱 살 정도 되는 소년이 달려와서 진지하게 말했다.

"제 공 주세요."

"싫어."

글리드가 공을 단단히 쥐고서 말했다.

저항도, 분노도, 눈물도 없었다. 소년은 그저 실망한 얼굴로 돌아섰다.

"여기 있다, 꼬마야."

그가 공을 던졌다.

"고맙습니다."

공을 쥐고서 아이가 쏜살같이 달려갔다.

해리슨이 말했다.

"제국의 모든 사람들이, 프로메테우스에서 1,800광년 떨어진 칼더 4호까지, 소득세 요청서를 받고는 그걸 찢어버리고서 '싫어!' 라고 하면 어떻게 될까요? 그러면 어떤 일이 벌어질까요?"

"교도소를 지을 두 번째 우주와 간수들이 머물 세 번째 우주가 필요하겠지."

"대혼란일 거예요."

해리슨이 말을 이었다. 그가 분수 주위에서 놀고 있는 아이를 향해 고개를 끄덕였다.

"하지만 여기는 혼란스럽지 않아요. 내 눈에는요. 그러니까 그들은 과도하게 이런 완전한 거부를 하지는 않는다는 뜻이에요. 적당히, 상호적인 이해를 바탕으로 한다는 거죠. 그 이해가 뭔지 난 전혀 모르겠어요."

"나도 마찬가지야."

나이 든 남자가 그들 근처에서 멈춰 서서 머뭇거리며 그들을 쳐다보다가 지나가던 청년을 붙잡았다.

"마틴스타운으로 가는 열차를 어디서 타면 되는지 말해주겠나?"

"8번가 반대편 끝에서요. 한 시간에 한 대씩 있어요. 출발하기 전에 수갑을 채울 거예요."

청년이 말했다.

노인이 하얀 눈썹을 추켜올렸다.

"수갑? 무엇 때문에?"

"노선이 우주선 옆을 지나가거든요. 반간드들이 끌어낼지도 모르니까요."

"오, 그래, 그렇군. 반간드들이란…… 귀찮은 것들이라니까."

그는 느릿느릿 걸어가다가 글리드와 해리슨을 다시 보고서 지나가며 웅얼거렸다.

"확실히, 우린 저 사람들에게 계속해서 나가라고 하고 있고, 저 사람들은 계속 '싫어' 라고 하고 있으니."

글리드가 인정했다.

나이 든 남자가 비틀거리다가 똑바로 서서 그에게 기묘한 시선을 던지고는 다시 걸어가버렸다.

"한두 명 정도는 우리 억양에 흥미를 느끼나 봐요. 내가 세스의 가게에서 식사할 땐 아무도 알아채지 못한 것 같지만."

해리슨이 지적했다. 글리드가 갑작스럽게 흥미를 보였다.

"한 번 식사를 했으면 또 할 수도 있겠지. 얼른, 한번 시도해보자고. 잃을 게 뭐가 있나?"

"우리 인내심이요. 세스랑 입씨름을 해야 할 거라고요. 그가 받아들이지 않으면 다른 사람한테 시도해야 되고요. 아무도 상대해주지 않으면 굶어죽기 전에 빨리 돌아가야 돼요."

해리슨이 중얼거리며 일어섰다.

"그게 바로 저 사람들이 우리한테 바라는 거라고. 내 시체 앞에서나 그러라지."

글리드가 지적하고는 인상을 찌푸렸다. 해리슨이 말했다.

"바로 그럴 거라구요. 하사관님 시체 앞에서."

매트가 한 팔에 행주를 걸치고서 나왔다.

"반간드한테는 음식을 주지 않아요."

"지난번에는 나한테 음식을 줬잖아요."

해리슨이 말했다.

"그건 그때죠. 그때는 당신이 그 배에서 왔다는 걸 몰랐으니까. 하지만 이제는 안다고요!"

그가 테이블 한쪽 구석을 행주로 철썩 내리쳤다.

"난 반간드한테는 음식을 내놓지 않아요."

"우리가 식사를 할 만한 다른 장소가 있을까요?"

"누군가가 당신네한테 의를 입지 않은 한은 불가능할 걸요. 당신네 정체를 알면 절대로 안 할 거예요. 하지만 나랑 똑같은 실수를 하는 사람도 있을 수는 있죠. 난 두 번 다시 안 할 실수지만."

그가 다시금 구석을 행주로 휙 내리쳤다.

"지금 또 실수하고 있잖소."

글리드가 단호하고 권위적인 목소리로 말하고서 해리슨을 쿡 찔렀다.

"이걸 보라고!"

옆 주머니에서 나온 그의 손에는 작은 총이 들려 있었다. 매트의 몸통을 겨냥하고서 그가 말했다.

"평소에, 배에 있는 사람들이 소란을 일으키고 싶을 때에는 이런 짓을 하면 상당히 곤란해지지만, 지금은 아니거든. 다들 자네들 두 발달린 노새들에게 이를 갈고 있어. 가서 우리한테 음식을 두 접시 가져오라고."

그가 무기를 까딱거렸다.

"싫어요."

매트가 총을 무시한 채 단호하게 입을 다물었다.

글리드가 안전장치를 풀자 달칵 소리가 울렸다.

"이제 건드리기만 하면 끝장이야. 재채기만 해도 발사될 거라고. 어서 움직여."

"싫다고요."

매트가 주장했다.

글리드는 혐오스러운 얼굴로 무기를 주머니에 다시 집어넣었다.

"난 그냥 농담한 거요. 충전도 안 된 거야."

"충전됐다 한들 전혀 달라질 거 없어요. 난 반간드에겐 음식을 내주지 않으니까. 그걸로 끝이죠!"

매트가 대꾸했다.

"내가 흥분해서 자네를 반으로 날려버려도 말인가?"

"그럼 내가 어떻게 당신들한테 음식을 갖다 줄 수 있겠어요?"

그가 물었다.

"죽은 사람은 아무 쓸모도 없다구요. 당신네 반간드들도 논리라는 걸 좀 배워요."

그 말을 끝으로 그가 휙 가버렸다.

"저 친구 인물이라니까요. 저런 달변가한테 뭘 어떻게 하겠어요? 아무 소용없지! 하사관님은 자기 꾀에 되려 당한 거라고요."

해리슨이 우울한 얼굴로 말했다.

"그건 모를 일이야. 지폐를 몇 장 흔들면 다른 사람들은 달려들 수도 있어. 열렬하게 좋아할 수도 있다고."

"하사관님은 저 사람들을 지구 방식으로 생각하고 있는 거예요. 그건 실수예요. 저들은 출신이 어떻든 간에 절대로 지구인이 아니에요. 간드라고요."

해리슨은 말하고 잠깐 말을 멈추었다.

"간드가 어떤 사람들인지 저도 잘은 모르겠지만, 일종의 광신도 같은 거라고 생각해요. 대폭발 시기에 지구에선 외골수들을 수백만 명이나 이주시켰어요. 히게이아에서 본 그 미치광이들을 생각해보세요."

"난 거기 한 번 갔었는데 안 보려고 엄청나게 노력했었다고."

글리드가 추억에 잠겨 말했다.

"하지만 안 볼 수 없었지. 몸을 무화과 나뭇잎 하나만큼도 안 가렸으니까. 우리가 옷을 입고 있기 때문에 음란하다고 그러더라니까. 결국엔 우리도 옷을 벗어야 했지. 떠날 무렵에 내가 뭘 입고 있었는지 아나?"

"위엄 있는 자세만 두르고 있었겠죠."

"그거랑 우주인용으로 공식 발행된 구리-은으로 된 신분 증명 디스크. 거기다가 왼팔에 내가 하사관이라는 걸 알려주는 화장품으로 그린 작대기 세 개. 참도 하사관같이 보였겠지……. 빌어먹을!"

"알아요. 난 거기 일주일 있었어요."

글리드가 말을 이었다.

"배에 소장님이 승선하고 계셨지. 육체적인 면으로 보자면 그분은 낡아빠진 멜빵을 닮았었달까. 태어날 때 그대로의 차림새로는 아무한테도 위압감을 주지 못했지. 히게이아인들은 소장님의 추락을 우리의 가짜 형태와는 다른 진정한 민주주의에 도달한 증거로 여겼지."

그가 혀를 찼다.

"그들이 정말 틀렸는지 솔직히 잘 모르겠어."

해리슨이 생각에 잠겼다.

"제국을 창설할 때에는 이상한 주장이 나오기 마련이죠. 말하자면, 지구가 늘 옳고 1,642개의 행성이 전부 다 틀렸다는 것처럼요."

"자네 상당히 선동적이 되고 있어, 안 그래?"

해리슨은 아무 말도 하지 않았다. 글리드가 그를 힐끗 보고는 그의 주의가 다른 데에 쏠려 있음을 알고서 눈길을 따라가다가 막 가게로 들어오는 갈색머리를 발견했다.

"멋지군. 너무 어리지도 않고, 늙지도 않았고. 뚱뚱하지도, 마르지도 않았어. 딱 적당해."

글리드가 말했다.

"그녀를 알아요."

해리슨이 그녀의 주의를 끌기 위해 손을 흔들었다.

그녀가 가게를 가로질러 오다가 살짝 비틀거리고는 그들의 테이블에 앉았다. 해리슨이 소개를 했다.

"제 친구 글리드 하사관님이에요."

"아서요."

글리드가 그녀를 쳐다보며 정정했다.

"난 엘리사예요. 하사관이라는 게 뭐죠?"

그녀가 그에게 말했다.

"아랫사람들보다 좀 더 위에 있다는 거죠. 난 사람들한테 누가 뭘 해야 할지 지시해요."

글리드가 설명했다. 그녀의 눈이 커졌다.

"사람들이 정말로 시키는 대로 한다는 뜻인가요?"

"물론이죠. 왜요?"

"말도 안 되는 소리 같아요."

그녀의 시선이 해리슨에게로 향했다.

"계속 당신 이름은 몰라야 하는 건가요?"

그가 재빨리 이름을 말하고는 덧붙였다.

"하지만 난 제임스는 좋아하지 않아요. 짐이 더 좋아요."

"그럼 짐이라고 할게요."

그녀가 가게를 보고 카운터와 다른 테이블을 살폈다.

"매트가 당신네 둘한테 왔었나요?"

"네. 우리한테 음식을 안 주겠대요."

그녀는 예쁘장한 어깨를 들썩였다.

"그건 그의 권리죠. 모든 사람에게 거절할 권리가 있잖아요. 그게 자유라고요, 안 그래요?"

"우린 그걸 반란이라고 부르죠."

글리드가 말했다.

"그렇게 어린애처럼 굴지 말아요. 여기서 기다려요. 세스를 만나고 올게요."

그녀가 나무라고는 일어서서 반대편으로 걸어갔다.

그녀가 이야기를 못 들을 만큼 멀어지자 글리드가 솔직히 말했다.

"난 이해가 안 돼. 식품점의 그 뚱보 말에 따르면 그들의 화술은 우리가 포기하고 갈 때까지 냉정하게 굴기 위한 거였잖아. 하지만 이 아가씨는 친절해. 그녀는…… 그녀는……."

그가 말을 멈추고 적절한 단어를 찾다가 마침내 말했다.

"그녀는 비-간드 같아."

해리슨이 반박했다.

"그렇지 않아요. 그들에게는 '싫어' 라고 말할 권리가 있는 거예요. 그녀는 그걸 수행하고 있는 거고요."

"이런 세상에, 그렇군! 그 생각은 못 했었어. 그들은 자기가 좋을 대로, 내키는 대로 그걸 사용할 수 있는 거로군."

그가 목소리를 낮추었다.

"그렇죠. 그녀가 와요."

자리에 다시 앉아 그녀가 머리를 쓸어 넘기고서 말했다.

"세스가 직접 우리에게 음식을 갖다 줄 거예요."

"또 다른 배반자로군."

글리드가 씩 웃으며 말했다.

"조건이 있어요."

그녀가 말을 이었다.

"당신네 둘이 여기서 기다리다가 떠나기 전에 그와 이야기를 나누어야 해요."

"싼 가격이로군요."

해리슨이 말했다. 그러다 문득 어떤 생각이 떠올라 그가 물었다.

"이건 당신이 우리 셋의 몫으로 여러 개의 의를 없애줘야 했다는 뜻인가요?"

"내 것 하나뿐이었어요."

"어떻게요?"

"세스도 자기만의 의견이 있거든요. 그 역시 다른 사람들만큼이나 반간드를 좋아하지 않아요."

"그런데요?"

"하지만 그에겐 전도의 본능이 있어요. 모든 반간드들을 무시하는 방식에는 찬성하지 않아요. 그는 교화되기에는 너무 고집스럽거나 멍청한 사람들만 거부해야 한다고 생각하죠."

그녀가 글리드를 보고 웃자 머리카락 끝까지 짜릿해졌다.

"세스는 이성적인 반간드라면 예비 간드라고 생각해요."

"간드가 도대체 뭐죠?"

해리슨이 물었다.

"물론 이 별의 거주자들이죠."

"내 말은, 그 이름이 어디서 나온 거예요?"

"간디한테서요."

그녀가 말했다. 해리슨이 의아한 듯 얼굴을 찌푸렸다.

"그 사람이 대체 누군데요?"

"고대 지구인이에요. 절대무기를 발명한 사람이죠."

"한 번도 들어본 적이 없어요."

"놀랍지도 않군요."

그녀가 대꾸했다. 그는 약간 짜증이 났다.

"그래요? 요즘은 우리 지구인들도 훌륭한 교육을 받고 있다는 걸 말하고……."

"진정해요, 짐."

그녀가 '지임'에 가깝게 달래는 어조로 발음했다.

"내가 하려던 말은 그가 당신네 역사책에 열 권 중 한 권 정도에밖에 나오지 않는다는 거였어요. 그가 당신네들에게 불필요한 아이디어를 줄 수 있으니까 그런 거겠죠? 당신들은 뭘 못 배우고 있는지조차 몰랐던 거라고요."

"지구 역사가 검열되었다고 말하는 거라면, 난 믿을 수 없어요."

그가 강력하게 말했다.

"믿기를 거부하는 것도 당신 권리죠. 그게 자유라고요, 안 그런가요?"

"바로 그거예요. 사람에겐 책임이 있어요. 그걸 거부할 권리는 없다고요."

"없다고요?"

그녀가 자극하듯 살짝 휘어진 눈썹을 추켜올렸다.

"그 책임이라는 걸 누가 정하는 건데요? 그 자신이, 아니면 다른 사람이?"

"대체로 그의 상관이죠."

"어떤 사람도 남보다 위에 있을 수 없어요. 다른 사람의 책임을 결정할 권리도 없고요."

그녀는 말을 멈추고 관찰하듯 그를 보았다.

"지구에서 누군가가 그런 멍청한 힘을 휘두르고 있다면 그건 바보들이 그러도록 허용했기 때문이에요. 그들은 자유를 두려워하죠. 시키는 대로 하는 걸 더 좋아해요. 명령을 받는 걸 즐기는 거죠. 멍청이들!"

"당신 말은 듣지 않을 거요. 당신은 예쁜 만큼 무례하군."

글리드가 끼어들어 반박했다. 그의 갈색 얼굴이 벌겋게 달아올라 있었다.

"당신 자신의 생각이 두려운가 보죠?"

그녀가 그의 칭찬을 무시하고서 캐물었다.

그의 얼굴이 더 벌게졌다.

"절대 아니오! 하지만 난……."

세스가 음식이 가득 담긴 접시 세 개를 들고 와서 테이블에 내려놓자 그가 입을 다물었다.

"나중에 봅시다."

세스가 말했다. 그는 중키에 마른 얼굴, 날카롭고 빠르게 움직이는 눈을 갖고 있었다.

"당신들한테 할 말이 있으니까."

식사를 끝낸 직후 세스가 그들 자리로 왔다. 그는 의자에 앉아 얼굴에서 땀을 닦아내고 그들을 쳐다보았다.

"당신네 둘은 얼마나 압니까?"

"논쟁할 정도는 알아요. 그들은 책임에 대해서 주장하고 있어요. 누가 그걸 결정하고, 누가 그걸 강요하는지 말이에요."

엘리사가 말했다.

"다 이유가 있는 거라고요. 그걸 무시해서는 안 돼요."

해리슨이 대꾸했다.

"무슨 뜻이죠?"

세스가 물었다.

"이 별은 의무를 교환하는 기묘한 방식으로 돌아가고 있죠. 누군가가 의를 없앤다는 책임을 인지하지 않는다면 어떻게 될까요?"

"책임이란 그것과 아무 상관없어요. 그리고 그게 책임의 문제라 해도 모두가 각자 그걸 인식했을 겁니다. 다른 사람이 그에게 그걸 상기시켜주는 건 대단히 무례한 행동이고, 다른 사람이 그걸 하라고 명령하는 건 상상도 할 수 없어요."

세스가 말했다.

"어떤 사람들은 쉽게 살려고 하는 법이지. 그런 사람을 막는 방법은 내가 아는 한 전혀 없소."

글리드가 끼어들었다. 그가 세스를 잠깐 쳐다보고서 말을 이었다.

"양심이 없는 시민은 어떤 식으로 다룰 거요?"

"아주 쉽죠. 게으른 잭 이야기를 해주는 거예요."

엘리사가 대답했다.

"그건 아이들 동화죠. 여기의 모든 아이들은 그걸 외우고 있어요. 그건 고전 동화 같은 건데…… 그러니까……."

세스가 설명하다 인상을 찌푸렸다.

"처음 이주자들이 가져온 지구 동화는 기억이 안 나서."

"빨간 모자 소녀."

해리슨이 말했다.

"그래요. 그런 종류죠. 아이들에게 해주는 이야기."

세스가 기꺼이 해리슨의 말에 동의했다. 그는 입술을 핥고서 말을 이었다.

"이 게으름뱅이 잭은 아기 때 지구에서 와서 우리 세계에서 자라며 우리 경제 체제를 공부하고 자기가 굉장히 똑똑하다고 생각하게 됐죠. 그래서 빈대가 되기로 했어요."

"빈대가 뭐죠?"

글리드가 물었다.

"의를 입기만 하고 그걸 없애거나 남에게 자기 의를 전혀 심어주지 않는 사람을 말하는 거예요. 모든 걸 받기만 하고 돌려주지 않는 사람

말이에요."

"알겠어요. 나도 그런 사람을 한두 명 알고 있죠."

"열여섯 살이 될 때까지 잭은 아무 처벌도 받지 않았어요. 어린애였으니까요. 모든 아이들은 어느 정도 남에게 빌붙을 수밖에 없죠. 우리도 그걸 알고 어느 정도 허용해요. 열여섯 살이 넘자 그는 금방 곤경에 처했죠."

"어떻게요?"

해리슨은 겉보기보다 훨씬 흥미를 갖고 이야기를 재촉했다.

"그는 동네를 돌며 엄청난 양의 의를 졌어요. 식사, 옷, 청구할 수 있는 온갖 것들을요. 큰 마을도 아니었죠. 이 행성엔 큰 마을이 없어요. 전부 모두가 모두를 알 정도로 작죠. 그리고 모든 사람들이 이야기를 많이 나눠요. 서너 달 만에 마을 전체가 잭이 그저 빈대질만 하고 있다는 걸 알게 됐죠."

"계속 얘기해요."

해리슨이 조급하게 말했다.

"모든 게 중단됐죠. 잭이 어딜 가든 사람들은 그에게 '싫어' 라고 했어요. 그게 자유잖아요, 안 그래요? 그는 식사도, 옷도, 즐길 거리도, 친구도, 아무것도 얻을 수 없었죠! 곧 그는 엄청나게 배가 고파져서 어느 날 밤 다른 사람의 식료품실에 침입해 일주일 만에 처음으로 제대로 식사를 했죠."

세스가 말했다.

"사람들이 그 일에 대해 어떻게 대응했죠?"

"아무것도요. 아무것도 하지 않았어요."

"그럼 그 녀석 상당히 고무되었겠군요, 안 그래요?"

"그럴 리가 있나요?"

세스가 엷은 미소를 띠고서 말했다.

"전혀 도움이 안 됐죠. 다음날 다시 배가 고파졌어요. 그는 그 행동을 반복했죠. 다음 날도, 그 다음 날도요. 사람들은 의심이 많아져서 물건을 열쇠로 잠가 보관하고 감시했죠. 점점 더 일은 어려워졌어요. 결국엔 참을 수 없을 정도로 어려워져서 다른 마을로 가서 다시 시작하는 게 훨씬 쉬운 해결책이 됐죠. 그래서 게으른 잭은 떠났어요."

"그리고 똑같은 일을 반복했겠군요."

해리슨이 말했다.

"그리고 같은 이유로 같은 결과가 반복됐죠. 그래서 그는 세 번째, 네 번째, 다섯 번째, 스무 번째 마을까지 갔죠. 그는 고집이 너무 세서 이성을 찾지 못했죠."

세스가 대답했다.

"그럴 만도 하죠. 그냥 옮겨다니기만 하면 뭐든지 얻을 수 있는데."

해리슨이 지적했다.

"아니 그렇지 않아요. 우리 마을들은 이미 말했듯이 작아요. 그래서 사람들은 다른 마을을 자주 방문하죠. 두 번째 마을에서 잭은 첫 번째 마을에서 온 사람 눈에 띄어 이야깃거리가 될 위험을 감수해야 했어요. 가면 갈수록 상황은 더 나빠졌죠. 스무 번째 마을에서 그는 전의 열아홉 개 마을에서 온 수다스러운 방문객들과 마주칠 위험을 감수해야 했어요."

세스가 몸을 앞으로 기울이고 강한 어조로 말했다.

"그는 스물여덟 번째 마을까지 가지 못했어요."

"그래요?"

"그는 스물다섯 번째 마을에서 2주를 지냈고, 스물여섯 번째에서는 여드레, 스물일곱 번째에서는 하루를 지냈죠. 거의 끝장난 거죠."

"그 후엔 어떻게 했나요?"

"벌판으로 나가서 나무뿌리와 야생열매를 먹고 살려고 했어요. 그러다 사라졌죠……. 어느 날 지나가던 사람들이 나무에서 흔들리고 있는 그를 발견했어요. 몸은 비쩍 말랐고 누더기를 걸치고 있었죠. 외로움과 자기기만으로 죽은 거예요. 그게 빈대, 게으른 잭이었죠. 그는 스무 살도 되지 않았어요."

"지구에서는, 단지 게으르다고 사람을 목매달아 죽이진 않소."

글리드가 말했다.

"우리도 그러지 않아요. 자기 손으로 자유롭게 목을 매달도록 놔둘 뿐이죠."

세스가 날카로운 눈으로 그들을 쳐다보고 말을 이었다.

"하지만 걱정할 거 없어요. 내 평생 아무도 그런 과감한 수단을 쓴 적이 없으니까. 최소한 그런 이야기는 들은 적이 없어요. 사람들은 경제적인 필요성에서 의를 존중하는 거지, 그걸 책임으로 여기는 게 아니에요. 아무도 명령을 하지 않고, 다른 사람에게 강요하지 않지만 이 행성의 생활 방식상 일종의 강제 같은 게 있긴 하죠. 사람들은 정정당당하게 행동해야 해요―그러지 않으면 고통을 당하죠. 고통을 좋아하는 사람은 아무도 없어요―바보라 해도요."

"네, 당신 말이 맞는 것 같군요."

해리슨이 머릿속으로 많은 것을 생각하며 대답했다.

"당연히 내 말이 맞죠!"

세스가 주장했다.

"하지만 내가 당신네 두 사람에게 말하려고 하는 건 훨씬 중요한 겁니다. 바로 이거예요. 당신네 인생에서 진짜 야망은 뭐죠?"

머뭇거리지 않고 글리드가 말했다.

"몸이 온전한 한 우주를 돌아다니는 거요."

"저도요."

해리슨이 동의했다.

"그럴 거라고 생각했지요. 당신이 선택한 게 아니라면 우주군에 복무하지 않았겠죠. 하지만 영원히 거기 있을 순 없잖아요. 모든 좋은 것은 끝이 있게 마련입니다. 그러면 어떻게 할 거죠?"

해리슨이 불편하게 움찔거렸다.

"거기까진 생각하지 않았는데요."

"언젠가는 생각해야 할 겁니다. 몇 년이나 남았죠?"

세스가 지적했다.

"지구 시간으로 4년 반이오."

세스의 눈길이 글리드에게로 향했다.

"지구 시간으로 3년."

"길지 않군요."

세스가 평가했다.

"시간이 그리 오래 남지 않았을 거라고 생각했죠. 이렇게 우주 깊은 곳까지 오는 배라면 승무원들도 복무기간이 거의 끝나가는 고참일 가능성이 높으니까요. 어려운 일은 능숙한 사람에게 맡기는 법이고. 당신들의 배가 다시 지구에 도착하면 당신네 대부분이 복무가 끝나겠군요, 안 그런가요?"

"내 경우엔 그렇소."

글리드는 생각만으로도 우울한 어조로 대답했다.

"시간이란…… 나이가 들수록 더 빨리 지나가죠. 하지만 군대를 떠나도 당신들은 꽤 젊어요."

그가 엷게 선동적인 미소를 지었다.

"그렇다면 그 후엔 개인 우주선을 구해서 직접 우주를 돌아다니겠군요?"

"그건 불가능해요. 엄청난 부자만이 달 우주선을 살 수 있으니까. 우주공간을 블리더 이동으로 돌아다니는 데 익숙해진 후에 위성과 주성 사이나 왔다 갔다 하는 건 재미없는 일이고. 가장 작은 우주 횡단선조차 아무리 부자라도 살 수 없소. 정부만이 살 수 있지."

글리드가 대답했다.

"'정부'라는 건 공동체를 말하는 건가요?"

"말하자면."

"음, 그럼 당신의 우주 유랑 시절이 끝나면 뭘 할 거죠?"

글리드가 해리슨 쪽을 가리키며 말했다.

"난 여기 코끼리 귀랑은 다르다고. 난 병사지 기술자가 아니오. 그래서 난 자격이 부족하기 때문에 선택이 제한되어 있지."

그가 턱을 문지르며 그리운 표정을 지었다.

"난 농장에서 태어나고 자랐소. 여전히 농사에 대해서는 꽤 잘 알지. 그래서 작은 농장을 만들어 정착하고 싶소."

"잘 운영할 수 있을 거라고 생각합니까?"

세스가 그를 쳐다보고 물었다.

"팔더든 히게이아든 노턴의 핑크 헤븐이든 어디 저개발 행성에서 말이오. 지구에서는 말고. 내 저축액으로는 거기까지는 무리거든. 지구

가격엔 절반도 못 미칠 거요."

"그 말은 당신이 충분한 의를 쌓지 못했다는 건가요?"

"그렇소. 허연 수염이 1미터쯤 길 때까지 모아도 안 될 거요."

글리드가 우울하게 대답했다.

"그럼 그게 오랫동안 성실하게 일한 데 대한 지구의 보상이로군요—당신이 바라는 걸 줄이거나 그만두거나?"

"닥쳐!"

세스가 몸을 앞으로 기울였다.

"싫습니다. 왜 20만 명의 간드들이 이 별로 왔는지, 두호보르 교도는 히게이아로, 퀘이커 교도는 센타우리 B로, 그 외 다른 사람들이 각자 선택한 별로 갔는지 알고 있나요? 성실한 시민에 대한 지구의 보상이 대단히 독단적이라 거기 굴복하든지 아니면 나가는 수밖에 없었던 겁니다. 그래서 우리는 나왔죠."

"어쨌든 그것만은 아니에요. 우리 역사책에 따르면 지구는 지나치게 인구 과잉이었어요. 우린 여기로 와서 그 압박을 해소할 수 있었죠."

엘리사가 끼어들었다.

"그건 요점이 아니지."

세스가 반박하고는 글리드를 향해 말을 이었다.

"당신은 농장을 원해요. 하지만 당신이 원한다 해도 지구에서는 살수 없죠. 지구는 '안 돼! 나가!'라고 하고 있어요. 그러니까 다른 곳에 구해야 하죠."

그가 잠깐 그 말이 먹히기를 기다렸다가 말을 이었다.

"자, 여기선 그냥 말만 하면 얻을 수 있어요. 이렇게 말이죠!"

그가 손가락을 딱 튕겼다.

"날 갖고 놀려고 하지 마쇼. 숨겨진 조건이 있을 테지?"

글리드가 농담이기를 열렬히 바라는 표정으로 말했다.

"이 행성에서 땅은 그걸 이용하는 사람의 소유죠. 그가 계속 땅을 이용하는 한 아무도 그의 소유권을 부인하지 않아요. 당신에게 필요한 건 사용하지 않는 땅을— 상당히 많죠— 적당량 찾아서 경작하기만 하면 돼요. 그 순간부터 당신 겁니다. 경작을 그만두고 떠나는 순간 다른 사람이 가질 수 있게 되고요."

"쏟아지는 유성이여!"

글리드는 아직 의심스러웠다. 세스가 말을 이었다.

"게다가 잘 찾아보고, 당신이 진짜 운이 좋으면 다른 사람이 죽었거나 병에 걸렸거나 좀 더 마음에 드는 일을 하려고, 또는 여타 다른 이유 때문에 다른 곳으로 이주하려고 버린 땅을 얻을 수도 있어요. 그 경우에 당신은 이미 반쯤 경작된 땅과 농장주택, 외양간, 헛간과 부속 건물들을 한꺼번에 얻을 수 있죠. 그건 전부 당신 게 될 거예요, 전부 다."

"전 소유자에게 내가 빚지는 건 없소?"

글리드가 물었다.

"전혀요. 의는 쌓이지 않아요. 왜 쌓이겠어요? 죽은 게 아니라면 그 역시 다른 걸 공짜로 얻으러 떠난 걸 텐데. 주고받는 양 방향 모두에서 이익을 얻을 수는 없는 거죠."

"나한텐 전혀 이해가 안 되는군. 어딘가에 함정이 있을 거야. 어딘가에 엄청난 돈을 쏟아붓거나 엄청난 양의 의가 쌓일 거라고."

"물론이죠. 농장을 시작하면 동네 사람들 여럿이 당신이 집을 짓는 걸 도와줄 거예요. 그러면 상당한 의가 쌓이게 되죠. 목수는 이후 몇 년 동안 자기 가족들이 먹을 농작물을 원할 거고, 당신이 그걸 주면 의가 해소되는 거죠. 이후 몇 년 동안 계속 농작물을 주면 이제 당신이 그에게 의를 심어주는 게 돼요. 처음에는 울타리를 수리하고 싶거나 달리 적절한 일이 생길 거고, 그러면 목수도 그 의를 해소하게 되고요. 당신에게 자재를 공급하고, 씨앗과 기계를 주고 생산물을 다른 곳으로 날라주는 사람들도 모두 마찬가지예요."

"그 사람들이 전부 우유랑 감자를 원하진 않을 거 아니오."

글리드가 지적했다.

"감자가 뭔지 모르겠군요. 들어본 적이 없는데."

"자기가 원하는 농작물을 다른 곳에서 전부 구할 수 있는 사람에겐 어떻게 의를 해소하느냐는 거요."

"쉽죠. 양철공이 당신에게 버터제조기를 준다고 해봐요. 그는 음식을 원하지 않아요. 필요로 하는 걸 전부 다른 곳에서 얻죠. 그의 아내와 세 딸은 뚱뚱해서 다이어트를 하고 있어요. 당신 농장의 생산물만 떠올려도 공포에 질리죠."

"그래서?"

"하지만 이 양철공의 재봉사나 구두수선공은 그가 아직 해소하지 못한 의를 갖고 있을 수도 있어요. 그래서 그는 그걸 당신에게 양도할 수 있겠죠. 당신이 재봉사나 구두수선공에게 그들이 필요로 하는 걸 줘서 의를 채워주면 양철공 역시 당신의 의를 없애주는 거예요."

그가 평소의 희미한 웃음을 지으며 덧붙였다.

"그리고 모두가 행복해지죠."

글리드는 그 말을 곱씹으며 인상을 찌푸렸다.

"당신 날 유혹하고 있군. 그러면 안 되는데. 우주선 승무원을 전향시키려고 하는 건 범죄라고. 선동죄요. 지구는 선동죄에 엄격하지."

"설마 그럴 리가! 여기도 간드 법이 있습니다."

세스가 경멸적으로 코웃음을 쳤다.

"당신이 할 일은 말이죠."

엘리사가 상냥하게 설득조로 말했다.

"배로 돌아가는 거예요. 돌아가는 게 당신 의무니까요. 하지만 배도, 지구도 당신이 없어도 잘 돌아갈 거라고 스스로에게 말하는 거죠."

그녀가 머리카락을 쓸어 넘겼다.

"그런 다음 자유인이 되어서 말하는 거예요. '싫어!' 라고요."

"그들이 산 채로 내 껍질을 벗겨버릴 거요. 비드워시가 손수 그 짓을 할걸."

"난 그렇게 생각하지 않습니다."

세스가 말했다.

"이 비드워시라는 사람은, 아마 내가 추측하기로 굉장히 불쾌한 사람일 것 같은데, 당신이나 다른 승무원들과 똑같은 위치에 서 있어요. 그의 앞에 놓인 길은 두 갈래로 갈라져 있죠. 이쪽이나 저쪽을 골라야지, 세 번째 선택권은 없지요. 조만간 그는 입술을 깨물고 빨리 집으로 돌아가고 싶어 안달거나 아니면 당신의 우유를 배달하는 트럭을 몰고 다니게 되겠죠……. 왜냐하면 마음속 깊은 곳에서는 그게 그 사람이 늘 원하던 일이니까."

"난 그 사람을 사실 잘 몰라. 그 사람은 쇠심줄 같은 사람이라서."

글리드가 우울하게 말했다.

"재미있네요. 난 늘 당신이 그렇다고 생각했었는데, 오늘까지는."

해리슨이 말했다.

"지금은 근무 중이 아니잖아. 근무 시간이 아닐 때에는 편안하게 내 마음대로 할 수 있다고."

글리드가 그걸로 모든 게 설명된다는 듯이 말했다. 그는 입을 딱 다물고서 일어섰다.

"하지만 이제 임무로 돌아가야지. 지금 당장!"

"내일 저녁때까지는 그럴 필요 없잖아요."

해리슨이 외쳤다.

"그렇긴 하지. 하지만 어쨌든 난 돌아갈 거야."

엘리사가 입을 열었다가 세스가 쿡 찌르자 도로 다물었다. 그들은 말없이 앉아서 글리드가 단호하게 나가는 것을 보았다.

"저건 좋은 신호야. 그는 가장 약한 부분을 얻어맞은 거거든."

세스가 기묘하게 자신만만하게 말했다. 그는 낮게 낄낄거리고는 해리슨에게로 고개를 돌렸다.

"당신의 궁극적인 목표는 뭐죠?"

"식사 고마웠어요. 맛있었고 나한테 꼭 필요한 거였어요. 그리고 하사관님을 따라가는 게 좋겠어요. 하사관님이 배로 돌아가면 나도 그래야겠죠."

해리슨이 명백하게 당황해서 일어서서는 문 쪽을 가리켰다.

다시금 세스가 엘리사를 쿡 찔렀다. 그들은 말없이 해리슨이 조심스럽게 등 뒤로 문을 닫고 사라지는 것을 보았다.

엘리사가 명확한 이유도 없이 실망해서는 말했다.

"양 떼로군요. 줄줄이 따라가는 게 딱 양 떼 같아요."

"그렇지는 않아. 그들은 같은 생각, 같은 감정으로 움직이는 인간이지. 양 떼와는 전혀 닮은 구석이 없었던 우리 조상들처럼 말이야."

세스는 의자에서 몸을 돌려 매트를 보았다.

"쉬막 두 잔 가져오게."

그러고서 그가 엘리사를 보았다.

"내 추측에 그 배가 오래 머물 것 같지는 않아."

전함의 호출기가 시끄럽게 울렸다.

"팬쇼, 폴섬, 풀러, 거슨, 글리드, 그레고리, 헤인스, 해리슨, 호프……."

그리고 알파벳 순서대로 이어졌다.

남자들이 느릿하게 통로로 걸어 나와 길을 따라 앞쪽 지도실로 향했다. 그들은 나지막한 목소리로 몇 명씩 무리 지어 이야기를 나누었고 복도를 따라 이야기 소리가 울렸다.

"우리한테 오로지 '당일신!' 이라고만 하는 거야. 조금 지나니까 아주 물리더라고."

"우리처럼 각각 나눠서 다녔어야지. 외곽에 있는 가게는 지구 거랑은 완전히 다르더라고. 난 그냥 들어가서 자리에 앉았지."

"미킨 이야기 들었어? 새는 지붕을 고쳐주고 그 대가로 더블 디스한 병을 받아서는 진탕 마셨대. 우리가 발견했을 땐 완전히 뻗어 있더라고. 질질 끌고 와야 했지."

"운 좋은 놈들도 있구먼. 우린 얼굴을 비추는 곳마다 쫓겨났어. 완전 실망했지."

"말했잖아, 각자 다녔어야지."

"절반 정도는 여전히 취해서 뻗어 있는 모양인데. 아직 안 나타난 거 보니까."

"선장님이 화가 나서 펄펄 뛰겠군. 이걸 알았으면 오늘 아침에 두 번째 외출자들을 못 나가게 했을지도 몰라."

종종 일등 선원 모건이 지도실 문 밖으로 머리를 내밀고 이미 호출기에서 나왔던 이름을 불렀다. 대답이 없는 경우도 꽤 많았다. 그가 소리쳤다.

"해리슨!"

당황한 표정으로 해리슨이 안으로 들어갔다. 그레이더 선장은 책상 뒤에 앉아 음울한 눈으로 앞에 놓인 명단을 보고 있었다. 셸튼 대령은 한쪽 옆에 꼿꼿하게 서 있었고, 헤임 소령이 그의 조금 뒤에 서 있었다. 두 사람 모두 배관공이 새는 곳을 찾을 동안 악취를 참고 있는 것 같은 고통스러운 표정이었다.

대사는 책상 앞을 왔다 갔다 하면서 뭔가 낮게 웅얼거리고 있었다.

"겨우 닷새인데 벌써 썩어 들어가고 있어."

그가 안으로 들어오는 해리슨을 보고 날카롭게 외쳤다.

"그래, 자네로구먼 젊은 친구. 언제 외출에서 돌아왔지?"

"엊그제 저녁입니다, 대사님."

"시간보다 앞서서 말인가? 그거 재미있군. 타이어에 펑크라도 났나 보지?"

"아뇨, 대사님. 자전거는 갖고 가지 않았는데요."

"그러시겠지. 자전거를 갖고 갔으면 지금쯤 1,500킬로미터쯤 갔을 테니까. 그러고도 계속 가고 있겠지."

"무슨 뜻인가요, 대사님?"

"무슨 뜻이냐고? 저 친구가 나한테 무슨 뜻이냐고 묻는군! 그게 바로 내가 알고 싶은 거야……. 왜지?"

그가 식식거리다가 다시 물었다.

"마을에 혼자 갔나, 동료와 갔나?"

"글리드 하사관님과 갔습니다, 대사님."

"그 친구를 부르게."

대사가 모건을 쳐다보고 명령했다. 문을 열고 모건이 명령대로 소리쳤다.

"글리드! 글리드!"

대답이 없었다.

그가 다시 불렀지만 여전히 대답은 없었다. 이번에는 호출 시스템을 다시 사용했으나 글리드 하사관은 나타날 기미가 없었다.

"탑승은 했나?"

그레이더가 명단을 살폈다.

"일찍 했습니다. 예정보다 24시간 앞서서요. 오늘 아침 두 번째 외출 때 보고도 하지 않고 몰래 빠져나간 모양입니다. 이중 범죄로군요."

"그 친구가 배에 없다면 배에서 내린 거겠지, 범죄든 아니든 간에."

"네, 각하."

그레이더 선장이 살짝 짜증 난 표정을 지었다.

"글리드!"

모건이 문 밖에 대고 다시 소리쳤다. 잠시 후 그가 안쪽을 보고 말했다.

"각하, 병사 한 명이 글리드 하사관이 배에 없다고 하는군요. 최근에 마을에서 봤다고요."

"그를 데려오게."

대사가 해리슨을 향해 조급하게 손짓했다.

"자네는 그 자리에 그대로 서서 그 커다란 귀까지 가만히 있게. 자네랑은 이야기가 끝나지 않았으니까."

호리호리하고 길쭉한 수리공이 들어와 고위 관료들을 보고 조금 놀라 눈을 깜박였다.

"글리드 하사관에 대해 뭘 알고 있나?"

대사가 물었다.

남자가 입술을 핥았다. 사라진 병사에 대해 말한 것을 후회하는 표정이었다.

"그게 말입니다, 각하, 전……."

"그냥 '대사님'이라고 부르게."

"네, 대사님."

그가 더욱 당황스럽게 눈을 깜박였다.

"오늘 아침 일찍 두 번째 그룹으로 나갔다가 몇 시간 만에 배가 너무 고파서 돌아왔는데요. 중간에 글리드 하사관을 만나서 이야기를 나눴습니다."

"어디서? 언제?"

"마을에서요, 대사님. 그는 그 긴 버스에 앉아 있었습니다. 그게 좀 기묘하다고 생각했거든요."

"요점으로 돌아가게, 병사! 그가 뭔가 이야기를 하던가?"

"별로요, 대사님. 뭔가 꽤 즐거운 것 같던데요. 200에이커를 경작하려고 분투하는 젊은 과부 이야기를 하더군요. 누군가가 그에게 그 여자 이야기를 해줘서 한번 보러 간다고요."

그가 머뭇거리다가 몇 걸음 물러나서는 덧붙였다.

"그리고 수갑을 찬 그의 모습은 다시는 못 볼 거라고 하더군요."

대사가 셸튼 대령에게 말했다.

"자네의 부하 중 하나가, 군인이, 엄격하게 훈련을 받았다는 자가, 오랫동안 복무해서 작대기 세 개를 달고, 잃을 연금도 있는 자가 저런 짓을 하다니."

그의 시선이 다시 수리공에게로 돌아갔다.

"정확히 어디로 가는지 말하던가?"

"아뇨, 대사님. 물어봤지만 그저 씩 웃고서 '당일신!' 이라고 하더군요. 그래서 전 배로 돌아왔습니다."

"좋아. 가보게."

대사는 남자가 나가는 것을 본 다음 해리슨에게 물었다.

"자넨 그 첫 번째 외출 팀에 있었지."

"네, 대사님."

"뭐 하나 말해주지, 젊은이. 420명이 외출했어. 그런데 겨우 200명이 돌아왔다고. 그중 40명은 다양한 숙취 상태에 있고. 열 명은 영창에서 '싫어!' 라고 합창하고 있지. 아마 정신을 차릴 때까지 그렇게 소리칠 게 분명해."

그가 마치 개인적으로 책임이라도 있는 것처럼 해리슨을 쳐다보다가 말을 이었다.

"여기엔 뭔가 역설적인 게 있어. 주정뱅이는 이해할 수 있네. 상륙한 첫날 코가 비뚤어지게 마시는 사람은 언제나 몇 명 있으니까. 하지만 다행스럽게도 돌아와주신 200명 중에서 절반이 자네들처럼 귀대시간 이전에 들어왔어. 그 이유도 한결같아 ― 동네가 비우호적이고, 모든 사람들이 자기들을 유령 취급했다는 거지."

해리슨은 아무 말도 하지 않았다.

"그런데 정반대의 두 가지 반응을 보이더란 말이야. 한쪽 무리는 동네가 지독하게 불쾌해서 차라리 배로 돌아오는 편이 낫다고 말하는데, 또 다른 무리는 대단히 친절해서 더블 디스라는 걸 배가 터지게 마시고 오거나 멀쩡한 정신으로 군을 이탈하고 있어. 난 설명을 듣고 싶네. 뭔가가 있는 게 분명해. 자넨 이 마을에 두 번 갔으니까, 뭔가 설명을 해보게."

대사가 불평했다.

조심스럽게 해리슨이 말했다.

"이건 전부 지구인이라는 걸 들키는지 아닌지에 달려 있습니다. 또한 우리를 무시하는 간드를 만나는지, 전향시키려 하는 간드를 만나는지에 달려 있기도 하고요."

그가 잠깐 말을 멈추었다가 다시 이었다.

"제복 때문일 겁니다."

"그들이 제복을 싫어한다는 건가?"

"그렇습니다, 대사님."

"왜 그런지 아나?"

"정확하게는 말할 수 없습니다, 대사님. 저도 그들에 대해서 충분히 아는 건 아니라서요. 추측하자면 그들은 제복에서 조상들이 탈출한 지구 정권을 연상하도록 교육받은 것 같습니다."

"탈출이라니! 그들은 지구의 발명품과 지구의 기술, 지구의 제조 능력을 갖고서는 더 자유로운 곳으로 왔을 뿐이야."

대사는 코웃음을 치고는 해리슨을 노려보았다.

"그들은 제복을 전혀 안 입나?"

"제가 알아볼 만한 건 전혀 없었습니다. 그들은 꽁지머리부터 분홍색 부츠까지 자기들이 멋지다고 생각하는 걸 아무거나 입고 개인적인 취향을 표현하는 걸 즐거움으로 삼고 있는 것 같습니다. 괴팍한 차림새가 간드들 사이에서는 일반적이거든요. 단일화야말로 진짜 괴상한 겁니다―그게 순종적이고 창피한 일이라고 생각하거든요."

"자네 그들을 간드라고 부르는데, 그건 어디서 나온 이름인가?"

해리슨은 엘리사가 설명한 것을 떠올리고 그대로 이야기했다. 머릿속에서 그녀의 모습이 떠올랐다. 그리고 세스의 가게 테이블과 카운터 너머로 피어오르던 김, 주위를 가득 채운 입에 침이 고이는 맛있는 냄새도. 그 장면이 다시 떠오르자 배에는 절대 있을 수 없는 중대하면서도 명확하게 알 수 없었던 것이 뭔지 이제 확실하게 알 수 있었다. 그가 말을 이었다.

"그리고 이 사람이, 그들이 절대무기라고 부르는 걸 발명한 사람이에요."

"흐―으―음! 그 사람이 지구인이라고 주장한다고? 어떻게 생긴 사람인가? 사진이나 동상 같은 걸 봤나?"

"그들은 동상을 세우지 않아요, 대사님. 사람이 다른 사람보다 더 중요할 순 없다고 말하죠."

"헛소리!"

대사가 본능적으로 그 견해를 거부하며 쏘아붙였다.

"이 굉장한 무기를 사용한 게 역사상 어느 시대인지 혹시 물어보았나?"

"아뇨, 대사님. 그게 중요하다고 생각하진 않았는데요."

"그랬겠지. 자네들 몇몇은 자면서 돌아다니는 칼리스트리아 나무늘보조차 못 잡을 정도로 느리니까. 우주선 승무원으로서 자네의 능력을 비판하지는 않지만, 정보요원으로서 자네는 무용지물이야."

"죄송합니다, 대사님."

해리슨이 말했다.

죄송해? 이 머저리! 그의 머릿속 깊은 곳에서 누군가가 속삭였다. 왜 네가 미안한데? 저자는 아무리 노력해도 의 하나 해소할 수 없는 잘난 척하는 뚱보일 뿐이라고. 저자가 너보다 나을 건 전혀 없어. 히게이아에서 팔딱거리고 다니던 비쩍 마른 어린애들도 저 항아리 같은 배를 안고 있는 작자가 너보다 나을 게 없다는 말에 동의할 거야. 그런데 넌 저 항아리 같은 배를 보며 "대사님"이라든지, "죄송합니다" 같은 소리를 떠들고 있지. 저자가 네 자전거를 타면 10미터도 못 가서 넘어질걸. 저자의 눈에 침을 뱉고 "싫어"라고 말해. 겁나는 건 아니겠지?

"아니야!"

해리슨이 크고 단호하게 소리쳤다. 그레이더 선장이 그를 보았다.

"질문도 듣기 전에 대답부터 하기 시작하게 되었다면, 자넨 의사를 만나보는 게 좋겠군. 아니면 텔레파시라도 하는 건가?"

"그냥 생각을 하고 있었습니다."

해리슨이 대답했다.

"그건 괜찮아."

대사가 말하고는 벽에 붙은 책장에서 커다란 책 몇 권을 꺼내 재빨리 넘겼다.

"기회 있을 때 여러 가지 생각을 하면 그게 습관이 되지. 그러면 시간이 훨씬 더 잘 흘러가고. 별 노력 안 하고도 하루를 보낼 수도 있고."

그가 책을 뒤로 밀어놓고 두 권을 더 꺼내 팔꿈치 근처에 있던 헤임 소령에게 말했다.

"군사 박물관에 전시되어 있는 유물처럼 멍하니 서 있지 말게. 이 산더미 같은 정보를 찾는 걸 도와달라고. 난 지구 시간 300년에서 1,000년 전까지 사이에서 간디를 찾아야겠어."

헤임은 정신을 차리고 책을 뽑기 시작했다. 셸튼 대령도 마찬가지였다. 그레이더 선장은 책상 앞에 남아 실종된 병사들에 대해 애도하고 있었다.

"아, 여기 있군, 470년 전."

대사가 인쇄된 행을 따라 통통한 손가락을 움직였다.

"간디. 바푸, 아버지, 인도 시민이라고도 불린다. 정치철학가. 시민 불복종이라는 독창적인 방법으로 당국에 저항했다. 마지막 남은 자들은 대폭발 때 없어졌으나 접촉하지 못한 어느 별에 아직까지 남아 있을 것으로 추정된다."

"확실히 그렇군요."

그레이더가 건조한 목소리로 말했다.

"시민 불복종이라. 그런 걸 사회의 근원으로 삼을 수는 없어. 그런 게 작동할 리 없다고."

대사가 찌푸린 눈으로 중얼거렸다. 그는 뒤죽박죽 된 것을 연구하고 있는 듯한 분위기였다.

"작동합니다."

해리슨이 그 '분위기'를 잊어버리고 주장했다.

"내 말에 반박하는 건가, 젊은이?"

"전 사실을 말하는 겁니다. 대사 각하. 제 생각엔⋯⋯."

그레이더가 입을 열었다.

"생각은 내가 하지."

벌게진 얼굴로 대사가 그의 말을 잘랐다. 그의 분노한 시선은 해리슨에게 고정되어 있었다.

"자네는 사회경제 문제에 전혀 전문가가 아니야. 생각은 자네 머릿속에만 담아두게, 젊은 친구. 자네 수준의 사람들이야 표면적인 데에 속아 넘어갈 수도 있겠지."

"그건 작동합니다."

해리슨은 이런 고집이 어디서 나오는 걸까 생각하며 끈질기게 말했다.

"자네의 괴상망측한 자전거도 마찬가지지. 자넨 자전거적인 심리 상태야."

뭔가가 속에서 뚝 끊겼다. 자신의 목소리가 "제기랄!"이라고 외치고 있었다. 이 상황에 놀라서 해리슨은 귀를 움찔거렸다.

"뭐하는 건가, 젊은 친구?"

"제기랄!"

이미 저지른 일은 돌이킬 수 없다는 기분으로 그가 다시 외쳤다.

시뻘게진 대사를 앞질러 그레이더 선장이 일어나 자신의 권위를 발휘했다.

"앞으로 외출 할당이 있든 없든 간에 자네는 추가적인 지시가 있을 때까지 배 안에 감금된다. 나가게!"

그는 밖으로 나갔다. 머릿속은 빙빙 돌고 있었으나 마음은 이상하게 만족스러웠다. 밖에서 일등 선원 모건이 그를 노려보았다.

"자네 같은 놈들이 저기서 일주일씩 죽치고 있으면 내가 이 명단을 다 끝내는 데 얼마나 걸릴 거라고 생각하나?"

그가 화난 얼굴로 으르렁거리고 손으로 입가를 둥글게 감싸고 소리를 질렀다.

"호프! 호프!"

대답이 없었다. 누군가가 대답했다.

"호프는 탈영했습니다."

"그거 재미있군. 무서워서 온몸이 다 떨리는구먼."

모건은 코웃음을 치고는 다시 입가를 감싸고 다음 이름을 불렀다.

"하이랜드! 하이랜드!"

역시 대답은 없었다.

길고 지루한 나흘이 흘러갔다. 이로써 함선이 지금 현재의 자리에 착륙한 지 아흐레째가 되었다.

배 안에서는 문제가 있었다. 세 번째와 네 번째 외출이 계속 연기되는 바람에 외출 대상자들이 인내심을 잃고 짜증을 내기 시작한 것이다.

"모건이 오늘 아침에 세 번째 명부를 보여줬는데, 결과는 똑같아. 선장님은 이 별이 적대적이라고 할 수 없으니까 우리가 자유롭게 나갈 수 있다고 하셨대."

"흥, 도대체 왜 책대로 하지 않으시는 거지? 우주 위원회에서 책을 무시한 걸 알면 선장님을 달달 볶을 텐데."

"이유도 똑같아. 나가는 걸 막으려는 게 아니라 그냥 연기하는 거라고. 교활한 변명이라니까, 안 그래? 없어진 선원들이 돌아오면 즉시 보내주겠대."

"그럼 절대 못 나가겠군. 젠장, 선장님은 내 시간을 갉아먹기 위한 변명으로 그 친구들을 이용하고 있는 거야."

그것은 강력하면서도 정당한 불평이었다. 규모가 어떻든 계속해서

부르릉거리는 배 안에 몇 주, 몇 달, 몇 년을 갇혀 있다가 잠깐이라도 내
보내달라고 요구하는 건 당연한 일이 아닌가. 남자에게는 신선한 공기
와 근사한 땅, 넓고 선명한 지평선과 씹을 수 있는 음식, 여자, 새로운 얼
굴이 필요한 법이었다.

"우리가 잘 돌아다닐 수 있는 최고의 방법을 발견한 직후에 못 나가
게 막고 있는 거잖아. 평상복을 입고 간드처럼 행동하는 거, 그게 핵심이
라고. 심지어 첫 번째 외출 대상자들도 다시 나갈 준비를 하고 있는데."

"그레이더 선장님이 허락 안 할 걸. 벌써 많은 병사들을 잃었다고.
한 번만 더 외출자들 절반이 사라지면 선원이 부족해서 이륙해서 돌아
갈 수 없어. 영영 여기 붙어 있어야 된다고. 자넨 어떻게 생각해?"

"별로 아쉽지 않은데."

"선장님이 관료들을 키울 수도 있겠지. 여기 친구들도 제대로 된 일
을 할 때가 됐어."

"그러려면 3년은 걸릴걸. 네가 훈련받는 데 그 정도 시간이 걸리지
않았어?"

해리슨이 작은 봉투를 들고서 다가왔다. 세 남자가 그를 발견했다.

"위대한 대사 각하께 말대꾸를 하고 배에 갇힌 사람이 오셨군─
우리랑 똑같이!"

"그게 내가 좋아하는 부분이지. 어디 묶여 있는 게 아무것도 없는
것보다는 낫잖아."

해리슨이 대답했다.

"그리 오래 갇혀 있진 않을 거야, 분명해! 여기서 주린 배를 안고 서
성대고만 있지는 않을 거라고. 조만간 우린 뭔가 할 거야."

"예를 들자면?"

"지금 생각 중이야."

이렇게 빨리 해결책을 찾아야 하는 게 불편한 듯 한 사람이 어물거렸다. 그러고는 봉투를 보았다.

"그게 뭐야? 편지?"

"바로 그거지."

해리슨이 대답했다.

"자네 좋을 대로 하는 거지. 간섭하려던 건 아니었어. 혹시 자네가 혼란스러워하는 게 아닌가 해서. 자네들 엔지니어들은 대체로 제일 먼저 그 종이쪼가리들을 줍잖아."

"편지라니까."

"말도 안 되는 소리, 이 우주 끄트머리에서 누가 편지를 받는다고 그래."

"나."

"어떻게 받았는데?"

"워렐이 한 시간 전에 마을에서 가져왔어. 내 친구가 그에게 저녁식사를 주고, 의를 없애는 조건으로 편지를 배달시켰지."

그가 커다란 귀를 잡아당겼다.

"영향력, 그게 자네들에게 필요한 거야."

짜증을 드러내며 한 사람이 물었다.

"워렐이 배 밖에서 뭘 하는 거야? 특별취급인가?"

"말하자면 그렇지. 그는 결혼해서 애가 셋 있거든."

"그래서?"

"대사님은 다른 이들보다 신뢰가 가는 사람이 있다고 생각한 거야. 잃을 게 많은 사람은 사라질 가능성이 별로 없으니까. 그래서 몇 명을 골라서 사라진 선원들에 대한 정보를 얻기 위해 마을로 보낸 거지."

"뭔가 알아냈대?"

"별로. 워렐은 시간낭비라고 하던데. 여기저기서 선원들을 발견해서 돌아가자고 설득해봤지만 다들 '싫어'라고 한대. 간드들은 죄다 '당일신!'이라고 그러고. 그걸로 끝이야."

한 명이 생각에 잠겨서 말했다.

"뭔가가 있는 게 분명해. 나가서 내 눈으로 직접 확인하고 싶어."

"그게 그레이더 선장님이 두려워하는 거지."

"조만간 선장님이 정신을 차리지 않으시면 더 걱정할 일을 만들어 드리지. 우리 인내심도 증발하고 있다고."

"불온한 소리야. 충격적이로군."

해리슨이 비난조로 말하고 슬픈 얼굴로 고개를 흔들었다.

그는 통로를 따라 걸어가다가 자신의 방에 도착해서 봉투를 보았다. 안쪽의 글씨는 여성의 것 같았다. 그러기를 바랐다. 그는 봉투를 뜯고 안을 들여다보았다. 아니었다.

글리드의 서명이 있는 편지는 다음과 같은 내용이었다.

"내가 어디 있는지, 뭘 하는지에는 신경 쓰지 말게. 이 편지가 잘못된 사람의 손에 들어갈 수도 있으니까. 내가 하고 싶은 말은 대단히 잘 지내고 있고, 사교 관계를 넓히기 위해 적당한 때를 기다리고 있다는 거야. 지금부터 할 말은 자네와 관계된 이야기야."

"에?"

그는 침대에 기대 종이를 불빛 가까이 갖다 댔다.

"빈 가게를 운영하고 있는 조금 뚱뚱한 친구를 하나 만났어. 그는 거기 그냥 앉아서 기다리고만 있지. 나중에 그가 점유를 통한 소유권을 갖게 됐다는 걸 알았어. 그 친구는 두 바퀴 자동차 —— 그 추진기로 가는 바이크 말이야, 그걸 만드는 공장을 대신해서 가게를 점유한 거야. 그들은 누군가가 그 가게를 운영하며 바이크를 팔고 수리를 해주기를 바라. 그 작고 뚱뚱한 남자는 지금까지 네 개의 지원서를 받았지만 아무도 엔지니어 기술이 없다고 하더군. 결국 이 가게를 운영하게 될 사람은 마을에 기능-의를 심어주게 된다나 봐. 그게 무슨 뜻인지 모르겠지만. 어쨌든 이 가게는 자네를 위한 거야. 바보같이 굴지 말고 뛰어들어 —— 물이 좋다고."

"떨어지는 유성이여!"

해리슨이 중얼거렸다. 그의 시선이 아래쪽으로 내려갔다.

"추신, 세스가 주소를 알려줄 거야. 추추신, 이 동네는 자네의 갈색 머리 아가씨의 고향 마을이고 그녀는 귀향을 생각 중이지. 동생과 가까운 데서 살고 싶다나 봐 —— 나도 그렇고. 그 동생이 진짜 환상이거든!"

그는 몸을 흔들며 편지를 두 번째로 읽고서 일어나 좁은 선실을 서성거렸다. 제국의 영역 안에는 1,200개의 별이 있었다. 그는 그중 10분의 1만 보았을 뿐이었다. 어떤 우주선 승무원도 그보다 많은 별을 볼 만큼 오래 살지는 못한다. 그래서 선원들은 각각의 군으로 나뉘어 담당 구역만 돌 뿐이었다.

수없이 많은 엄청나게 윤색된 풍문을 제외하면, 그는 다른 구역에 천국이나 천국에 가까운 것이 존재하는지 결코 확인할 수 없을 것이다. 하지만 어차피 결국엔 다른 사람의 추천에 따라 눈을 가리고 낯선 세계를 하나 고르는 거나 다를 바 없었다. 모든 사람들이 비슷하게 생각하는 것도, 비슷한 취향을 가진 것도 아니니까. 어떤 사람에게는 최고의 보석이 다른 사람에게는 쓰레기 더미일 수도 있는 것이다.

퇴역이라…… 이것은 또 다른 새롭고 활기찬 인생이 시작된다는 의미와 어울리지 않는 불쾌한 이름이었다. 퇴역하면 물가 비싼 지구에 살거나 그의 담당 구역에 있는 훨씬 근사한 행성을 고를 수 있다. 입실론계의 14개 행성은 중력을 견디고 지친 코끼리처럼 쿵쿵 걸어야 하는 것만 참아낼 수 있다면 굉장히 멋진 곳이었다. 평화롭게 지내고 싶다면 노턴의 핑크 헤븐에서 셉티무스 노턴의 라자-궁전에 들어가 그의 과대망상을 참고 사는 방법도 있다.

은하수 끄트머리까지 가면 금발의 아마존들이 지배하는 모계 사회도 있고, 마법사들의 별, 성령 강림의 별, 인간 주인의 지시에 따라 반지각 채소들이 스스로를 재배하는 행성도 있었다. 전부 다 40광년 거리에 흩어져 있지만 블리더-드라이브로는 닿을 수 있는 거리이다.

그가 직접 겪은 것만 해도 100여 개 이상이었지만, 그건 전 우주에 비하면 10분의 1밖에 안 되는 것이었다. 모두가 생명체가 사는 데에 핵심적인 것들을 갖추고 있었다. 하지만 여기, 간드 별에는 다른 별에는 없는 것이 있었다. 존재의 가치를 유지하고 있는 것이다. 그것은 이 별의 현재 환경의 일부를 이루고 있어서 그가 결정을 내리기 위한 기반이 되어주었다. 다른 별에는 그게 없었다. 그들은 멀리 떨어져 지내면서 그 미덕을 잃은 것이다.

곧장 그는 블리더실 로커로 가서 한 시간 동안 자전거를 닦고 기름칠을 했다. 방으로 돌아올 무렵엔 어스름이 내리고 있었다. 주머니에서 얇은 명패를 꺼내 그는 선실 벽에 걸고 물끄러미 쳐다보았다.

자-난. 싫.

호출기가 달각거리더니 헛기침 소리가 들리고 말이 이어졌다.

"모든 승무원들은 내일 8시에 있을 전체 명령에 대기할 것을 지시한다."

"난 싫어."

해리슨이 중얼거리고서 눈을 감았다.

아침 7시 20분이었지만 아무도 이르다고 생각하지는 않았다. 우주를 돌아다니면 이르고 늦다는 것에 대한 감각이 사라진다─ 이를 회복하기 위해서는 한 달쯤 상륙해서 해가 뜨고 지는 것을 봐야 한다.

지도실은 텅 비어 있었으나 제어실에서는 사람들이 바쁘게 움직이고 있었다. 그레이더, 셸튼, 헤임, 항법사인 아담슨과 워스, 예이츠, 거기에 대사까지 있었다.

대사가 항법사들이 연구하고 있는 행성 지도를 쳐다보며 인상을 찌푸리고 투덜거렸다.

"이런 날이 오게 될 줄은 몰랐어. 몇 주 안에 우린 패배를 인정하고 떠나겠지."

"존경하는 대사 각하, 저는 그렇게 생각하지 않습니다. 패배라는 건 적에 의해서만 가능한 겁니다. 이 사람들은 적이 아닙니다. 정확하게 말해 우리를 완전히 누른 거죠. 그들을 적대적이라고 말할 순 없습니다."

그레이더 선장이 말했다.

"그럴 수도 있겠지. 어쨌든 난 패배라고 하겠네. 달리 뭐라고 부르겠나?"

"저희는 미묘한 방식으로 지식 면에서 눌린 겁니다. 그에 대해 저희가 대응할 수 있는 방법이 없었습니다. 저희한테 말하기를 거부한다고 해서 어린 조카아이들을 때릴 순 없는 거 아니겠습니까."

"그게 함선의 지휘관으로서 자네의 의견이란 말이지. 자네는 상황에 부딪치면 본부로 돌아가서 보고만 하면 되지. 그게 관례이고. 모든 작업이 관례라는 편협한 방식으로 이루어지지. 내 입장은 달라. 내가 떠나는 건 외교적인 패배이고 지구의 위엄과 특권에 대한 모욕일세. 내가 꼭 떠나야 하는지 나는 잘 모르겠어. 내가 남아 있는 게 더 나을 수도 있지─그러면 저자들이 모욕할 기회만 늘어나는 셈일 수도 있지만."

대사는 마치 불쾌한 물건인 양 행성 지도를 쳐다보았다.

"대사님께 뭐가 최선인지 제가 조언할 입장은 아니라고 생각합니다. 제가 아는 건 이것뿐입니다. 저희는 여기서 필요할 수도 있는 치안 및 방어 목적으로 병사와 무기를 싣고 왔습니다. 하지만 이 간드들에 대해 그걸 공격용으로 사용할 수는 없습니다. 그럴 만한 이유가 없기 때문이기도 하고, 만약의 경우 저희가 전력을 다해도 1,200만 명의 간드들을 모두 물리칠 수는 없을 수도 있기 때문입니다. 그러기 위해서는 함대가 필요합니다. 최후의 순간까지 싸워야 하는데, 승리의 대가는 별 쓸모도 없는 별이죠."

"상기시킬 거 없네. 나도 물릴 때까지 그 생각을 해봤으니까."

그레이더가 어깨를 들썩였다. 그는 최소한 우주에서라면 행동으로 말하는 타입이었고, 행성 내 잡무는 관심사가 아니었다. 이제 결정의 순간이 다가오고 그의 주 무대로 돌아갈 때가 되자 그는 냉정해졌다. 그에게 간드는 수백 개의 별 중 하나일 뿐이었고 앞으로도 갈 곳이 많았다.

"각하, 여기에 남을지 저희와 함께 가실지 심각하게 고민하고 계신다면 가능한 한 빨리 결정해주시길 부탁드리겠습니다. 모건이 저에게 10시까지 세 번째 외출을 허가해주지 않으면 병사들이 직접 결정을 내리고 밖으로 나갈 거라고 경고했습니다."

"그러면 진짜 화급한 문제가 되겠군, 안 그런가?"

"조금은요. 하지만 그렇게 화급한 건 아닙니다. 그들은 제가 써먹던 핑계를 제 면전에 도로 던지려는 거니까요. 제가 공식적으로 외출을 금지한 게 아닌 이상 밖으로 나간다 해도 반란은 아닙니다. 전 그저 외출을 연기하고 있었을 뿐이니까요. 그들은 우주 위원회에서 제가 고의적으로 법률을 무시했다고 탄원할 수도 있습니다. 위원들이 그들의 말에 동의하면 그들은 거의 벌을 받지 않을 겁니다."

"위원회도 장기 비행을 해봐야 해. 그러면 책상 뒤에서는 배울 수 없던 것들을 알게 될걸."

대사가 중얼거렸다. 그는 다른 사람들에게 거의 희망이 없는 눈길을 던졌다.

"돌아가는 길에 우연하게라도 우리가 갖고 있는 관료주의의 짐을 떨어뜨릴 가능성은 없을까? 그런 재난이 인류에게는 아닐지라도 우주 여행에는 도움이 될 것 같은데."

"그거 굉장히 간드인 같은 아이디어인데요."

그레이더가 논평했다.

"그들은 그런 생각을 안 할 걸세. 그들의 기술이란 싫다, 싫다, 천 번이라도 싫다고 하는 거니까. 그게 전부지 — 하지만 여기서 일어난 일로 볼 때 그걸로도 충분한 것 같더군."

대사가 자신의 입장을 고민해보고는 결론을 내렸다.

"난 자네들과 같이 가겠네. 항복하는 것 같아서 마음에 들진 않아. 여기 남는 거야말로 도전이 되겠지만, 현재 상태에선 그런다고 얻을 수 있는 유용한 결과가 없다는 사실을 인정해야겠지."

"알겠습니다, 각하."

그레이더가 현문으로 가서 마을을 쳐다보았다.

"전 선원 400명을 내보냈습니다. 일부는 영원히 떠났지요. 나머지는 제가 오래 기다려주면 돌아올 겁니다. 술을 마시고 뻗는 바람에 무단 탈영 상태가 된 자들은 가능한 한 오래 즐기려고 하겠죠. 어차피 저지른 일, 끝장을 보자고 생각할 테니까요. 장기여행을 하면 언제나 그런 종류의 문제가 일어납니다. 단기여행에선 그렇게까지 나쁘지 않지만요."

말을 멈추고 그는 돌아오는 탕아가 하나도 없는 땅을 음울하게 쳐다보았다.

"하지만 그들을 기다릴 순 없습니다. 여기서는 불가능합니다."

"그래, 나도 그렇게 생각하네."

"더 오래 머무르면 또 100~200명을 잃을 수도 있습니다. 배를 이륙시키는 데 필요한 기술자들이 그리 많지 않습니다. 그들의 기선을 제압하는 유일한 방법은 이륙 준비를 하라고 명령하는 것뿐입니다. 그 순간부터 항해법에 따르게 되어 있으니까요. 그렇게 되면 우주 변호사들도 생각할 거리가 생길 겁니다!"

그가 비뚜름한 미소를 지었다.

"그럼 가능한 한 빨리 하게."

대사가 동의하고서 현문으로 다가왔다. 멀리 길을 따라 간드 버스 세 대가 멈추지 않고 달려오는 것이 보였다. 그는 이 거대한 우주선이 보이지 않는 척하는 그들의 정신머리에 여전히 분개한 채로 인상을 찌푸렸다. 그의 시선이 문득 후미 쪽으로 향했다. 대사가 몸을 굳히고 말했다.

"저기 바깥에서 저자들이 뭘 하고 있는 건가?"

같은 방향으로 황급히 시선을 돌리고 그레이더가 호출기에 대고 외

첬다.

"모든 승무원들은 즉시 이륙 준비를 하라!"

스위치 몇 개를 움직여 그가 통신선을 바꾸고 말했다.

"거기 누가 있나? 특무상사 비드워시? 이보게, 특무상사, 중앙 갑문에 병사들이 대여섯 명 있네. 즉시 그들을 안으로 불러들이게. 준비되는 대로 곧장 떠날 거니까."

이물에서 고물까지 세로로 길게 적재공간이 펼쳐져 있었다. 머리가 빨리 돌아가는 병참장교들이 배 중앙부의 사다리를 작동하여 추가적인 도주자들을 막았고, 그 덕에 비드워시는 예비 범죄자들과 갇히게 되었다.

꼼짝달싹할 수 없게 된 것을 깨닫고 비드워시는 갑문 가장자리에 서서 밖에 있는 사람들을 노려보았다. 그의 콧수염은 곤두선 정도가 아니라 바르르 떨렸다. 다섯 명의 범죄자들은 1차 외출자들 중 일부였다. 그중 한 사람은 병사였다. 그 병사 때문에 화가 치솟았다. 여섯 번째 사람은 자전거를 반짝반짝하게 광을 낸 해리슨이었다.

그들을, 특히 병사를 노려보며 비드워시가 소리쳤다.

"즉시 승선해라. 논쟁도, 웃기는 일도 금지한다. 우린 이륙할 거다."

한 명이 옆에 있는 사람을 쿡쿡 찌르고 말했다.

"저거 들었어? 당장 승선하래. 1미터를 점프하지 못하면 팔을 퍼덕거리며 날아가야 할 거야."

"뻔뻔한 놈 같으니! 난 명령을 받았다."

비드워시가 고함을 질렀다.

"명령을 받았대. 저 나이에 말이야."

병사가 조잘거렸다.

"이해가 안 돼."

다른 사람이 우울하게 고개를 흔들고 중얼거렸다.

비드위시가 뭔가 잡을 것을 찾아 갑문의 매끄러운 테두리를 더듬었으나 아무것도 없었다. 분노를 억누르기 위해 기둥이나 손잡이, 뭔가 튀어나온 부분을 잡아야만 했다.

"경고하는데, 나한테까지 그런 수작을 부리려고 한다면……."

"그만 떠들라고, 비디. 이제부터 난 간드인이야."

병사가 끼어들었다. 그 말과 함께 병사는 돌아서서 빠르게 길을 따라 걸어갔고 나머지 네 사람도 따라갔다.

자전거를 타고서 해리슨이 페달에 발을 올렸다. 그는 자동 장치에 걸려 있는 사다리를 떼어내리려는 믿을 수 없는 행동을 했다. 함선 안에서 사이렌 소리가 날카롭게 울렸다. 그 소리에 그의 분노가 몇 배로 솟구쳤다.

"저거 들리나?"

분노로 혈관이 불거져 나온 얼굴로 그는 뒷밸브를 잠그고 펌프에 손을 얹는 해리슨을 보았다.

"우린 곧 이륙할 거다. 마지막으로 말하는데……."

다시금 사이렌이 울렸다. 이번에는 짧고 날카롭게 여러 차례 울렸다. 비드위시가 뒤쪽으로 펄쩍 물러나자 안전문이 내려왔다. 갑문이 닫혔다. 해리슨이 다시금 자전거에 올라타 발을 페달에 올렸으나 움직이지 않고 쳐다보고 있었다.

금속 괴물은 선두부터 선미까지 부르르 떨고서 천천히, 완전한 침묵 속에서 솟구쳐 올랐다. 그 거대한 물체가 떠오르는 장면은 장엄하기까지 했다. 점차 떠오르는 속도가 빨라지더니 함선은 빠르게, 더 빠르게 위로 올라가서 장난감처럼 작아졌다가 점이 되었다가 마침내 사라졌다.

잠시 동안 해리슨은 약간의 불안감과 희미한 후회를 느꼈다. 하지만 금세 사라졌다. 그는 길을 처다보았다.

스스로 전향한 다섯 명의 간드인들이 그들을 태우러 온 버스를 가리켰다. 함선이 사라지자 곧장 협조하기로 한 모양이었다. 이해가 빠른 사람들이다. 그는 커다란 고무바퀴가 움직이며 다섯 명을 태운 버스가 떠나는 것을 보았다. 추진기 바이크가 반대편에서 나직한 소리를 내며 달려가고 있었다.

"자네의 갈색머리 아가씨,"

글리드는 그녀를 그렇게 묘사했었다. 어쩌다 그런 생각을 하게 된 걸까? 그녀가 특대 사이즈의 귀 말고 뭔가 칭찬으로 해석될 만한 말이라도 했던 걸까?

그가 마지막으로 주위를 둘러보았다. 왼쪽의 대지는 1.5킬로미터 길이에 3.5미터 깊이로 커다란 곡선형으로 패어 있었다. 2,000명의 지구인들이 처음에 거기에 있었다.

그 후에는 1,800명이.

그 다음에는 1,600명이.

조금 전에는 다섯 명이.

"마지막 하나 — 바로 나지!"

그가 스스로에게 말했다.

숙명인 듯이 어깨를 들썩이고 그는 페달을 밟아 마을로 향했다.

그리고 아무도 없었다.

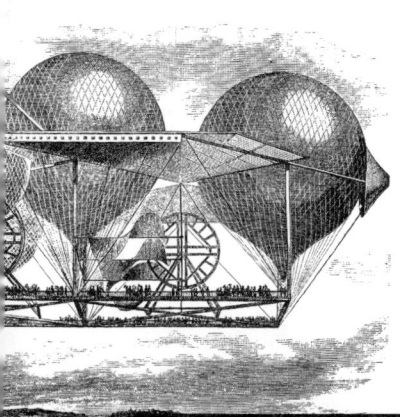

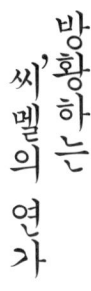

Cordwainer Smith **The Ballad of Lost C'Mell**

코드웨이너 스미스 지음 : 최세진 옮김

그녀는 자기가 할 일을 잘 알았다네.
종鐘에 숨어들었네. 그녀가 해냈다네.
그런데 사람과㐅와 사랑에 빠져버렸지.
그녀가 했던 일들은 어디로 가버렸나?

—방황하는 씨' 멜의 연가 중에서

　그녀는 기녀妓女였고, 창조의 군주인 그들은 진인眞人들이었다. 하지만 그녀는 그들과 지혜를 겨뤘고, 그녀가 이겼다. 그 전에는 한 번도 일어나지 않았던 일이었고, 앞으로도 다시는 일어나지 않을 일이었다. 그러나 그녀는 분명히 이겼다. 그녀는 심지어 인간의 혈통도 아니었다. 그녀는 외형적으로는 인간의 모습을 하고 있었지만, 고양이의 자손이며, 이는 그녀의 이름 앞에 있는 씨(C)의 의미를 설명해준다. 그녀 아버지의 이름은 씨' 매킨토시C'mackintosh였고, 그녀는 씨' 멜C'mell이었다. 법률적 권한을 가지고 있고, 조직화된 대행기관 의원들을 그녀가 교묘히 속여 넘겼다.

그 일은 지구의 작은 바다 서쪽 끝에 25킬로미터로 솟아 있는, 가장 큰 건물이자 가장 작은 도시인 지구항에서 일어났다.

제스토코스트는 네 번째 밸브의 바깥쪽에 사무실을 가지고 있었다.

1
★

제스토코스트는 대부분의 대행기관 의원들과 달리 아침 햇살을 좋아해서, 아무런 문제 없이 그가 선택한 사무실과 아파트를 계속 사용할 수 있었다. 그의 중앙 사무실의 크기는 세로 90미터, 가로 20미터, 높이 20미터였다. 사무실 뒤에는 거의 1,000헥타르에 달하는 넓이의 '네 번째 밸브'가 있었다. 밸브는 나선형으로, 커다란 달팽이처럼 생겼다. 그의 아파트도 그 정도로 컸지만, 지구항 테두리를 둘러싼 목도리 안에 있는 작은 칸 중 하나에 불과했다. 지구항은 땅 밑의 마그마 지대에서 시작해서 높은 대기층까지 뻗어 올라가며 거대한 포도주잔 모양을 하고 있었다.

지구항은 인류가 기계에 대한 과시욕이 가장 컸던 시기에 건설되었다. 인류는 일련의 역사가 시작된 이래 핵 로켓을 소유해왔지만, 행성 간 이온 구동 우주선과 핵 구동 우주선, 그리고 항성 간 항해를 위한 광자력 범선에 짐을 실을 때에는 화학 로켓을 이용했다. 그들은 조금씩 조금씩 하늘로 짙어지고 올라가는 수고를 참아내며 10억 톤의 로켓을 건설했지만, 그 로켓은 착륙할 때 어떤 마을에 충돌하며 부서지고 말았다. 지구인의 후손으로서 별들 너머 어디에선가 돌아온 다이모니 종족 사람들이 날씨 차단, 녹 차단, 시간 차단, 압력 차단 물질로 지구항을 건설할 수 있도록 도와주었다. 그리고 그들은 떠나간 후 돌아오지 않았다.

제스토코스트는 백열 가스가 조용히 속삭이다가 밸브에서 자신의 방으로, 그리고 자기 방처럼 생긴 63개의 다른 방들로 파도처럼 밀려온다면 어떻게 될까 궁금해하며 가끔씩 그의 아파트 주위를 둘러본다. 지금 아파트의 뒷벽은 육중한 목재로 만들어져 있으며, 밸브 그 자체도 몇몇 야생 동물들 정도가 살아가는 텅 빈 거대한 동굴이 되어 있다. 그렇게 큰 공간은 아무에게도 더 이상 필요하지 않았다. 방들은 쓸모가 있었지만, 밸브는 전혀 그렇지 않았다. 멀리 별에서 날아온 납작하게 생긴 우주선들이 하늘에서 속삭였다. 이 우주선들은 법률적인 편의 때문에 지구항에 착륙했다. 그러나 우주선들은 소음을 내지 않았으며, 백열 가스를 싣고 있지 않았다.

제스토코스트가 저 아래쪽에 펼쳐져 있는 상층 구름을 쳐다보며 혼잣말을 했다.

"날씨 좋고, 공기 좋고, 골치 아픈 문제 없고, 음식은 더욱 좋고!"

제스토코스트는 이런 식의 혼잣말을 자주 했다. 그는 개별적으로 활동했으며, 괴짜 같은 독불장군 기질이 있었다. 인류 최고 평의회의 일원인 그는 해결해야 할 골칫거리들이 있었지만, 개인적인 문제는 아니었다. 그는 침대 머리맡에 렘브란트의 그림을 한 점 걸어두었다. 이 그림은 전 세계에서 하나뿐인 렘브란트의 작품이었다. 이는 어쩌면 그가 렘브란트를 제대로 감상할 수 있는 유일한 사람이라는 것과 같은 이야기일지도 모른다. 그는 어느 잊힌 제국의 벽걸이용 융단을 뒷벽에 걸어 두었다. 매일 아침 태양은 그를 위해 웅장한 오페라를 공연하는 듯했다. 소리를 죽이고, 빛을 비추고, 색깔을 바꿔가는 태양의 공연 덕택에 그는 과거의 투쟁, 살인과 긴박한 상황의 시대가 다시 지구에 돌아온 듯 상상을 할 수 있었다. 그는 셰익스피어의 책과 콜레그로브의 책, 그리고 성경의 전도서 2페이지를 넣은 상자를 침대 곁에 두고 열쇠를 채워놓았다. 그를 포함해 전 우주에서 단 42명만이 고대 영어를 읽을 수 있었다. 그는 포도주를 마셨다. 이 포도주는 일몰 해안에 있는 자신의 포도밭에서 로봇을 이용해 주조했다. 요컨대, 그는 부족함이 없이 자기 본위적이고 개인주의적으로 살아가는 사람이었다. 그래서 그는 관대하고, 공명정대하게 공무를 집행할 수 있었다.

그가 이 특별한 날 아침에 잠자리에서 깨어났을 때는 한 아름다운 소녀가 자기에게 사랑에 빠지리라고는 전혀 생각하지 못했다. 그는 100년이 지난 후 먼 옛날에 존재했던 정부만큼이나 강해진 지구의 새로운 정부에서의 경험이 더 쌓인 후에야 이 사실을 알게 될 것이다. 그는 또 절반도 채 이해하지 못한 이유 때문에 자신이 위험과 음모 속으로 자진해서 뛰어들게 되리라는 사실도 전혀 알지 못했다. 이 모든 사실들이 그가 잠자리에서 일어난 그 시간까지는 다행히 감춰져 있었기 때문에, 그는 그 시각 아침식사에 백포도주를 곁들일까 말까 하는 고민만을 하고 있었을 뿐이었다. 매년 173일째 되는 날에는 항상 달걀을 먹었다. 드물게 일어나는 기쁜 일이었으므로, 너무 많이 마셔서 기분을 망쳐버리거나, 한 잔도 마시지 않고 이 기쁜 일을 놓쳐버리고 싶지 않았다. 그는 방 안을 뱅뱅 돌면서 혼자 중얼거렸다.

"백포도주를 마실까? 말까?"

그는 씨' 멜이 자신의 인생을 바꿔놓으리라는 사실을 아직 알지 못했다. 그녀는 승리하도록 운명 지어져 있었지만, 그녀조차도 아직 그 부분은 알지 못했다.

　　인류는 '인간에 대한 재발견'을 통해 정부, 돈, 신문, 민족 언어, 질병, 사고사를 없애버렸지만, 그 뒤 하층민 문제가 발생했다. 하층민은 거의 인간과 다름없는 모습을 하고 있지만 지구 동물의 피를 이어받은 사람들이었다. 하층민은 말할 수 있고, 노래할 수 있고, 읽을 수 있고, 쓸 수 있고, 일하고, 사랑하고, 죽기도 했지만, 인류가 누리는 법률적 보호는 전혀 받지 못했다. 이들은 난쟁이[33]로 불렸으며, 법률적 지위는 짐승이나 로봇과 다를 바 없었다. 지구의 진인들은 지구 밖에서 온 진짜 인간들도 항상 '사람과科, hominid'라고 불렀다.

　　대부분의 하층민은 자신에게 주어진 일을 하고, 노예나 마찬가지인 지위를 의문 없이 받아들였다. 유명해진 하층민도 있었다. 씨' 매킨토시는 지구의 정상적인 중력에서 넓이뛰기를 50미터나 해낸 최초의 지구 생물체였다. 온갖 곳에 그의 사진이 걸려 있었다. 기녀인 그의 딸 씨' 멜은 지구 밖에서 오는 진인과 사람과를 마중 나가서, 그들이 지구에 도착했을 때 편하게 접대하는 것으로 생계를 유지했다. 씨' 멜은 지구항에서 일할 수 있는 특권을 얻었지만, 임금이 워낙 낮았기 때문에 먹고 살기 위해 열심히 일해야만 했다. 진인과 사람과는 너무 오랫동안 풍족한 사회에서 살아왔기 때문에 가난이란 게 뭔지 전혀 몰랐다. 하지만 대행기

◎　　**33__** 원문은 Homunculi, 작은 인간이라는 뜻의 라틴어 Homunculus의 복수형. 중세에 연금술사가 만들었다는 인공 난쟁이.

관 의원들은 동물의 피를 이어받은 하층민이 고대 세계의 경제 체계 아래에서 살아가야 한다고 법률에 못 박았다. 하층민은 살아갈 집과 음식, 재산, 그리고 아이들의 교육을 위해 스스로 일해 돈을 벌어야 했다. 파산할 경우에는 빈민구제소로 가게 되는데, 그곳에서는 가스를 이용해 하층민을 고통 없이 죽였다.

인류는 자신들이 가졌던 기본적인 문제를 모두 해결했지만, 모습이 아무리 바뀌더라도 동물에게는 인류와 평등한 권리를 누리도록 할 생각이 전혀 없다는 것이 확실했다.

제스토코스트 가문의 7대손인 제스토코스트 의원은 이러한 정책에 반대했다. 그는 조금은 사랑할 줄도 알고, 두려움을 모르고, 악의가 없었으며, 자신에게 주어진 일에 최선을 다하는 사람이었다. 그러나 그에게는 사랑의 감정만큼이나 깊고도 도전적인 욕망, 통치권을 차지하고 싶은 열망이 있었다. 지난 200년 동안 그가 줄곧 생각해왔던 것은 투표에서 이기는 것이었고, 이러한 생각은 자기 나름의 방법대로 통치해보고자 하는 강한 열망에 사로잡히도록 했다.

제스토코스트는 하층민에게도 인권이 있다는 사실을 믿는, 세상에서 몇 안 되는 진인 중 하나였다. 그는 하층민이 스스로 강력하게 무장하고, 부와 음모를 갖춘 조직을 만들어서 인류에게 도전하기 전까지는 인간들 스스로 고대로부터 전해져 내려온 잘못을 고치지 않을 것이라 생각했다. 그는 반란을 두려워하지는 않았다. 오히려 그는 정의에 목말라 있었으며, 그와 다른 모든 의견들을 다 짓밟고 올라서고 싶은 극도의 갈망에 사로잡혀 있었다.

하층민이 음모를 꾸미고 있다는 소문이 돌았을 때 대행기관 의원들은 로봇 경찰을 보내어 이 음모를 파헤치도록 했다. 하지만 제스토코스트는 그렇게 하지 않았다.

그도 자신의 경찰력을 동원하긴 했지만, 하층민이 이 경찰들을 자신들의 목적에 맞도록 이용할 수 있게 하고, 하층민 중에서 자신을 적이지만 우호적인 자로 알아보고 곧 하층민들의 지도부와 연결시켜줄 수 있는 자들을 경찰로 고용하려 했다.

하층민에 지도부라는 게 존재한다면, 그들은 상황 판단이 빠를 것이다. 지구항에 침입한 하층민의 첩보원들을 선두에서 이끌고 있는 여성이 씨'멜 같은 기녀라는 사실을 어떻게 알아차릴 수 있겠는가? 지도부라는 게 정말 존재한다면 그들은 정말로 대단히 조심스러울 것이다. 로봇과 사람이 동시에 실시하는 텔레파시 감시 체계는 생각의 모든 범위에 걸쳐서 무작위로 감시했다. 그래서 행복할 이유가 전혀 없는 컴퓨터조차도 존재할 것 같지도 않은 엄청난 행복감을 나타내고 있었다.

제스토코스트는 하층민이 배출해낸 가장 유명한 고양이과 운동선수인 씨'멜의 아버지 씨'매킨토시의 죽음 덕택에 처음으로 확실한 실마리를 잡을 수 있었다.

제스토코스트는 손수 장례식장으로 갔다. 씨'매킨토시의 시신은 우주로 쏘아 올릴 냉동 로켓에 실려 있었다. 호기심에 찬 구경꾼들 사이에 조문객들이 뒤엉켜 있었다. 스포츠는 나라와 인종, 우주, 종을 초월했다. 장례식장에는 사람과도 있었다. 그들은 진짜 사람들이고, 100퍼센트 인간이었지만, 우주에서 수천 가지의 생존 조건에 맞춰서 자신들의 몸을 스스로, 혹은 그들의 조상들이 변형시켰기 때문에 이상하거나 공포스러운 모습을 하고 있었다.

동물들에서 파생된 난쟁이인 하층민도 그곳에 있었는데, 그들 대부분은 작업복을 입고 있었다. 그러나 그들은 외계 우주에서 온 사람들보다 훨씬 더 인간다워 보였다. 하층민은 인간 절반 정도의 크기든, 인간보다 몸집이 6배 정도 크든 간에 상관없이 성인으로 인정받지 못했다. 하층민은 모두 인간의 모습과 인간이 알아들을 수 있는 목소리를 갖춰야 했다. 하층민이 초등학교에 낙제할 경우 그에 대한 징벌은 바로 죽음이었다. 제스토코스트는 그곳에 모인 사람들을 둘러보면서 궁금증이 일었다.

"우리는 지금까지 이 사람들에게 혹독한 생존 기준을 요구했고, 살아가는 것 그 자체가 완벽하게 진화할 수 있는 조건이 될 수 있도록 가장 끔찍한 동기들을 부여해왔어. 그러면서 이들이 언젠가 우리를 넘어서리라는 생각을 하지 않다니, 이 얼마나 바보스러운가!"

이들 무리들에 섞여 있는 진인들은 전혀 그런 생각을 하지 않는 것 같아 보였다. 이곳은 하층민의 장례식장인데도, 그들은 거만한 태도로 하층민들을 지팡이로 툭툭 쳤고, 웅인熊人, 우인牛人, 묘인猫人들과 다른 하층민들은 그들에게 사과의 말을 중얼거리며 즉시 길을 열어주었다.

씨' 멜은 아버지의 냉동관 곁에 있었다.

제스토코스트 외에도 여러 사람들이 그녀를 쳐다보고 있었다. 그녀의 미모는 사람들의 눈을 사로잡았다. 제스토코스트는 대행기관 의원들에게는 합법적이지만, 일반 시민들이 할 경우에는 지탄을 받을 만한 일을 저질렀다. 씨' 멜의 마음을 훔쳐본 것이다.

그리고 그는 기대하지 않았던 사실을 알게 되었다.

씨' 멜은 아버지의 관 왼편에서 마음속으로 울부짖고 있었다.

'이이ー텔리ー켈리, 도와주세요! 도와주세요!'

그녀가 머릿속에 글자를 떠올린 것이 아니라, 소리의 형태로 생각했기 때문에, 제스토코스트도 그녀를 훔쳐볼 때 소리 그 자체를 엿들을 수밖에 없었다.

제스토코스트는 대담무쌍한 용기 덕택에 대행기관의 의원이 될 수 있었다. 그는 너무 조급해서 깊이 생각해볼 여유가 없었다. 그는 논리가 아니라 경험을 통해 생각했다. 그는 씨' 멜과 강제로 친교를 맺기로 결심했다.

그는 좋은 기회가 올 때까지 기다리리라 마음을 바꿨다.

씨' 멜이 장례를 마치고 집으로 향할 때, 선의라 하더라도 무례하게 스포츠 광팬들이 끼어들어 애도를 표하는 것을 막기 위해 오만상을 찡그리며 그녀를 둘러싸고 있는 그녀의 친구들 사이로 제스토코스트가 밀고 들어갔다. 씨' 멜은 그를 알아보고는 적절한 존경심을 표했다.

"의원님께서 여기 오실 줄은 몰랐습니다. 아버님과 친분이 있으셨나요?"

제스토코스트는 근엄한 모습으로 고개를 끄덕거리고, 위로와 유감스러운 감정이 담긴 격조 높은 추모사를 했다. 그의 추모사를 들은 인간들과 하층민이 낮은 목소리로 동감을 표했다.

하지만 동시에 제스토코스트는 축 늘어뜨린 왼손의 가운뎃손가락을 엄지손가락으로 계속 두드리면서 끊임없이 비상 신호를 보내고 있었다. 비상! 비상! 이는 외계 우주에서 온 단기체류자들을 놀라게 하지 않으면서, 지구항의 간부들이 다른 이에게 자신을 위해 보초를 서라는 의미로 보내는 신호다.

그녀는 너무 당황해서 화를 벌컥 낼 뻔했다. 제스토코스트가 겉으로는 경건한 소리를 하면서도 계속 비상 신호를 보내자 그녀가 크고 또렷한 목소리로 물었다.

"저 말씀이신가요?"

그러자 그는 애도의 말을 이어가면서 이렇게 말했다.

"……그리고 당신밖에는 없습니다. 씨' 멜. 당신이야말로 아버님의 명성에 가장 잘 어울리는 분이지요. 지금 우리가 애도를 바쳐야 할 분은 바로 당신입니다. 씨' 매킨토시는 절대로 일을 대충대충 하지 않았고, 바로 그런 열성적인 성실함 때문에 젊은 나이에 눈을 감고 말았다는 말씀을 당신 말고 누구에게 할 수 있겠습니까? 안녕히 계세요. 씨' 멜. 저는 사무실로 돌아가겠습니다."

그녀는 제스토코스트가 사무실에 도착한 40분 후에 도착했다.

2
★

그는 씨' 멜의 얼굴을 똑바로 쳐다보며 그녀의 안색을 살폈다.

"오늘은 당신 인생에서 아주 중요한 날이로군요."

"네. 의원님. 슬픈 날이에요."

"아버님의 죽음과 장례를 말하는 게 아니오. 우리 모두가 함께 바꿔 놓을 미래를 말하는 거지. 지금 당장은 당신과 나밖에 없지만 말이오."

그가 말했다.

씨' 멜의 눈이 동그래졌다. 그녀는 지금껏 제스토코스트가 이런 말을 하리라고는 생각지도 못했다. 제스토코스트는 지구항을 마음대로 돌아다니며 종종 중요한 외계 방문자들을 맞이하고, 의전 담당 부서에 관심을 가진 간부 중 한 사람이었을 뿐이다. 씨' 멜은 환영 팀의 일원으로서, 도착이 지연된 것에 대한 불만을 누그러뜨리거나 논쟁을 늦춰야 할 경우에 필요한 기녀 역할을 했다. 고대 일본의 게이샤처럼 존경받을 만한 전문 직업인이었다. 직업적으로 남성을 유혹하는 접대부였지만, 행실이 나쁜 여성은 아니었다. 씨' 멜은 제스토코스트를 유심히 쳐다봤다. 그가 개인적으로 부적절한 일을 저지르려는 것 같지는 않았다. 하지만 씨' 멜은 남자들이 속으로 무슨 생각을 하는지 도저히 모르겠다고 생각했다.

"당신은 남자들을 잘 알지요."

제스토코스트가 그녀에게 주도권을 넘기며 말했다.

"아마 그렇겠죠."

그녀가 대답했다. 씨' 멜은 야릇한 표정을 지었다. 그녀는 제스토코스트에게 기녀 학교에서 배운 (극단적으로 친밀한) 3번 미소를 짓기 시작했다. 곧 잘못 판단했다고 깨달은 씨' 멜은 다시 평범한 미소를 지으려고 노력했다. 그러자 자신이 제스토코스트에게 인상을 쓰고 있는 것 같은 느낌이 들었다.

그가 말했다.

"나를 똑바로 보고, 믿을 수 있겠는지 판단해보시오. 난 지금 우리 두 사람의 목숨으로 도박을 하려는 참이오."

씨' 멜이 그를 쳐다봤다. 대행기관의 의원인 이 사람과 하층민 여자인 자신을 하나로 엮을 만한 일이 대체 뭘까? 그 둘은 공통점이 하나도 없었다. 앞으로도 없을 것이다.

그렇지만 씨' 멜은 그를 유심히 쳐다봤다.

"하층민을 돕고 싶소."

씨' 멜이 깜짝 놀라 눈을 깜빡거렸다. 그 말은 정말 유치하게 수작을 거는 짓이었고, 보통 남자들은 이런 말을 하고 나서 아주 노골적인 유혹을 해대곤 했다. 하지만 그는 정말로 진지해 보였다. 그녀는 잠자코 다음 이야기를 기다렸다.

"당신과 같은 하층민은 정치적인 권리가 거의 없어서 우리 같은 의원들에게 말을 거는 것조차 허락되지 않지요. 난 진인들을 배신할 생각은 없어요. 하지만 당신네 하층민에게 이익이 되는 일이라면 기꺼이 할 생각은 있소. 당신들이 우리와 더 나은 협상을 할 수만 있다면, 모든 종류의 인간들이 오랫동안 더 안전하게 살아갈 수 있을 거요."

씨'멜은 바닥을 뚫어져라 쳐다보고 있었는데, 그녀의 붉은 머리카락은 페르시안 고양이의 털처럼 부드러웠다. 이 때문에 머리가 불꽃에 둘러싸여 있는 것처럼 보였다. 눈은 불빛이 비칠 때 번뜩이는 안광을 제외하고는 인간의 눈이랑 비슷했는데, 홍채는 고대 고양이들처럼 진한 녹색을 띠고 있었다. 씨'멜이 바닥을 쳐다보던 고개를 들어 그를 똑바로 쳐다봤을 때, 그녀의 눈빛은 큰 충격을 받은 것 같아 보였다.

"저에게 뭘 원하세요?"

제스토코스트가 그녀를 응시하며 말했다.

"잘 보시오. 내 얼굴을 잘 보라고. 개인적으로 뭘 원해서 이러는 것 같아요? 그렇소?"

씨'멜은 어리둥절한 표정이었다.

"제게 개인적으로 원하는 게 아니라면, 무슨 이야기시죠? 저는 겨우 기녀일 뿐이에요. 중요한 사람도 아니고, 교육을 제대로 받은 것도 아닙니다. 의원님께서는 제가 앞으로 알게 될 것들보다 더 많은 것을 알고 계실 겁니다."

"그럴지도 모르지."

제스토코스트가 그녀를 쳐다보며 말했다.

씨'멜은 기녀로서의 느낌보다는 시민으로서 대접받는다는 느낌이 들기 시작했다. 그녀는 이런 느낌이 불편했다.

제스토코스트가 엄중한 목소리로 물었다.

"당신은 누구의 지도를 받고 있죠?"

"테드링커 국장입니다. 의원님. 테드링커 국장이 외계에서 온 모든 방문자를 담당하고 있습니다."

그녀가 제스토코스트를 유심히 살펴봤지만, 그가 장난을 하는 것처럼 보이지는 않았다. 그가 약간 짜증스러운 말투로 말했다.

"그 사람을 물은 게 아니오. 테드링커는 우리 간부잖소. 하층민의 지도자가 누구냐고."

"저희 아버지셨지만 이제는 돌아가셨어요."

제스토코스트가 말했다.

"내가 경솔했소. 자리에 앉으시오. 하지만 내 말은 그런 뜻이 아니오."

그녀는 너무 피곤해서 의자에 털썩 주저앉았지만, 어떤 남자든 단번에 녹여버릴 만한 순수한 관능미가 풍겨 나왔다. 그녀는 기녀들이 입는 옷을 입고 있었는데, 그 옷은 서 있을 때는 현대적인 평상복에 가까워 보였다. 하지만 그 옷은 직업에 걸맞게, 그녀가 앉을 때면 예상과 달리 자극적으로 몸매를 드러냈는데, 남자들을 놀라게 만들 정도로 노골적으로 드러내 보이기보다는 경쾌하게 잘려나가서 아주 얇게 속살이 비쳐 보이며, 예상했던 것보다 더 시각적으로 자극했다.

"옷을 조금 더 당겨서 모아주시겠소?"

제스토코스트가 감정이 섞이지 않는 목소리로 말했다.

"아무리 간부라지만 나도 남자요. 그리고 이 면담은 당신한테, 그리고 나한테 어떤 오락거리보다도 훨씬 더 중요한 일이오."

씨' 멜은 그의 말투 때문에 약간 겁을 먹었다. 그녀는 이의를 제기할 생각이 전혀 없었다. 아버지의 장례식이 있는 이날 어떤 일도 하고 싶지 않았지만, 그녀가 가진 옷은 이런 종류밖에 없었다.

제스토코스트는 그녀의 얼굴에서 그런 속내를 알아챘다.

그는 단도직입적으로 밀어붙였다.

"아가씨, 난 당신의 지도자가 누군지 물었소. 그랬더니 당신은 상관의 이름과 아버님의 이름을 말했소. 내가 알고 싶은 건 당신의 지도자가 누구냐는 거요."

"무슨 말인지 모르겠어요."

그녀가 울먹이는 목소리로 말했다.

"무슨 말인지 모르겠어요."

그러자 제스토코스트는 도박을 해야겠다고 마음먹었다. 그는 씨'멜에게 정신적인 칼날을 깊숙이 찔러 넣고, 서릿발 같은 말들을 그녀의 얼굴에 직접 쏘아붙였다.

"이이…… 텔리…… 켈리가 누구지?"

그가 한 마디, 한 마디 차가운 목소리로 말했다.

씨' 멜은 슬픈 표정을 지으며 낯빛이 창백해졌다. 그러다 곧 새하얘졌다. 씨' 멜은 몸을 틀어 제스토코스트에게서 물러났다. 그녀의 눈이 한 쌍의 불꽃처럼 이글거렸다.

그녀의 눈동자는…… 차가운 불꽃 같았다.

(제스토코스트는 현기증을 느끼며 생각했다. '어떤 하층민 여자도 나에게 최면을 걸 수는 없어.')

그를 둘러싼 사무실이 서서히 희미해져갔다. 씨' 멜의 모습이 사라졌다. 그녀의 눈동자는 하나의 하얗고 차가운 불꽃으로 변했다.

그 불꽃 속에 한 남자가 서 있었다. 팔은 날개로 변해 있었지만, 날개의 팔꿈치 부위에서 인간의 손이 뻗어 나와 있었다. 얼굴은 고대의 대리석 조각상처럼 매끄럽고, 하얗고, 차가웠다. 눈동자는 불투명한 흰색이었다.

"내가 바로 이-텔리켈리다. 너는 나를 믿게 될 것이다. 나의 딸 씨'멜과 이야기하라."

그 남자의 모습이 서서히 사라졌다.

씨'멜이 의자 위에 어정쩡한 자세로 앉아서 그를 멍하게 바라보고 있는 모습이 제스토코스트의 눈에 들어왔다. 제스토코스트는 잠시 현기증을 느꼈지만, 씨'멜이 아직 깊은 최면 상태에 빠져 있는 모습을 보고는 그녀의 최면 능력에 대한 농담을 막 하려던 참이었다. 씨'멜의 몸은 경직되어 있었고, 옷은 본래의 모습대로 흐트러져 있었다. 그 모습은 전혀 자극적이지 않았다. 오히려 예쁜 어린아이가 탈이라도 난 것처럼 애처로움만 일었다. 제스토코스트는 그녀에게 말을 걸었지만 대답을 기대한 것은 아니었다.

"당신은 누구지?"

그는 씨'멜이 최면에 얼마나 깊이 빠져 있는지 알아보기 위해 질문을 던졌다.

"나는 절대로 이름을 소리 내어 말하지 않는 자다."

씨'멜이 날카로운 목소리로 속삭였다.

"네가 침입했던 그 비밀의 주인이지. 내 모습과 내 이름을 네 마음속에 새겨 넣었다."

제스토코스트는 이런 허깨비하고는 말다툼을 하지 않았다. 그가 재빨리 결심을 굳혔다.

"내가 마음을 연다면, 내가 지켜보는 동안에 나의 마음속을 조사해 보겠나? 그렇게 할 수 있소?"

"나야 잘 할 수 있지."

그 목소리는 그녀의 입을 통해 야유하듯이 말했다.

씨'멜이 일어나서 두 손을 제스토코스트의 어깨에 올렸다. 그녀는 제스토코스트의 눈 안을 들여다보았다. 제스토코스트도 그녀의 눈을 쳐다보았다. 제스토코스트는 스스로도 강력한 정신감응능력을 가지고 있었지만, 그녀에게서 흘러나오는 엄청나게 강력한 정신력에 대해서는 채준비가 되어 있지 않았다.

'내 마음을 들여다봐.'

그가 요구했다.

'하층민에 대한 내 생각만 봐야 해.'

'알겠다.'

씨'멜의 마음 뒤편에서 생각이 들려왔다.

'내가 하층민을 위해 무엇을 하려는지 알겠는가?'

제스토코스트는 씨'멜이 연결자의 역할을 위해 마음을 제공하면서 거칠게 숨을 쉬는 소리를 들을 수 있었다. 자신의 마음속 어떤 부분을 조사하고 있는지 지켜보기 위해 그는 침묵을 지켰다. 제스토코스트가 혼자 생각했다.

'지금까지는 아주 좋군. 이렇게 영리한 자가 지구에 있었다니! 그런데도 우리 의원들은 전혀 모르고 있었어!'

씨'멜이 무덤덤한 표정으로 살짝 웃었다.

제스토코스트는 속으로 생각했다.

'미안해. 계속해.'

'당신의 이 계획을 내가 좀 더 봐도 될까?'

낯선 소리가 마음속에 들렸다.

'거기 있는 게 다야.'

'아. 당신을 믿어달라는 말이지. 종鍾과 저장고에서 하층민들을 죽이는 일에 관련된 주요 정보를 줄 수 있나?'

낯선 마음의 소리가 말했다.

'내가 입수하기만 한다면야 줄 수 있지. 하지만 종의 통제 장치나 중앙 스위치는 안 돼.'

'그 정도면 충분해. 나는 뭘로 갚아주면 되지?'

다른 마음이 생각했다.

'대행기관에서의 내 정책을 지지해줘. 협상을 해야 할 때 가능하다면 하층민들이 합리적으로 행동할 수 있도록 해주고, 계속 진행될 협약에 대해서도 명예와 신뢰를 지켜줘. 그런데 어떻게 내가 주요 정보를 빼내지? 내가 파악하는 데도 족히 1년은 걸릴 텐데.'

'씨' 멜이 한 번 볼 수 있도록 해줘. 내가 그녀 뒤에 숨어서 볼 테니. 어때?'

낯선 마음이 생각했다.

'좋아.'

제스토코스트가 생각했다.

'마칠까?'

마음의 소리가 들렸다.

'어떻게 다시 연락하지?'

제스토코스트가 되받아 생각했다.

'이전과 마찬가지로. 씨' 멜을 통해서. 절대로 내 이름을 말하지 마. 가능한 한 내 이름을 생각하지도 마. 마칠까?'

'그러지!'

제스토코스트가 생각했다.

지금까지 제스토코스트의 어깨를 붙잡고 있던 씨'멜이 얼굴을 끌어내리더니 진하고 따뜻한 입맞춤을 했다. 제스토코스트는 하층민에게 손을 대본 적이 없었다. 하층민과 키스하게 되리라고는 한 번도 생각해 보지 않았다. 기분 좋은 일이긴 했지만, 목을 두르고 있는 씨'멜의 팔을 떼어내서 몸을 반쯤 돌린 후, 그에게 기대오는 그녀를 그대로 두었다.

"아빠!"

그녀가 행복한 표정으로 숨을 내쉬었다.

갑자기 그녀의 몸이 굳어지더니 그의 얼굴을 쳐다보고는 문 쪽으로 튀어나갔다.

"제스토코스트!"

그녀가 소리쳤다.

"제스토코스트 의원님! 제가 여기서 뭘 하고 있는 거죠?"

"당신 임무는 끝났어요. 이제 가도 좋소."

씨'멜이 비척거리며 사무실로 다시 돌아왔다.

"구역질이 나려고 해요."

그녀가 말했다. 그녀는 사무실 바닥에 토했다.

제스토코스트는 버튼을 눌러서 청소 로봇을 부르고, 컴퓨터를 툭 쳐서 커피를 시켰다.

씨'멜은 축 늘어져서 제스토코스트가 하층민에게 바라는 점들에 대한 이야기를 나눴다. 그녀는 한 시간 정도 머물렀다. 그녀가 떠나갈 때쯤에는 그들의 계획이 잡혔다. 둘 다 이-텔리켈리에 대해서는 언급하지 않았고, 자신들의 의도를 공개적으로 드러내지 않았다. 설령 감시 시스템이 그들을 엿들었다고 해도 의심스러운 문장이나 단어는 하나도 발견하지 못했을 것이다.

그녀가 떠난 후 제스토코스트는 창문 밖을 내다봤다. 저 아래쪽에 있는 구름을 보고서야 아래의 세계가 어스름한 황혼에 잠긴 사실을 깨달았다. 그는 하층민을 도와줄 계획을 세워왔으며, 사회 내에 조직화된 사람들로서는 생각지도 못하고 인지하지도 못할 권력자들을 만나왔다. 그는 자신이 생각하는 것보다 이 일에 훨씬 더 적합한 사람이었다. 그는 계속 일을 해나가야 한다.

하지만 일을 같이 할 수 있는 동료는 씨'멜 한 명뿐이다!

세계사에 이렇게 기묘한 홍정이 과연 있었던가?

3
★

일주일이 채 지나기 전에 그들은 무엇을 할 것인지 결정했다. 그들이 작업을 해야 할 대상은 핵심적인 두뇌 집단 그 자체인 대행기관 의원들의 위원회였다. 위험성은 높았지만, 종 안에서 진행된다면 수분 내에 모든 작업을 마칠 수 있을 것이다.

제스토코스트는 이 일에 흥미가 끌렸다.

제스토코스트는 씨'멜이 마음속에서 두 가지 관점으로 그를 바라본다는 사실을 알지 못했다. 하나는 둘이 함께 헌신하고 있는 혁명적인 목표에 전적으로 심려를 기울이며 조심스럽고 충심을 다해 음모를 함께 꾸미는 동료로서의 관점이었다. 다른 하나는 여성으로서의 관점이었다.

씨'멜은 어떤 인간 여성보다 더 진실하게 여성스러움을 간직하고 있었다. 그녀는 훈련된 미소와 상상 이상으로 부드럽고 눈부시게 빛나는 붉은 머릿결, 육감적인 엉덩이와 탄력 있는 가슴, 나긋나긋한 젊은 여인의 모습이 가진 가치를 알고 있었다. 그녀는 자신의 다리가 인간 남성들에게 어떻게 자극을 주는지 세세하게 잘 알고 있었다. 진인들은 그녀에게 몇 가지 사실을 감췄다. 남자들은 실현시키지 못한 욕망 때문에, 여자들은 통제되지 않는 질투심 때문에 무심코 본성을 드러냈다. 그녀는 자신이 인간이 아니었기 때문에 오히려 인간들을 가장 잘 이해할 수 있었다. 그녀는 모방을 통해 배워야 했는데, 모방은 의식적인 작업이다. 일반적인 여성이라면 자연스럽게 물려받은 수천 가지의 세세한 것들이나 일평생 딱 한 번 생각할 일도 그녀에게는 지적으로, 매우 힘겹게 연구해야 할 과제였다. 그녀는 직업적으로 여성의 역할을 했다. 그녀는 인간에게 동화되었지만, 유전적인 본성은 호기심 많은 고양이였다. 그녀는 이제 제스토코스트를 사랑하게 되었고, 그녀 자신도 그 사실을 알았다.

그녀는 이 사건이 서서히 소문으로 퍼져나가는 사실조차 알지 못했지만, 그 연애사건은 전설로 확대되었고, 사랑 이야기로 무르익었다. 그녀는 자신에 대한 연가를 전혀 알지 못했으나, 연가의 시작 부분은 아주 나중이 되어서야 유명해졌다.

그녀는 자기가 할 일을 잘 알았다네.
종鐘에 숨어들었네. 그녀가 해냈다네.
그런데 사람과처와 사랑에 빠져버렸지.
그녀가 했던 일들은 어디로 가버렸나?

이 이야기는 모두 미래의 이야기이고, 지금 그녀는 알지 못했다.
그녀는 자신의 과거에 대해서만 알 수 있을 뿐이었다.
그녀는 무릎에 머리를 기대고 모티 한 잔을 홀짝거리며, 작별인사를 하듯이 말했던 지구 밖에서 온 왕자의 이야기를 기억한다.

"재미있는 일이야. 씨'멜. 당신은 진인이 아니지만, 내가 지구에서 만나본 인간 중에서 가장 영리한 인간이었어. 나를 지구로 보내느라 내 행성이 얼마나 가난해지는 줄 알아? 그런데 내가 이 여행을 통해서 뭘 얻어낼 수 있었겠소? 아무것도 없어. 아무것도 없었다고. 하지만, 지금은 당신을 얻었군. 당신이 지구의 정부를 운영했더라면, 나는 우리 사람들에게 필요한 것을 얻어낼 수 있었을 테고, 지구도 훨씬 더 풍요로워졌을 게요. 인간의 고향, 지구인들은 지구를 그렇게 부르지. 어처구니없는 소리야! 지구에서 유일하게 영리한 인간이라고는 고양이 암컷뿐이란 말이야!"

왕자가 그녀의 발목을 쓰다듬었다. 그녀는 꼼짝하지 않았다. 이것도 접대의 일부분이었고, 그녀는 접대가 도를 넘지 않도록 하는 자신만의 방법이 있었다. 지구 경찰이 그녀를 쳐다봤다. 그들에게 있어서 그녀라는 존재는, 지구항 입구에 있는 안락의자나 지구의 맹맹한 물을 싫어하는 외부인들을 위해 설치된 신맛이 나는 물이 나오는 샘물처럼, 외계에서 온 사람들을 위해 배치된 편의시설에 불과했다. 그들은 씨'멜이 감정이 있거나 깊은 관계에 휘말릴 것이라고 생각하지 않았다. 그녀가 사고라도 일으킨다면, 그들은 형식적인 증언만 들은 후에 항소하지도 못한 상태에서 짐승들이나 하층민 혹은 다른 동물들에게처럼 심한 처벌을 내릴 것이다. 법률이 허락하고, 풍습이 장려하는 대로 그녀를 죽여버릴 것이다.

씨'멜은 1,000명의 남자들과 입을 맞추었다. 어쩌면 1,500명일지도 모른다. 그녀는 그들에게 환영받고 있다고 느끼도록 했고, 불만을 들어주었다. 떠날 때쯤에는 그들이 자신의 비밀들을 털어놓기도 했다. 이 직업은 생계를 위해 하는 일이고, 감정적으로 지치게 만드는 일이기도 했지만, 지적으로는 꽤 자극이 되었다. 그녀는 가끔 진인 여성들의 높은 콧대와 자부심을 볼 때나, 그 여성들보다 더 그들의 남편들을 잘 안다는 사실을 알게 될 때마다 비웃어주곤 했다.

언젠가는 한 여경이 새로운 화성에서 온 두 개척자들의 기록을 쭉 읽어봐야 할 일이 있었다. 씨' 멜은 이 두 명의 개척자들과 매우 깊은 관계를 유지하고 있었다. 여경은 보고서를 훑어보면서 씨' 멜을 쳐다보고는 질투와 여성스러운 분노로 얼굴을 찡그렸다.

"고양아, 넌 자신을 부를 때 고양이라고 불러! 넌 돼지야. 넌 개야. 넌 짐승이야. 네가 지구에서 일할 수 있을지는 몰라도, 인간과 맞먹을 수 있을 거라는 착각은 절대로 하지 마. 나는 대행기관이 너 같은 괴물에게 외계에서 온 인간들을 맞이하도록 하는 건 범죄라고 생각한단 말이야! 나로서는 너를 중단시킬 수 없지만, 종★은 네가 지구의 진인을 건드리기만 해도 너를 저지할 거야. 네가 가까이 가기만 해도! 네가 여기서 조금이라도 속이려 들면! 알아듣겠어?"

"네, 경사님."

씨' 멜이 대답하면서 생각했다.

'어떻게 옷을 골라 입어야 할지, 어떻게 머리를 다듬어야 할지도 모르는 불쌍한 것 같으니라고. 아름다움을 가꿀 줄 아는 이를 원망하는 것도 무리는 아니지.'

어쩌면 여경은 자신이 내뱉는 지독한 증오 때문에 씨' 멜이 겁에 질렸을 거라고 생각했을지도 모르지만 전혀 그렇지 않았다. 하층민은 그런 증오에 익숙했다. 게다가 공손한 척하면서 독약을 먹이는 증오에 비하면 그다지 지독한 것도 아니었다. 하층민들은 늘 그런 증오와 함께 살아가야 했다.

그러나 이제는 이 모든 것들이 바뀌었다.

그녀는 제스토코스트에 대한 사랑에 빠져버린 것이다.

제스토코스트는 그녀를 사랑했을까?

불가능하다. 아니, 불가능하지는 않다. 불법적이고, 그럴 가망도 없어 보이고, 점잖은 일은 아니다. 그래. 다 맞는 말이다. 하지만 불가능하지는 않다.

틀림없이 그는 씨' 멜의 사랑을 눈치 챘을 것이다.

눈치를 챘을지는 몰라도, 그는 그런 낌새를 전혀 보이지 않았다.

진인과 하층민은 그 전에도 여러 번 사랑에 빠졌다. 그럴 때마다 하층민은 죽임을 당했고, 진인은 세뇌되었다. 그런 일에 대해서는 여러 가지 법률 조항이 있었다. 하층민을 만들었던 진인 과학자들은 진인이 가지지 못한 능력을 하층민에게 부여했다. (50미터 높이뛰기, 지하 3킬로미터에 달하는 텔레파시, 비상문 옆에서 1,000년을 기다릴 수 있는 거북이 인간, 보수 없이 문을 지킬 수 있는 황소 인간) 그리고 과학자들은 많은 하층민이 인간의 모습을 갖도록 했다. 그런 방법은 꽤 대담한 것이었다. 인간의 눈과 다섯 손가락이 달린 손, 인간과 같은 크기의 몸뚱이. 이렇게 하는 것이 공학적으로는 편리했다. 과학자들은 하층민을 진인과 거의 같은 크기와 모양으로 만듦으로서, 두세 벌 혹은 수십 벌에 달하는 가구들이 필요하게 되는 일을 막았다. 인간의 형상은 모든 이들에게 이로움을 줬다.

하지만 그 과학자들은 인간의 마음을 잊고 있었다.

그리고 지금 그녀 씨' 멜이 한 남자, 그녀 아버지의 할아버지만큼이나 나이가 많은 진인과 사랑에 빠졌다.

하지만 그녀는 제스토코스트에게 자신이 손녀 뻘일 것이라는 생각은 전혀 하지 않았다. 씨' 멜은 아버지와 편한 동료, 순수하게 상호 도움을 주고받는 애정의 관계였다. 이런 관계는 씨' 멜의 아버지가 그녀보다 훨씬 더 고양이의 모습에 가깝다는 사실을 가려주었다. 그 부녀 사이에는 절대로 말하지 않는 가슴 아픈 공백이 있었다. 둘 사이에는 온전히 말하지 못했던 사실들, 어쩌면 전혀 말하지 못했던 사실들이 있었다. 부녀는 더 이상 가까워지기 힘들 정도로 가까운 사이였다. 이렇게 가까운 사이가 거꾸로 둘 사이에 엄청난 간극을 만들어냈고, 이러한 간극은 가슴 아픈 일이었지만 말로 표현할 수는 없었다. 그녀의 아버지가 떠나간 자리를 이제 지극히 상냥한 이 진인이 차지하고 있다.

"그거야."

그녀가 혼잣말을 했다.

"지금까지 스쳐간 어떤 사람들도 진심으로는 보여주지 않았던 그 지극한 상냥함. 우리의 가련한 하층민들이 한 번도 가져보지 못했던 깊은 마음. 이런 게 하층민들의 마음속에 없는 것은 아니야. 하지만 쓰레기처럼 태어나서 쓰레기 취급을 받다가 죽고 나면 쓰레기처럼 버려지는 상황에서, 어떻게 우리 하층민들의 마음속에 상냥함이 자라날 수 있겠어? 상냥하다는 것에도 특별한 종류의 권위가 있는 것이지. 인간으로서 가장 좋은 부분이 바로 그 부분일 거야. 그리고 제스토코스트는 마음속에 깊고 거대한 대양을 품고 있었어. 그런데도 그런 사람이 진인 여성을 한 번도 진짜로 사랑하지 않았다는 것은 정말 이상하고, 이상하고, 이상한 일이야."

그녀는 생각을 멈췄다. 더 이상 이 문제를 생각할 마음이 내키지 않았다. 그러고 나서 그녀는 스스로를 위로하며 작은 목소리로 속삭였다.

"아니, 그 사람이 혹시 사랑에 빠진 적이 있더라도, 지금은 아무런 문제가 안 될 정도로 아주 오래전의 이야기일 거야. 그는 내 마음을 사로잡아버렸어. 그 사실을 알고 있을까?"

4
★

제스토코스트 의원은 알게 되겠지만, 아직은 알지 못했다. 그는 충성심과 존경심을 제공하는 것이 일상적인 업무였기 때문에, 사람들로부터 충성을 받는 일에 익숙했다. 게다가 특히 여성, 어린이, 하층민들로부터 강박적으로, 그의 신체에 매달리는 식으로 나타나는 충성에 대해서도 익숙했다. 그 전부터 그는 이런 일을 항상 잘 처리해왔다. 그는 지금 씨' 멜이 놀랍도록 영리한 사람일 거라는 것에, 그리고 지구항 경찰 소속의 접대부로 일하는 기녀로서 그녀가 자신의 감정을 절제하는 방법을 배웠을 것이라는 데에 도박을 걸고 있다.

'우리는 시대를 잘못 태어난 거야. 이제까지 만나봤던 여성 중에 가장 지적이고 아름다운 여성을 만났지만, 지금은 일이 먼저야. 게다가 진인과 하층민에 관한 이번 일은 보통 까다롭지 않아. 개인적인 감상은 미뤄둬야 해.'

제스토코스트는 그렇게 생각했다. 아마도 그가 옳을 것이다.

이름조차 기억하지도 힘든 누군가가 그에게 종種을 공격하라고 요구했더라면, 그들은 그 일에 목숨을 걸어야만 했을 것이다. 그 일에는 감정을 개입할 여지가 없었다. 종이 문제이고, 정의가 문제다. 인류가 끊임없이 진보를 추구하는 것이 문제다. 제스토코스트는 이미 자신이 해야 할 일을 이미 대부분 마쳤기 때문에 그에게는 더 이상 문제가 없다. 씨' 멜도 문제없다. 그들이 실패한다고 해도 그녀는 하층민과 함께 영원히 살아가면 그만이다.

종은 중요했다.

그가 지금 계획하고 있는 일의 대가는 치명적인 것이다. 하지만 종에 대한 일만 마치고 나면 그가 맡은 모든 일도 수분 내에 끝마칠 것이다.

당연한 이야기지만, 종은 그냥 종이 아니다. 종은 사람의 키 세 배에 달하는 높이의 3차원 상황판이다. 종은 회의실의 한 층 아래에 설치되어 있으며, 고대의 종처럼 생겼다. 대행기관 의원들의 회의 탁자는 동그랗게 잘려 있었기 때문에, 의원들은 수작업이나 텔레파시를 통해 종으로 불러낸 상황을 그 구멍을 통해 들여다볼 수 있었다. 그 아래에는 저장고가 바닥 밑에 숨겨져 있었으며, 여기에는 모든 시스템의 주요한 메모리가 저장되어 있었다. 이 저장고의 복사본은 지구에서 각기 떨어져 있는 서른 군데의 장소에 보관되어 있었다. 복사본 두 개는 성간星間 우주에 숨겨져 있었는데, 그중 하나는 라움소크와 벌였던 전쟁에서 남은 1억 5,000만 킬로미터의 금색 우주선 곁에 두었고, 다른 하나는 소행성으로 위장했다. 의원 대부분은 대행기관 업무 차 외계에 나가 있었다.

제스토코스트 곁에는 세 명의 의원만이 참석하고 있었다. 요한나 그나데 의원, 이산 올라스코아가 의원, 윌리엄 낫프롬히어의원(낫프롬히어 Not-from-here가문은 수세대 전에 지구로 이민 온 위대한 노스트릴라 혈족이었다.)

이-텔리켈리는 제스토코스트에게 기본적인 계획을 말했다.

그는 씨'멜을 그 회의실로 소환할 것이다.

소환은 중대한 일이다.

씨'멜이 중간 연락책의 역할을 하다가 실수할 경우, 자동 재판에 의해 즉결 사형이 처해지는 일을 막아야 한다.

씨'멜은 반쯤 최면이 걸린 상태에서 회의실로 들어가게 될 것이다.

그러면 제스토코스트는 이–텔리켈리가 추적하고 싶어 하는 항목을 불러낼 것이다. 한 번 부르는 것만으로도 충분하다. 그 항목들을 추적하는 것은 이–텔리켈리의 책임이다. 다른 의원들은 이–텔리켈리가 흐트러뜨려놓을 것이다.

이 계획은 겉으로 보기에는 간단해 보인다. 그러나 실행하려면 복잡한 문제가 한두 가지가 아니었다.

이 계획이 서툴러 보이긴 하지만, 제스토코스트가 당장 할 수 있는 일은 아무것도 없었다. 그는 자신의 열정 때문에 이런 음모에 가담하게 된 것을 원망하기 시작했다. 명예롭게 일을 되돌리기에는 너무 늦었다. 그는 이미 약속을 해버렸을 뿐만 아니라 씨' 멜을 좋아하기까지 한다. 기녀로서의 씨' 멜이 아니라 씨' 멜 그 자체를 좋아했다. 그리고 그는 씨' 멜이 평생토록 실망감을 안고 살아가는 모습을 보고 싶지 않았다. 그는 하층민이 자신들의 신분과 처지를 어떻게 마음에 품고 살아가는지 잘 알고 있었다. 가슴은 무거웠지만 재빨리 마음을 추슬러 위원회 회의실로 갔다. 여러 달 동안 문 밖에서 봤던 급사인 견녀**가 그에게 의사록을 건네줬다.

텔레파시 차단막이 촘촘하게 쳐 있는 회의실에 들어가고 나면 씨' 멜이나 이–텔리켈리가 그에게 어떻게 연결할지 궁금했다.

제스토코스트는 기진맥진해서 자리에 앉았다가…….

의자에서 거의 벌떡 일어설 뻔했다.

음모의 공모자들이 의사록에 자신들의 자료를 조작해서 넣었다. 최상부의 항목은 "씨' 매킨토시의 딸 씨' 멜, 1138구역 고양이류 (순종) 혈통, 자백의 주제 : 난쟁이 자료의 방출을 위한 음모. 참고 : 드 프린센스 마흐트 행성."

요한나 의원은 벌써 그 행성에 대한 자료를 보려고 버튼을 눌렀다. 지구에 기원을 둔 그 행성의 사람들은 대단히 강했지만, 지구인의 본래 모습을 지키기 위해서는 막대한 고통이 따랐다. 지금 그 행성의 최고위급 인사가 한 명 지구에 와 있었다. 그는 황혼의 왕자(프린스 반 데 쉐메링 Prins van de schemering)라는 호칭을 가지고 있었으며, 외교적인 임무와 무역 임무를 둘 다 띠고 있었다.

제스토코스트가 약간 늦었기 때문에, 그가 의사록을 훑어보는 사이에 이미 씨' 멜이 방으로 끌려 들어오고 있었다.

윌리엄 의원은 제스토코스트에게 의장을 맡을 것인지 물었다.

"친애하는 의원님, 이번 회의는 이산 의원님께 의장을 맡아달라고 간청을 드렸으면 합니다."

의장을 맡으면 형식적인 절차에 얽매이게 된다. 이번 회의에서 의장을 맡지 않아야 종과 저장고를 더 잘 볼 수 있을 것이다.

씨' 멜은 죄수복을 입고 있었다. 그녀의 모습은 괜찮아 보였다. 제스토코스트는 씨' 멜이 기녀복 외에 다른 옷을 입고 있는 모습을 처음 보았다. 연한 청색의 죄수복 때문에 그녀의 모습은 훨씬 어리고, 인간처럼 보이고, 매우 부드럽고, 겁에 질려 있는 것처럼 보였다. 고양이 가문의 모습은 오직 불꽃처럼 흘러내리는 그녀의 머리결과 앉을 때 새침 떨듯 꼿꼿하면서 나긋나긋한 모습에만 남아 있었다.

이산 의원이 그녀에게 물었다.

"자백했던 것들을 다시 말해보아라."

씨' 멜은 사진 속 황혼의 왕자를 가리키며 말했다.

"이 남자가 인간의 아이를 고문하는 쇼를 보러 가자고 했습니다."

"뭐라고!"

세 의원이 동시에 소리쳤다.

"무엇을 하는 곳이라고 했느냐?"

요한나 의원이 상냥하지만 씁쓸한 표정을 지으며 물었다.

"그곳은 여기 이 의원님처럼 생긴 사람이 운영하고 있었습니다."

씨' 멜이 제스토코스트를 가리켰다. 씨' 멜의 행동이 너무 빨라서 아무도 그녀를 제지할 수 없었지만, 점잖게 움직였기 때문에 아무도 그녀를 의심하지 않았다. 그녀는 회의실을 한 바퀴 돌더니 제스토코스트의 어깨에 손을 얹었다. 제스토코스트는 텔레파시 접촉으로 전율을 느꼈고, 씨' 멜의 머릿속에서 새처럼 지저귀는 소리를 들을 수 있었다. 그러자 이-텔리켈리가 씨' 멜과 연결 중이라는 사실을 깨달았다.

씨' 멜이 말했다.

"그곳을 소유한 남자는 이 의원님보다 2킬로그램 정도 몸무게가 적고, 5센티미터가량 작았고, 머리는 붉은색이었습니다. 그 장소는 지구항 모퉁이에 있는 콜드 선셋로의 큰길 아래와 그 지하에 있습니다. 몇몇 평판이 좋지 않은 하층민들이 그 주변에 살고 있습니다."

종이 뿌옇게 변하고, 그 지역에 사는 불량한 하층민에 대한 수백 가지의 조합을 빠르게 비춰주고 있었다. 제스토코스트는 무심결에 필요 이상으로 정신을 집중해서 그 뿌연 모습을 바라보고 있다는 생각이 들었다.

종에 비치는 모습이 선명해졌다.

아이들이 할로윈 놀이를 하는 방의 모습이 희미하게 비쳤다.

요한나 의원이 웃음을 터뜨렸다.

"애들은 사람이 아냐. 로봇이라고. 그리고 이건 그냥 멍청한 옛날 놀이일 뿐이야."

씨' 멜이 덧붙였다.

"그 남자는 고향으로 가져갈 달러와 실링을 요구했습니다. 진품으로요. 그걸 발견한 로봇이 있었거든요."

"그게 뭔데?"

이산 의원이 말했다.

"고대 화폐지요. 고대 미국과 고대 오스트레일리아의 진짜 돈입니다. 저도 위조품을 가지고 있는데, 진품은 국립 박물관에나 있을 겁니다."

윌리엄 의원이 소리쳤다. 그는 열정적인 동전수집가였다.

"로봇은 지구항 바로 아래의 오래된 은신처에서 화폐들을 발견했습니다."

윌리엄 의원이 종을 향해 소리치듯 말했다.

"모든 은신처를 뒤져서 그 화폐를 찾아내!"

종이 뿌옇게 변했다. 종은 불량한 지역들을 뒤지면서, 지구항의 북서쪽 구역의 모든 경찰 병력을 비춰줬다. 이제 종은 지구항 아래의 경찰 병력을 전부 다 훑고는 수천 가지의 조합들을 어지럽게 비추다가 한 낡은 연장실에서 멈추었다. 한 로봇이 동그란 쇳조각을 윤이 나도록 닦고 있었다. 윌리엄 의원은 그 반짝거리는 것들을 보고는 펄쩍 뛰었다. 그가 소리쳤다.

"저걸 여기로 가져와! 내가 살 거야!"

"좋아요. 약간 불법적이긴 하지만, 걱정할 만한 일은 아니에요."

이산 의원이 말했다.

기계는 핵심적인 수색 장비를 비추더니, 로봇을 에스컬레이터로 유도했다.

"별로 중요한 사건은 아니군."

이산 의원이 말했다.

씨' 멜은 훌쩍였다. 꽤 연기를 잘하고 있었다.

"그러고 나서 그 사람은 난쟁이의 알을 구해달라고 했어요. 새에서 유래한 E-형으로요. 고향에 가져갈 거라고 했어요."

이산 의원이 수색 장비를 켜자 씨' 멜이 말했다.

"어쩌면, 누군가가 이미 처리 과정으로 넘겼을지도 몰라요."

종과 저장고가 빠른 속도로 처리 설비를 훑어봤다. 제스토코스트는 신경이 날카로워지는 걸 느꼈다. 인간의 눈으로 읽기에는 너무도 빠르게 종을 지나가는 수천 가지의 형태를 다 기억할 수 있는 인간은 없을 것이다. 하지만 지금 그의 눈을 통해 종을 읽고 있는 두뇌는 인간의 것이 아니다. 어쩌면 이-텔리켈리가 자신의 컴퓨터에 이 내용을 저장하고 있는지도 몰랐다. 제스토코스트는 대행기관의 의원이 고작 인간 망원경으로 이용되고 있다는 사실은 모욕적인 일이라고 생각했다.

기계가 흐릿해졌다.

이산 의원이 소리쳤다.

"넌 사기를 치고 있어. 아무런 증거도 없잖아!"

"외계에서 온 그자가 사기를 친 건지도 몰라요."

요한나 의원이 말했다.

"그놈을 미행하세요. 고대 동전을 훔칠 정도면 뭐라도 훔칠 수 있을 거예요."

윌리엄 의원이 말했다.

요한나 의원이 씨' 멜을 쳐다봤다.

"멍청한 것 같으니라고. 넌 이 세계의 중요한 일들을 처리해야 하는 우리의 시간을 낭비했어."

"이것도 이 세계의 일이에요."

씨' 멜이 훌쩍거렸다. 그녀는 제스토코스트의 어깨 위에 내내 올려져 있던 손을 슬며시 떼어냈다. 몸에서 몸으로 이어져 있던 연결이 끊어지자 텔레파시도 끊겼다.

"우리는 이 일에 대한 재판을 할 거야."

이산 의원이 말했다.

"넌 처벌받을 게다."

요한나 의원이 말했다.

제스토코스트 의원은 아무 말도 하지 않았지만, 속으로는 행복감이 불꽃처럼 타올랐다. 이-텔리켈리가 의원의 짐작보다 절반만큼이라도 똑똑하다면, 하층민들은 검문소의 목록과 진인의 정부가 부과하는 변덕스러운 무통증 사형 선고로부터 쉽게 몸을 숨길 수 있는 탈출 경로를 갖게 된 것이다.

<h1 style="text-align:center">5</h1>

★

그날 밤 복도에 노래가 흘러나왔다.

하층민들이 알 수 없는 이유로 갑자기 행복해했다.

바로 그날 밤 씨' 멜은 외계에서 온 다음 고객을 위해 들고양이 춤을 추었다. 그녀는 잠자리에 들기 위해 집으로 돌아가서, 아버지 씨' 매킨토시의 사진 앞에 무릎을 꿇고, 제스토코스트가 해준 일에 대해 이-텔리켈리에게 감사했다.

하지만 이 이야기는 몇 세대가 지난 후에야 사람들에게 알려졌다. 그때가 되어서 제스토코스트 의원은 하층민의 투사로 찬양받고, 여전히 이-텔리켈리의 존재를 알지 못하던 당국은 하층민의 삶의 조건을 개선하기 위해 대표자를 뽑는 안을 받아들였다. 그리고 그때는 씨' 멜이 이미 오래전에 사망한 후였다.

그녀는 처음으로 오래오래 잘 살았다.

그녀는 기녀 생활을 하기에 나이가 너무 든 뒤에는 요리사가 되었다. 그녀가 만든 요리들은 인기가 있었다. 제스토코스트는 한 번 그녀의 식당을 방문했다. 식사를 마친 후 그가 물었다.

"하층민 사이에서 바보 같은 노래 한 곡이 유행이더군. 나 말고 다른 진인들은 그 시를 전혀 모르지만 말이야."

"저는 노래에 대해서는 잘 몰라요."

그녀가 말했다.

"이 노래의 제목이 '그녀가 했던 일' 이야."

씨' 멜은 넓직한 블라우스의 목선까지 온통 발그레해졌다. 이미 중년의 나이인 그녀는 통통했다. 레스토랑을 운영하는 일도 그에 도움을 주었다.

"아, 그 노래요! 바보 같더군요."

그녀가 말했다.

"그 노래는 당신이 사람과ᵏ하고 사랑에 빠졌대."

"아뇨. 저는 그런 적 없어요."

어느 때보다도 아름다운 그녀의 초록색 눈동자가 제스토코스트의 눈을 지그시 응시했다. 그러자 사적인 분위기가 되어갔다. 그는 정치적인 관계를 좋아했다. 사적인 관계는 그를 불편하게 만들었다.

방의 조명이 변하자 그를 향한 씨' 멜의 고양이 눈동자가 타올랐고, 그녀는 신비한 불꽃 머릿결을 가졌던 예전의 그 소녀처럼 보였다.

"저는 사랑에 빠지지 않았어요. 그렇게 말씀하시면 안……."

그녀의 가슴이 울부짖었다.

'제 사랑은 바로 당신이었어요. 당신이었어요. 당신이었어요!'

"그래도 그 노래에 따르면 당신이 사랑한 사람이 사람과였다는데, 혹시 황혼의 왕자였나?"

제스토코스트가 우기듯 말했다.

"황혼의 왕자가 누구죠?"

씨' 멜이 재빨리 물어봤지만, 그녀의 마음속은 울고 있었다.

'오, 내 사랑. 정말로 모르시는 건가요?'

"그 강한 사람 말이오."

"아, 그 사람. 저는 잊고 있었어요."

제스토코스트가 자리에서 일어섰다.

"당신은 행복한 삶을 살았지, 씨' 멜. 시민이자, 여성의원이고, 지도자로 지냈지. 얼마나 많은 아이를 가졌었는지 기억하나?"

"일흔 셋이요. 체세포 복제로 낳았더라도 새로운 아이가 태어나는 걸 모르지는 않아요."

씨' 멜이 그를 신경질적으로 쳐다봤다.

제스토코스트는 농담할 마음이 사라졌다. 그의 얼굴은 진지하고, 그의 목소리는 상냥하게 변했다.

"씨' 멜, 난처하게 만들려던 건 아니었다오."

제스토코스트는 자신이 떠난 후 그녀가 부엌으로 돌아가 한동안 울었다는 사실을 알지 못했다. 수십 년 전 동지로 지낸 이래 씨' 멜은 그를 줄곧 헛되이 사랑해왔다.

103살의 나이를 꽉 채우고 그녀가 죽은 이후로도 제스토코스트는 지구항의 복도와 통로에서 그녀를 볼 수 있었다. 씨' 멜의 수많은 증손녀들은 그녀와 똑같아 보였고, 그중 몇몇은 기녀 사업에서 큰 성공을 거두고 있었다.

그들은 이제 반 노예 상태가 아니었다. 그들은 (제한된 등급을 부여받은) 시민이며, 자신의 재산과 신분, 권리를 보호할 수 있는 신분증을 가지고 있었다. 제스토코스트는 그들 모두의 대부였지만, 이 우주에서 가장 관능적인 피조물이 자신에게 키스를 보낼 때면 종종 당황스럽기도 했다. 그에게 필요했던 것은 정치적인 열정의 실현이었지, 사적인 열정이 아니었다. 그는 늘 사랑에 빠져 있었다. 격정적인 사랑에 빠져 있었다. 정의 그 자체에 말이다.

마침내 제스토코스트 자신을 위한 시간이 되었다. 그리고 그는 자신이 죽어간다는 사실을 알고 있었다. 하지만 슬프지는 않았다. 그는 수백 년 전에 부인이 있었고, 그녀를 무척 사랑했었다. 그때 낳은 아이들은 이미 수세대를 이루었다.

마지막 순간, 제스토코스트는 알고 싶은 게 있었다. 그래서 저 아래 깊은 곳에 사는 이름 없는 자(그가 아니라면 그의 대를 잇는 자)를 불러냈다. 그 소리가 거의 비명이 될 때까지 마음속으로 그를 불렀다.

'난 당신네 사람들을 도와줬잖아.'

'그렇지.'

그의 머릿속에서 멀리 지극히 희미하게 들리는 소리가 대답했다.

'난 죽어가고 있어. 난 알아야 되겠어. 그녀가 나를 사랑했나?'

'그녀는 당신 없이 지냈지만 당신을 너무너무 사랑했어. 당신이 떠나게 두었지만, 그것은 당신을 위한 것이었지, 그녀 자신을 위한 게 아니었어. 그녀는 진심으로 당신을 사랑했던 거야. 죽음보다 더. 삶보다

더. 당신들은 절대로 헤어지지 않을 거야.'

　'절대로 헤어지지 않는다니?'

　'헤어지지 않지. 인류의 기억 속에서는 영원히.'

　목소리는 이 말을 남기고 침묵했다.

　제스토코스트는 베개에 머리를 누이고 마지막 시간을 기다렸다.

SF, 다가올 시대를 위한 데이터베이스

...

박상준

앞서 출간된 『SF 명예의 전당』 1, 2권이 단편집인 반면, 3권인 이 책부터는 중편 및 경장편들이 묶여 있다. 그런데 이렇게 영미문학권에서 길이에 따라 산문 작품을 나누는 방식은 우리나라와는 좀 달라서, 우리에게 익숙한 단편, 중편, 장편의 구분에 그대로 딱 들어맞는 것이 아니다. 간단히 설명하자면 다음과 같다.

미국 SF 작가협회에서 수여하는 네뷸러 상은 소설 부문에서 작품의 길이에 따라 short story(단편), novelette(단편 또는 중편), novella(중편 또는 경장편), novel(장편)의 네 가지 영역으로 구분하고 있으며, 이때 기준이 되는 것은 단어 수이다.

즉 short story는 7,500단어 미만이고 novelette는 7,500~17,500단어 사이, novella는 17,500~40,000단어 사이, 그리고 40,000단어 이상은 novel로 간주한다. 그런데 이러한 구분법은 사실 영미문학의 모든 분야에 엄격하게 적용되는 것은 아니며, 각각의 명칭도 그 어원이나 배경

등이 복잡한 내용을 담고 있다. 다만 위와 같이 단어 수로 구분하는 방식은 미국SF작가협회에서 제시하는 일종의 가이드라인이며, 이 『SF 명예의 전당』 시리즈에 적용된 것임을 밝혀둔다.

　폴 앤더슨의 「조라고 불러다오」는 제임스 카메론 감독의 영화 〈아바타〉로 인해 새삼 주목하게 되는 이야기이다. 〈아바타〉는 이 소설의 기본 설정을 그대로 가져다 쓴 것이 아닐까 싶을 정도로 비슷하다. 실제로 영미권의 많은 평론가들이 이 점을 지적했지만, 〈아바타〉에는 워낙 많은 주제들이 녹아 들어가 있어서 「조라고 불러다오」뿐만 아니라 다른 많은 작품들 역시 원안의 하나로서 제시된 바 있다.

　사실 신체적으로 장애를 갖게 된 주인공이 과학기술에 힘입어 새로운 자아정체성을 지니게 된다는 설정은 현대 SF에서는 꽤 익숙한 주제라고 봐도 무방하다. 하지만 폴 앤더슨이 처음 이 작품을 발표한 시점은 지금으로부터 50년도 더 전의 일이며, 더구나 원격조종 신체와 새로운 합성 자아 등의 세밀하고 기술적인 묘사는 매우 선구적이고 높이 평가할 만한 작업임이 분명하다. 다만 작품의 주 무대인 목성에 대한 행성물리학적 묘사는 이 작품 발표 이후에 새롭게 관측된 사실들로 인해 현실과는 동떨어진 부분이 많다는 점이 밝혀졌다.

　목성이라는 배경과 신체 장애를 극복한 주인공의 새로운 자아 찾기라는 주제로 볼 때 아서 클라크가 1971년에 발표한 네뷸러 상 중편 수상작 「메두사와의 만남」은 「조라고 불러다오」의 직계 후손이라고 할 만하다. 이렇게 신체 장애를 지닌 사람이 지구와는 다른 환경의 외계 행성에서 오히려 탁월한 능력을 발휘하게 된다는 주제는 그 뒤로 심심찮게 선보이게 되었다.

스파이더 로빈슨과 진 로빈슨이 공동으로 집필하여 1977년에 발표한 중편 「스타댄스」는 무용가를 꿈꾸었지만 신체 조건이 맞지 않아 좌절하던 주인공이 무중력상태에서 비로소 꿈을 펼치게 되는 이야기를 담아 휴고 상과 네뷸러 상을 받았으며, 국내 작품으로는 정소연의 단편 「우주류」(2005)도 하반신을 잃은 주인공의 감동적인 우주인 도전기를 묘사하고 있다.

　　한편 두뇌생리학적인 배경에서 두 사람 이상의 자아가 섞이는 경우는 자칫 충돌이나 융합의 클리셰로 흐르기 쉽지만, 미묘하고 기술적인 문제들을 잘 짚어가면서 정체성의 철학적 화두를 던지는 작품들도 적지 않다. 존 스칼지의 장편 『유령여단』(2009)이나 그렉 이건의 단편 「내가 행복한 이유」(1997) 등이 좋은 예이다.

　　작가 폴 앤더슨은 『타임패트롤』 등의 작품으로 국내 독자들에게도 잘 알려진, 영미 SF문학의 '황금시대'를 빛낸 대표적인 SF 작가 중 하나였던 인물이다. 1926년 펜실베니아 주 브리스톨에서 태어나 미네소타 대학에서 물리학을 공부했으며, 1950년대에 촉망받는 신예 SF 작가로 등장한 뒤 2001년에 작고할 때까지 장, 단편 합쳐 300편이 넘는 작품을 내는 등 왕성한 집필 활동을 펼쳐 일곱 차례의 휴고 상과 세 차례의 네뷸러 상을 받았으며 1997년에는 미국SF작가협회에서 수여하는 '그랜드마스터'의 영예를 얻기도 했다. 역시 저명한 SF 작가인 그렉 베어는 폴 앤더슨의 사위이기도 하다.

　　로버트 하인라인의 「유니버스」는 '세대우주선generation starship'의 개념을 대중화시킨 선구적인 작품 중의 하나로 꼽히는 현대의 고전이다.

　　사실 SF에서 장거리 우주여행은 무척이나 익숙하다. 그런데 〈스타

트렉〉이나 〈스타 워즈〉같은 영화에 나오는 초광속 우주선은 과학적으로 엄밀하게 따지자면 현실성이 별로 없다. 아인슈타인의 상대성이론에 따르면 우주에서 빛보다 빨리 움직일 수는 없기 때문이다. (속도가 광속에 도달하는 순간 질량은 무한대가 되어버린다. 즉 우주선이 우주 전체의 질량보다 더 무거워지는 것은 논리상 불가능하다고 봐야 한다.) 그래서 와프warp 항법이니 웜홀worm hole이니 하는 여러 가지 편법이 나오지만 이들은 죄다 검증되지 않은 순수한 SF적 가설일 뿐이며, 현재까지 밝혀진 과학 이론으로 가능한 장거리 우주여행은 사실상 '세대우주선' 이 유일하다.

「유니버스」에 잘 묘사되었듯이 세대우주선은 작은 도시를 연상케 할 정도의 어머어마한 규모를 지니고 있어서 그 안에서 자급자족과 세대 교체가 가능하다. 그래서 어떤 경우에는 작은 소행성 하나를 통째로 세대우주선으로 개조한다는 설정도 등장한다. 그런데 이런 개념을 조금 더 확장시켜보면, 사실은 생명체가 살고 있는 행성 그 자체가 바로 일종의 세대우주선이라는 논리도 가능해진다. '우주선 지구호' 라는 개념도 바로 이런 맥락에서 등장한 것이다. 물론 지구의 경우는 태양의 둘레를 도는 공전 궤도를 타고 있지만, 태양계 자체가 은하계에 속한 채 가없는 우주를 떠돌고 있으므로 '우주선 지구호' 라는 아이디어도 꽤 설득력이 있는 셈이다. 더구나 「유니버스」의 등장인물들이 거치는 인식과 계몽의 과정은 지구상의 인류 문화사를 복기하는 듯한 느낌도 있어서 더욱 흥미롭다.

1941년에 처음 발표된 「유니버스」는 역시 같은 해에 뒤이어 나온 후속 중편 「상식Common Sense」과 합쳐져서 1963년에 『하늘의 고아들Orphans of the Sky』이란 제목의 단행본 장편소설로 출간되었다. 우리나라에서는 최근에 『조던의 아이들』이란 제목으로 완역판이 나온 바 있다.

작가 로버트 하인라인(1907~1988)은 새삼 소개가 필요 없을 정도로 유명한 SF작가이다. 아이작 아시모프, 아서 클라크와 함께 장르SF문학계의 '3대 거장'으로 추앙되며, 특히 미국에서는 본서에 수록된 「유니버스」와 같은 청소년young adult 대상 작품들이 광범위한 독자층을 형성하여 사실상 '국민 작가' 중의 하나로 꼽힌다. 『스타십 트루퍼스』, 『달은 무자비한 밤의 여왕』, '미래사' 시리즈에 속하는 『코벤트리』『므두셀라의 아이들』 등 매우 많은 작품을 남겼다.

통렬한 풍자로 현대 문명을 전망하는 「끝없는 얼간이들의 행렬」은 34세에 심장마비로 요절한 미국 SF 작가 C. M. 콘블루스의 대표작 중 하나이다. 1951년에 처음 발표된 이 작품의 제목은 원래 '중국인들의 행렬 The Marching Chinese'이라는 일종의 우스갯소리에서 따온 것이다. 모든 중국인들을 일렬로 세운 다음 하나의 문을 통과하게 한다면, 뒤쪽에서는 새로운 아이들이 태어나 자라서 다시 2세를 보게 되므로 이 행렬은 영원히 끝나지 않을 것이라는 이론이다. 물론 중국 인구가 무척 많다는 사실을 우화적으로 표현한 것이다.

이 이야기의 설정을 그대로 각색한 듯한 영화가 2006년에 발표된 코미디 〈이디오크러시〉이다. 너무나 풍자가 직설적이었던 탓인지 미국에서도 널리 개봉되지는 못했으나 곧 컬트의 반열에 오른 이 영화는 한 평범한 남자가 동면에 들었다가 500년 뒤에 깨어나 보니 바보들이 세상을 지배하고 있더라는 내용이다.

또한 커트 보네거트의 단편소설에 살을 붙여 일종의 전체주의 경찰국가인 미래사회를 그린 영화 〈해리슨 버저론〉(1995)도 대다수의 우중愚衆과 그들을 몰래 지배하는 소수 엘리트들을 다루어 「끝없는 얼간이들의 행렬」과 비슷한 주제를 제시한다. 다만 이 영화의 경우 블랙코미디 형식을 취하고는 있지만 유토피아/디스토피아 담론과 관련하여 무척 진지한 철학적 고찰을 요구하고 있다.

작가 콘블루스는 1923년 뉴욕 시에서 나고 자랐으며 10대 시절부터 '퓨처리언'이라는 SF 클럽에 참여하여 당시 비슷한 연배이던 아이작 아시모프 등과 교류하였다. 제2차 세계대전에 참전하여 유명한 '발지 대전투'에서 무공을 세워 훈장을 받기도 했으며 제대 뒤엔 중단된 학업을 계속하여 시카고 대학을 졸업했다. 백과사전을 처음부터 끝까지 통독하면서 스스로 공부했다는 일화가 전해진다. 『SF 명예의 전당』에는 본 작품 외에 1권에 단편 「작고 검은 가방」도 수록되어 있다. 장편 대표작으로 프레데릭 폴과 함께 쓴 『The Space Merchants』(1952)가 있다.

「기념할 만한 계절」은 헨리 커트너와 C. L. 무어 두 사람이 함께 써서 '로렌스 오도넬Lawrence O'Donnell'이라는 필명으로 1946년에 처음 발표한 작품이다. 창작 과정에서는 특히 C. L. 무어의 비중이 절대적이었던 것으로 알려진다.

이 작품은 발표된 즉시 많은 사람들의 호평을 받으며 걸작의 반열에 올랐다. 초서의 『캔터베리 이야기』나 샤를마뉴의 대관식 등 서양 역사의 고전적인 내용들이 등장하여 그에 익숙한 교양 독자들에게 '역사 관광 시간여행'이라는 매혹적인 아이디어로 어필한 듯하다.

1992년에 나온 영화 〈타임스케이프〉는 바로 이 작품을 원안으로 삼아 제작되었는데, 여기서는 1906년의 샌프란시스코 대지진이나 1980년의 세인트헬렌스 화산 폭발 등의 재해 현장을 돌아다니는 시간여행자들이 등장한다.

C. L. 무어는 1911년 미국 인디애나폴리스에서 태어났으며, 장르 SF 문학계에서 여성 작가로서는 선구적인 자취를 남겼다. 1930년대 초반부터 프로 작가로 활동하기 시작하여 오늘날까지 애독되는 수작들을 적잖게 발표했다.

헨리 커트너는 무어의 작품을 읽고 편지를 보냈다가 서로 알고 지내게 되었으며, 두 사람은 1940년에 결혼했다. 커트너 역시 SF 작가로 활동하고 있었는데, 처음에 편지를 보낼 때에는 무어가 남자인 줄 알았다고 한다. 1915년생인 커트너는 작품 활동이 한창이던 1958년에 심장마비로 작고했지만, 무어는 76세가 된 1987년까지 살았다.

두 사람이 함께 작품을 집필하는 방식은 너무나 꼼꼼하고 밀착되었기에 때로는 한 작품에서 어느 부분을 누가 썼는지 잘 기억해내지 못할 정도였다고 한다. SF 외에 판타지나 호러도 다수 발표했으며 두 사람의 공동 필명으로는 주로 '루이스 패짓Lewis Padgett'을 썼다. 이 이름으로 발표한 단편 「보로고브들은 밈지했네」가 『SF 명예의 전당』 2권에 수록되어 있다.

「……그리고 아무도 없었다」는 에릭 프랭크 러셀이 1951년에 처음 발표한 작품이다. 이야기 중에 등장하는 '당일신!(당신 일이나 신경 써!)'의 원문은 'Myob!Mind your own business!'으로, 바로 오늘날 영미권에서 널리 쓰이는 약어의 시초로 간주되고 있다.

러셀은 1905년 영국에서 태어나 자랐으나 작품은 대부분 미국에서 처음 발표했다. 그가 1939년에 내놓은 첫 장편 『Sinister Barrier』는 우리나라에 『보이지 않는 생물 바이튼』이란 제목의 청소년 편집판으로 오래전에 소개된 적이 있는데, 인류가 눈에 보이지 않는 생물에게 옛날부터 지배되어왔다는 충격적인 내용을 아직도 기억하는 독자들이 적지 않다.

러셀은 1940년대 초에 흑인이 우주선 의사로 등장하는 소설을 쓰기도 했다. 이는 당시의 극심한 인종차별을 생각하면 매우 이례적인 일이었다고 하며, 또한 다양한 인종이나 인간/비인간, 그밖에 여러 보완적인 존재들이 우주선의 승무원으로 나오는 설정은 인종적 편견이나 인간중심주의에서 벗어난 것으로, SF계에서 사실상 그가 처음 시도한 것으로 평가받고 있다. 한편 제임스 카메론 감독의 영화 〈터미네이터 2〉에서 액체금속 로봇이 외모를 자유자재로 바꾼다는 내용 또한 러셀의 작품에서 아이디어를 얻었다는 주장이 있다.

러셀은 주로 경쾌하고 위트 넘치는 스타일의 작품을 집필했고, 그를 무기 삼아 권위나 지배체제를 풍자하는 내용의 작품을 다수 발표했다. 1955년에 유머러스한 단편 「Allamagoosa」로 휴고 상을 수상한 바 있으며 1978년에 작고했다.

「방황하는 씨' 멜의 연가」의 작가인 코드웨이너 스미스는 SF 작가로서 많은 작품을 남기지는 않았지만 독특한 스타일로 영미권에서는 지금까지도 많은 이들이 기억하는 인물이다.

본서에 실린 「방황하는 씨' 멜의 연가」는 1962년에 처음 발표되었으며, 이른바 '인류 대행기관Instrumentality of Mankind' 시리즈에 속하는 작품 중 하나이다. 이 시리즈에 등장하는 '대행기관'은 오래전 핵전쟁으로 파국을 맞은 지구에서 태동한 강력한 경찰 조직에 뿌리를 두고 있으며, 재건된 인류가 우주로 진출하면서 400년에 달하는 수명을 누리며 군림한다. 이들이 직접 통치하는 외계 행성에서는 모든 힘든 육체노동을 '언더피플'들이 대신하는데, 이들은 여러 가지 동물들을 인간으로 개량한 존재이며 권리가 제한된 일종의 노예이다. 「방황하는 씨'멜의 연가」의 주인공 씨'멜도 고양이 인간으로 묘사되고 있다. 이 작품의 기본 구성은 대행기관 소속인 제스토코스트라는 지도자가 씨'멜을 비롯한 언더피플들의 인권을 신장시켜주는 이야기이다.

코드웨이너 스미스는 본명이 폴 마이런 앤소니 라인바거(1913~1966)이며 본업은 저명한 중국 전문가이자 심리전 전문가였다. 중국에서 활동했던 변호사 아버지 덕에 그는 출생하고 나서 쑨원을 대부로 삼았으며, 중국, 프랑스, 독일 등지로 옮겨 살면서 6개 국어에 능통했다고 한다. 23세에 존스홉킨스 대학에서 정치학 박사 학위를 받고 듀크 대학에서 교수로 일하다 제2차 세계대전이 발발하자 입대, 미군 소위 신분으로 정보국에서 최초의 심리전 부서를 구성하는 데 일조했으며, 중국으로 파견되어 장개석과 절친한 친구가 되기도 했다. 자신의 경험을 바탕으로 쓴 『심리전Psychological Warfare』이라는 책은 지금도 고전으로 평가받는다. 한국전쟁 당시 미군 자문역과 케네디 대통령 외교자문 등으로도 일했다.

본 작품 외에 단편 「스캐너의 허무한 삶」도 『SF 명예의 전당』 2권에 수록되어 있다.

본서에 실린 작품들은 『SF 명예의 전당』 시리즈의 다른 책들과 마찬가지로 영미 SF문학사에서 빼놓을 수 없는 빛나는 걸작들을 가려 모은 것이다. 21세기의 최신 과학기술 이론이 반영된 것은 아니지만 오히려 그들의 밑바탕이 되는 다양한 철학적 관점들과 제재가 망라되어 있다. 할리우드를 비롯한 전 세계의 영화인들은 오늘도 이런 현대의 고전들을 계속 들춰보며 아이디어를 구하고, 때로는 같은 주제를 어떻게 새롭게 변주해볼까를 궁리한다. 게다가 과학기술의 발달로 SF와 주류문학의 경계가 허물어지는 21세기 현 시대에는, 비단 SF 독자가 아니더라도 누구든지 이 책의 이야기들에서 인문학적 교양의 새로운 지평을 확인할 수 있을 것이다. 하루가 다르게 변하는 과학기술의 윤리학, 사회학 담론과 의제들은 이미 오래전부터 SF라는 형태로 데이터베이스화되고 있다.

편집자 주 ———

원서 『The Science Fiction Hall of Fame Vol.2 A』의
한국어판은 두 권으로 나뉘어 출간되며, 이 책은 그중에 첫 번째 권이다.

SF명예의전당3:유니버스

The Science Fiction Hall of Fame ; Volume Ⅱ A

초판 1쇄 발행 2011년 11월 25일
초판 9쇄 발행 2024년 3월 4일

지은이 폴 앤더슨 외 **옮긴이** 최세진 외

발행인 이봉주 **단행본사업본부장** 신동해
편집장 김예원 **마케팅** 최혜진 이인국 **홍보** 반여진 허지호 정지연 송임선
국제업무 김은정 김지민 **제작** 정석훈

브랜드 오멜라스
주소 경기도 파주시 회동길 20
문의전화 031-956-7362(편집) 031-956-7089(마케팅)
홈페이지 www.wjbooks.co.kr
인스타그램 www.instagram.com/woongjin_readers
페이스북 https://www.facebook.com/woongjinreaders
블로그 blog.naver.com/wj_booking

발행처 ㈜웅진씽크빅
출판신고 1980년 3월 29일 제406-2007-000046호

ISBN 978-89-01-12590-9 04840
      978-89-01-10492-8 (세트)

오멜라스는 ㈜웅진씽크빅 단행본사업본부의 브랜드입니다.
이 책은 저작권법에 따라 국내에서 보호받는 저작물이므로 무단전재와 복제를 금지하며,
이 책 내용의 전부 또는 일부를 이용하려면 반드시 저작권자와 ㈜웅진씽크빅의 서면 동의를 받아야 합니다.
• 책값은 뒤표지에 있습니다.
• 잘못된 책은 판매처에서 교환해드립니다.